나*봄

초판 1쇄 찍은 날 § 2006년 5월 16일
초판 1쇄 펴낸 날 § 2006년 5월 26일

지은이 § 보경
펴낸이 § 서경석

편집장 § 문혜영
편집책임 § 이종민
편집 § 한지윤

펴낸곳 § 도서출판 청어람
등록번호 § 제1081-1-89호
등록일자 § 1999. 5. 31
어람번호 § 제5-0093호

주소 § 경기도 부천시 원미구 심곡1동 350-1 남성B/D 3F (우) 420-011
전화 § 032-656-4452 팩스 § 032-656-4453
http://www.chungeoram.com
E-mail § eoram99@chollian.net

ⓒ 보경, 2006

ISBN 89-251-0124-6 03810

※ 파본은 본사나 구입하신 서점에서 교환하여 드립니다.
※ 저자와 협의하여 인지를 붙이지 않습니다.

· 차 례 ·

prologue ; 겨울의 끝 / 7

1 ; 봄을 만나다 / 20

2 ; 봄 알사베트 / 45

3 ; 봄은 포근하지만은 않다 / 78

4 ; 봄, 꽃샘추위를 만나다 / 110

5 ; 봄의 시간은 어렵다 / 166

6 ; 봄바람을 맡다 / 208

7 ; 봄 하늘 별이 쏟아지다 / 225

8 ; 봄 밤 / 241

9 ; 봄을 느끼다 / 257

10 ; 봄에 취하다 / 272

11 ; 화분증 / 302

12 ; 짙은 환사가 찾아오다 / 325

13 ; 차가운 봄의 소나기 / 346

14 ; 봄이 끝나다 / 380

15 ; 봄을 곁에 두는 방법 / 399

16 ; 봄 향기의 노래 / 426

; 작가후기 / 437

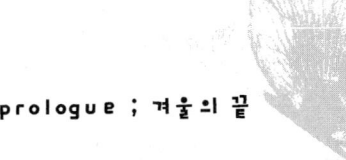

prologue ; 겨울의 끝

<big>눈</big>이 내리려는지 잔뜩 찌푸린 겨울의 하늘은 본가로 향하는 문진의 마음에 심란함을 더하고 있었다. 본가를 떠난 후로 이렇게 호출이 있을 때면 골치 아픈 문제들이 떠넘겨졌다. 그리고 오늘 역시 그다지 다르진 않을 것이다. 내키지 않는 마음을 부드러운 미소로 포장한 문진은 집 안으로 들어섰다.

"저 왔습니다."

"아드님! 이게 얼마 만이야? 얼굴 잊어먹겠어."

영란은 문진이 현관으로 들어서자마자 얄궂다는 시선을 던졌다.

"어째 더 마른 것 같네. 밥은 제대로 먹고 다니는 거야?"

얼굴을 마주한 지 고작 일주일밖에 지나지 않았는데 한 달은 지난 것처럼 말하는 영란을 보며 문진은 미소를 지었다.

"근데 무슨 일로 집까지 부르셨어요?"

서둘러 용건을 끝내고 사무실로 돌아갈 계획이었던 문진은 자리에 앉자마자 부드럽게 본론을 꺼냈다.

"일은 무슨, 엄마가 아들 얼굴 보자고 부른 건데 꼭 일이 있어야 되니?"

어색할 정도로 웃고 있는 영란을 보자 문진은 예상이 그리 빗나가지 않을 것 같다는 생각이 들었다. 어떤 종류의 문제냐에 따라 해결 다른 방법을 생각해야겠지만.

"얼굴이라면 얼마 전에 저녁 식사 때도 봤던 걸로 기억하는데."

영란은 여전히 웃는 얼굴의 문진의 시선을 피했다. 그때 난감해하는 영란에게 반가운 소리가 들렸다.

"사모님, 플루트 선생님 오셨는데요."

"어머, 그래요?"

빠르게 현관 쪽으로 걸어가는 영란은 곁눈질로 문진을 살폈다. 잠시 피하기는 했지만 빈틈없는 문진을 조금이라도 구슬려야 한다는 생각에 벌써부터 머리가 지끈거렸다.

"안녕하세요."

"어서 와요. 밖에 춥지?"

오늘따라 유난스럽게 반기는 영란을 보며 나봄은 밝게 미소를 지었다.

"네. 잔뜩 흐린 게 눈이라도 오려나 봐요."

"그래? 겨울도 끝나가는데 눈이 또 내리려나 보네. 따뜻하게 차

한 잔 해요."
 영란이 부엌으로 들어가려 하자 문진은 서둘러 자리에서 일어났다.
 "특별히 하실 말씀 없으시면 저 그만 일어나요. 얼굴 보고 싶으시면 회사로 오세요. 맛있는 거 사드릴 테니까."
 "할 말 있어. 일단 앉아봐. 아줌마, 선생님 차 좀 드려요. 윤 선생, 차 한 잔 하고 있어요."
 문진을 다급히 붙잡은 영란이 레슨을 하는 거실 구석을 눈짓으로 가리켰다. 멀뚱히 서 있던 나봄은 눈이 마주친 문진에게 가볍게 목례를 하고 걸음을 옮겼다.
 "할 말 있어. 있으니까 일단 앉아봐."
 무슨 얘기를 하려는지 영란이 사뭇 비장한 모습으로 입을 열었다.
 "약혼 날짜 잡기로 했다, 너랑 소라."
 "소라라면 석호 친척 동생을 말씀하시는 건가요? 서울호텔 최 회장님 댁."
 잠시 얼굴이 굳는가 싶었지만 문진은 금세 부드러운 미소로 돌아왔다.
 "얼마 전에 소라 봤는데 너무 예쁘게 자랐더라. 너도 다시 보면 마음이 변할 거야. 얼마나 곱게 자랐는지, 더군다나 서울호텔이면 집안도……."
 "어머니, 좋은 조건에 예쁜 여자를 찾는 거였으면 저 진작에 결혼했을 겁니다. 더 좋은 조건의 여자도 마다한 거 잘 아시잖아요."

문진이 반듯하게 웃는 얼굴로 꼼꼼히 따져들고 나오면 영란은 언제나 속수무책이었다. 하지만 오늘만큼은 물러설 수가 없었다.

"이번엔 나도 나지만 아버지도 만만치 않으셔. 좋은 여자 데리고 온다는 게 벌써 몇 년째냐고 서른 넘어 결혼하는 건 못 본다면서 네 아버지 단단히 마음먹으셨어."

문진의 미간이 희미하게 구겨졌지만 영란은 모른 척하며 시선을 돌렸다. 역시 만만한 문제가 아니었다. 문진은 새어나오려는 한숨을 삼켰다.

"아버진 제가 만나뵐게요. 그러니까 어머니도 아버지한테 제가 알아서 할 거라고 잘 말씀드려 주세요. 그동안 기다려 주셨으니까 좀 더 기다려 주실 수 있으시죠?"

"난 소라 마음에 들어. 더군다나 어릴 때부터 너 좋아했다더라. 어디서 그만한 여자를 찾겠어? 너 벌써 서른이야. 삼십 년이나 못 찾았는데 앞으로 찾을 거라는 보장도 없잖니. 그러니까."

보통내기가 아니란 건 알았지만 영란을 구워삶은 걸 보니 문진은 소라에 대한 너그러운 감정이 더욱 사라지는 걸 느꼈다.

"삼십 년 동안 찾았으니 곧 나타날 거예요. 결혼은 제가 좋은 여자랑 하고 싶어요. 어머니도 기대하면서 기다리시기로 약속하셨잖아요."

다정하게 말하던 문진은 시선이 느껴지는 거실 구석으로 곁눈질을 했다. 아무것도 알지 못하는 타인이 함께 있는 공간에서 이런 얘기로 어머니와 투닥거려야 한다는 것 역시 골치 아픈 문제만큼이나 못마땅해지고 있었다.

'그동안 아들 말이라면 다 넘어가 주신 모양이네. 근데 제일 골치 아픈 문제는 안 넘어가 준다니 저 남자도 고생깨나 하겠네. 없는 것도 죄지만 있는 것도 죄라는 말이 맞나 봐.'

나봄은 문진과 잠시 눈이 마주쳤지만 아무래도 상황이 상황인지라 서둘러 시선을 돌렸다. 어쩔 수 없이 한공간에 있기는 하지만 이럴 때는 존재감이 느껴지지 않게 하는 것이 제일 좋다. 신경이 쓰이는지 계속 나봄을 못마땅하게 보는 문진이 느껴졌지만 재빨리 외면하며 때마침 울려주는 핸드폰을 받아 들었다.

[여보세요. 여기 한강병원인데요. 정혜숙 씨가 어머니 맞으세요?]

"벼, 병원이요?"

병원이란 말과 함께 엄마의 이름이 나오자 나봄은 급격한 불안감에 휩싸였다.

[정혜숙 씨가 사고가 났습니다. 지금 바로 와주세요.]

끊어진 전화를 멍하니 보던 나봄은 급히 정신을 차리고 내려놓았던 가방을 챙겨 들었다.

"사모님, 죄송한데요. 오늘 레슨은 다음에 할게요. 죄송합니다."

여전히 소라의 칭찬을 늘어놓던 영란은 갑작스러운 나봄의 행동에 말을 멈추었다.

"아니, 왜? 무슨 일 있어요?"

"아니요, 아니에요. 죄송합니다. 연락드릴게요."

"나봄 씨, 지난번 레슨비 가지고 가. 잠깐만."

자리에서 일어서려는 영란에게 나봄은 아니라며 급하게 고개를 저었다. 지금은 그럴 여유가 없었다.
미처 잡을 틈도 없이 나가 버린 나봄을 보며 영란은 미처 못 건네준 레슨비 봉투를 바라보았다.
"무슨 일이지, 저렇게 허둥지둥?"
"플루트도 배우셨어요?"
요란하게 사라진 나봄의 뒷모습을 바라보던 문진은 거실 구석에 놓여진 영란의 플루트를 바라보았다.
"응. 그냥 소리가 좋아서 좀 배워보고 있어. 근데 무슨 일이야? 사람 그렇게 안 봤는데 앞뒤 사정 설명도 없이."
못마땅하다는 투의 영란의 말 뒤로 차가운 바람결에 여자의 희미한 향기가 날아왔다. 다급히 사라지는 작은 여자의 뒷모습과 함께 날아든 희미한 향기가 어째서인지 한참 동안 주변을 맴도는 것 같았다.

지독하게 느껴지는 향이 타는 냄새. 초라하게 차려진 분향실에 놓인 엄마의 영정 사진을 멍하니 바라보던 나봄은 아무 생각도 들지 않았다.
"정혜숙이 가족이 누구야?!"
갑작스럽게 들이닥친 사나운 목소리에도 나봄은 움직임이 없었다.
"졸음운전하다 뒤진 당사자야 그렇다 치고 다리병신 된 내 동생은 어떻게 책임질 건데?! 어, 그래. 딸년이 하나 있다더니 너구

나. 어떡할 거야? 어!"

남자는 나봄의 멱살을 무식하게 잡아 올렸다. 남자에게 잡혀 거칠게 흔들리는 시야 속에서 나봄은 노란 택시기사 셔츠를 입고 환하게 웃던 엄마의 얼굴이 보이는 것 같았다.

"나봄아!"

은영과 재민은 급하게 안으로 뛰어들어 와 남자에게서 나봄을 떨어뜨렸다.

"이게 뭐 하는 짓입니까? 당신 누구예요?"

은영이 나봄을 품에 안고 재민이 그 앞을 막아섰다.

"누구? 애 엄마가 사고 내서 다리병신 만들어놓은 사람 가족이다. 니들은 뭔데 상관이야!"

재민을 밀치고 다시 나봄에게로 달려들려는 남자를 은영이 세차게 밀어버렸다.

"이것 보세요, 아저씨! 아저씨 동생은 다리 하나를 잃었는지 모르겠지만 애는 지금 막 가족을 잃었어요. 합의는 경찰 통해서 처리할 테니까 그만 나가주세요. 여긴 장례식장이라구요!"

은영이 무섭게 노려보며 소리치자 남자는 욕을 한바가지 쏟아놓고서야 분향소를 나갔다.

"봄아, 괜찮아?"

걱정스럽게 자신을 바라보는 은영을 보자 나봄은 그제야 모든 게 실감나기 시작했다.

세상에 없다는 것. 살아 있는 동안 다시는 볼 수 없다는 것. 너무도 좋았던 아버지를 병으로 잃고 다시는 아버지를 보지 못한다는 생각이 나봄을 몹시도 못 견디게 만들었었다. 그 외로움이 조금은 익숙해질까 했었는데…… 엄마가 그 자리를 더욱 크게 만들고 있었다. 고집스럽고 욕심 많던 엄마였지만 오직 한 명뿐인 가족이었다. 그런 가족을 잃은 나봄은 정말 세상에 혼자가 된 것이다. 부모 없는 고아. 몸은 스물여섯 살의 어른이지만 마음은 모든 걸 잃은 아이로. 세상에 아무도 없는 고아가 된 것이다. 자신에겐 잃을 게 없다고 생각했던 것이 얼마나 큰 오만이었는지 소중한 것이 모두 사라진 지금에서야 뼈저리게 느끼고 있었다.

나봄은 몽롱해지는 정신의 끝에서 다시는 아파하지 않기 위해 잃어야 할 것을 만들지 않겠다고 다짐하기 시작했다. 겨울의 끝자락, 그렇게 나봄의 가족이 사라졌다.

"아들 말이 무슨 뜻인지 잘 알아. 알지만 네 나이 벌써 서른이야. 이제 버틸 만큼 버텼다. 아버지도 소라를 그렇게 좋아하시진 않는 눈치지만 네가 그러고 있으니 더 이상은 안 되겠다고 생각하셨나 봐. 어차피 해야 될 결혼 그냥 그렇게 해. 엄마도 더는 아버지 막을 자신 없어."

문진은 차에 오른 후 어머니의 말을 떠올리며 한숨을 쉬었다. 역시 그의 예상대로였다. 그리고 오늘 그에게 안겨진 문제는 생각만으로도 아주 골치가 아팠다. 이 고난을 어떻게 타개할까 고민하던 문진은 회사에 도착하자마자 회장실로 직행했다.

"아버지, 드릴 말씀이 있습니다."

"회사에서 아버지라고 부르는 걸 보니 집에 다녀온 모양이구나."

기다렸다는 듯 자리에서 일어나 소파에 앉는 아버지를 보며 문진은 한숨을 삼켰다.
'작정을 하고 기다리셨군.'
"약혼 준비는 네 엄마랑 그쪽 집에서 알아서 할 테니 너는 식장에만 나타나면 된다. 급하게 할 것도 아니고 앞으로 한 석 달 후쯤……."
"소라를 언제부터 보셨다고 저랑 그 아이를 엮으시려는 겁니까?"
더 이상은 안 되겠다 싶어 진철의 말을 끊은 문진의 얼굴은 무표정했다. 여기서 감정을 드러내선 안 된다. 그렇게 되면 아버지는 문진이 온전히 감정을 드러냈다는 것만으로도 쾌재를 부르며 그를 몰아칠 게 분명했다.
"최 회장네 여식이면 어디 내놔도 빠지지는 않을 게야."
"어디 내놔도 빠지지 않을 조건이 필요하셨던 겁니까?"
"하나밖에 없는 아들 녀석이 서른이 넘도록 제 여자도 못 찾는데 지금 그깟 조건이 문제일 것 같으냐? 그럼 그렇게 노래해 대던 좋은 여자를 데려와 보든지."
진철이 더 이상의 타협은 없다는 듯 단호하게 문진의 말을 잘랐다.
"저한테 소라는 집안끼리 아는 동생입니다. 절대 여자가 될 수 없습니다."
"동생이기 전에 여자다. 여자면 되는 거 아니냐?"
답답함에 터져 나오려는 한숨을 삼키며 문진이 자리에서 일어났다. 오늘만도 벌써 두 번이나 심장에 무리가 갈 만큼 깊은 한숨을 삼켰다. 하지만 아버지가 저렇게까지 막무가내로 나올 때는 더 이상 합의점을 찾을 수 없었다.

"삼십 년을 기다려 줬으면 어디 여자 비슷한 거라도 데려왔어야지. 네 동생은 벌써 애가 둘이다. 멀쩡하다 못해 잘나 보이기까지 한 놈이 대체 뭐가 부족해서 여태 결혼도 못해! 난 네 녀석 서른 넘어 장가가는 건 못 본다. 올해는 너무 늦었고 내년 안에 결혼까지 진행할 테니까 그렇게 알고 있어라."

자리에서 일어난 문진은 아버지의 마지막 말에 대답도 없이 몸을 돌렸다.

"정, 최 회장 여식이 싫으면 네 녀석이 빨리 좋은 여자를 찾아오든지. 뭐, 네 녀석 능력에 턱도 없겠지만 말이다."

나가려던 문진의 등 뒤에 마지막 한마디를 꽂은 진철은 부서져라 문을 닫고 나가는 아들의 뒷모습을 즐겁게 바라보았다. 궁지에 몰아넣었으니 어떻게든 탈출할 방법을 만들어올 것이다. 그게 어떤 방법이 될지 진철은 벌써부터 기다려지기 시작했다.

회장실을 나오자마자 문진은 참을 수 없이 짜증스러움이 밀려왔다. 스쳐 지나가는 연애라면 그 역시도 숱하게 해왔었다. 하지만 언제부턴가 그의 마음을 움직일 여자를 만나고 싶었다. 그래서 그동안 농담 식으로 자기 눈에 꽁깍지 씌울 여자를 찾겠다고 말했지만 한참 일에 정신이 없는 지금은 찾기는커녕 꼬이는 여자를 밀쳐 내기도 바빴다. 아버지의 말대로 문진은 멀쩡하다 못해 잘난 남자다. 그건 문진 자신이 제일 잘 알고 있었다. 그리 마음에 들지 않는 조건이지만 대를 이어져 내려온 KG기업의 재벌 3세고 능력도 쓸 만했고 빼어난 꽃미남은 아니지만 뚜렷한 이목구비와 탄탄히 잡힌 몸매로 보통 남자들과 서 있다면 한눈에 들어올 남자였다. 하지만 문진이 원하는 마음을 움직이게 만들 여자가 아직까진 보이지 않았다.

"네 동생이지만 난 소라는 싫다."

사무실로 돌아온 문진은 따라 들어온 석호에게 짜증스럽게 말했다.

"갑자기 무슨 소리야?"

자신의 친척 동생이긴 하지만 만나기만 하면 달라붙어 애정 공세를 해대는 소라를 문진이 좋아하지 않는다는 것은 석호도 오래 전부터 아는 사실이었다. 그런데 웬일인지 평소에는 이름만 나와도 인상을 찌푸리던 사람이 오늘은 꺼내지도 않았는데 먼저 소라의 얘기를 꺼내고 있었다.

"약혼하라신다, 그 시끄러운 애랑."

자신이 말하면서도 못마땅한지 문진은 평소의 포커페이스를 무너뜨리고 잔뜩 인상을 구겼다.

"약혼? 아니, 갑자기 무슨 약혼?"

"말했잖아. 전부터 그놈에 친분 때문에 그런 얘기들이 잊혀질 만하면 가끔 나왔었다고."

"진짜? 그럼 선배랑 나랑 사돈 되는 건가?"

"인마! 장난이라도 그런 말 하지 마라. 그런 시끄러운 애랑 약혼 하느니 차라리 혼자 살고 만다."

"선배, 혼자 살긴 너무 외롭지 않겠어?"

펄쩍 뛰는 문진의 모습에 석호는 큭큭거리며 웃었다. 평정심을 유지하는 능력이 뛰어난 사람이 저렇게 펄쩍 뛰는 걸 보니 소라가 싫긴 정말 싫은 모양이다.

"차라리 외롭고 말지. 네 동생을 떠올리는 것만으로도 골치 아프다. 그나저나 내년 초 공연 건은 차질없이 진행되고 있는 거야?"

일 얘기로 돌아오자 금세 눈빛이 변하는 문진을 보며 석호는 웃음을 거둬들이고 결재 서류를 내려놓았다.

"연주자도 이미 계약했고 크게 차질은 없는데 무대 디자인 쪽이 아무래도 좀 걸려. 퓨전 클래식이라 편안한 무대를 만들었으면 좋겠는데 아무래도 품위 어쩌고 하면서 딱딱한 분위기를 고집하네."

강문진과 민석호. 이 둘은 고등학교 시절부터 선후배 사이로 사적인 자리에선 친형제만큼이나 막역했지만 KG그룹 안에서는 문화기획 이사와 비서실장의 관계로 철저하게 지내고 있었다. 때문에 사적인 자리에서 이 둘을 만나는 사람들은 사이가 좋은 형제 같은 이미지로 기억했지만 회사 혹은 일로 관계되어 만나게 되는 사람들은 부드럽지만 결코 만만하지 않은 이사와 빈틈없고 깍듯한 비서실장으로 기억하고 있었다.

"이번엔 가족이랑 연인이 주 관객이 될 거라고 그렇게 말했는데, 정작 전통 클래식 때는 조명 하나 밝히고 말자는 사람들이 품위는 무슨. 디자인실로 가서 무슨 생각들을 하는지 들어봐야겠어."
 사무실로 들어온 지 몇 분 되지도 않아 무섭게 몰아치는 문진을 보며 석호는 어쩔 수 없다는 듯 미소를 지었다. 한 번 시작하면 마음에 들 때까지 부드럽지만 집요하고 철저하게 일을 끝마치는 문진은 지금까지 인생에서 일이 최우선이었다. 그리고 입버릇처럼 말하는 그의 마음을 움직일 여자가 나타나지 않는 한은 앞으로도 항상 일이 그의 삶에 전부일 것이다.

1 ; 봄을 만나다

"**선**배, 너무 자주 부르는 거 아니에요?"
"미안하다. 내가 너만한 연주자를 당장 어디서 구하겠냐."
아침 일찍부터 다급하게 전화를 건 대학 선배 덕에 나봄은 급하게 공연장으로 달려나왔다. 자주는 아니었지만 한 달, 혹은 두 달에 한 번씩은 지역 오케스트라의 지휘를 맡고 있는 선배에게 이런 식으로 빈 자리를 메워달라는 호출이 왔다.
"이번에도 그 사람이에요? 그 미국 유학판지 뭔지 했던."
커피를 사 와 앞에 놓아주는 선배에게 나봄이 못마땅하게 묻자 선배는 웃으며 고개를 끄덕였다.
"그러게 네가 우리 쪽으로 들어와 줬으면 이렇게 골치 아픈 일도 없잖아. 대체 왜 그렇게 튕기는 거야?"

"튕겨야 좀 있어 보이잖아요. 하하하. 사실 한곳에 얽매여 있기엔 지금 제 상황이 그리 좋지 않아요. 아시면서."

아무렇지 않게 웃는 나봄에게 선배는 어쩔 수 없다는 듯 마주 웃어주고는 자리에서 일어났다.

"그때 알려준 연습실 알지? 거기 악보랑 갖다 놨어. 이따 열한 시부터 연습 들어갈 거니까 천천히 악기 풀고 있어."

"넵!"

씩씩하게 대답한 나봄은 자리에서 일어났다.

지하에 위치한 연습실로 향하려다 말고 로비 한쪽에 자리한 작은 샵에 놓인 책갈피를 발견하고 작게 탄성을 질렀다.

"예쁘다."

"예쁘죠? 이거 야생화라서 맡아보시면 향기도 나요. 책에 꽂아 놓으면 향이 은은하게 배어날 거예요."

점원의 말에 나봄은 고개를 끄덕거리며 아기자기한 꽃 모양으로 예쁘게 만들어진 책갈피를 코에 가져다 댔다. 아버지가 좋아하던 봄과 잘 어울리는 야생화 향기에 그녀의 얼굴엔 저절로 기분 좋은 미소가 흘렀다. 특별한 일이 생기지 않아도 일 년 중 가장 행복했던 계절. 그래서 나봄에게 자신의 이름만큼이나 봄이란 계절은 특별했다.

"이거 주세요."

막 계산을 하려고 가방을 뒤지던 나봄의 귀에 문자 메시지 알림 소리가 들렸다.

〈귀하의 통장 잔액 부족으로 납부하실 대출금 이자가 미납되었음을 알려 드립니다.〉

메시지를 확인한 나봄의 얼굴에서 미소가 사라졌다. 지독히도 길게 느껴지던 지난 겨울. 엄마를 잃었다는 슬픔을 느낄 틈도 없이 사고 피해자들의 보상금과 함께 그동안의 학비가 빚이 되어 나봄에게 날아들었다. 그나마 다행히 엄마의 생명보험금과 살던 집을 판 돈으로 어느 정도는 해결됐지만 밑 빠진 독에 물을 붓는 것처럼 바닥만 보이는 통장 잔고는 나봄을 숨 막히게 만들고 있었다.
"삼천 원입니다."
점원의 목소리에 애써 미소를 지은 나봄은 달랑 만 원 한 장이 다인 지갑을 보며 또다시 한숨이 새어나왔다.
"삼천 원이 이렇게 크게 느껴지다니. 진짜 취직이라도 해야 되나."
손에 쥐어진 책갈피를 내려다보는 나봄은 씁쓸한 웃음을 지으며 지난밤 일을 떠올렸다.
구수하게 피어오르는 고기 굽는 냄새와 함께 몇 잔의 술잔을 받던 나봄은 만나자마자 면접을 보라고 졸라대는 재민을 귀찮다는 눈길로 쳐다보았다.
"그러지 말고 일단 면접만 봐. 공채로 뽑는 것도 아니고 인원이 부족해서 채우는 거라 네 얘기도 좀 해놨어. 임시직이라 해도 우리 회사 대기업이라서 월급도 많은 편이야. 너 종종거리고 레슨

쫓아다니느니 차라리 여기서 일하고 경력 쌓는 게 더 이익이라고."

"그래, 봄아. 한번 면접이나 봐봐. 어차피 경험이잖아. 이번에 레슨도 하나 좋났다면서. 그거 채우려고 괜히 다른 알바 알아보지 말고 그냥 한번 봐. 레슨은 회사 일 하면서도 할 수 있잖아."

은영까지 재민을 지원하고 나서자 나봄은 안 그래도 복잡한 머릿속을 끄집어내 버리고 싶어졌다. 잠시라도 그럴 수만 있다면 조금 편안해지지 않을까?

"사회생활이라곤 아르바이트해 본 게 전부인데 이제 와서 무슨 직장을 다니라고 그러냐? 차라리 사업을 하라 그러는 게 더 나을 것 같지 않아?"

나봄이 툴툴거리며 말했다.

"사업? 그래, 그럼 너 사업해라. 자금은 내가 어떻게든 마련해 볼게, 응? 아니면 우리 동업할까?"

희소식마냥 눈빛을 반짝반짝 빛내는 은영을 보자 나봄은 웃음이 터져 나왔다.

"은댕 씨, 지금 하시는 공부나 열심히 하세요. 사업은 아무나 하냐? 내가 네 앞에서 무슨 얘기를 못한다. 이그."

피식 웃으며 나봄은 착하기만 한 은영을 보았다. 부유한 집안에 좋은 부모님, 거기다 밝고 예쁜 성격까지 두루 가진 은영은 나봄에겐 평소엔 친구보다는 동생 같은 느낌이었다. 막상 큰일이 닥쳤을 때는 예외긴 하지만.

"윤나봄, 이틀 후야. 잊지 마."

먼저 일어나면서도 재민은 열심히 외쳐 댔고 나봄은 귀찮다는 듯 손을 휘휘 저었다.
"김재민이 갑자기 왜 내 일에 관심이 많아졌대? 원래 안 그러던 놈이."
"재민이네 회사서 직원 뽑는다길래 내가 부탁했어. 너 이번에 그만두게 된 레슨, 금액이 큰 거였잖아. 미안해. 근데 봄이 너 너무 힘드니까. 또 힘들게 레슨 구하고 그럴 바에 차라리……."
걱정스럽던 은영의 얼굴이 떠오르자 나봄은 작은 웃음이 새어 나왔다. 그 작은 친구를 위해서, 그리고 나봄 자신을 위해서도 당분간은 안정적인 직장이 필요할 것 같았다.

"일단 이번 주까지 잡힌 공연들만 끝나면 대대적으로 리모델링 들어갈 거니까 그렇게 진행해 주세요. 다음 달부터는 정식적으로 이 공연장은 KG그룹 이름을 걸게 되는 거니까 민 실장도 지금보다 더 신경 써주고."
한 달 뒤면 정식으로 인수하게 되는, 터는 좋은데 공연 기획이 엉망이라 제값을 못하는 공연장을 문진은 꼼꼼하게 살펴보고 있었다. 본 실내 디자인에는 그다지 큰 문제가 없었지만 굳이 리모델링을 진행하는 것은 처음 인수 계획을 가지고 찾아왔을 때부터 눈에 거슬렸던 지하 공간과 공연장 때문이었다. 특히 지하는 어둡고 어순선한 분위기가 계속 거슬렸다. 더군다나 단점을 가리기 바쁜 책임자가 함께여서 세세한 부분까지 살펴보기가 힘들었다. 문진은 살펴볼 생각에 책임자와 얘기를 하고 있는 석호를 두고 지하로 향했다. 계단부터가 마음에 들지 않아 못마땅한 표정으로 지하에 내려온 문진의 귀에 침침한 지하 공간과는 어울리지 않는 맑은 연주 소리가 들려왔다. 연습실이라면 멀리 떨어져 있을 텐데. 문진은 의아해하면서도 발길을 끌어당기는 연주 소리가 나는 쪽으로 걸음을 옮겼다.

파헬벨의 캐논, 비발디의 사계 중 봄.

봄에 어울리는 노래들이 짧게 몇 부분씩 이어지며 들려오자 문진의 얼굴에는 저절로 미소가 배어나왔다.

"봄이 왔긴 왔나 보구나. 이런 곡들이 땡기는 걸 보면."

끊어진 연주가 아쉬워 입맛을 다시던 문진의 귀에 듣기 좋은 소리는 아니었지만 부드러우면서도 통통 튀는 여자의 목소리가 들려왔다. 그제야 열린 문틈으로 자신의 귀를 즐겁게 해주던 연주자를 살펴보았다.

두꺼운 갈색 뿔테에 보드라운 뺨을 가진 통통한 얼굴, 그에 어울릴 만한 통통한 몸매, 그리고 넓고 편안해 보이는 티셔츠와 청바지를 입은 여자는 턱까지 내려오는 짧은 머리가 귀찮은지 작은 핀으로 옆머리를 대충 꽂아 올리고 악보들을 휘휘 넘기고 있었다.

"근데 이건 뭐야? 봄은 벌써 왔는데 쇼팽에다 사계 중 겨울? 얼씨구, 거기다 가요까지?"

정말 못마땅한 말투로 한숨을 뱉는 여자를 보자 문진은 자신도 모르게 피식 웃음이 나왔다.

"몇 시야? 힉, 열한 시 넘었다. 또 혼나겠네."

나봄은 서둘러 악보를 가방에 넣고 앞에 펼쳐진 보면대와 악기를 챙겨 들었다. 매번 하는 작업이지만 들 때마다 무게가 늘어나는지 철제 보면대까지 챙겨 들자 몸이 저절로 휘청거렸다.

"좀 도와드릴까요?"

몸에 익은 매너 덕에 문진은 나봄의 앞으로 급하게 나섰다.

'이건 또 어디서 튀어나온 놈이래?'

나봄은 자신보다 조금 커 보이는, 사실 배는 커 보이는 남자를 대충 고개만 들고 쳐다봤다.

"아, 엿들을 생각은 아니었는데 연주 소리가 들리기에. 덕분에 좋은 연주 기분 좋게 들었습니다."

두꺼운 안경 너머 여자의 못마땅한 눈빛을 보자 뭔가 큰 죄라도 진 것 같은 기분이 든 문진은 자신도 모르게 궁색한 변명을 늘어놓았다.

"뭐, 제대로 연주한 것도 아니었는데 귀를 조금 업그레이드시키셔야겠네요."

금세 표정을 바꿔 예의상 미소를 지은 나봄은 들고 있던 보면대를 문진에게 떠안기듯 넘겼다. 튼튼한 남자가 도와준다는데 왜 도움을 마다할까. 몸이 재산인 사람은 아낄 수 있을 때 몸을 아껴줘야 한다.

"도와주신다니 감사합니다."

씩씩하게 걸음을 옮기는 여자를 보는 문진의 얼굴에는 작은 미소가 걸렸다. 어쩐지 유쾌한 느낌이 드는 여자였다.

"근데 우리 어디서 만난 적 있습니까? 그쪽이 왠지 낯이 익네요."

멀리서 봤을 때는 몰랐지만 분명히 낯이 익었다. 사람을 많이 대하는 문진은 사람 얼굴을 쉽게 잊지 않는 편이었다. 낯이 익은 거라면 분명 어딘가에서 만난 적이 있을 것이다.
'이것 봐라, 지금 작업을 거시겠다?'
나봄은 걸음을 멈추고 주춤거리며 멈춰 선 문진을 살펴보았다. 멀쩡하다 못해 호감이 갈 만한 얼굴을 하고, 거기다 아주 잘 어울리는 정장을 말끔히 차려입은 남자는 나봄에겐 그다지 익숙한 모습이 아니었다.
"뭐 하시는 분이세요?"
"아, 저는."
문진은 명함을 꺼내려고 손을 움직였다.
"아니요. 명함 같은 건 됐구요. 어차피 주셔도 금방 잊어버리거든요. 그냥 뭐 하는 분이시길래 여기 계시나 해서요. 보아하니 연주자나 지휘자 같지는 않고, 그렇다고 공연 보러 오신 것 같지도 않은데."
무례한 것 같은데도 조금도 무례하게 들리지 않는 말에 문진은 익숙하게 사람 좋은 미소를 지었다.
"왜 그렇게 생각하시죠? 그냥 공연 관람하러 온 걸 수도 있는데."
"공연 관람하러 오신 분들 표정이 대충 두 가지거든요. 기대감과 설렘에 젖은 얼굴이거나 지루하겠다, 저런 걸 뭐 하러 듣지? 라는 얼굴이거나. 그런데 그쪽은 양쪽 다 아닌 것 같아서요."
두꺼운 뿔테가 얼굴을 가리고 있는데도 여자는 다양한 표정으로 감정을 표현하고 있었다.
"그렇습니까? 오늘은 공연을 보러 온 건데. 앞으로는 좀 더 기대감에 젖은 얼굴로 와야겠군요."
부드럽고 좋아 보이기는 하는데 어째 거슬리는 남자의 미소에 나봄은 자신도 모르게 인상을 찡그렸다.
"뭐, 그 편이 듣는 쪽이나 연주하는 쪽이나 다 좋긴 하겠죠. 근데 오늘 공연은 보신 후에도 그다지 얼굴이 펴지진 않으실 것 같네요. 선곡이 엉망이거든요."
내내 불만인지 좀 전보다 더 인상을 찌푸리는 여자의 얼굴을 보자 문진은 여자의 눈앞에 걸쳐진 두꺼운 안경을 벗겨보고 싶은 충동이 들었다. 저걸 벗기면 왠지 지금보다 더 즐거운 걸 볼 수 있을 것 같은 기분이 들었다.
"그렇습니까? 전 아까 그쪽, 아, 이름이 어떻게 되시죠? 저는 강문진이라고 합니다. 명함은 됐다고 하시니 그만두죠."
'그래, 그 웃는 얼굴에 여러 여자 넘어갔겠다. 한가하면 좀 더 구경하고 싶다만 내가 지금은 좀 바쁘네.'
몇 년의 레슨으로 단련된 접대용 미소를 지은 나봄은 아무래도 도움인지 뭔지를 끝까지 받았다가는 귀찮아질 것 같아서 남자의 앞에 놓인 보면대를 들었다.
"제 이름은 별로 필요가 없으실 것 같은데요. 어쨌든 도와주셔서 감사합니다. 지금은 제가 좀 바빠서."
"이왕 시작한 일인데 끝까지 하죠."
서둘러 걸음을 옮기려는 나봄의 손에서 다시 보면대와 덤으로 가방까지 뺏어 든 문진은 어이가 없다는 시선으로 자신을 보는 여자에게 어서 앞장서 가라는 고갯짓을 했다.
"굳이 도와주시겠다면 거절하는 것도 예의가 아니겠죠?"
'정말 어디서 본 적이 있나?'
걸음을 옮기며 열심히 기억을 되짚어봤지만 아무리 떠올려도 저렇게 쓸데없이 친절하고 잘나 보이는 남자는 본 적이 없었다.
미안한 기색도 없이 다시 씩씩하게 걸어나가는 여자가 문진은 볼수록 재미있어지고 있었다.
"여기예요. 감사합니다."
벌써 연습이 시작됐는지 연주가 흘러나오는 문 앞에 멈춰 선 나봄은 가방과 보면대를 어정쩡하게 든 남자를 마주 보았다.
"감사하다는 말만으론 이거 너무 싼 거 아닙니까? 꽤 먼 거리를 이 무거운 걸 들어주고 거기다 난 이름까지 알려줬는데. 아무래도 내가 손해 본 것 같은데……."
쉽게 넘어가지 않을 것 같긴 했지만 장난스럽게 빛나는 남자의 눈을 보자 나봄의 입에선 저절로 한숨이 나왔다.
"저기요, 제가 좀 늦어서 저 안에 들어가면 한바탕 깨질 예정이거든요."
드러내려 하진 않지만 짜증이 묻어나는 여자의 얼굴을 보자 문진은 어째서인지 점점 즐거워지고 있었다.
"이름이라도 알려주시죠. 제 호의에 대한 대가는 그 정도면 충분합니다."
여자에게 이런 식으로 다가간 적은 없었지만 이 여자의 이름이라도 알고 싶었다.
'왜 저렇게 이름에 목숨을 건데? 여자 이름 모으는 게 취미인가? 생긴 건 말짱해 가지고 성격 참 특이하네. 그나저나 뭘 쥐어줘야 가려나?'
윤나봄. 사람들은 그녀의 이름을 한 번 들으면 쉽게 잊지 않았다. 거기다 간혹 호기심이 넘쳐 감당 못하는 사람들은 특이하다며 대뜸 이름의 뜻을 묻기도 했다. 그럴 때마다 별 뜻도 없는 특이한 이름은 늘 거추장스럽게 느껴졌다. 유별나다는 소리를 들을지도 모르지만 나봄은 뭐든 공평한 게 좋았다. 그녀가 기억조차 못할 사람들이 '아, 그 특이한 이름'이라며 그녀를 기억하는 건 불공평하니까. 나봄은 그래서 이름을 함부로 말하고 싶지 않았다.
눈앞에 있는 문진을 신경 쓰지 않은 채 인상만 쓰고 있던 나봄이 갑자기 가방을 뒤적거리기 시작했다.
"이거요. 드릴 게 이것밖에 없네요. 제 이름보다는 쓸모있을 거예요. 도와주셔서 감사합니다."
'에휴, 내 피 같은 삼천 원.'
과도한 지출이었던 삼천 원이 아쉬워 입맛을 다신 나봄은 문진의 손에 책갈피를 쥐어주곤 최대한 환하게 미소를 지은 후 돌아서서 문을 열고 들어갔다.
아직 남아 있는 여자의 옅은 차가움과 함께 손에 쥐어진 책갈피는 봄처럼 상큼한 향기를 머금고 있었다. 그의 미소에 얼굴을 붉히는 게 아닌 인상을 찡그리는 여자는 처음이었다. 당황스러울 정도로 확연하게 보이던 그 표정이 문진을 즐겁게 만들었다. 상큼한 책갈피 향과 함께 사라진 여자는 이유없는 즐거움을 만들어준 특이한, 혹은 특별한 여자였다. 처음으로 여자를 통해 느낀 흥미로운 감정은 문진을 낯설면서도 즐겁게 만들고 있었다.

"오늘 공연 선곡 표 봤어?"
"어딜 다녀오십니까?"
어디로 사라졌다 한참 만에 나타나서는 대뜸 공연의 선곡 표를 묻고 나서는 상사에게 석호는 인상을 찌푸리는 것으로 항의를 대신했다.
"선곡 표 봤냐고."
"대충요. 근데 엉망이에요. 날은 벌써 봄인데 좀 산뜻하면 좋을 걸 곡들이 너무 어두워요. 거기다 어설프게 가요까지."
"감각은 있나 보군."
어딜 갔다 온 건지 한껏 기분 좋은 얼굴로 웃고 있는 문진을 석호는 이상한 듯 쳐다보았다. 보통 때도 밝고 바른 이미지의 사람이지만 남들이 보는 앞에서 이 정도까지 유쾌함을 풍기는 사람은 아니었다.
"무슨 일 있으셨어요? 기분이 상당히 좋아 보이시는데."
"그냥 좀."
문진은 손에 들린 책갈피를 바라보며 또다시 피식 웃음을 지었다.
"뭐야? 일이 아닌 것 같은데. 그건 뭐 하러 샀어?"
아무래도 상사에게 물을 말이 아닌 것 같아 석호는 말투를 바꿨다.

"이거 어디서 팔아?"

문진의 손에 들린 책갈피를 보며 석호는 로비 구석에 자리한 샵을 가리켰다.

"저기. 선배가 없애 버리고 싶어하는 저 가게에서 파는 건데, 삼천 원이던가?"

"뭐? 삼천 원? 풋, 하하하하!"

문진은 한참을 소리 내 웃었다. 자신의 이름보다는 쓸모있을 거라는 삼천 원의 책갈피 덕분에 특이한 여자의 유쾌함은 점점 상쾌함으로 바뀌어가고 있었다.

"오빠, 우리 약혼이요. 언제 할까요?"

아침부터 사무실로 들이닥쳐 쨍쨍거리는 여자의 목소리에 문진은 머리가 아파왔다.

"소라야, 난 너랑 그럴 생각 없다. 그러니까 약혼 타령 좀 그만해."

문진은 애써 짜증스러움을 삼키고 좋게 타이르듯 말했지만 그럴수록 소라는 약혼이란 소리를 더 많이 꺼냈다.

"약혼하면 오빠 옆집으로 이사도 할 거예요. 오빠 아침도 챙겨주고 퇴근하면 저녁도 같이 먹고, 그러니까 우리 빨리 약혼해요. 응? 약혼해야 엄마가 나가서 사는 거 허락해 준다고 했단 말이에요."

"누누이 말했지? 넌 나한테 그냥 아버지 친구 분의 딸, 그 이상도 이하도 아니라고. 회사까지 찾아와서 자꾸 이러면 그 정도의 관계도 안 된다는 거 진작부터 말했을 텐데."

"그럼 회사 아닌 데는 만나러 와도 돼요? 오빠 오피스텔이라든지, 아니면 호텔도 괜찮구요. 어차피 결혼할 건데 어디면 어떻겠어요? 난 전부 다 준비됐어요, 진작부터."

"최소라!"

경고를 제대로 못 알아들은 소라는 여전히 밝은 목소리로 문진을 보며 웃고 있었다.

"난 오빠랑 꼭 약혼할 거예요. 그리고 결혼도 할 거구요. 그러니까 이제 그만 인정해요. 어른들도 다 허락하셨는데. 일해요, 오늘은 그만 갈게요."

끝까지 속을 뒤집고 나가는 소라의 뒷모습을 보며 문진은 펼쳐 들었던 서류를 탁 소리가 나게 덮어버렸다.

"이사님, 오늘 일정은······."

석호는 문진의 핀잔을 피하기 위해 서둘러 스케줄을 읊기 시작했다.

"민석호, 너네 집안은 전부 저러냐?"

오늘은 소라의 행동이 그를 과하게 건드렸는지 잘생긴 문진의 이마는 잔뜩 구겨져 있었다.

"전부는 아닙니다. 유독 고모님이 그렇죠. 고모님을 빼닮은 소라랑."

잘못 건드리면 불똥이 자신에게 튈 게 뻔히 보이기에 석호는 대충 대답을 하고 다시 스케줄을 읽어 내려갔다.

"오전엔 문화기획부 보충 직원 면접이 있고, 두 시에는 외국 공연팀과 미팅이 있습니다."

수첩을 덮고 문진을 보자 아직도 굳은 얼굴로 자신을 쳐다보고 있었다.

"선배, 소라는 내 소관이 아니야. 그 녀석 내가 감당할 수 있는 애가 아닌 거 알잖아. 그러는 선배야말로 다른 사람들은 웃는 얼굴로 잘도 구워삶으면서 소라는 왜 못하는 건데."

"말이 먹혀야 굽든지 태우든지 하지. 막무가내로 덤벼드는 애한테 무슨 소릴 하냐?"

떠올리는 것만으로도 골치가 아파진 문진은 고개를 저었다.

"그래, 선배도 어떻게 못하는 애를 내가 어쩌겠어? 그러게 그 콩깍지 씌워줄 여자 대충 찾으라니까."

"민석호 너까지 안 그래도 충분하니까 나가서 일봐라. 면접자들 도착했으면 삼십 분 후에 면접 시작하고."

"준비하겠습니다. 근데 선배, 소라가 오늘 저녁에 회사 앞에서 기다린대. 난 전했다."

"야, 인마! 민석호!"

소리를 질렀지만 이미 자신을 피해 사라진 놈이 대답할 리도 만무하기에 문진은 짜증스러운 한숨만 내뱉었다.

"비서 하나는 기가 막히게 뒀군."

아침부터 전화로 깨워대는 재민 때문에 나봄은 일찌감치 준비를 마치고 대기업이라 입이 닳도록 말하던 재민의 회사로 향했다. 서울 중심가에 몰려 있는 기업 건물들 중에도 올려다보려면 한참이 걸릴 만큼이나 높고 커다랗게 KG그룹이라고 새겨진 회사 로고를 보자 들어가고 싶은 마음이 싹 사라졌다.
"나봄아, 여기!"
로비로 들어서자마자 반갑게 달려나오는 재민에게 나봄은 불편한 심기를 그대로 드러냈다.
"이렇게 큰 회사에서 나 같은 사람을 쓰겠냐? 나 할 줄 아는 거 별로 없다."
잡지 않으면 금세라도 돌아설 것 같은 나봄을 억지로 붙잡아 커피숍으로 끌고 들어온 재민은 나봄의 플루트 가방을 챙겨 들었다. 다른 건 다 버려도 저 플루트만은 절대 떼어놓지 않는 나봄이기에 그게 자신에 손에 있다면 도망은 못 갈 거라고 재민은 확신하고 있었다.
"도움이 되고 안 되고는 회사 측에서 판단하니까 제발 얌전히 면접이나 봐. 그래도 잔소리한 보람은 있었네. 청바지랑 티셔츠 안 입은 걸 보면."
아침부터 열심히 잔소리를 해댄 덕인지 얌전한 아이보리 빛 투피스 정장을 입고 나타난 나봄을 재민은 만족스럽게 보았다. 반면 나봄은 흘러내리는 머리부터 하늘거리는 치마까지 귀찮기 짝이 없는 자신의 모습에 한숨만 나올 뿐이었다.
"그러니까 평소처럼 막말만 하지 마. 알았지? 면접 보는 사람은 너까지 해서 넷이고 뽑는 건 두 명이니까 확률은 무려 50%야. 알지? 떨어지면 안 된다."
"알았으니까 그만 해. 너 이상할 정도로 이 일에 집착한다?"

평소에는 그냥 친한 친구 정도인 재민이 평소에는 하지도 않던 강요와 협박, 거기다 잔소리까지 더하자 나봄은 의심스러운 눈으로 재민을 보았다.
"집착은 무슨. 그냥 친구에 대한 관심이지. 은영이도 네 걱정하잖아. 나도 그래. 얼른 들어가, 늦는다."
뻔히 은영의 부탁이 있었다는 걸 알면서도 재민의 진심도 섞여 있다는 것을 알기에 나봄은 웃으며 재민의 말을 넘겼다.
"내 필이 잘 보살펴. 걔 없음 나 죽는다. 알지?"
악기를 시작한 지 얼마 되지 않은 무렵, 나봄은 혼자서 힘겹게 연주를 하는 것이 아닌 둘이라는 느낌이 들도록 플루트에게 필이는 이름을 붙여줬다. 그날 이후부터 십 년이 훌쩍 넘어간 지금까지 나봄에 필이는 가장 중요한 존재가 되었다.
나봄은 영 마음이 놓이지 않아서 재민의 손에 들린 플루트를 몇 번이나 바라보다 떨어지지 않는 걸음으로 면접장이라 써져 있는 작은 회의실로 들어섰다.
'경제난이긴 경제난인가 보네.'
다들 미용실이라도 다녀왔는지 곱게 단장하게 앉은 면접자들을 보며 나봄은 슬쩍 자신의 모습을 훑었다. 영 불편하긴 했지만 못 봐줄 만하진 않겠다 싶어 자리에 앉자 긴장된 분위기 속에 서로를 견제하는 눈빛들이 보였다.
"다 오셨군요. 그럼 시작하겠습니다. 호명하시는 순서대로 따라 들어오시면 됩니다."
딱딱해 보일 만큼 반듯한 인상의 남자가 면접자들을 한 명씩 불러갔고 약 한 시간쯤 시간이 지나자 텅 빈 공간에 나봄 혼자 앉아 있었다.
"계약직 여사원 하나 뽑는데 무슨 면접을 이리도 오래하시는지."
자신도 모르게 투덜거림이 올라와 나봄은 고개를 저었다.
"다 경험이니라. 참자, 윤나봄."
"윤나봄 씨, 따라오세요."
나봄은 자리에서 일어나 스커트를 툭툭 털었다. 익숙지 않은 구두에 발이 아파왔지만 되도록 바르게 보이기 위해 걸음에 신경을 쓰며 남자를 따라 문화기획 이사실이라는 곳으로 들어갔다.
"이사님, 마지막 면접자입니다."
자기 자랑에 바쁜 여자들을 한 시간 넘게 상대한 문진은 얼굴은 웃고 있었지만 슬슬 지쳐 가고 있었다. 고작 임시직 여직원 뽑는데 뭐 그리 자랑할 게 많은지. 지루함과 함께 마지막 이력서를 넘기자 이력서와는 어울리지 않는 사진이 그를 반기고 있었다. 두꺼운 뿔테를 걸친 사진 속 여자는 삼천 원의 책갈피로 그를 즐겁게 만들었던 그 여자와 아주 닮아 있었다. 며칠 전까지 멀쩡히 연주를 하던 연주자가 갑자기 면접이라니. 말도 안 되는 우연을 기대할 만큼 그 여자가 특별하게 느껴지긴 한 모양이다.
"마지막입니다, 이사님."
석호의 말과 함께 직무실로 들어서는 여자를 무심히 보던 문진의 눈이 놀라움으로 커지고 있었다.
설마 했는데 분명 그 여자였다. 오늘은 펑퍼짐한 티셔츠와 허름

한 청바지가 아닌 얌전한 정장을 입고 있어서 자칫하면 못 알아볼 수도 있었지만 눈앞에 올려진 두꺼운 뿔테가 확신을 심어주고 있었다. 그런데 왜 면접을, 아니, 그런 건 상관없었다. 이렇게라도 다시 만났으니 그와 그녀는 스쳐 지나갈 인연이 아닌 것은 분명했다.

"안녕하십니까, 윤나봄 씨?"

'이름 한번 특이하군.'

그제야 이력서의 이름을 발견한 문진은 그때 여자가 왜 이름을 말하길 꺼려했는지 아주 조금은 이해할 것 같았다. 특이한 이름이니 잊혀지지 않을 게 분명했다. 그게 여자에겐 거추장스러운 일이었을 것이다. 기억도 못하는 이들에게 특이한 이름이라는 존재로 기억되는 것. 별거 아니지만 고집스러워 보이는 여자에게는 잘 어울리는 이유였다.

"예, 안녕하…… 어라?"

인사를 하고 자리에 앉은 나봄은 먼저 인사를 건네는 목소리에 두리번거리던 시선을 이사에게로 옮겼다. 그 남자였다. 과도한 친절을 받은 대가로 그녀에게 피 같던 삼천 원을 쥐어줘야 했던 남자. 보기 좋은 미소를 짓는데도 이상하게 그 미소가 거슬리던 그 남자. 오후 햇살이 그대로 들어오는 공간에서 다시 마주한 남자는 처음 봤던 그날과는 조금 다른 느낌이었다. 말끔하다고는 생각했지만 잘생겼다는 생각은 들지 않았던 얼굴이 오늘은 깔끔하게 잘생겼다고 느껴졌고, 15cm는 넘게 커 보이던 키도 앉아 있으니 그리 크게 느껴지지 않았다. 그리고 환한 미소와 함께 살짝 보조개가 생긴다. 처음 만났을 때는 저런 미소가 아니었는데. 나봄은 살짝 설레는 가슴을 진정시키려 애썼다.

'어쩐지 보통 사람이랑은 다른 것 같았어.'

이만한 회사에 그것도 이 정도의 높은 위치에 있다면 누구든 여유로워질 수 있다. 그리고 사람이 여유로워지면 모든 면에서 너그러워지는 법이다. 아무리 생각해도 명쾌한 대답이 나오지 않던 친절의 이유를 이제야 알 것 같았다. 여유와 조금의 매너만 있다면 누구나 할 수 있는 일. 이 남자는 단지 자신의 만족감을 위해 그녀를 도왔을 것이다. 사실을 알고 나자 어째서인지 조금 씁쓸해지긴 했지만 나름 보상도 했고. 일단 지금은 면접을 해결해야 했다.

놀랄 만도 한데 고작 어라? 라는 말을 하고 의외라는 눈빛으로 자신을 보는 여자를 보자 문진은 피식 웃음이 나왔다.

"또 만나는군요, 윤나봄 씨. 나 기억합니까?"

"그럼요. 고작 며칠 전인데. 강문진 씨, 아니, 이사님이시군요."

어디서 나오는 배짱인지 나봄은 생글생글 웃으면서 문진의 말을 받아쳤다.

"안면은 안면이고 일단 면접부터 봅시다. 윤나봄 씨, 플루트 전공이신데 학교 졸업하고 뭐 하셨습니까? 지금 나이가 스물일곱이면 학교 졸업하고는 시간이 좀 지났는데."

"입시생들 레슨하고 대학원 준비하고 그러다 대학원 들어가서 한 학기 다니다 관뒀습니다."

여전히 사람 좋은 얼굴로 웃으면서도 날카롭게 묻는 문진에게 나봄도 웃는 얼굴로 대답했다.

"왜 관뒀습니까?"

"원래부터 음악 공부는 대학까지만 하려고 했습니다만 어머니가 대학원 가는 걸 너무 바라셔서 갔던 거였고, 그러다 집안사정이 안 좋아져서 그만뒀습니다."

"직장 생활 경험은 거의 없는 것 같은데, 우리 회사에 지원하게 된 이유는 뭡니까?"

막상 예상했던 질문이 나오자 나봄은 잠시 망설임이 들었다. 재민이 말한 대로 보통의 면접자들이 말하는 것처럼 말해야 하나, 아니면 솔직하게 말해야 하나. 고민을 하던 나봄은 서둘러 마음을 정하고 입을 열었다.

"세계로 뻗어나가는 글로벌 기업인 KG그룹 문화공연 기획부에서 저의 전공이 전공인만큼 실전 경험을 살려서 공연을 기획하고 진행하는데 많은 도움이 될 거라고 생각하고 저 또한 회사에 많은 도움이 되면서 보람을 느끼고 싶습니다. ……이런 식의 대답은 앞에 분들이 다 하셨을 테니 관두겠습니다."

외우기라도 한 듯 실수 한번 없이 읊어대는 나봄을 보며 실망스러움을 느끼던 문진은 뒤이어 이어지는 나봄의 말에 금세 즐거움으로 눈빛이 반짝였다.

"강문진 이사님도 회사에서 월급을 받고 일하시죠? 수당을 받음으로써 직원들은 회사를 위해 최선을 다해 일하는 거고 회사 역시도 그에 상응하는 수당을 직원들에게 돌려주는 거니까. 회사를 위해 이 한 몸 불사질러 보겠다는 말보다는 솔직하게 돈 벌려고 지원했다는 게 저한테는 더 어울리는 것 같습니다. 뭐, 그것도 강문진 이사님 말씀대로 사회생활 경험이 없는 제게 기회가 주어졌을 때의 얘기지만요."
똑 부러지게 말하고는 미소까지 짓는 나봄을 보며 두 남자는 황당함에 허 하고 실소를 터뜨렸다.
"그럼 회사가 목적인 돈을 지불했을 때는 윤나봄 씨는 우리 회사를 위해 그 한 몸 불사질러 보겠다는 겁니까?"
그녀를 쓱 훑어내리는 문진의 시선을 느끼며 나봄은 잠깐 생각을 하듯 눈동자를 위로 올려보더니 고개를 끄덕였다.
"일한 만큼의 보수를 주신다면 그렇겠죠? 하지만 우리나라가 그런 나라가 아니니 일한 만큼 받는다는 건 무리일 테고 그냥 적정한 수준의 임금을 주신다면 열심히 해보겠습니다."
"윤나봄 씨, 정말 우리 회사에서 일할 마음이 있는 겁니까?"
너무도 당당하게 할 말을 다 하는 여자가 재미있으면서도 기가 막혀서 문진은 펼쳐 둔 이력서를 다시 훑어보며 물었다. 아무리 봐도 내놓을 만한 경력이라고는 눈곱만큼도 없었다.
"그것보다 나이도 적지 않고, 뭐 하나 특출난 경력도 없는 윤나봄 씨를 우리가 고용할 거라고 생각하는 겁니까?"
'나이? 그럼 아까 젊고 싱싱한 애들 뽑지, 이력서 보고도 면접은 왜 보는 건데? 에휴, 내 팔자에 무슨 회사. 됐다, 됐어.'
나봄은 얼굴은 웃고 있었지만 나이를 걸고넘어지자 욱하는 성격이 올라오면서 자리를 박차고 나가고 싶은 마음이 간절해졌다. 하지만 재민을 봐서라도 일단 정리는 해야 했다.
"여자 나이 스물일곱이 말씀하신 것처럼 적은 나이는 아니죠.

저도 제 나이가 적지 않다는 건 아주 잘 알고 있습니다. 그리고 특출난 경력이란 게 뭔지는 모르겠지만 그런 게 없다는 거 잘 알고 있습니다. 나이나 경력 때문에 고용하지 않으시겠다면 저도 더 이상은 드릴 말씀이 없네요. 그럼 이만 일어나도 되겠죠?"

자리에서 일어나면서 얼굴에서 미소를 지운 나봄은 정중하게 인사하는 걸 잊지 않고 몸을 돌렸다.

"아! 아까 보니까 저를 뺀 나머지 면접자 분들은 쭉쭉빵빵한 게 아주 싱싱하시던데 그분들 중에서 특!출!난 경력이 있는 분들로 고르시면 딱이겠네요. 그리고 앞으로는 직원 뽑으실 때 자격란에 꼭 적어주세요. 몇 살 미만 아니면 입사 금지! 라구요. 그럼 나이 들고 특!출!난 경력이 없는 저는 이만 실례하겠습니다."

나봄은 쾅 소리가 나게 문을 닫고는 이사실을 나왔다. 그와 동시에 문 안쪽에서 남자의 웃음소리가 들려왔다.

"웃어? 그래, 웃어라. 그런 지는 얼마나 먹었길래? 하여간 수컷들이란 어린 여자라면 정신을 못 차리지."

나봄은 씩씩대면서 재민에게 전화를 걸었다.

"야! 너 내 필이 데리고 당장 로비로 내려와!"

한참을 큰 소리로 웃던 문진은 석호의 의아한 눈빛을 보았다.

"아는 사이였어, 윤나봄 씨랑?"

"그런 너도 아는 사이냐?"

"기획부 김재민 씨가 소개한 사람이야. 귀띔해 준다는 게 깜박했네. 근데 저런 식으로 말 할 거면 면접은 왜 본 거야?"

"나이 얘기가 자존심을 건드렸을 거야. 근데 김재민 그 빼질이? 둘이 어떻게 아는 사이래?"

문진은 다시 나봄의 이력서에 눈을 두며 물었다.

"대학 동창이래. 같은 동아리였는데 전공은 플루트인 사람이 동아리에서는 연주보다는 공연 기획하고 그런 일을 더 많이 했다고. 근데 선배는 뭐가 그렇게 재밌어?"

석호는 나봄의 이력서를 못마땅하게 보았다.

"어이가 없어서 재밌기도 하고, 불쾌하지 않아서 재밌기도 하고. 저것도 재주라면 재주지. 다음 주부터 윤나봄 씨 네 옆에 자리 하나 만들어줘라. 그리고 나머지 한 명은 기획실로 보내고."

"내 옆? 기획실이 아니라?"

기획실 직원을 뽑는다고 면접을 본 건데 그것도 탐탁지 않은 사람을 옆 자리에 앉히라니 석호는 황당하게 문진을 쳐다보았다.

"비서 보조 겸 기획실 직원으로 해두자. 어차피 너 혼자 비서 하기 벅차잖아. 나머진 내가 알아서 할 테니까 넌 자리나 만들어놔. 장시간 앉아도 편안한 의자와 튼튼한 책상으로."

처음 만났을 때와 같은 상큼한 향이 문진의 콧가를 간질이고 있었다. 벌써부터 윤나봄과 한사무실에서 볼 날이 기다려졌다. 처음 그에게 삼천 원의 기분 좋음을 안겨준 그 여자를 매일 볼 수 있다는 것만으로 문진의 마음은 기분 좋은 봄 향이 가득 찰 것만 같았다.

"너 무슨 짓 하고 온 거야?"

로비로 내려오자마자 플루트를 챙겨 들면서 씩씩대는 나봄을 재민은 불안하게 보았다.

"몰라. 내가 아는 건 날 소개한 너까지 잘릴지도 모른다는 정도다. 뭐, 정말 그렇다면 이 무식하게 큰 회사도 볼 장 다 본 거니까 혹 잘리면 소송이라도 걸든지. 나 간다."

"야! 윤나봄!"

불안한 목소리의 재민을 뒤로하고 나봄은 빠르게 건물을 빠져나왔다.

"강문진. 생글생글 사람 좋게 웃으면 다른 사람들은 다 좋은 사람이다 할지 몰라도 난 아니거든. 뭐? 나이? 특출난 뭐? 웃기고 있네. 됐다, 됐어. 이딴 회사 다녀달라고 빌어도 안 다닌다."

눈을 부라리며 높은 회사 건물을 한참이나 노려보고 나서야 나봄은 발걸음을 돌렸다.

"에휴, 그나저나 어디서 레슨 자리를 구하나? 아니면 또 아르바이트를 알아봐야 하나?"

당장 다달이 갚아야 할 돈을 생각하니 사라진 일자리가 조금 아쉬워져 나봄은 한숨이 흘러나왔다.

2 ; 봄 맛 샤베트

레슨이 끝나고 악기를 정리해 넣던 나봄은 낯선 전화번호로 걸려온 전화를 받을까 말까 망설이며 보고 있었다.

"샘, 전화요. 안 받으셔요? 제가 받을까요?"

"됐으니까 악기나 챙기세요."

이제 막 고3인 유나는 나봄을 장난스럽게 보다 멈췄던 악기 정리를 다시 시작했다.

"여보세요."

[윤나봄 씨? 저 강문진입니다.]

"누구시라구요?"

아무래도 잘못 들었지 싶어 한 톤 높아진 목소리로 다시 묻자 미소가 느껴질 만큼 밝은 목소리의 문진이 다시 대답했다.

봄 맛 샤베트 45

[KG 강문진입니다. 이번엔 제대로 들으셨습니까?]

'이 사람이 무슨 일로 전화를 했지? 설마 재민일 진짜로 잘랐나? 아니지, 그랬으면 그놈한테 전화가 왔어도 몇 번은 왔지.'

[윤나봄 씨?]

"샘, 불러요."

오래됐음에도 지나치게 좋은 성능을 자랑하는 전화기가 바깥까지 문진의 목소리를 전하자 나봄은 대답을 서둘렀다.

"네. 근데 무슨 일이시죠? 전 강문진 씨랑 통화할 일이 없는 것 같은데."

잠시 뜸을 들이긴 했으나 당황한 흔적이 조금도 없는 나봄의 목소리에 문진의 얼굴엔 어느새 미소가 걸려 있었다.

[얘기를 좀 하고 싶습니다, 전해줘야 할 말도 있고. 지금 어디 계시죠? 제가 그쪽으로 가죠.]

"샘, 만나자는데요. 남자 맞죠? 만나보세요."

"김유나, 우리 레슨 더 할까?"

나봄은 유나가 시선을 돌리고 나서야 다시 통화를 이어갔다.

"죄송합니다. 잠깐 정리 좀 하느라구요. 근데 만나자고 하셨나요?"

[네. 제가 그쪽으로 가겠습니다. 물론 윤나봄 씨가 시간을 내주신다면요.]

왠지 거절하면 손해라는 뉘앙스가 느껴지는 건 그녀만의 느낌인가 싶었지만 뭐 잠깐이니까. 나봄은 곧 결정을 내리고 말했다.

"그럼 그러죠."

만날 곳을 정하고 전화를 끊자 유나는 여전히 호기심 가득한 눈으로 나봄을 보고 있었다.
"연습 빼먹지 마. 다음 주에 봤는데 그대로면 알지?"
"샘, 진짜 누구예요? 저 모르게 애인이라도 생기신 거예요?"
여고생의 호기심을 누가 말릴 수 있을까. 나봄도 저때는 세상만사가 다 궁금하고 특히 남의 연애사는 아주 큰 관심거리였다.
"내 사생활은 신경 끄시고 공부나 하세요. 간다."
"샘, 잠깐만요. 같이 가요."
나봄은 급하게 겉옷을 챙겨 입고 따라나서려는 유나에게 다시 잔소리를 하기 위해 몸을 돌렸다.
"참고서 사러 가요, 참고서. 됐죠?"
미리 눈치를 채고 말을 막은 유나는 얼른 나봄의 팔에 팔짱을 끼고 따라나섰다.
"너 참고서는 핑계고 또 남자 친구 만나러 가는 거지?"
"아뇨. 걔는 참고서 사는 김에 잠깐 보는 거예요. 샘은, 다 아시면서."
귀엽게 웃는 유나를 보자 나봄의 얼굴에도 미소가 지어졌다.
"그렇다고 해두자. 근데 적당히 해라. 뭐든 지나치면 안 하느니만 못한 거 알지? 연애란 건 특히 더 그래."
진지하게 얘기하는 나봄을 보며 유나는 장난스러운 웃음을 지었다.
"왜 웃어?"
"샘, 꼭 연애 디따 많이 해본 사람 같아서요. 사실은 안 그러면서. 맞죠?"

"맞긴 뭐가 맞아? 지금이야 좀 숙성돼서 그렇지 너만할 땐 아니, 대학 가고부턴 오는 남자 안 막았다. 내가 너만할 땐 연습하느라 정신이 없었지."

못 믿겠다는 눈으로 자신을 보는 유나를 무시하며 나봄은 피식 웃었다.

"못 믿겠음 안 믿어도 되지만 그 나이에 피 터지게 연습만 한 건 사실이니까 명심해. 알지? 연습, 또 연습. 연습만이 살길이야."

"샘까지 안 그러셔도 엄마랑 학교에서 공부 소리보다 더 많이 듣는 게 그 말인 거 아시잖아요."

금세 삐죽거리는 유나의 모습에 나봄은 팔에 껴져 있던 손을 꼭 잡았다. 그녀도 고등학교 때는 학교와 집, 그것도 학교에서는 연습실에만 박혀 있었고 집에 와서도 엄마의 등쌀에 자기 전까지 연습만 했었다. 음악을 전공하는 건 앉아서 공부만 하는 것과는 또 다른 고통이다. 지금 유나는 입시라는 벽 앞에서 그 고통을 즐기는 법을 배우는 중이고, 레슨 선생인 자신이 해줄 수 있는 건 연습과 조언, 그리고 이런 따뜻한 관심이 다였다.

"그래도 이왕 하는 거 즐겁게 하자. 플루트 미워하지 말고 사랑해 줘야지. 그래야 음악도 예쁘게 나오는 거야."

"샘, 솔직히 말해봐요. 남자랑 연애한 게 아니라 플루트랑 연애한 거죠?"

"그래, 그랬다. 내 사랑은 필뿐이거든."

플루트를 시작한 후로는 다른 사람과 같은 플루트란 말 대신 필이라는 이름을 붙여놓은 나봄은 어깨에 걸린 플루트 가방을 살짝 쓸어내렸다. 어쩌면 유나의 말처럼 그녀의 인생 반은 필과의 연애 기간인지도 모른다. 앞으로도 그럴 테고.

친구처럼 웃고 떠들며 번화가로 내려온 둘은 나봄이 정한 약속 장소인 버스 정류장 쪽에 서 있는 문진을 발견했다.

"샘, 저 사람 맞죠? 누구예요? 진짜 멋지다."

자신의 차인지 참으로도 잘 어울리는 고급 차에 기대선 문진을 보며 열심히 탄성을 지르는 유나 덕에 나봄도 잠시 문진을 쳐다보았다.

'멋져? 스타일이 좋긴 하지만.'

나름의 평가를 내리려는 순간 고개를 돌린 문진과 눈이 마주쳤다. 환하게 웃는 그의 모습에 요란스럽게 감탄하는 유나의 팔을 나봄은 살짝 꼬집었다.

"김유나, 그만 하고 얼른 가."

나봄의 경고에도 불구하고 유나는 말릴 틈도 없이 문진에게로 다가갔다.

"안녕하세요. 전 울 샘 애제자 김유나라고 합니다. 근데 누구세요? 울 샘하고는 무슨 관계시죠?"

호기심과 즐거움으로 초롱초롱하게 빛나는 눈을 하고는 열심히 질문 공세를 하는 유나를 문진은 여전히 사람 좋은 미소로 마주보았다.

"유나야, 다음 주엔 너의 연애문제에 대해서 어머니랑 상담 좀 할까? 아님 레슨을 오늘의 딱 두 배쯤 할래?"

"샘, 그렇게 치사하게 나오시구. 칫. 가요, 가. 아저씨, 그럼 울 샘 좀 잘 부탁드려요. 보기보다 덜렁대시거든요. 그럼 담에 또 봬요."

끝까지 문진에게 관심을 보이며 사라지는 유나를 보는 나봄의 표정은 처음보다 한결 풀어져 있었다.

"죄송합니다. 워낙 호기심이 많은 애라서. 근데 아직 고등학생이에요. 만으로 열여덟 살."

아무리 그가 어린 여자를 좋아한다고 생각해도 노골적으로 드러내 놓고 자신의 제자가 고등학생임을 강조하는 나봄을 보자 문진은 웃음이 터져 나왔다.

"압니다. 걱정 마세요. 그나저나 저녁은 드셨습니까? 전 아직 식전인데, 같이 저녁이나 먹으면서 얘기하죠."

제자를 바라볼 때는 부드럽고 따뜻하더니 그를 보는 눈은 딱딱했다. 아무래도 면접 때 일이 저 여자 머릿속에 단단히 박혀 있는 것 같았다. 보조석 문을 열고 타라는 몸짓을 보이자 나봄은 내키지 않는지 머뭇거리며 차에 올랐다. 차에 타고서는 분위기가 어색해서인지 꼼지락거리며 가방을 주물럭거렸다. 문진은 그런 나봄이 귀여워서 내내 미소를 지었다. 짧은 시간에 참 다양한 모습을 보여주는 여자였다, 윤나봄은.

도착한 곳은 서울 중심가에 위치한 고급 식당이었다. 나봄은 식당에 들어서면서부터 주변을 두리번거리더니 자리에 앉아서도 이리저리 살펴보고 있었다. 나봄이 문진을 바라본 것은 그가 주문을 다 마친 후였다.

"적당히 시켰는데 괜찮으시죠?"
"알아서 시키셨겠죠. 근데 무슨 일로 보자고 하신 거예요?"
나봄은 귀찮으니 얼른 용건을 말하라는 투였다.
"일단 밥부터 먹고 하죠. 오늘은 제대로 된 밥을 구경도 못했거든요."
"이것도 밥은 아닌 것 같지만 일단 드세요. 배고픈 사람 잡고 얘기 들을 만큼 야박하진 않으니까."
나봄은 앞에 놓인 보기 좋은 음식을 못마땅하게 쳐다보았다.
"윤나봄 씨한테 이 음식은 밥이 아닙니까?"
문진은 얼굴에 즐겁다는 표정을 한가득 담으며 물었다.
"한국 사람이 밥이라 일컫는 것이 아니라는 거죠. 그나저나 안 드세요? 배고프시다더니."
앞에 놓인 접시를 못마땅하게 보며 나봄은 포크와 나이프를 들었다.
'이런 건 한 접시에 얼마나 할까? 근데 저 남자는 이거 먹고 저 체력이 유지가 되나? 뭐, 그래. 입이야 즐거울 테니 배는 집에 가서 채우지 뭐.'
보기에도 한입 거리밖에 되지 않는 고깃덩어리를 그래도 배운 게 있는지라 얌전히 썰어서 입으로 밀어 넣자 예상했던 것보다 훨씬 더 입이 즐거워지는 걸 느꼈다.
음식을 보자마자 저런 걸 뭐 하러 먹나 싶은 얼굴이더니 막상 먹기 시작하자 맛있다는 듯 나봄은 아주 만족스러운 얼굴로 먹는 일에만 열중하고 있었다. 볼수록 특이하고 재밌는 여자였다.

"이제 먹을 것도 다 먹었으니 얘기해 보세요."

먹을 때는 말 한 마디 안 건네더니 후식으로 나온 따뜻한 허브 티를 한 모금 마시고서야 나봄은 입을 열었다.

"그러죠. 먼저 어제 본 면접 말인데요, 우린 윤나봄 씨를 채용하기로 했습니다."

나오는 웃음을 헛기침으로 넘기며 문진은 테이블 위로 채용 계약서를 내밀었다. 하지만 아무런 변화도 없는 나봄을 보자 슬슬 약이 올랐다. 오늘은 놀라거나 당황한 모습을 볼 수 있지 않을까 했는데 저 여자는 놀라기는커녕 어이없다는 듯 그를 뚫어지게 쳐다만 보고 있다.

"전 어제 면접을 제대로 본 기억이 없는데. 아닌가요?"

"맞습니다. 윤나봄 씨가 본 면접 내용으로는 당연히 낙방감이죠. 면접관한테 아주 좋은 소리까지 해주시고 거기다 면접이 끝나지도 않았는데 자리를 박차고 나가셨으니."

살짝 꼬인 말에 나봄은 팔짱을 끼며 귀찮은 듯 한숨을 뱉었다.

"왜 그런 윤나봄 씨를 채용하냐고 묻고 싶은 거죠? 난 윤나봄 씨가 우리 회사를 위해 그 한 몸을 어떻게 불사지르는지 보고 싶어졌거든요."

묻지도 않았는데 생글생글 웃으면서 잘도 말하는 문진을 보며 나봄은 나오지 않는 미소를 억지로 지어 보였다.

"그러셨구나. 근데 어떡하죠? 전 그 회사에서 일할 마음이 별로 없는데. 처음부터 내켜서 봤던 면접도 아니었고 뭐, 저 말고도 훌륭하신 분들이 많이 오셨던 것 같은데 그분들 중에서 채용하세요.

저는 KG그룹에 그다지 도움이 안 될 것 같네요."

예상대로 나봄의 입에서는 예스란 말은 안 나왔고 훌륭하다는 말에 내포된 것들을 보자니 자신에 대한 오해 역시 조금도 풀어지지 않은 것 같았다.

"그 훌륭하신 분들에게는 이미 통보를 했습니다. 그리고 저 역시 윤나봄 씨가 어디에 도움이 될지는 모르겠지만 일단 믿어보자는 마음에서 채용을 결정했습니다. 뭐, 영 내키지 않으면 그만두셔도 됩니다."

인심 쓴다는 듯 한 문진의 말투에 나봄은 코웃음을 치며 자리에서 일어났다.

"말씀하신 대로 별로 안 내키네요. 그럼 먼저 가봐도 되겠죠?"

"윤나봄 씨가 말하던 돈, 정직원 수준으로 올려 드리죠."

자리에서 일어나던 나봄은 느긋한 문진의 말에 망설임없이 다시 자리에 앉았다. 정직원 수준의 월급이 얼마인지는 모르겠지만 일단 손해 보는 장사는 아니었다. 지난 달 공과금도 아직 못 냈으니 우선은 앉아서 설명을 듣는 것도 나쁘진 않겠지.

"정직원은 아니지만 정직원 월급으로 드리죠. 이러면 출근하시겠습니까?"

제시한 조건이 나쁘진 않았는지 나봄은 열심히 생각하는 듯 눈동자를 굴리고 있었다.

"조건은요?"

"그다지 까다롭지 않습니다. 우리가 주는 돈만큼 윤나봄 씨는 일해주면 되는 거니까."

당연하다는 듯 말하며 고용 계약서를 앞으로 내미는 문진을 나봄은 여전히 의심스럽게 쳐다보았다.
"정말 그게 다예요? 정말로?"
"그 고용 계약서에 다 써 있으니까 읽어보세요. 아무래도 의심하실 것 같아서 가져온 거니까."
대놓고 의심스럽다는 눈빛을 보내던 나봄은 말이 떨어지기 무섭게 서류를 들고 꼼꼼히 읽어 내려갔다. 그리고 서류를 다 읽고 나서도 좀 전보다는 덜했지만 여전히 의심스러움이 가득 찬 눈으로 문진을 보았다.
"아직도 못 믿겠습니까?"
"아뇨. 뭐, 서류에 그렇다고 써 있으니까 나중에 모른다고 잡아떼면 이걸로 어떻게든 하면 될 거고. 근데 왜 이런 짓을 하세요?"
문진은 나중에 자신이 모른다고 잡아떼면 뭘 어떻게 하려는 건지 그걸 물어보고 싶었지만 일단은 나봄의 물음에 적절한 대답을 찾는 게 먼저였다.
"윤나봄 씨랑 같이 일해보고 싶어졌습니다. 물론 주는 만큼 열심히 부려먹을 거니까 걱정하지는 마세요."
타당성이 없는 대답이 나오자 나봄은 서류와 문진을 번갈아 보다 짧게 한숨을 뱉고 가방에서 펜을 꺼내 들었다.
"여기에 사인만 하면 되는 거죠?"
"그걸로 사인하려구요?"
"이게 뭐 어때서요?"
황당해 하는 문진 때문에 나봄은 자신이 들고 있는 펜, 아니, 색

연필을 자세히 들여다보았다.

"뭐, 어떻다는 게 아니고, 서류에 사인해 넣기는 좀 그런 것 같은데……."

"상관없을 것 같은데요 뭘."

나봄이 짙고 두꺼운 검은 색연필로 말릴 틈도 없이 서류에 이름을 써넣자 문진은 하 하고 웃음이 터져 나왔다. 고작 세 번이지만 윤나봄이란 여자는 어디로 튈지 몰라 어디서부터 막아야 하는지 알 수가 없었다. 하지만 그런 점이 유쾌하고 즐거웠다.

"출근은 월요일부터 하면 되는 거죠?"

큰일을 했다는 듯 서류를 가방에 챙겨 넣으며 만족스럽게 말하는 나봄에게 문진은 웃으면서 고개를 끄덕여 주었다.

"그럼 이제 용건 다 끝나신 거니까, 그만 일어나죠."

"아니, 아직이요. 아직 하나 더 남았습니다."

문진은 좀 전과는 다르게 일어서려는 나봄의 팔을 급하게 잡아 의자에 앉혔다. 솔직히 나봄을 만나러 오기 전까지는 이 얘기를 하게 될지 자기 자신도 확신하지 못했지만 하루 만에 다시 나봄을 만나자 더 이상 망설임 같은 건 필요가 없다는 생각이 들었다. 갑자기 나타난 윤나봄이란 여자는 골치 아픈 약혼이란 문제에서 그를 구해줄 것이고, 어쩌면 그녀가 그가 찾던 마음을 움직이게 할 여자일지도 모른다는 생각을 했다. 그리고 아주 적절한 시기에 나타난 특별한 저 여자를 뜻대로 하자면 지금 얘기를 꺼내놔도 한참이 걸릴 것이다.

"윤나봄 씨, 우리 연애합시다."

다 식어버린 허브티의 마지막을 지루하게 마시던 나봄은 문진의 말에 그대로 사레가 들려 한참을 캑캑거렸다.
"괜찮습니까, 윤나봄 씨?"
빠르게 옆으로 다가와 묻는 문진 때문에 나봄은 멈추려던 기침이 다시 나오기 시작했다.
"콜록. 괜찮으니까 콜록, 저리로 가세요."
익숙하지 않은 남자의 온기에 놀라 문진을 밀어내고 한참이 지나서야 진정이 된 나봄은 기침 때문에 거칠어진 숨을 몰아쉬었다.
"미안합니다. 나봄 씨가 그렇게 놀랄 줄은 몰랐습니다."
"어떤 여자가 그런 말을 듣고 안 놀라죠? 그리고 강문진 이사님, 지금 하나도 안 미안해 보이시거든요."
미안하기보다는 나봄이 놀랐다는 사실에 즐거움을 느끼던 문진은 서둘러 얼굴에서 웃음을 거뒀다.
"미안합니다. 정말이에요. 그동안 웬만한 일엔 잘 안 놀라서, 그렇게까지 놀랄 거라고는 생각을 못했습니다."
그렇게까지 놀라다니. 그럼 대체 어떻게 놀라야 보통으로 놀랐다는 소리인지 나봄은 저 남자가 장난을 치는 것 같다는 생각이 들자 슬슬 화가 나기 시작했다.
"정말인지 아닌지는 상관없는데요, 절 얼마나 봤다고 그동안을 찾으세요? 저는 강문진 이사님이랑 그동안 찾을 만한 사이가 아니라고 생각하거든요. 그리고 뭐요? 연애? 나 참, 기가 막혀서. 이보세요, 강문진 이사님. 저는 그쪽이랑 직장상사란 관계 말고는 다른 관계로 엮이고 싶은 생각은 개미 눈물만큼도 없거든요. 그러니까 장난하시는 거라면 이쯤에서 그만두시죠."

나봄은 딱 잘라 말하며 불쾌감을 잔뜩 드러냈다. 장난이기에는 너무 지나쳤고 장난이 아니라면 저 남자는 정신에 문제가 있는 거다.

"전 공과 사는 구분합니다. 그리고 황당하고 기가 막히는 거 이해하지만 나 윤나봄 씨한테 정말 관심이 있어요. 그래서 더 알고 싶고."

진지하고 맑게 빛나는 문진의 눈빛을 보고 있자니 나봄은 황당함과 당혹감, 거기다 이 상황에서도 잘난 남자에게 반응하는 여자의 본능 때문에 쉽게 정신을 차릴 수가 없었다. 하지만 이 상황을 정상적으로 침착하게 넘기려면 자신의 의지와는 상관없이 설레고 두근대는 여자의 본능부터 정리를 해야 했다.

"저기요, 강문진 이사님."

"그냥 이름 불러요. 그렇게 부르기 너무 길지 않습니까? 친밀감도 없고."

다시 미소를 입에 건 채 다정히 말하는 문진을 보자 나봄은 점점 더 기가 막혀왔다. 아니, 설레고 뭐고 그런 건 금세 사라지고 슬슬 짜증이 올라오고 있었다.

"친근감은 무슨. 이것 보세요, 강문진 이사님. 이사님 젊은 여자 좋아하신다면서요. 그리고 그동안 강 이사님 주변에 있던 어린 여자들은 연애하자, 이 한마디면 좋아라 하고 따라왔을지 모르지만 저는 그러기엔 너무 나이도 들었고 정신도 없거든요. 전 제 한 몸 건사하기도 힘든 사람이에요. 친히 관심을 가져주신다니 감사하지만, 이 일 때문에 절 채용하려고 하신 거면 그만두세요."

상황은 심각한데 문진은 자꾸 웃음이 나왔다. 여자 입에서 나오는 말치고는 그리 곱지 않았다. 아니, 오히려 어떻게 들으면 충분히 불쾌한 말이었다. 하지만 유쾌했다. 이건 다른 사람이 할 수 없는 일이었다. 기분 좋은 유쾌함을 단지 얼굴 보고 얘기하는 것만으로도 느낄 수 있게 하는 것, 그것만으로 나봄에게 지급할 정직원의 월급이 아깝지 않다고 느껴졌다.

"내가 어린 여자를 좋아한다고 말했습니까? 그건 나봄 씨 혼자 오해한 것 같은데요. 쉽게 오케이라고 안 할 거 알고 있었습니다. 그래서 미리 말해두는 겁니다. 앞으로 윤나봄 씨한테 열심히 연애 걸 거니까 그때마다 정신 나갔다고 생각하지 말고 그러려니 하라구요. 그리고 못 믿을지 모르겠지만 내가 먼저 연애하자고 말해본 여자는 윤나봄 씨가 처음입니다."

뭐가 그리 좋은지 자꾸 웃는 문진 때문에 나봄은 화를 삭이느라 연신 한숨을 뱉었다. 처음부터 거슬리던 남자의 잘난 미소가 더욱 거슬렸다.

"처음이던 마지막이던 그건 제가 알 바가 아니구요. 어쨌든 오늘 있었던 일들은 전부 없었던 걸로 알게요. 물론 회사 일도 포함이구요. 어쨌든 비싼 저녁 잘 먹었습니다."

이번엔 정말 가려는지 빠르게 레스토랑을 나가는 나봄을 문진이 급하게 따라 나왔다.

"타요, 데려다 줄 테니까. 아직 해야 할 얘기도 남았고."

'남아? 뭐가 또 남아?'

뭐가 남았든 간에 그의 얘기를 더 들었다가는 잠들기 힘든 밤이 더 힘들어질까 싶어 나봄은 뒤도 안 돌아보고 빠르게 걸음을 옮겼다.

"윤나봄 씨, 이틀 후에 봅시다! 출근 안 하면 계약 위반입니다. 윤나봄 씬 임시직이지만 이미 KG 직원이에요!"

정확하게 뒷덜미에 꽂히는 그의 목소리에 급하게 걷던 나봄은 그대로 행동을 멈추고 서둘러 가방에서 대충 사인을 했던 서류를 꺼내 들었다.

〈위 계약 위반 시에는 그로 인한 어떠한 불이익도 감수한다.〉

속았다. 아니, 이 부분을 놓쳤다. 아니, 읽긴 했으나 그냥 넘어갔다. 설마 이런 말도 안 되는 상황이 벌어질 거라고 누가 예상이나 했겠냔 말이다.

나봄은 버스에서도, 그리고 집에 도착해서도 내내 계약서를 열심히 노려보고 있었다. 이렇게 되고 보니 계약서 여기저기가 전부 빈틈이었다. 그리고 결론은 육 개월 동안은 잘리지 않는 이상 죽으나 사나 말도 안 되는 강문진이란 남자를 마주 봐야 한다는 것이었다.

"아으! 정말 뭐 이런 황당한 경우가 다 있냐고! 그 인간 정말 어디 이상있는 거 아냐?"

결국 계약서를 홱 집어 던져 버리고 나봄은 짜증으로 심란해진 정신을 한참이나 가다듬고 난 후에야 겨우 잠이 들었다.

결국 월요일 아침이 찾아왔고 나봄은 결국 계약서에 적힌 불이익이란 것에 굴복하고 KG그룹으로 향했다.
"내 참, 다시는 쳐다도 안 본다고 했는데 이게 대체 뭐 하는 짓이냐."
나봄은 며칠 전에 볼 때와는 또 다른 느낌으로 높디높은 건물을 올려다보았다. 왠지 저 건물 안으로 들어서는 게 불안하게 느껴지려고 해서 서둘러 면접을 보았던 이사실로 향했다. 벌써부터 겁을 먹어서는 안 된다. 앞으로 육 개월 동안 이 안에서 살아나려면 처음이라도 마음을 단단히 먹어야 했다.
짧은 숨을 뱉고 안으로 들어가자 면접 날 자신을 안내했던 문진의 비서와 싱싱하고 예쁘장한 여자가 긴장한 모습으로 앉아 있었다.
"늦어서 죄송합니다."
나봄은 두 사람이 자신을 기다린 듯싶어 서둘러 시계를 보자 아직 약속 시간은 오 분이나 남아 있었다.
"다 오셨으니 가시죠. 직원들 소개도 받아야 하니까."
인상은 좋아 보이는데 어째서인지 딱딱한 석호를 따라 나봄은 걸음을 옮겼다.
"문화기획부는 KG그룹의 주 사업 중 하나인 방송과 공연 기획, 방송국 관리 등 총체적인 일을 맡고 있어요. 처음에는 정신이 없겠지만 적응이 빠르면 빠를수록 좋을 겁니다. 들어오세요."
석호는 간단하게 말을 하고 기획실 문을 열어 나봄과 여직원을 안으로 들여보냈다.

"잠깐 주목해 주세요."

이제 막 업무를 시작하려던 직원들은 석호의 말에 일제히 동작을 멈추고 시선을 고정했다. 그중에는 재민도 보였는데 나봄을 보자 안 그래도 큰 눈이 배는 커지는 것 같았다.

"기획부 일손이 많이 부족한 관계로 인원 보충을 했습니다. 인사하세요."

석호가 운을 띄워주고 한 걸음 물러서자 나봄의 옆에 있던 어린, 아니, 젊은 여자는 환하게 웃으며 자기소개를 시작했다.

'학벌 좋고, 뭐 딱 보니 집안도 괜찮은 것 같고, 젊기까지 하니 금상첨화네.'

깨끗한 정장 차림만큼이나 깨끗하고 밝게 자기소개를 마친 여자는 만족스럽게 뒤로 물러났고 나봄은 자신의 차림을 홱 하니 살펴보았다. 검정 정장 바지에 편안해 보이는 하얀 블라우스. 나름대로 깨끗이 입는다고 입은 건데 상황이 이렇게 되고 보니 영 후줄근하게 보였다.

"안녕하세요. 윤나봄입니다. 앞으로 잘 부탁드립니다."

간단하게 말하고 꾸벅 인사를 하자 석호는 황당하게 그게 다냐는 표정으로 나봄을 보았다. 아무래도 끝인 듯 나봄이 시선을 피하자 석호는 못마땅한 표정으로 입을 열었다.

"강지영 씬 저쪽 자리에서 일하면 돼요. 업무에 관해선 옆에 있는 김재민 씨가 잘 설명해 줄 겁니다. 다들 잘 도와주시구요. 윤나봄 씬 비서실 일과 기획실 일을 겸하게 될 테니 그렇게 아시고 두 사람을 많이 도와주라는 이사님의 말씀이 있으셨습니다. 그럼 수고들 하세요. 윤나봄 씬 따라오세요."

나봄의 업무가 비서실 일이란 소리에 여기저기서 직원들이 웅성거리는 소리가 들렸지만 석호는 개의치 않고 사무실을 나왔다.

"저기요."

아직 석호의 이름도, 직함도 모르는 나봄은 일단 고지식해 뵈는 남자를 불러 세워야겠다는 생각에 그나마 제일 만만한 단어를 골랐다.

"민석호입니다. 비서실장이구요."

나봄의 마음을 눈치 챘는지 석호는 딱딱한 어투로 말해주었다.

"네. 근데 민 실장님, 제가 왜 비서실 근무죠? 분명 기획실 계약직이라고 알고 있는데요."

또박또박 묻는 나봄을 보자 석호는 그걸 왜 나한테 묻느냐는 얼굴로 귀찮은 듯 말을 내뱉었다.

"이사님 지시입니다. 비서실 업무랑 기획실 업무 둘 다 겸하라고, 이유는 저도 모르니 그냥 시키는 대로 하면 됩니다."

그녀가 마음에 들지 않는지 계속 틱틱대는 석호를 보며 나봄은 이런 게 직장상사의 갈굼이라는 생각이 들어 일단은 참고 넘기기로 했다. 이왕 시작한 일인데 출근 첫날부터 잘리는 일은 면하고 싶었기에.

"타이핑은 칠 줄 알죠? 그쪽 서류들 전부 깨끗하게 타이핑 쳐놓고 여기 있는 공연 초대권은 전부 VIP 고객에게 갈 거니까 깨끗하게 정리해서 기획실로 보내세요. 그리고 이사님 스케줄이랑 걸려

오는 전화는 윤나봄 씨가 맡게 될 거예요. 앞에 놓인 전화 보이죠? 옆에 각 사무실 번호랑 회사 곳곳으로 연락되는 번호 적어놨으니까 혹 필요하면 쓰고 비서의 기본적인 일은 상식상 알 거라고 생각하고 설명 안 하겠습니다. 이건 이번 주 이사님 스케줄이에요. 조정 사항이나 이사님의 개인적 일이 있으면 시키시는 대로 조정해서 매일 퇴근하기 전에 내 책상에 올려놓으면 됩니다."

"저기, 말씀 다 하셨으면 뭣 좀 여쭤봐도 될까요?"

석호는 그제야 나봄을 쳐다보았다.

"제가 비서 일을 맡으라는 게 이사님 지시라고 하셨죠?"

"그렇습니다."

아까도 했던 얘기를 또다시 묻는 나봄에게서 시선을 떼며 석호는 귀찮은 듯 말하고 남은 업무를 나봄의 책상에 올렸다.

"저, 그럼 이제껏 민 실장님이 했던 일의 일부를 제가 맡게 되는 게 맞는 거죠?"

대체 당연한 소리를 왜 자꾸 묻는 건지 석호는 가뜩이나 마음에 들지 않는 여자가 더욱 못마땅해지고 있었다. 나봄은 그런 석호의 표정을 읽고는 얼른 말을 꺼냈다.

"이제껏 민 실장님 혼자서도 충분히 해오신 일이지만 백지장도 맞들면 낫다고 제가 아무리 도움이 안 될지라도 아주 조금은 민 실장님의 수고를 덜 수 있다고 생각하는데요. 그러니까 제 말에 요점은 그렇게 대놓고 못마땅하게 대하시면 일의 능률이 오르지 못할 거라는 거죠."

나봄이 딱 부러지게 말하자 석호는 기가 막힌지 실소를 터뜨렸지만 나봄은 개의치 않고 말을 이어갔다.
"넘기신 일은 최선을 다해서 해놓겠습니다. 그러니까 면접 날 일 때문에 색안경부터 끼고 보시지 않았으면 해서요. 제가 회사 생활은 처음이라서 이럴 땐 어떻게 하는지 잘 모르지만 그래도 일단 말은 해야 할 것 같아서 말씀드린 건데 불쾌하셨다면 사과드릴게요."
"내가 윤나봄 씨를 색안경 끼고 보고 있다구요?"
나봄이 빙그레 웃으며 그럼 아니냐는 듯 자신을 쳐다보자 석호는 잠시 멈칫했지만 애써 당혹감을 감추었다.
"본인이 그렇게 느꼈다면 미안합니다. 하지만 면접 날 그렇게 뛰쳐나간 사람을 좋게 볼 수 있는 사람은 세상에 몇 안 될 겁니다."
'그중 한 명이 우리 이사님이지만.'
석호는 마지막 말을 삼키며 쓰게 한숨을 뱉었다. 아무래도 피곤하고 마음에 들지 않는 여자다. 그때 사무실 문이 열리고 이제 막 시작된 봄에 어울리는 산뜻한 차림에 문진이 들어왔다.
"좋은 아침."
밝게 아침인사를 하는 자신과는 달리 못마땅한 표정의 석호와 대충 인사를 하고 책상 정리를 하는 나봄을 보자 문진은 윤나봄이란 여자가 아침부터 석호를 긁어놓은 것 같다는 생각에 벌써부터 웃음이 나왔다.
"차 한 잔 부탁합니다. 민 실장은 결재 서류 들고 오고."
문진이 직무실로 들어가자 나봄은 정리하던 것들을 미루고 석호를 쳐다봤다. 차를 어디서 어떻게 만들어야 되는지는 아직 듣지 못했다.
"저기 커피메이커 보이죠? 이사님은 거기 놓인 커피밖에 안 드시니까 때때마다 진하게 내려뒀다가 드리면 돼요. 다른 차들도 그쪽에 놓여 있으니까 알아서 하구요."
불쾌해할 걸 예상하고 말했음에도 불구하고 석호의 여전한 말투에 나봄은 체념한 듯 짧게 대답을 하고 커피를 내리기 위해 자신과 석호의 책상 사이에 놓인 커피메이커로 향했다.
사무실로 들어오자마자 결재 서류를 내밀며 석호는 정말 오랜만에 문진에게 불만을 나타냈다.
"꼭 저 사람을 써야겠어? 하나부터 열까지 다 마음에 안 들어. 면접 날도 그렇고 좀 전만 해도. 내 참, 기가 막혀서. 뭐 하나 내놓을 것도 없는데 뭐가 그렇게 당당한지 내 저런 여자는 처음 본다. 선배는 저런 여자의 어디가 마음에 든다는 거야?"
아침부터 나봄에게 예상치 못한 공격을 당했는지 석호의 불만은 멈추지 않고 쏟아졌다.
"보고 있으면 즐겁고 유쾌해지잖아. 난 그게 제일 마음에 드는데. 일도 잘하면 좋겠지만 일단은 좀 두고 봐줘. 네가 그러지 않았나? 나쁘게 보기 시작하면 좋은 건 하나도 안 보이고 나쁜 것만 보인다고."
"그건 그렇지만 선배, 이번 일은 도저히 이해할 수가 없어. 대체 무슨 정신……."
석호가 남은 불만을 꺼내놓으려 할 때 얌전한 노크 소리와 함께 나봄이 커피를 들고 들어왔다.

"그럼 전 기획부에 다녀오겠습니다."

여전히 못마땅한 말투로 돌아서는 석호를 보며 문진은 미소를 지을 뿐이었다.

석호가 사무실에서 나가자 나봄은 아무렇지 않은 듯 문진의 책상에 커피를 내려놓았다.

"출근 안 할 줄 알았는데 계약서를 꼼꼼히 읽어본 모양이죠?"

넌지시 묻는 문진의 얼굴은 이미 즐거움으로 번지고 있었다.

"네, 아주 열심히 정독했죠. 뭐, 그다지 나쁜 건 없더라구요."

"다행이군요. 그럼 나가서 일 보세요. 아까 보니 해야 할 일들이 산더미 같던데. 윽."

즐겁게 말하던 문진은 무심코 한 모금 넘긴 커피가 너무 써서 자신도 모르게 신음이 흘러나왔다.

"민 실장님께서 강 이사님은 커피를 아주! 진하게 드신다기에 그렇게 탔는데 너무 진했나요?"

그제야 내려다본 커피 잔의 액체는 커피라기보다는 먹물에 가까울 정도로 농도가 짙었다. 커피를 진하게 먹는 편이지만 이건 도저히 사람이 먹을 수 있는 정도가 아니었다.

"진하게 먹기는 합니다만 이건 좀 지나치게 진하군요. 앞으론 좀 연하게 타줄래요? 그렇다고 맹물을 달란 소리는 아닙니다."

연하게라면 이번엔 거의 맹물을 들고 올 게 뻔히 보여서 문진은 콕 짚어 말해주고 커피 잔을 나봄에게 돌려주었다.

"명심하겠습니다. 그럼 나가보겠습니다."

지나칠 정도로 공손히 인사를 하고 방을 나온 나봄은 들고 있던 쟁반을 문진의 얼굴에 던져 버리고 싶었다. 계약서 건도 있고 해서 일부러 커피를 들이붓다시피 해서 내려줬는데 저 인간은 대체 언제 화라는 걸 내는 건지 그 쓴 커피를 마시고도 내내 웃는 얼굴이다.

'에휴. 처음부터 완벽한 직장 생활이구만. 열심히 갈궈주시는 실장에 집적대는 이사까지.'

퇴근 시간이 가까워졌지만 나봄은 아직도 일거리에 파묻혀 있었다. 문진과 석호는 외근을 나간다며 아침나절 나가더니 코빼기도 안 비쳤고 나봄은 열심히 두 남자를 씹어대며 자판을 두드리고 있었다.

"여보세요."

요란스럽게 울리는 전화를 어깨에 걸치고 막 마무리가 된 서류를 보고 있었다.

[윤나봄 씨, 오늘 기획실 환영회 있으니까 로비로 내려오세요.]

대답도 듣지 않고 명령하듯 끊기는 석호의 전화에 나봄은 수화기를 쾅 소리가 나게 내려놨다.

"일은 잔뜩 시켜놓고 환영회? 그런 거였으면 진작 말하든지. 진짜 마음에 안 들어."

"그래서 회식 안 갈 겁니까?"

투덜대며 남은 일을 정리하던 나봄은 익숙한 남자의 목소리에 고개를 들자 언제 들어왔는지 문진이 서 있었다.

"이사님 사무실이지만 안에 있는 사람도 생각해서 기척이나 좀 하고 다니시죠."

놀라지도 않고 다시 하던 일을 정리하는 나봄을 보며 문진은 자신도 모르게 미소가 지어졌다. 하루 종일 피곤으로 노곤해지려던 몸이 나봄의 목소리를 듣는 것만으로 기운이 나는 것 같았다. 역시 저 여자의 능력은 우습게 볼 게 아니다.

"그만 하고 갑시다. 어차피 오늘 안에 끝내야 될 일도 아닐 텐데."

끝낼 기미가 안 보이자 문진은 나봄의 손에 쥐어진 서류를 뺏어 들었다. 나봄은 귀찮은 듯 한숨을 뱉으며 책상에 펼쳐져 있던 서류를 한곳으로 정리해 놓고 가방을 들었다.

"그거 들고 있지 말고 민 실장님 책상 위에 놔주세요. 그럼 먼저 내려가겠습니다."

빠르게도 사무실을 나가 버리는 나봄을 보며 문진은 시킨 대로 서류를 석호의 책상에 올려두고 기분 좋게 회식 장소로 향했다.

"어떻게 된 거야? 면접 망쳤다더니 갑자기 웬 비서실 근무?"
"나도 모르겠다. 근데 너네 회사는 회식도 이런 데서 하냐?"

찰싹 붙어 앉는 재민에게 조금 떨어지며 나봄은 비싸 보이는 일식당의 룸을 훑어봤다.

"항상은 아니고 가끔 그렇지. 그리고 이제 너네가 아니라 우리 회사다. 어쨌든 잘됐다."

"여튼 돈 나올 구멍이 생긴 거니까 고맙다."

"은영이한테 고맙다고 그래. 그 녀석이 부탁한 거니까. 일은 어때? 비서실 쪽도 일이 만만치 않을 텐데."
언제부터인지 은영의 말이라면 거절을 못하는 재민은 아무래도 은영에게 마음이 있는 모양이었다. 자신이야 아직 알아채지 못하지만.
"그냥 정신없어. 곧 익숙해지겠지."
직원들의 웃음소리와 말소리가 섞여 시끄러운 와중에도 나봄과 재민은 두런두런 얘기를 하며 식사를 하고 있었고 멀찌감치 앉아 있던 문진은 친근해 보이는 두 사람을 껄끄러운 눈으로 보고 있었다.
"자, 그럼 2차 갑시다. 어디? 나이트? 노래방?"
"나이트 가요, 부장님. 나이트! 나이트!"
식사가 끝나자 놀기 좋아하는 부장이 운을 띄우고 몇몇 직원들이 장단을 맞추기 시작하며 문진의 눈치를 살폈다. 아무리 젊고 좋은 상사라고 해도 직원들에겐 어려운 사람이었다.
"그러시죠. 그럼 일어날까요?"
문진이 자리를 털고 일어나자 직원들은 기다렸다는 듯 룸을 나갔고 재민은 자리에서 일어나는 나봄의 팔을 잡았다.
"난 그냥 갈래. 피곤해 죽을 지경이다."
첫 출근이어서 자신도 모르게 긴장했었는지 배가 불러오자 몸이며 정신이 피곤하다고 아우성을 치고 있었다.
"안 돼. 직장 생활에서 이런 자리가 얼마나 중요한데. 그러지 말고 조금만 있다가 빠져나오자. 데려다 줄게."

"너 나이트 들어가면 조금만이 아니라 해 뜨는 거 보고서야 나올 거잖아. 그리고 나 이 회사랑은 계약 기간 끝나면 좋이라 잘 보이고 할 것도 없다."

한 번 아니라면 절대 아닌 나봄의 성격을 익히 아는 재민은 어쩔 수 없다는 듯 고개를 저었다.

"죄송하지만 전 먼저 가보겠습니다. 재밌게들 노세요."

"어? 그럴래요? 자, 그럼 빠질 사람은 빠지고 얼른 갑시다. 가시죠, 이사님."

남자 직원들의 관심이야 일찌감치 젊고 싱싱한 새 여직원에게 쏠려 있어서 재민이 걱정한 것과는 달리 나봄이 사라져 주는 것이 오히려 반가운 듯했다.

"저도 오늘은 이만 빠질게요. 재밌게들 노십쇼."

"놀기 좋아하는 재민 씨가 웬일이야? 윤나봄 씨랑 아는 사이라더니 뭐야? 둘이 심상치가 않은데?"

짓궂은 상사의 말에 나봄은 잔뜩 인상을 찡그리며 몸을 돌렸고 재민은 아니라고 손사래를 치며 나봄의 뒤를 따라갔다.

"잠시만요."

한참 잠자코 있던 문진이 급하게 달려가 나봄을 불러 세우자 웃으며 돌아서려던 직원들의 시선이 일제히 문진과 나봄, 그리고 재민에게로 쏠렸다.

"김재민 씬 저쪽하고 합류하세요. 나봄 씬 제가 데려다 줄게요."

얼굴은 웃고 있지만 눈으로는 조용히 직원들에게 가라는 경고를 보내는 문진 때문에 재민은 나봄에게서 떨어졌다.
 뭔가 이상하다고 생각했지만 평사원인 재민에게 문진은 하늘같이 높은 상사였다. 차마 거부의 의사도 표현 못하고 재민은 다른 사원들이 있는 곳으로 슬쩍 자리를 옮겼다.
 "그럼 다들 재밌게 노시고 내일 뵙겠습니다. 가죠."
 "네? 아니, 저기……."
 나봄의 팔목을 잡은 문진은 나봄이 반박할 틈도 주지 않고 사람들의 시야에서 빠져나왔다.
 "이것 보세요! 강 이사님!"
 "문진 씨요. 회사 밖에서는 그렇게 불러요. 나도 나봄 씨라고 부를 거니까."
 "내가 왜요? 그리고 강 이사님은 저번부터 제 이름 성 떼고 부르고 계시거든요?"
 가뜩이나 피곤해 죽겠는데 이게 무슨 날벼락인가. 어이가 없어도 이렇게 어이없는 일은 상상조차 하지 못했다. 여전히 팔목을 움켜진 채 걸어나가는 문진에게 끌려가면서 나봄은 어이없는 상황에 기가 막혀 씩씩대기 시작했다.
 "대체 왜 이러시는 거예요? 이보세요, 강 이사님!"
 "문진 씨요. 머리 나쁘게 안 봤는데 학습능력은 좀 떨어지나 봅니다. 제대로 부르기 전까지는 나도 제대로 된 대답 안 합니다."
 걸어나가는 등짝 외에는 아무것도 보이지 않았지만 문진의 목소리에는 웃음이 묻어나오고 있었다.
 "알았어요. 알았으니까 일단 좀 멈춰봐요."

나봄의 입에서 여전히 자신의 이름이 안 나와서인지 문진은 걸음을 멈출 생각을 안 했다.
"강문진 씨!"
한 톤 높아진 나봄의 목소리가 들리자 그제야 문진은 만족스러운 얼굴로 몸을 돌렸다.
"다음부턴 성도 떼고 불러요. 난 내 이름만 좋아합니다."
"정말 변태도 아니고 자기 이름을 왜 좋아한데요?"
팔목을 빼내려고 애쓰면서 나봄은 톡 쏘듯 말했고 문진은 웃음을 터뜨리며 꽉 잡았던 나봄의 손목을 놔주었다.
"난 내 이름이 상당히 마음에 드는 편인데, 나봄 씨는 아닌가 보죠?"
"그런 생각 안 해봐서 모르겠거든요. 그리고 대체 이렇게까지 하는 이유가 뭐예요? 민 실장님은 대놓고 저 마음에 안 들어하던데 비서실에 자리 만든 일도 이사, 아니, 강문진 씨가 지시한 거라면서요?"
혹시라도 문진이 다시 손목을 낚아챌까 싶어 나봄은 한 걸음 물러나며 물었다.
"민 실장은 나봄 씨가 일만 잘해놓으면 금방 나아질 겁니다. 그 친군 일 잘하는 사람을 제일 좋아하거든요. 그리고 제 자리와 가까운 자리에 나봄 씨를 놔야 연애하기 쉬울 것 같아서 그런 겁니다. 이제 궁금한 거 다 풀렸죠?"
"아니, 잠깐요."
문진이 다시 손을 뻗자 나봄은 더욱 뒤로 물러났다.

"제가 언제 이사, 아니, 강문진 씨랑 연애한다고 했어요? 제 말을 제대로 이해 못하신 것 같은데, 저는 강문진 씨 별로거든요. 그것도 아주 별로예요."

도저히 상식적으로 이해할 수 없는 남자. 보기 좋은 여자를 옆에 끼고 다니는 게 잘 어울릴 이 남자는 말도 안 되는 소리로 그녀에게 다가서려 하고 있다. 연애라니, 대체 무슨 연애를 하자는 말인지. 남들이 들으면 굴러 들어온 복을 찬다고 말하겠지만 나봄에게 강문진이란 남자는 복덩이가 아니었다. 물론 돈 많고, 외모도 준수하지만 이런 식으로 얽히고 싶진 않은 남자였다. 그건 지난 경험으로 잘 알고 있었다. 나봄은 평범한 남자가 좋았다. 생긴 것도 튀지 않고, 가진 것도 적당한. 다음에 사랑하게 될 남자는 그런 사람이길 원했다.

앞으로 천천히 다가오는 문진 때문에 한 걸음씩 뒤로 물러서던 나봄은 등 뒤로 벽의 냉기가 느껴지자 오히려 등을 꼿꼿이 펴고 문진과 당당하게 마주 섰다.

"내가 별로라고? 어디가 별로라는 겁니까? 구체적으로 듣고 싶은데."

나봄이 더 이상 물러설 곳이 없어진 걸 일찍부터 안 문진은 궁지에 몰리자 오히려 당당하게 등을 펴는 여자를 벽을 사이에 두고 팔 안에 가두었다. 혹 이러면 조금은 당황할까 싶어서였는데 이 여자는 오히려 여유롭게 눈동자를 위로 굴려보더니 입을 열었다. 눈동자를 위로 올리는 것은 저 작은 여자가 생각을 할 때의 버릇 같았다. 안경이 사라진 윤나봄과 눈을 마주하는 기분은 어떨까.

문진은 안경으로 가려진 나봄의 눈을 더 자세히 보고 싶어졌다. 그렇게 된다면 지금보다 배는 그녀를 가깝게 느낄 수 있을 것만 같았다. 그리고 어찌 된 일인지 윤나봄은 그를 보면 인상을 찡그리거나 억지 미소만 짓는다. 그게 문진의 승부욕을 더 자극하기도 했다.

"전부가 별로예요. 난 나보다 10cm 이상 큰 남자는 싫은데 강문진 씨는 나보다 족히 15cm는 커 보여서 싫고, 그 능글맞은 성격도 싫어요. 난 좀 무뚝뚝한 남자를 좋아하거든요. 그리고 자기 자신이 아주 잘났다는 걸 안다는 것도 싫고. 참! 그건 병이에요. 불치병이라 일컫는 왕자병. 아시죠? 또 돈을 지나치게 많이 버는 위치에 있는 것도 싫어요. 그 자리 지키려면 모르긴 몰라도 보이지 않게 싸움깨나 하셨을 거예요. 그쵸? 그리고 제일 싫은 건…… 사실은 그렇지 않으면서 따뜻하고 좋은 사람인 척 웃는 그 얼굴이 제일 싫어요. 이 정도면 내가 강문진 씨를 별로라고 생각하는 이유가 됐나요?"

잔인하다 싶을 정도로 매몰차게 뱉어내는 말에 문진은 감추었던 치부를 들킨 것처럼 얼굴이 화끈거렸다. 그의 웃는 얼굴을 보고 저런 말을 한 사람은 이제껏 단 한 명도 없었다. 아니, 오히려 그 얼굴이 보기 좋다며 좋아하는 사람들이 줄을 설 정도였다. 그런데 저 여자는 그가 진심으로 웃고 있지 않다는 걸 알고 있었다. 나봄이 그의 웃는 얼굴로 마주 대하면 잔뜩 인상을 쓰고 짜증스러운 얼굴로 변하는 건 아마도 그래서였나 보다.

충격이라도 먹은 건지 한동안 말이 없는 그를 나봄은 미안한 얼굴로 봤지만 이내 고개를 저었다. 지금 잘라내지 않으면 저 남자는 줄기차게 말도 안 되는 연애를 걸어댈 것이고, 그렇게 되면 회사에서 보낼 육 개월은 그다지 즐겁지 못할 게 뻔했다.

"난 나한테 그렇게 많은 단점이 있다는 건 오늘 처음 알았습니다."

"내가 좀 특이해서 그런 거지 굳이 단점이랄 것까진 없으니까 그렇게 충격받은 얼굴 하지 않으셔도 돼요. 저한테 그 연애인지 뭔지만 안 거시면 지금까지 살아온 것처럼 쭉 살아가셔도 아무런 지장 없을 거예요. 그러니까 앞으로는…… 읍!"

무심한 듯 말하던 나봄은 갑작스럽게 다가온 문진의 입술 때문에 정신이 쏟아진 물처럼 빠져나가서 두 눈을 껌뻑거리기만 했다. 하지만 문진이 그녀의 눈앞에 걸쳐진 안경을 걷어내자 흐릿해진 시야와 함께 쏟아졌던 정신이 돌아왔.

"입술 좀 열어요. 키스 처음 합니까?"

잠시 입술을 떼는가 싶더니 장난스런 웃음을 머금은 문진의 목소리에 나봄은 무방비 상태로 놓아둔 몸을 서둘러 추스르려 했지만 문진은 그런 나봄의 팔목을 확 휘어잡았다. 통통한 이미지의 나봄과는 어울리지 않게 팔목은 아주 가늘었다. 때문에 조금만 힘을 주면 금세 부러질 것 같아서 조심스러웠다. 하지만 이 여자가 도망가는 걸 막으려면 이 방법 외에는 없었다. 반항을 시작하던 나봄은 다시 부딪쳐 오는 그의 입술에 몸을 더욱 거세게 움직였고 문진 역시 손에 더욱 힘을 주었다.

"하."

숨을 내뱉으려 나봄의 입술이 잠시 열렸다. 그 틈을 놓칠세라 문진은 집요하게 자신의 혀를 들이밀었고 정말 처음이기라도 한 건지 당황한 기색이 역력한 나봄의 태도에 그는 더욱 깊이 그녀를 빨아들였다. 그렇게 되자 열심히 반항하던 몸에 조금씩 힘이 빠져나갔고 문진은 나봄의 허리를 꼭 감싸 안았다.

"······이럴 생각은 아니었는데 나봄이 날 자극한 거야. 그 예쁜 입에서 나온 말들 때문에 나 상처받았거든요. 그러니까 이건 그에 대한 대가라고 생각해."

은근한 반말을 섞어 말하는 문진의 목소리에 나봄은 불현듯 정신을 차렸다. 그리고 아주 민망한 포즈로 얽혀 있는 문진을 세게 밀어냈다. 얼마나 세게 밀었는지 저만치 떨어져 바닥에 주저앉은 문진은 씩씩대고 돌아서는 나봄의 뒷모습에 유쾌한 웃음을 터뜨렸다. 난생처음 강제로 뺏은 여자의 입술은 한동안 받은 냉대에도 불구하고 입에 넣자마자 녹아버리는 샤베트같이 시원하고 상쾌했다. 지금껏 적지 않게 키스를 해봤지만 이렇게 아쉬웠던 적은 처음이었다. 강문진의 전부가 마음에 들지 않는다는 나봄의 말에 그녀가 더 좋아졌다. 싫다고 밀치는 여자가 이렇게 좋아지는 걸 보면 문진은 이미 윤나봄이란 여자에게 콩깍지가 씌인 모양이다. 문진은 저 여자의 맛있는 입술을 다시 맛보기 위해서라도 꼭 윤나봄과 연애를 해야겠다며 새롭게 도전 의식을 불태웠다.

집에 도착하자마자 화장실 거울 앞에 선 나봄은 벌게진 얼굴로 입술을 박박 문질렀다. 껍질이 벗겨질 만큼 입술을 문지르고 나자 다시 떠오르는 문진의 열기와 입술에 나봄은 고개를 세차게 저었다. 몇 년 만에 마주한 남자의 입술은 낯선 만큼 뜨거웠고 설레었다. 하지만 이건 아니다. 단 한 번 그녀보다 많은 걸 가진 남자를 사랑한 대가로 나봄에겐 깊은 상처가 남았다. 그래서 강문진이란 남자가 싫었다. 얼마나 많은 걸 가진지는 모르지만 나봄의 눈에 비친 그는 가진 게 많아 지킬 것도 많고, 지킬 것이 많아 힘이 들 남자였다. 살아갈 세상이 다른 너무 잘난 남자. 그런 남자를 다시는 사랑하지 않겠다고 나봄은 오래전에 결심했었다. 그래서 무서운 속도로 다가오려는 문진이 나봄에겐 부담스러운 존재였다.
 "거기다 제멋대로에 능글맞고 밝히기까지 해."
 중얼거리며 이빨을 닦던 나봄은 문진을 생각하자 허락도 없이 설레는 가슴을 느끼며 한숨을 뱉었다.
 "윤나봄, 정신 차려라. 너무 가진 게 많고 잘난 남자는 안 돼."
 붉게 부어오른 입술을 매만지는 나봄의 눈빛이 슬픔으로 물들기 시작했다.

3 ; 봄은 포근하지만은 않다

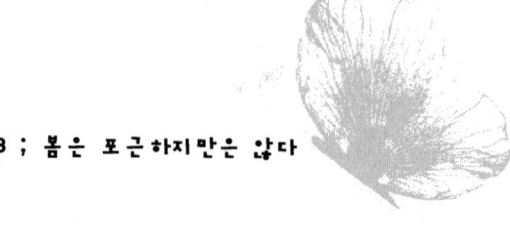

"오빠!"

출근길에 오르는 문진의 뒷덜미를 반갑지 않은 목소리가 잡았다. 다른 사람 눈은 모르겠지만 문진의 눈에는 요란하기 짝이 없는 옷차림을 한 소라가 로비 쪽에서 열심히 손을 흔들고 있었다.

"아침부터 무슨 일이야?"

굳어진 목소리에도 개의치 않고 소라는 문진의 팔에 매달려 재잘거리기 시작했다.

"나 내일부터 작품 준비 때문에 한동안 오빠 보러 못 와요. 그래서 왔어."

"계속 안 와도 되니까 학교 생활이나 열심히 해. 비싼 등록금 내주시는 너희 부모님 생각해서라도."

귀찮은 듯 말했지만 소라는 자신을 걱정하는 거라며 문진의 말을 좋은 쪽으로 해석하고는 빙그레 웃었다.

회사까지 따라붙으려는 소라를 억지로 떼어내고 나서야 문진은 나봄을 생각해 냈다. 밤새 그런 것처럼 자꾸 기분 좋은 설렘이 온몸을 감쌌다.

"좋은 아침."

사무실에 들어서자 고작 하루인데 그 자리에 앉아 있는 나봄의 모습이 익숙해 보였다. 저 여자를 진작 알았더라면 매일 아침이 이렇게 즐거웠을 텐데…….

"나오셨어요?"

인사를 건네며 자리에서 일어나는 석호와는 다르게 나봄은 눈도 마주쳐 주지 않고 대충 고갯짓으로 인사를 한 후 자리에 앉아 버렸다. 당연한 일이지만 나 열받았으니까 건드리지 말라고 열심히 표현하는 중이겠지 싶어 문진은 피식 웃고 직무실로 들어갔다.

"어젠 대체 무슨 생각으로 그런 거야? 선배랑 윤나봄 씨 사라지고 나서 한참 난리였어. 안 그래도 윤나봄 씨에 대한 뒷말이 많은데 얼마나 더 보태고 싶어서 그러는 거야?"

"뒷말? 너도 그런 단어 쓰냐? 그리고 아침부터 왜 이렇게 잔소리야?"

겉옷을 걸고 자리에 앉으면서 문진은 귀찮은 듯 석호를 쳐다보았다. 안 그래도 아침부터 소라와 한바탕 전쟁을 치르고 온 터라 석호의 잔소리가 그다지 반갑지 않았다.

"잔소리가 아니라 사실이 그렇잖아. 왜 김재민 씨가 데려가려는 여자를 선배가 낚아채 가는 건데? 선배, 진짜 저딴 여자한테 마음이라도 있는 거야?"

어제 나봄과 문진이 사라지고 나서 한바탕 곤혹을 치른 석호는 자신의 걱정을 잔소리로 넘기려는 문진을 답답하게 쳐다보았다. 석호는 사람의 말이 얼마나 무서운 것인지, 더군다나 회사라는 곳 안에선 더 그렇다는 걸 누구보다 잘 알고 있었다.

"저딴 여자가 어떤 여잔데?"

순간 굳어진 문진의 말투에서 석호는 자신의 말에 실수가 있음을 인정하고 사과의 말을 건넸다.

"미안, 선배. 말이 심했다."

"네가 어제 시켜놓은 일을 윤나봄 씨가 엉망으로 만들었냐?"

미안하다는 말을 했는데도 조금도 풀어지지 않은 말투로 문진이 묻자 석호는 고개를 저었다. 윤나봄은 어제 시켜놓은 일을 엉망으로 만든 게 아니라 아주 잘 처리해 놓았다. 사실 석호는 그 일들을 하루 안에 못 끝낼 거란 생각을 하고 있었기에 기대도 안 하고 있었다. 하지만 아침 일찍 출근한 자신의 책상 위에는 어제 남겨준 서류들과 수정을 주문했던 문진의 스케줄 표까지 완벽하게 처리되어 있었다. 그래서 나봄에 대한 안 좋은 감정들을 한쪽으로 밀어두고 있었다. 물론 어제저녁 문진이 나봄을 데리고 사라지는 일만 없었다면 한마디 칭찬이라도 해줄 수 있었겠지만 석호는 그리 너그러운 성격은 아니었다. 특히 자신이 모시고 있는 강문진의 일이라면 더욱.

"양이 많았는데도 출근해 보니 다 끝낸 후 책상에 올려져 있었어. 좀 더 두고 봐야겠지만."
 어쩔 수 없이 인정하는 석호의 말에 문진은 만족스럽게 미소를 지었다. 역시 나봄은 그를 실망시키지 않았다.
 "근데 왜 윤나봄 씨가 저딴 여자로 나오는 거지? 일도 잘 처리했고 이제 출근한 지 이틀밖에 안 되는 사원인데."
 "그 부분은 잘못했다고 말했잖아. 내가 말하고 있는 건 선배가 윤나봄이란 여자에겐 지나칠 정도로 관대하다는 거야. 아니, 관대 뿐이 아니라 지나친 관심이고. 정말 윤나봄 씨한테 마음이 있는 거야? 저런 여자한테?"
 "글쎄, 저런 여자가 어떤 여잔데?"
 이제는 장난스러운 문진의 말에 석호는 안쪽에서만 볼 수 있게 돼 있는 유리벽을 통해 커피를 내리고 있는 나봄을 보았다. 어제는 나름대로 정장이더니 오늘은 편안해 보이는 캐주얼을 입고 두꺼운 뿔테 안경을 낀 모습은 못 봐줄 정도는 아니었지만 그다지 매력이 느껴지는 모습은 아니었다. 더군다나 꼬박꼬박 할 말 다 하고 지나칠 정도로 당당한 성격은 더 더욱 마음에 들지 않았다.
 "뚱뚱해. 거기다 선배는 긴 머리 좋아하는데 머리도 짧고, 안경도 썼고, 키도 작아. 거기다 성격은 말도 못하게 안 좋아. 일은 잘 해놨지만 그것도 좀 더 두고 봐야 알 일이고."
 아무래도 깨끗이 처리해 놓은 일이 걸렸는지 약간 작아진 목소리로 일이란 소리를 입에 올리다 석호는 서둘러 고개를 돌리며 두고 봐야지라는 말을 반복했다.
 "인마, 저게 뚱뚱한 거냐? 옷을 저렇게 입어서 그렇지, 팔목 무지 가늘어. 얼굴만 통통한 거지 몸은 절대 아니라고 본다. 그리고 안경? 그건 벗기면 되고. 머리? 그것도 기르면 돼. 뭐, 지금도 잘 어울려서 나쁘진 않고. 그리고 또 뭐? 아, 성격? 성격이 왜? 난 그게 제일 마음에 드는데. 재밌잖아. 너 저런 여자 어디서 본 적 있냐?"

"없지. 저런 여자가 세상에 어디······. 선배, 진심이야?"

아무렇지 않게 묻는 말에 대답하려던 석호는 입이 떡 벌어지며 문진을 쳐다보았다. 문진을 오래 봐왔지만 단 한 번도 여자에 대해 이처럼 관대하게 표현한 적은 없었다. 아니, 이건 관대 정도가 아니었다.

"그 멀쩡하고 예쁜 여자들은 다 마다하더니. 아니지? 선배, 그냥 장난치는 거지? 그래, 선배가 요즘 소라랑 약혼이다 뭐다 하니까 정신이 좀 없긴 했을 거야. 에이, 그래도 그렇지. 어디서 저런 여자를. 장난 그만 해."

혼자 놀라고 혼자 열 내더니 실실 웃으며 결론까지 내버리고는 결재 서류를 들이미는 석호를 보며 문진은 웃음을 터뜨렸다. 윤나봄이란 여자를 만나니 빈틈없던 석호까지 재밌어진다.

"장난하는 거 아니다. 나 진짜 나봄 씨랑 연애할 거다."

"나봄 씨?"

석호가 기가 막혀 묻자 문진은 사인한 서류를 건네주며 만족스럽게 고개를 끄덕였다.

"불러보니 이게 더 좋아서. 나봄. 예쁘더라고. 본격적으로 사귀게 되면 나 자도 떼버릴까 싶어. 봄, 이렇게. 아무리 생각해도 예쁜 것 같네. 봄. 봄."
　자신이 말해놓고도 만족스럽다는 듯 봄을 연발하는 문진을 보며 대체 이 상황을 어떻게 받아들여야 되는지 석호는 혼란스러웠다. 십 년이 넘게 봐왔지만 문진의 입에서 여자가 예쁘다는, 아니, 여자도 아니고 여자 이름이 예쁘다는 소리가 나오다니. 아무래도 정상이 아닌 것 같다.
　"저기, 선배? 우리 병원 가볼래? 아니, 아니다. 내가 회장님 만나서 소라 얘기 그런 거 다 해결, 아니, 해결은 안 돼도 어떻게 좀 좋은 방향으로 처리해 볼 테니까 정신 차려. 응? 아니, 아무리 여자가 없어도 그렇지 어떻게 저런 여자를……."
　정말 큰일이 난 듯이 말하며 나봄을 가리키기 위해 몸을 돌린 순간 석호는 커피 잔을 받친 쟁반을 들고 문 앞에 서 있는 나봄을 발견했다.
　"노크를 했는데 답이 없으셔서 그냥 들어왔습니다. 방해가 됐다면 죄송합니다."
　저벅저벅 걸어와 문진의 책상에 커피를 내려놓은 나봄은 살기가 느껴지는 미소를 지으며 석호를 쳐다보았다.
　"저기 나봄 씨, 좀 전에 제 말은요. 그러니까 그게 나봄 씨가 나쁘다는 게 아니라……."
　열심히 변명을 해대는 석호를 보자 나봄의 입은 웃고 있었지만 눈빛은 더욱 굳어졌다.
　"변명 안 하셔도 돼요. 저도 제가 남자들한테 별로란 건 잘 알고 있거든요. 주로 저한테 관심을 갖는 남자들은 피부가 검고 머리가 좀 많이 곱슬거리시던 그런 분들이 많았거든요. 근데 얼마 전에 우리나라 사람인데 저한테 관심을 보이는 거예요. 제가 외국 사람이었으면 좋게 타일러서 돌려보냈겠지만 우리나라 사람이고 보니 성질이 곧이곧대로 나가려고 해서요. 그러니까 그 특이한 분이 저한테 험한 꼴 당하기 전에 좀 말려주실래요? 앞으로도 전 민 실장님한테 쭉 그런 여자여도 상관없으니까 저 없는 자리에서 열심히 씹으시면서 그분 좀 말리세요. 제발, 정상으로 돌아가시라구! 그럼 이만 나가보겠습니다. 하시던 뒷담 계속하세요."

나봄이 돌아서자마자 문진은 결국 참지 못하고 웃음을 터뜨렸다.

"풋, 큭. 푸하하하."

"선배!"

석호가 당황한 목소리로 말렸지만 문진은 오히려 더욱 크게 웃었고 나봄은 이를 박박 갈며 문진의 사무실 문을 열심히 째려봤다. 예의상 노크를 하고 들어서자마자 들린 게 자신에 대한 말도 안 되는 평가라니.

'나 참, 어이가 없다 못해 아주 기가 막히네. 누가 지들한테 내 얼굴 평가해 달랬어? 그래, 나 좋아하는 것들은 다 시커먼 흑인들뿐이더라. 그래서 뭐!'

혼자 생각해 보니 더 열이 받아서 나봄은 들고 있던 서류를 책상에 세게 내려놓았다. 뻗쳐 오는 열을 해결하지 못했다가는 오늘 안에 저 두 놈을 잡지 싶었다.

"강 이사 방에 새 비서 채용했다는 소리 들었어?"
화장실에서 일을 보고 나가려던 나봄의 귀에 여직원들의 목소리가 들렸다.
"이번 기획실 계약직 뽑는데 온 여자라면서? 근데 어떻게 비서실이래? 기획실 애들 말로는 완전 노땅이라던데? 거기다 굴러다닌다더라."
"그래? 근데 어떻게 비서로 들어갔대? 강문진 이사 민 실장 하나 놓고 벌써 몇 년째 있었잖아. 강 이사 비서로 들어가려고 용쓰다 까인 선배가 몇 명인데. 대체 뭐 하는 애래?"
"몰라. 뭐라더라? 무슨 악기 하나 전공한 앤데 이번 면접도 기획실 누구 소개로 봤대. 거기다 더 쇼킹한 건 어젠 기획실 회식하는데 강 이사가 그 여자 손목 잡고 사라졌대. 그래서 기획실 발칵 뒤집혔잖아."
"진짜? 강 이사님 눈 높기로 소문났다더니 헛소문인가 보네? 그나저나 좋겠다, 강 이사님 웃는 모습 한 번 보려고 일부러 이사실 심부름 가도 겨우 볼까 말까인데. 에이."
가만히 얘기를 듣던 나봄은 옆머리를 짜증스럽게 쓸어 올렸다. 말 도는 게 제일 무서운 곳이 회사라고 하더니 강문진 덕분에 그녀는 회사 안에서 이미 유명인이 되어가고 있었다. 그것도 여직원들 사이에서 잘난 이사를 꼬드긴 꼬리 아홉 개쯤 달린 여우로. 사무실 안에 있는 두 인간에 이어 이젠 회사 여직원들까지……! 나봄에겐 KG그룹이 온통 지뢰밭이었다.
나봄은 그날 이후 며칠은 조용히 지낼 수 있었다. 죄진 게 있는

지라 석호는 나봄에게 처음과는 다르게 친절히 대해주려 노력했고 나봄이 맡은 일은 최선을 다해서 마무리지어 놓으니 그다지 트집 잡을 일도 없었다. 더군다나 곧 개관할 공연장 일 때문에 문진 역시 정신이 없어서 사무실에서 그를 마주할 시간이 많지 않았다.

"그래서 일은 할 만한 거야?"

오랜만에 만난 은영은 걱정스럽게 나봄을 보았다. 매일 바쁘다고 만남을 미룬 탓에 은영의 걱정을 배는 부풀렸을 것이다.

"어려운 것도 없고 시키는 일만 하면 되니까. 그리고 요즘은 그 두 놈이 바빠서 사무실엔 거의 혼자 있어. 식당에서 수군거리는 것들만 무시해 주면 있을 만해."

대충 문진의 얘기를 전해 들은 은영은 여전히 걱정스러운 얼굴이었다.

"그렇게 안 봐도 되거든요. 어차피 소문이니까 더 이상 문제만 안 생기면 금방 가라앉을 거야. 뭐, 점심엔 김재민이 놀아줘서 심심하지도 않고."

점심시간마다 사무실로 찾아와 같이 직원 식당으로 가는 재민을 떠올리며 나봄은 미소를 지었다. 사무실 직원들의 호기심을 외면하면서 자신을 열심히 챙기느라고 재민이 나름대로 열심히 애쓰고 있을 것이다.

"그래도 다행이다, 재민이라도 있어서."

"그 김재민이 없었으면 그 회사에 들어가는 일도 없었을 텐데 말이지. 에이, 마셔, 마셔."

오랜만에 나봄의 옥탑방에 마주 앉은 둘은 조근조근 수다를 떨며 밤을 보냈다. 숙취 때문인지 조금은 힘겨운 아침을 맞았지만 간질거리는 포근한 봄바람과 주말을 코앞에 둔 금요일이라는 사실에 나봄은 기분이 한결 나아졌다.

"왔어요? 날씨 좋죠?"
언제나 출근 시간보다 한참 전에 출근해 있는 석호는 며칠 동안 그랬던 것처럼 반갑게 나봄을 맞았다.
"네, 그러네요. 그나저나 요즘 많이 바쁘신가 봐요?"
"새로 개관할 공연장 때문에 정신없죠 뭐. 그래도 오늘은 외근 나갈 일은 없을 겁니다. 오늘은 점심 같이하죠."
"전 직원 식당에서 먹는데. 실장님도 거기서 드시나요?"
정말 궁금한 듯 묻는 나봄을 보며 석호는 고개를 저었다. 아무리 직원하고 격의없게 지낸다지만 기획이사의 개인 비서실장이라는 위치에서 직원 식당을 찾는다는 건 직원들이나 석호 자신이나 서로 불편한 일이었다.
"하긴 직원 식당은 사원이 밥 먹으라고 만들어놓은 곳이지 간부가 밥 먹는 데는 아니죠. 그래도 밥은 맛있던데."
중얼거리듯 말하던 나봄은 며칠 동안 익숙해진 손놀림으로 오늘 처리해야 할 서류들을 챙겼다.
"일은 할 만합니까? 나봄 씨, 생각보다 일 잘하던데."
빙그레 웃는 석호를 보며 나봄은 눈 마주침 대신 고개만 끄덕였다.
"제가 보기에는 둔해 보이긴 합니다만 일단 맡은 건 열심히, 뭐 그렇거든요. 마음에 드신다니 다행이에요. 그나저나 그분은 좀 설득해 보셨나요?"

요 며칠 다행히 문진은 조용했지만 사내에서 윤나봄이란 여자는 꼬리 아홉쯤 달린 불여우가 되어 있었다. 욕먹는 일은 상관없었지만 더 이상은 아무런 문제가 없기를 간절히 바라는 나봄은 석호가 그 정상이 아닌 이사를 설득하기를 바라고 있었다.

"아뇨, 꿈쩍도 안 하세요. 원체 남의 말을 잘 안 듣는 분이긴 하지만 이번엔 좀 심하시네요. 큰일이야, 정말."

석호는 한숨과 함께 고개를 설레설레 저으며 말했다. 아무리 생각해도 이건 아니지 싶어 객관적 입장과 차후에 생길 문제들 등 댈 수 있는 모든 핑계들로 문진을 설득하고자 했지만 며칠 동안의 수고에도 불구하고 문진은 자긴 죽어도 윤나봄과 연애할 거란다. 석호는 이제 문진 쪽은 거의 포기 상태였고 그나마 희망인 나봄이 끝까지 문진을 거부해 주길 바랄 뿐이었다.

'큰일이라니, 그 남자가 날 좋아라 하는 게 그렇게 큰일인가? 참 비서란 것도 못해먹을 직업이군. 모시고 있는 상관 연애사까지 신경 써야 하니.'

나봄은 씁쓸한 생각이 들었지만 얼른 표정을 바꾸며 책상에 놓인 거울을 들여다보며 말했다.

"그분 참 독특하시네. 원래 강 이사님 주변이 그렇게 심심한 사람들만 있어요? 이사님, 저만 보면 웃겨서 넘어가시던데. 아님 내가 그렇게 웃긴가? 그런 소리 별로 못 들었는데."

거울을 뚫어지게 보며 못마땅한 듯 말하는 나봄을 석호는 재밌

게 지켜봤다. 이제껏 문진이 만났던 여자들과는 확실히 다르긴 했
다. 지루하지도 않았고, 그렇다고 엉겨붙지도 않았으며 남자인 자
신이 봐도 넘어갈 만한 문진의 웃는 얼굴에 유일하게 짜증스러운
말투를 내뱉는 여자였다. 그래, 윤나봄이란 여자가 특별하긴 했
다.
"웃긴 게 아니라 나봄 씨랑 있으면 좋아서 웃는 겁니다. 민 실
장, 좋은 아침."
그렇게 기척 좀 하고 다니라고 일렀는데도 문진은 오늘도 소리
없이 사무실로 들어와서 나봄의 얘기를 듣고 즐겁게 직무실 안으
로 사라졌다. 나봄은 그런 문진을 못마땅하게 쳐다보았고 석호는
두 사람을 조금은 걱정스럽게 보고 있었다.

"점심 갑시다. 나봄 씨, 가죠."
그새 점심시간이 됐는지 문진이 사무실 문을 열고 나오자 나봄
은 시계를 보았다. 열두 시가 조금 넘어가고 있으니 평소보다 이
르긴 하지만 점심시간이 맞긴 했다.
'그나저나 이 두 놈들과 같이 나갔다간 나중에 여직원들한테
밟혀 죽는 거 아냐?'
이미 사무실에서 나간 석호와 문을 열고 기다리는 문진을 보자
나봄은 한숨부터 흘러나왔다. 나봄은 아무래도 며칠 안에 이 회사
여직원들에게 죽임을 당할 거라는 확신이 생겼다.
"나봄아."
마지못해 문진의 뒤를 따라 사무실을 나오자 조금 떨어진 곳에

서 재민의 목소리가 들렸다. 나봄은 문진을 앞질러 재민에게로 가려고 했으나 어느새 문진의 손이 나봄의 팔목을 움켜쥐고 있었다.
"김재민 씨, 무슨 일입니까?"
붙잡힌 팔목에 놀라느라 얘기할 타이밍을 놓친 나봄을 대신해 문진이 묻자 재민은 당황함에 아무 말도 못하고 나봄만을 쳐다보았다.
"제가 김재민 씨랑 매일 점심을 같이 먹거든요. 근데 이것 좀 놔주시죠?"
미세한 짜증이 섞인 나봄의 목소리에 문진은 손목을 잡은 손에 더욱 힘을 주었다.
"김재민 씨, 미안합니다. 하지만 윤나봄 씨는 앞으로 우리 이사실 식구들하고만 점심을 같이 먹을 예정이어서요. 그럼 식사 맛있게 하세요."
"아니, 저기, 잠깐만요."
나봄은 있는 힘껏 버티려고 했으나 이사실에서 조금 벗어난 복도로 들어서자마자 보는 이목이 많아져 고개를 푹 수그리고 문진이 이끄는 대로 엘리베이터로 향할 수밖에 없었다.
"아니, 대체 왜 이러세요? 사람 끌고 가는 게 취미예요? 저번에도 그러더니 대체 나한테 왜 이러는 건데요? 강 이사님 이러시는 것 때문에 지금 여러 사람이 피곤해하거든요?"
나봄은 정말 짜증이 났는지 문진에게 잡혔던 손목을 잡아빼 신경질적으로 쓰다듬고 있었다.
"여러 사람이 누굽니까? 한 명은 윤나봄 씨 본인이겠고, 다른 사람은?"

"이 회사 여직원들, 그리고 이사님의 충실한 비서인 민 실장님까지요. 그중에서도 민 실장님은 아주 골치 아파하시던데 이제 그만 좀 하시죠?"

나봄은 유난히 느리게 느껴지는 엘리베이터의 층수를 보며 문진의 시선을 피했다.

"민 실장님이 며칠 열심히 설득해 봤는데 허사였다고 정말 큰일이라고 하던데요. 그러니까 여러 사람 피곤하게 하지 말고 이쯤에서 앗! 이것 보세요!"

엘리베이터가 도착하자마자 문진은 다시 나봄의 팔목을 잡고 앞으로 걸어나갔다.

"강 이사님, 이것 좀 놓고 가요. 이것 좀."

"이사님!"

지하 주차장에 먼저 도착해 있던 석호는 문진이 나봄을 거의 끌고 오다시피 하는 걸 보고 당황해서 주위를 살폈다. 누군가 보기라도 한다면 겨우 잠잠해진 소문이 또다시 들고일어날 것이다.

"점심 알아서 해결해라."

차에 나봄을 밀어 넣은 문진은 석호는 깨끗하게 무시한 채 요란한 소리를 내면서 주차장을 빠져나왔다.

"정말 가지가지 하네. 휴."

더 이상 말하기를 포기했는지 나봄은 짜증스럽게 혼잣말을 내뱉으며 시선을 창밖으로 돌렸고 문진은 뭐라 한마디 하려다 이내 입을 다물었다.

한 레스토랑 앞에서 차가 멈추었다. 겉으로 보기에도 고급스러운 게 나봄은 안으로 들어가지도 않았는데 거부감부터 들기 시작했다.

"나봄 씨가 마음에 들어할 만한 식당으로 가고 싶었지만 오늘은 조용히 얘기할 곳이 필요했습니다. 그러니까 인상부터 구기지 마요."

처음에 레스토랑에 갔을 때와 마찬가지로 못마땅한 얼굴로 주변을 두리번거리는 나봄을 보며 문진은 따라 들어온 점원에게 간단하게 주문을 하고 자리에 앉았다.

"지난번에도 그랬고 오늘도 그렇고 강제로 끌고 온 건 미안합니다. 하지만 그렇게 안 하면 나봄 씨랑 마주 앉아 있을 수조차 없을 것 같아 그런 거니까 너무 불쾌해하지 않았으면 좋겠군요."

"그렇게 해서 마주 앉는다고 해도 그리 유쾌하진 않으실 텐데요."

저 남자는 사과를 해도 절대 미안해 보이지 않는다. 그게 더 못마땅해져 나봄은 문진을 짜증스럽게 쳐다보고 있었다.

"이렇게라도 마주 보고 있으면 유쾌합니다. 난 나봄 씨 보는 것만으로도 좋다고 누누이 말했는데, 그새 잊었습니까?"

능청스럽게 말하는 문진을 보자 나봄은 어이가 없어서 할 말을 잃었다.

"그러니까 이제 그만 연애합시다. 그리 어려운 것도 아니고 그냥 남들처럼 연애 한번 하자는데 뭐가 그렇게 어려운 겁니까?"

'댁이랑 있는 거 자체가 어려움인데 연애까지 하면 아주 고달

프죠.'

대책없이 덤벼드는 이 남자는 멈출 생각을 안 한다. 남들 하는 연애라니. 그게 어디 말처럼 쉬운 일인가? 저 남자는 아무래도 자신의 위치를 잘 모르는 모양이다. 그리고 윤나봄은 자신의 위치를 아주 잘 안다. 더군다나 서로 좋아하는 것도 아니고 단지 강문진이 관심을 가졌다는 이유만으로 석호를 포함한 사내의 여직원들이 나봄을 못마땅해하는데 정말 저 남자와 연애라도 했다가는 회사에서의 나봄의 앞길은 고난의 연속일 것이다. 하지만 변하지 않고 계속 다가서려는 문진이 아주 조금은 익숙해지고 있었다. 그리고 조금 더 솔직해지자면 그의 말을 있는 그대로 받아들이는 것 같기도 했다. 생각할수록 복잡해지는 머릿속 때문에 한숨을 뱉은 나봄은 조심스럽게 입을 열었다.

"진심이세요? 정말 저랑 남들 하는 연애가 하고 싶은 거예요?"

문진의 표정이 눈에 띄게 밝아지자 나봄은 그가 진심인가 아닌가 싶어 한참을 들여다보고 있어야 했다.

"진심입니다. 진심이 아니라면 내가 어떻게 그런 말을 하겠습니까?"

망설임없는 말과 함께 진지하게 빛나는 문진의 눈은 한 치의 거짓도 없다고 말하고 있었다.

'그냥 직장상사였다면 좋았을 텐데.'

사실 문진이 연애라는 말만 꺼내지 않았어도 나봄은 그에게 호의적인 감정을 갖게 되었을지도 모른다. 남자와 여자의 관계로 얽히지 않는다면 지금보다는 좋은 관계로 지낼 수 있을 만큼 그는 매력적인 사람이었다. 하지만 문진은 나봄과 남자와 여자가 되길 원하고 지치지도 않고 다가오는 데다 시도 때도 없는 돌발행동으로 그녀를 흔들고 있었다. 오래전 꼭 닫아놓았던 나봄의 마음에 점점 동요가 일고 있었다. 한편으론 이제 그만 해주길 바라지만 또 한편으로는 이대로 문진에게 마음을 열게 된다면 어떨지, 간사한 마음이 둘로 나뉘어 나봄을 흔들어대고 있었다. 그리고 오늘의 진심 발언 역시 그를 밀어내려는 나봄을 더욱 힘들게 할 것 같았다.

"오빠."

연거푸 한숨만 뱉으며 생각을 정리하려 애쓰는 나봄과 조용히 나봄을 바라보던 문진의 등 뒤로 발랄한 목소리가 들려왔다.

"너무 보고 싶었는데 잘됐다. 역시 우린 인연인가 봐, 이렇게 만나지는 걸 보면."

애교에 콧소리까지 섞으며 거의 안기려는 소라를 문진은 난감하게 떼어냈다.

"최소라, 네가 여기 웬일이야?"

평소와는 다른 문진의 굳은 목소리에 나봄은 가만히 상황을 지켜봤다. 하지만 소라는 여전히 밝게 웃으며 그녀의 일행을 가리켰다.

"친구가 파스타가 먹고 싶다고 해서요. 이 집 파스타 맛있거든요. 참, 나 어제 어머님 뵀는데 우리 약혼식 가을쯤에 하면 어떻겠냐고 그러시던데. 오빠도 얘기 들었어요?"

열심히 제 말만 하는 소라를 보며 나봄은 기가 막혀 웃음이 나왔다. 물론 소라가 꺼내놓은 약혼이란 소리에는 더 어이가 없어졌고.
 "약혼 안 한다고 분명히 말했을 텐데. 최소라, 너 자꾸 네 멋대로 할 거야?"
 낯설은 문진의 낮은 목소리를 들으며 나봄은 대충 상황을 짐작하기 시작했다.
 '그러니까 집안끼리는 저 어린애랑 약혼하기로 돼 있는데 강문진은 싫다? 그래, 그렇다 이거지?'
 쉽게도 결론이 지어지자 기분은 급속도로 나빠졌다. 물론 문진에게 끌려 이 레스토랑에 들어왔을 때도 기분이 좋았던 건 아니었지만 그동안처럼 장난스러움이 아닌 진심으로 느껴지는 남자 때문에 동요가 일었던 건 사실이었으니까. 아직 아무것도 내어주지 않았지만 나봄은 뭔가 억울한 느낌이었다.
 문진은 조용히 상황을 지켜보고 있는 나봄의 눈치를 살폈다. 그녀는 아무런 움직임은 없었으나 분명 눈빛은 좀 전보다 차가워져 있었다. 문진은 낮은 한숨이 터져 나왔다. 힘겹게 상황을 좋은 쪽으로 돌려놨더니 이 어린애 때문에 또다시 일이 틀어지고 있었다.
 "오빠, 우리 합석해요. 응? 점심 사줘요."
 '막무가내 어린애라 고생깨나 하시겠네요.'
 문진의 경고에도 아랑곳하지 않고 멋대로 자리에 앉는 소라를 보자 나봄은 실소가 터져 나왔다.
 "일행 있는 거 안 보이나? 정말······."
 "합석하시죠. 전 그만 일어나려고 했거든요. 이사님, 예비 약혼녀이신 것 같은데 잘해 드리셔야죠. 그럼 먼저 들어가겠습니다."
 문진의 말을 가로챈 나봄은 소라에게 미소를 지어주고 잡을 틈도 없이 레스토랑을 나가 버렸다.
 "오빠, 그럼 합석해도 되죠? 잘됐다~"
 빠르게 사라지는 나봄은 신경도 안 쓰고 제 친구까지 데려와 자리에 앉는 소라를 보며 문진은 터져 나오는 한숨을 애써 삼켰다.
 "최소라, 내가 제멋대로 행동하지 말라고 분명히 경고했을 텐데."
 벌어진 상황이 심각하게 느껴졌지만 문진은 억지로 튀어나오려는 욕설을 삼켰다. 아무리 화가 나도 일단은 석호의 동생이고 아버지 친구 분의 딸이었다. 최소한 지킬 건 지켜야 했다.
 "에이, 오빠, 같이 계시던 분도 우리 관계 다 아셨잖아요."
 나봄의 입에서 나온 예비 약혼녀란 존칭이 기분 좋았는지 소라는 문진과 마주 앉아 있던 사람이 여자라는 사실은 신경도 쓰지 않았다.
 "너랑은 약혼 같은 거 안 하니까 이제 그만 포기해. 그리고 한 번만 더 이렇게 제멋대로 굴면 그땐 두고만 보진 않을 거다. 젠장."
 문진은 짜증스럽게 경고하며 마지막 욕설은 들릴 듯 말 듯 내뱉고 서둘러 레스토랑을 나왔다. 하지만 예상대로 나봄은 이미 흔적도 없이 사라졌고 문진은 처음보다 악화된 상황에 한숨만 나왔다. 그 여자는 분명 자신을 천하에 다시없는 불한당으로 여기고 있을 게 뻔했다.

"중요한 손님이었나 봐. 우리 문진 오빠 일이라면 아무리 나라도 절대 용서없거든. 워낙 철저한 사람이라서."
어색한 상황에 친구들에게 구차하게 말을 늘어놓는 소라는 속이 상했지만 억지로 웃어야 했다. 아무리 밀어내도 문진은 절대 포기할 수 없었다. 소라에게 문진은 세상 어떤 것보다 간절히 원하는 사람이었다.

"진심? 뻔뻔스럽기도 하시지. 강문진, 당신 나 너무 만만히 봤어. 뭐? 남들 하는 연애? 나 참, 연애 좋아하시네. 아유, 상사만 아니었으면."
나봄은 회사 근처에 도착해 씩씩거리며 문진을 씹어대고 있었다. 안 그래도 고픈 배가 열까지 받자 더 고픈 것 같았다. 하지만 점심시간은 이미 오래전에 끝나 있어서 고픈 배를 쥐고 사무실로 향해야 했다.
"어차피 이렇게 될 거 밥이나 먹고 올 걸. 에휴, 이놈에 성질머리 때문에 매번 손해만 보네."
양은 적었겠지만 입은 즐거웠을 레스토랑의 음식을 생각하며 나봄은 아쉬운 입맛을 다셨다.
사무실로 들어서자 석호의 자리는 비어 있었고, 문진 역시 아직이었다. 혹시 그새 문진이 사무실에 도착해 있는 건 아닌지 약간 긴장을 했던 나봄은 허탈한 한숨을 쉬며 자리에 털썩 앉았다.
"대단하긴 대단한 사람인가 보네, 집에서 그런 어린애를 약혼녀로 들이미는 걸 보면. 그럼 비슷한 여잘 만날 것이지 왜 나한테 그러는 건데? 아유! 상종을 말자. 에이, 배는 왜 이렇게 고픈 거야!"
 그 어린 여자와 마주 앉아 밥을 먹고 있을 문진의 모습을 생각하니 더욱 비위가 뒤틀리는 것 같았다. 그러면서 새삼 강문진이란 사람이 어떤 배경을 가지고 살아왔는지 궁금해졌지만 서둘러 고개를 저었다. 더 이상 그 남자에 대해 생각하지 말자. 괜스레 고픈 배에게 짜증을 내며 나봄은 책상에 털썩 엎어졌다. 오늘은 퇴근 시간까지가 아주 길게 느껴질 것 같았다.
 사무실 시계가 여섯 시를 가리키고 나봄은 아직도 비어 있는 석호의 자리와 조용한 문진의 직무실을 한번 보고 자리에서 일어났다. 할 일도 다 했고 상사들도 알아서 퇴근한 것 같으니 칼퇴근이란 걸 해볼 생각이었다.
 "아사하겠네."
 책상을 정리하며 나봄은 버릇처럼 중얼거렸다. 일하느라 정신이 없어서 잠시 잊고 있었지만 저녁때가 되자 하루 종일 비워둔 위장이 항의라도 하는 듯 쓰려오기 시작했다.
 "한 끼 굶은 걸로 아사까지야 하겠습니까? 다 됐으면 갑시다. 나 때문에 점심도 걸렀으니 저녁은 제대로 대접할게요."
 가방을 챙겨 들던 나봄은 직무실 문 앞에 서 있는 문진을 한참 동안 쳐다보았다. 조용하길래 외근이라도 나간 줄 알았더니 안에 있었던 모양이다. 문진을 보자마자 다시 슬금슬금 피어오르는 짜증을 애써 참으며 나봄은 옆머리를 쓸어 올렸다.
 '능글맞은 데다 뻔뻔하기까지 하시고. 아주 제대로 나쁜 놈이네.'

나봄은 씩 하고 입에만 미소를 지어주며 가방을 챙겨 들었다.
"약혼녀랑 드시죠, 이사님. 전 선약이 있어서 이만."
"오해입니다. 아니, 그 부분에 대해선 내게 설명할 기회를 줘야 하는 거 아닙니까?"
그를 지나쳐 가려는 팔목이 잡히자 나봄의 얼굴은 순식간에 차갑게 굳어졌다. 문진은 나봄의 반응을 보고 잡고 있던 손목을 놓아주었다.
"미안합니다. 몇 번 잡다 보니 자꾸 손이 가네요."
나봄은 비웃듯 미소를 지으며 문진을 쳐다보았다.
"그거 아세요? 폭력 쓰는 남자들은 다들 홧김에 몇 번 때리다 보니 자꾸 손이 올라간다고 말한대요. 이사님도 조심하셔야겠어요, 다분히 끼가 보이세요."
미소는 짓고 있으나 나봄의 차가운 눈빛에 문진은 한숨이 새어 나왔다. 조금 다가갔나 싶었는데 점심때 일로 이 여자의 마음은 저만치 도망가 있었다.
"일단 밥부터 먹읍시다. 하루 종일 굶어서 여기서 나봄 씨랑 이러고 있다가는 나도 아사할 것 같으니까."
문진이 사무실을 나가자 나봄은 코웃음을 치고 입속으로 중얼거렸다.
"굶긴 왜 굶어? 기껏 자리까지 비켜줬더니. 아니지, 저 인간 먹어놓고도 저렇게 연기하는 걸 거야."
"안 갈 겁니까?"
다시 사무실로 들어온 문진을 보며 나봄은 울컥 화가 올라왔다.

반나절 동안 어린 여자와 마주 앉아 있을 문진의 모습에 이유 모를 심술이 그녀를 괴롭히며 잔뜩 꼬여 있던 심사가 결국 터지려는 모양이었다. 하지만 일단은 참아야 했다. 알 수 없는 찝찝한 기분을 털어내려면 일단 변명이든 설명이든 문진의 얘기를 들어봐야 했다. 그리고 확실하게 끝을 맺어야 했다. 오늘 이후로 더 이상 강문진 때문에 이렇게 혼란스럽지도, 끌려 다니고 싶지도 않았다.
 나봄은 문진을 밀치고 사무실을 나왔다. 문진은 그런 나봄의 뒤를 조용히 따라 걸었다. 어두운 바깥 덕분에 복도 유리에는 딱딱하게 굳은 그녀의 얼굴이 비쳤다. 오후 내내 문진은 직무실에 앉아 반사유리로 돼 있는 벽을 통해 나봄을 보고 있었다. 소리도 들을 수 있었으면 더 좋았겠지만 혼자 중얼거리면서도 열심히 일을 하는 나봄을 보면서 기분이 좋았다. 문진에게 나봄은 풋풋하고 상쾌한 봄바람 같은 여자였다. 마주하는 것만으로도 기분이 좋아지는…… 그래서 갖고 싶었다. 하지만 저 여자를 설득하는 건 처음보다 더 힘들어지고 있었다. 아니, 어쩌면 이젠 불가능이 될지도 모른다는 생각이 들어 문진은 쓴 입맛을 다셨다.
 지하 주차장에 도착하자 나봄은 평소와는 다르게 군소리없이 차에 올랐고 문진은 오후 내내 생각했던 식당으로 향했다. 조용하고 음식도 맛있지만 아무도 만날 가능성이 없는 곳. 그 조건을 다 만족시킨 곳은 예전에 여동생인 은진을 몰래 만날 때 갔었던 서울 근교의 한식당이었다.
 "하루 종일 굶어서 밥으로 먹어야 할 것 같아서요. 조용하기도 하고."

조용한 문진의 목소리에 나봄은 주위만 두리번거렸다. 화려하진 않았지만 고풍스럽고 조용한 곳. 문진이 선택했던 비싼 레스토랑보다는 훨씬 마음에 드는 곳이었다.
"오늘 일은……."
"밥부터 먹죠. 제가 평소에도 그리 착하진 않지만 배고프면 더 못돼져서요. 그러니까 먹고 들을게요. 그 정돈 기다리실 수 있죠?"
막 꺼내려는 말을 자른 나봄은 주문한 음식이 나올 때까지 아무 말도 하지 않았다. 음식이 나온 후에도 먹는 일에만 열중할 뿐 아무 말도 하지 않았다. 문진은 이 상황을 어떻게 넘겨야 할지 복잡한 머리를 정리하느라 앞에 놓인 음식에는 손도 대지 않고 있었다.
"음식을 앞에 놓고 딴생각하는 거 좋은 버릇 아닌데. 점심도 못 먹었다면서 배 안 고프신가 봐요? 그리고 웬만하면 다 드시는 게 좋을 거예요. 그래야 변명이든 싸움이든 밥힘으로라도 할 수 있을 테니까."
눈도 마주치지 않고 열심히 수저를 놀리며 말하는 나봄을 보자 문진은 안도감에 겨우 미소가 지어졌다. 일단 들어줄 마음은 있는 것 같다. 그리고 그가 점심을 걸렀다는 데 대한 작은 배려감도 깔려 있는 것 같았고. 그제야 문진은 부지런히 수저를 움직였다.
"이제 말해보세요."
밥 한 공기를 깨끗이 비워내고 탁자 위에 녹차가 놓여지고 나서야 나봄은 그를 쳐다봐 주었다. 배가 부르니 마음도 조금은 누그러진 모양이다.

"흠. 점심때 일은, 그러니까⋯⋯."

막상 말을 꺼내놓긴 했는데 이게 어디서부터 설명을 해야 할지 막막해져서 문진은 뜸을 들였다.

"정리해서 말씀하시기 힘드신 것 같은데, 그럼 제가 먼저 말할게요. 아까 본 그 아가씨가 강문진 씨 집안에서 정한 약혼녀고, 예정대로면 올 가을에 약혼을 하셔야 되는데 강문진 씨는 그 약혼이 못마땅한 거죠? 약혼녀도 그렇고, 자신의 의지라고는 요만큼도 반영이 안 되는 집안끼리의 결정이란 것도 그렇고. 맞나요?"

나봄이 깨끗이 정리해 딱 부러지게 말하자 문진의 얼굴엔 놀라움과 함께 어색한 미소가 흘러나왔다. 역시 윤나봄이다.

"맞는다고 하시는 것 같으니 계속해 보죠. 그래서 방법을 찾던 강문진 씨는 만만한 여자를 옆에 끼고, 아니, 표현이 너무 그랬나? 뭐, 아무튼 그냥 눈에 띄는 여자랑 잠깐 연애해서 시간을 벌어볼까 했는데, 그때 내가 눈에 띈 거겠죠? 아주 재미있는 여자로. 맞나요?"

불쾌한 것 같은데도 불쾌하지 않은 듯 나봄은 대답해 보라는 눈빛을 보냈다.

"전부는 아니지만 일부는 맞습니다. 약혼 얘긴 정확히 맞았고."

'그럼 대부분이 맞지만 일부가 틀린 거겠지.'

나봄은 속으로 대꾸하고는 계속해 보라는 듯 문진을 쳐다보았다.

"나한텐 두 살 어린 여동생이 있습니다. 이미 결혼했고, 지금은 조카도 둘이나 있죠."

갑자기 동생의 이야기를 꺼내는 문진이 황당했지만 나봄은 들어줄 마음을 먹었으니 일단은 조용히 들어주기로 했다.

"우리 부모님은 중매로 결혼하셨지만 연애해서 결혼한 커플보다도 금슬이 더 좋으시죠. 그래서 중매결혼에 대해선 아주 긍정적이세요. 그러다 보니 여동생이 스물다섯 살이 넘자마자 집안에선 선 자리를 들이밀었고 한참 사랑을 하던 동생은 사귀던 남자를 집으로 데려왔죠. 물론 아무것도 없었던 남자를 부모님은 탐탁지 않아하셨구요. 반대할 기색이 보이자마자 그 녀석은 바로 집을 나가버리더군요. 그리고 정확히 일 년 만에 임신한 채로 식을 올렸어요. 그때 태어난 녀석이 벌써 세 살이 되어갑니다. 얼마 전엔 한 녀석이 또 태어났고."

조카 얘기를 하며 목소리며 표정이 한결 편안해지는 문진을 보며 나봄은 고개를 끄덕였다. 변명할 줄 알았더니 갑자기 가족 얘기를 꺼내놓는 남자가 별로 마음에 안 들긴 했지만 사랑 때문에 가출까지 시행한 용기있는 여동생 얘기는 마음에 들어서였다.

"지금이야 부모님도 동생 녀석이랑 이젠 번듯하게 자리잡은 동생 남편을 인정하시지만 여전히 연애결혼에 대해선 그다지 호의적이지 않으시죠. 그래서 내 약혼도 부모님 마음대로 진행 중이고, 그 부분에 대해선 나봄 씨 말이 다 맞습니다. 나 그 약혼, 절대 할 마음 없거든요. 그리고 솔직히 말하자면 연애라도 해야겠다는 마음을 은연중에 먹었던 것은 사실입니다. 하지만 나봄 씨한테 연애를 하자고 했던 건 약혼을 무산시키기 위한 게 아닙니다. 나봄 씨한테 관심이 있고 좋아지는 건 사실이니까. 믿지 못하겠지만 그래서 그랬던 겁니다."

꾸며서 말해봐야 나봄에겐 먹혀들지도 않을 거라는 생각에 문진은 모든 걸 사실대로 실토했다. 그러면 측은한 마음에 나봄이 조금은 누그러지지 않을까 싶어서.

"약혼도 무산시키고 연애도 해보고, 그런 마음에 그러셨구나……. 그런데 어쩌죠? 전 말씀하신 것처럼 그 말 못 믿겠어요. 차라리 솔직하게 약혼 문제 때문에 잠깐 연애하는 척할 여자가 필요하다고 했으면 100% 믿음이 갔을 텐데. 지금은 강문진 씨가 하는 말 중에 부정적인 부분만 믿음이 가요. 차라리 처음부터 연애하는 척할 여자가 필요하다고 하지 그러셨어요. 그러면 회사에 취직도 안 시켜도 됐고 이렇게 내 앞에서 곤란해할 일도 없었을 텐데."

얼굴은 웃고 있지만 나봄의 눈빛은 서늘했다. 문진은 이제껏 상대방 앞에서 약한 모습을 보인 적이 한 번도 없었지만 나봄의 앞에서는 자꾸 약해지고 곤란해지고 있었다. 하지만 그건 어쩔 수 없는 일이었다. 세상 모든 사람에게 먹히는 그의 부드러운 미소가 저 여자에겐 먹혀들지 않으니 그 얼굴로 감정을 포장하던 문진은 그 포장을 믿지 않는 나봄의 앞에선 본감정을 그대로 드러낼 수밖에 없었다.

"내가 그랬다면 우리가 지금보다 나은 관계가 됐을 거라고 생각합니까?"

문진의 말에 나봄은 아주 잠깐 눈동자를 위로 올렸다.

"아뇨. 그랬다면 저한테 강문진 씨는 정상이 아닌 사람으로 남아 있었겠죠."

그것 보라는 듯 문진이 한숨을 뱉자 나봄은 입꼬리를 올려 미소를 지으며 말했다.

"근데 그게 더 나을 뻔했어요. 그랬다면 얼마나 급해서 몇 번 보지도 않은 여자한테 저러겠나 싶어 측은하기라도 했겠지만 지금은 그런 마음도 안 들거든요. 어쩌겠어요, 이미 일은 이렇게 벌어진 걸. 그러니까 다른 여자를 찾아보든지, 아니면 속 편하게 약혼을 하세요. 그 약혼녀 굉장히 어려 보이던데 어린 여자 좋아하지 않았어요?"

비꼬인 말에 문진은 기분이 상하고 있었다. 아니, 그런 것보다도 나봄이 이젠 그를 상대하지 않겠다고 대놓고 말하자 머리가 지끈거리기 시작했다.

"난 윤나봄 당신이 필요한 거야, 다른 여자가 아니라."

딱딱히 굳은 얼굴에 인상까지 찡그린 문진을 보며 나봄은 속으로 한숨을 삼켰다. 보기 좋게 웃는 얼굴 뒤에 숨은 그의 본모습이 이렇게 예고도 없이 드러나면 나봄은 자신도 모르게 긴장이 되었다. 하지만 여기서 물러서면 안 된다. 시작이 어찌 되었든 강문진과 그녀의 만남은 잘못된 만남이었다.

"반말 좀 삼가주시죠. 그리고 제가 생물학적으로 여자긴 하지만 그쪽한테는 회사 직원, 그것도 임시직 직원일 뿐이에요. 그러니까 이쯤 해두죠. 몰랐을 땐 잠자코 있었지만 다 알고 난 지금부터는 인내심이란 아이가 그다지 오래 버텨주지 못할 것 같네요.

그러니까 서로서로 곤란해지기 전에 그만 하죠."
 나봄이 얼굴에 남겨두었던 미소를 걷어내자 문진의 인상은 더욱 굳어졌다.
 "뭐가 그렇게 곤란해진다는 거지? 윤나봄은 나한테 직원이기 전에 여자야. 그쪽이 먼저라고. 속인 것같이 된 건 미안해. 그렇지만 그건 그것뿐이라고 말했잖아. 나봄을 이용해서 약혼 문제 해결해 볼 생각 같은 건 하지도 않았다고."
 마치 떼쓰는 아이 같은 문진의 모습에 나봄의 감춰두려 했던 감정들이 올라왔다. 오늘은 조용히 넘어가고 싶었는데…….
 "이젠 강문진 씨 말 못 믿겠다고 분명히 말했는데. 그리고 그런 거 처음부터 아무래도 상관없었어요. 나 강문진 씨한테 요만큼도 관심없거든요. 전에도 말했는데 잊었어요? 휴, 차라리 돈 받고 애인인 척해주는 여자를 구해보는 게 빠르겠네요. 요즘 그런 대행 업체도 많다던데. 그것도 아니면 그냥 약혼을 하든지 약혼이 죽어도 싫으면 선이라도 보세요. 마음에 드는 여자가 나타날지 누가 알겠어요? 이만 일어나죠. 더 얘기해 봐야 입만 아플 것 같은데."
 빠르게 말하고 나봄은 자리에서 일어났다. 이 남자랑 더 이상 마주 앉아 있다가는 가뜩이나 좋지 못한 성격이 다 드러날 것 같았다.
 "그 대행 업무 윤나봄 씨가 하는 건 어떻습니까? 일이라고 생각하면 그다지 손해 보는 것도 아닐 텐데. 아니면 계약 연애도 좋습니다. 대가를 받고 하는 계약 연애. 그냥 연애가 싫다니 어차피 들일 돈이라면 난 윤나봄 씨랑 하겠습니다."

나봄은 순간 몸이 굳어버렸다. 지금 저 남자가 무슨 소리를 하는지 제대로 알아듣고 이성을 붙잡으려면 조금의 시간이 필요할 것 같았다.

나봄이 그를 믿지 못하겠다고 말하며 더 이상은 마주하기도 귀찮은 듯 돈으로 애인을 구해보라고 말했을 때 문진의 이성은 저만치 떨어져 나가 버렸다. 그래서 그는 말을 내뱉기 전 미처 생각하는 걸 잊었다.

"뭘 하자구요?"

어정쩡하게 서 있던 나봄을 보며 문진은 앉으라는 듯 고갯짓을 했다.

"일, 일하라구요. 난 남들 하는 연애가 하고 싶지만 윤나봄 씨는 싫다니 돈 받는 일이라고 생각하면 손해는 아니지 않습니까? 난 당신 시간을 사는 거고 윤나봄 씬 나한테 그에 대한 대가를 받으면 되니까."

'미친놈!'

아무렇지 않게 말하는 문진을 보며 나봄은 튀어나오려는 욕을 억지로 삼켰다. 직장상사만 아니었으면 저 잘난 상사 면상에 뭘 집어 던져도 던졌을 것이다.

"이보세요, 강 이사님. 방송국 일도 하신다더니 드라마 너무 보셨네요. 계약 연애? 그거 아무나 하는 거 아니거든요. 그리고 그런 말도 안 되는 일에 시간을 팔 만큼 돈에 굶주리지 않았어요. 지금도 그 망할 고용 계약서만 아니면 당장 당신네 회사를 때려치우고 싶은 마음이 굴뚝같거든요. 근데 나보고 계약서를 하나 더 쓰라고? 시간을 사겠다고? 웃겨. 정말 웃긴다. 당신네들은 그런가 보죠? 남의 시간도 돈으로 사고, 갖고 싶은 거 있음 뭐든 가져봐야 하고. 사람은 비슷한 사람끼리 어울려야 된다는 거 강 이사님 덕분에 아주 절실히 느꼈어요. 돈이 그렇게 많으면 술집에 한번 가보시죠? 거기는 강 이사님이 명함만 보여줘도 시간을 팔 여자들이 줄을 설 테니까."

나봄은 그대로 밖으로 나가 버렸다. 문진은 그제야 그의 말이 나봄에게 상처가 됐을 거라는 생각이 들었다. 여자에게 돈을 주고 시간을 사겠다고 말하다니. 강문진 인생에 처음으로, 그것도 절대 실수가 없을 거라 생각했던 말로 도저히 지울 수 없는 큰 실수를 저질렀다.

버스에 오른 나봄은 열심히 문진을 씹어댔다. 하지만 도저히 화가 풀리지 않아 은영을 집으로 불렀다.

"허 참, 기가 막혀. 계약 연애? 웃기지도 않아, 정말. 아우, 열받아. 시간을 사? 일이라고? 내가 그렇게 만만히 보였다 이거지? 내가 갚아야 되는 빚이 좀 남았지만 돈이라면 환장하는 여자는 아니거든. 야, 은댕! 내가 그렇게 궁해 보이냐? 돈 준다 그러면 뭐든 열심히 하겠습니다, 그럴 여자로 보이냐구! 나쁜 새끼, 강문진 이 나쁜 새끼!"

소주 한 병을 거뜬히 비운 나봄은 은영을 마주 앉혀두고 화내다 웃다가 지금은 아는 욕을 다 해보려는지 열심히 욕을 하고 있었다. 은영은 그런 나봄을 안쓰럽게 쳐다보았다. 저렇게 될 줄 알았으면 취직한다는 거 말리는 거였는데. 장난으로라도 강문진이란 남자랑 잘해보라고 말하지 말았어야 했는데. 은영은 스스로를 자책하며 후회를 하고 있었다.

"은영아, 나 너무 화나서 그 인간 면상에 뭐라도 집어 던지고 싶었어. 근데 나 왜 속상한 거지? 그 남자가 연애하자고 했을 땐 그냥 기가 막히고 어이없고 그랬는데. 나 이용해서 약혼 피하려고 했다는 사실이 왜 이렇게 속상하니? 왜 이렇게 손해 보는 느낌일까? 아직 그 남자한테 아무것도 안 줬는데, 그랬는데……."

탁자에 엎드린 나봄의 중얼거림은 먼저 잠이 든 은영의 대답 대신 스스로에게 다시 돌아오고 있었다. 강문진이란 사람은 어쩌면 나봄이 생각하는 것보다 훨씬 대단하고 잘난 사람일지도 모른다. 그리고 만약 그렇다면 절대 그 남자와는 엮이고 싶지 않았다. 오래전 살아온 환경이 다른 사람에게 마음을 줬다는 이유로 받아야 했던 대가는 아직도 가슴 깊이 남아 있었다. 그걸 알고 있으면서도 얕은 바람에도 흔들리는 갈대처럼 나봄의 마음이 이리저리 흔들리고 있었다.

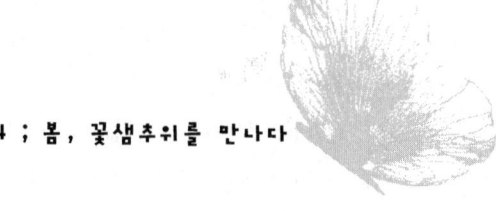

4 ; 봄, 꽃샘추위를 만나다

고급스러운 빨간 뉴비틀 자동차를 주차장에 어설프게 주차시킨 소라는 가벼운 걸음으로 엘리베이터에 올랐다. 사람의 빈자리가 느껴지면 그 사람에 대해 다시 생각하게 될 거라는 엄마의 충고를 받아들여 이틀에 한 번은 찾아가던 문진에게 일주일이 넘게 드문드문 얼굴을 비춘 게 다였다. 예상대로라면 지금쯤 문진은 그녀의 소식을 궁금해할 것이다. 소라는 그 생각만으로도 기분이 좋아졌다.

높은 층에 자리한 문진의 방으로 향하는 엘리베이터가 잠시 멈추고 젊은 여직원 몇이 엘리베이터에 올랐다. 사내의 모든 얘기들의 근본지는 여직원의 입이라는 말처럼 여직원들은 하하 호호거리며 회사의 이런저런 얘기와 정보들을 교환하기 바빴다.

"마케팅실 김 부장이 이번에 결혼한대. 근데 신부랑 띠 동갑이 래."
"정말? 웬일이니. 그 싸가지 뭘 보고 젊은 애가 붙었대? 집에 돈 좀 있다더니 정말 그런가 보네. 누군지 몰라도 아주 고생길이 눈에 훤하다, 훤해."
"그러니까. 어린애가 뭐가 모자라서 그런 왕 재수랑."
여직원들은 김 부장과 결혼할 여자에게 진심으로 동정을 보내고 있었다.
"참, 강문진 이사님 출장이라며? 왠지 요즘 회사에 와도 축축 늘어지는 게 이사님 기운이 없어서 그랬나 봐."
"그러게. 근데 그럼 뭐 하냐, 이미 임자가 있는데."
엘리베이터가 도착하고 여직원들 뒤를 따라 내리던 소라는 여직원들이 말하는 임자가 자신이라는 생각에 얼굴에 미소가 걸렸다.
"들어보니까 강 이사가 아주 목을 맨다더라. 만날 퇴근하면 안 가겠다는 여자 손목 잡아끌고 나가고 그렇게 붙어 다니던 민 실장도 떼놓고 다닌대."
멀어지려는 여직원들의 말에 소라는 반대 방향으로 향하려던 발걸음을 멈추었다.
저건 아니다. 저건 그녀를 말하는 게 아니었다.
소라는 여직원들을 따라 여자 화장실로 들어갔다. 여직원들은 여전히 문진의 얘기를 늘어놓고 있었다.
"왜, 악기 하나 전공했다고 하더니 그걸로 완전히 강 이사 꼬신 거래. 그래서 민 실장은 못마땅해 죽고 강 이사는 그런 민 실장도 무시하고 그 여자한테 목맨다더라. 약혼 얘기가 나오길래 대단한 여자랑 약혼하려나 보다 했더니."
"그 여자 봤어? 뚱뚱해 가지고 키도 작은 게 굴러다니게 생겼더라. 거기다 성질도 만만치 않다던데. 에휴, 강 이사님도 눈에 뭐가 씌인 거지."
"그 얘기 정말이에요?"
소라는 거울 앞에서 화장을 고치던 여직원을 붙잡고 다급하게 물었다. 이건 아니었다. 아무리 들어도 이건 그녀의 얘기가 아니었다. 그녀는 작지도, 뚱뚱하지도 않았고, 더군다나 문진은 그녀에게 목을 매기는커녕 매일 무시만 했다. 그런데 지금 이 여직원들 입에서 나오는 문진은 소라가 알고 있는 그 강문진이 아니었다. 그렇게 붙어 다니던 석호까지 떼어내고 만나려 한다는 그 여자가 대체 누구란 말인가?
갑작스런 소라의 행동에 여직원들은 당황스러움을 감추지 못했고 막 볼일을 마치고 나오며 한마디 거들던 여직원은 눈치를 살피다 서둘러 화장실을 나가 버렸다. 결국 화장실에는 소라가 붙잡은 여직원 한 명만이 난감한 얼굴로 소라를 보고 있었다. 일개 계약직 직원인 그녀들이 회사 간부들 얘기를 그런 식으로 한다는 게 전해져 왔자 좋을 건 하나도 없었다. 더군다나 고급스런 옷을 차려입은 예쁘장한 여자가 무섭게 물고늘어지자 여직원은 겁부터 먹었다.
"저기, 저는 그냥 소문만 들은 거거든요. 근데 누구세요?"
더듬거리는 여직원을 보며 소라는 짜증스럽게 말했다.

"나 강문진 이사님이랑 약혼할 사이예요. 소문이고 뭐고 상관없으니까 좀 전에 했던 얘기 아는 대로 다 해봐요. 안 그러면 회장님한테 보고할 거야, 회사 여직원들 관리 제대로 하시라고."

사납게 말하는 소라를 보자 여직원은 더욱 겁에 질렸다. 문진의 예비 약혼녀라니. 여기서 한마디라도 실수했다가는 당장 잘릴 게 뻔했다. 여직원은 겨우 더듬거리며 회사에 떠도는 문진의 소문을 상세히 전했다.

"제가 아는 건 그게 다예요. 이건 회사 여직원들은 거의 다 알구요. 저기 회장님한테 보고는······."

"알았으니까 나가요."

여직원은 사라지고 화장실에 혼자 남은 소라는 아랫입술을 꾹 깨물었다. 약혼이란 말이 나오자마자 그녀에겐 밥 한 끼, 아니, 십 분의 시간도 내주지 않고 더 무심하게 굴던 강문진이란 남자가 지금 연애를 한단다. 그것도 회사로 여자를 끌어들여서······.

소라는 사나운 걸음으로 문진의 사무실로 향했다.

그날 이후 다행인지 불행인지 문진과 석호는 급한 공연 계약 때문에 일본으로 출장을 갔고 나봄은 이틀째 혼자 사무실을 지키고 있었다. 옆에서 간섭해 대는 석호가 없으니 몸은 편안했지만 비어 있는 직무실을 청소하러 들어가면 뭔가 섭섭한 느낌이 들었다. 특히 반사유리로 되어 있는 벽을 통해 자신의 자리를 보고 있으면 그도 이렇게 자신을 볼 수도 있겠구나, 라는 생각에 알 수 없는 잔감정들이 주위를 맴돌았다.

"그놈 나쁜 놈이야. 생각하지 말자. 생각하지 마, 윤나봄!"

시도 때도 없이 떠오르는 문진의 생각을 접으며 나봄은 고개를 세차게 흔들었다. 그때, 사무실 문이 벌컥 열렸다.

"어떻게 오셨습니까?"

노크도 없이 사무실로 들어온 소라는 반사적으로 일어나는 나봄을 못마땅하게 쓸어보았다. 낯이 익었다. 아니, 분명히 본 여자였다. 저 후줄근한 옷차림이며 통통한 얼굴 하며. 순간 지난번 레스토랑에서 문진과 마주 앉아 있던 여자가 떠올랐다. 그래, 그 여자였다. 그렇다는 건 지금 회사에 떠도는 소문은 그냥 뜬소문은 아니다. 강문진이 개인적으로, 그것도 회사 여직원과 마주 앉아 있었던 건 그냥 넘어갈 일이 아니었다.

소라는 그녀를 알아보는 데 한참 걸렸지만 나봄은 그녀가 문진의 예비 약혼녀라는 사실을 단번에 알아차릴 수 있었다.

"어떻게 오셨습니까?"

이 사무실 안에선 비서라는 업무가 가장 먼저였기에 나봄은 그녀를 무섭게 노려보는 소라에게 접대용 미소를 지어주며 다시 물었다.

"당신, 누구야?"

공손히 묻는 나봄과는 반대로 소라는 한 톤 높아진 목소리로 물었다.

"전 강문진 이사님 비서입니다. 무슨 일로 오셨죠?"

화가 나 죽겠다는 얼굴을 한 소라를 나봄은 여전히 웃는 얼굴로 바라보았다. 확실히 어린애였다, 그것도 강문진이 여자로 느끼지 못할 만큼 철이 없는.

"문진 오빠 석호 오빠 말고는 비서 같은 건 없어. 당신 누군데 여기 있는 거야?"

소라의 목소리는 점점 하이 톤으로 가고 있었다. 저 상태에서 몇 마디만 더 했다가는 보는 사람까지 숨이 찰 것 같았다.

"죄송합니다만 손님, 전 강 이사님한테 고용된 비서가 맞습니다. 그리고 강 이사님과 민 실장님은 지금 일본 출장 중이시니 궁금하신 건 그분들이 오시면 직접 물어보세요. 그분들하고 친하신 것 같은데."

저 애를 상대하자면 끝도 없을 거라는 생각에 나봄은 소라에게서 시선을 거두고 자리에 앉았다. 어린애랑 놀아주기에는 지금 해야 할 일이 너무 많았다.

그런 나봄을 한참 노려보던 소라는 좀 더 높아진 목소리로 입을 열었다.

"회사에 떠도는 소문이 그냥 소문이었나 봐. 나 여기 올라오다 재밌는 얘기를 들었거든요. 우리 문진 오빠가 날 놔두고 다른 여자랑 사귄다나? 그것도 뚱뚱하고 못생겨서 굴러다닌다는 말이 딱 맞는. 그 여자가 그렇게 생긴 건 맞는데 오빠가 그렇다는 건 말도 안 되는 소리 같지, 우리 문진 오빠가 눈이 얼마나 높은데."

한 편의 소설이 되어가는 나봄과 문진의 사내 소문을 그새 주워들었는지 만족스러운 얼굴로 앉아 있는 소라를 나봄은 안쓰러운 눈으로 보았다. 일단 싸움을 걸었으니 상대를 해주는 게 예의지만 나봄의 눈에 비친 소라는 너무 어리고 어설펐다.

'싫다는 남자한테 목매는 것도 못할 짓인데. 그 어린 나이에 어쩌다 강문진 같은 놈한테 빠졌냐? 너도 고생이 많다.'

안쓰러워하는 나봄의 눈빛에 소라는 적지 않게 당황하는 것 같았다. 그도 그럴 것이 예상대로라면 맞받아쳐 같이 독한 소리를 하든지 꼬리를 내려야 했는데 나봄이 부드럽게 웃기까지 하니 소라는 어쩔 줄 몰랐다. 그와 달리 그런 소라의 모습을 보는 나봄은 애초부터 생기지도 않던 전투 의욕이 아예 사라지는 걸 느꼈다.

'쟤가 무슨 죄야. 저런 어린애 마음 뺏어놓고 나 몰라라 하는 강문진이가 죽일 놈이지.'

나봄은 좀 전 같은 접대용 미소가 아니라 진심 어린 미소를 입에 걸었다.

"그러게요. 하지만 강 이사님 눈이 상당히 높으시니 별로 걱정은 안 하셔도 될 거예요. 그리고 그 소문 순도 100% 뻥이에요. 강 이사님도 그 여자가 좀 특이해서 잠시 관심을 가졌던 거지, 지금은 아무 감정도 없다던대. 앞부분만 들으시고 뒷이야기는 못 들으셨나 보네요. 그러니까 아, 이름이?"

"최, 최소라예요."

나봄의 친절한 말투에 여전히 당황해 있는 소라는 더듬거리며 이름을 답했다.

"아, 소라 씨. 그래요, 그러니까 소라 씨네 문진 오빠는 소문과는 달리 요즘 일하느라 정신이 없으세요. 그러니까 소문은 신경 쓰지 마세요. 회사라는 데가 말 만들어져서 퍼지기 시작하면 끝이 없거든요. 그러니까 괜한 일에 신경 쓰지 마세요. 소라 씨 다녀갔다고 메모 남겨놓을 테니 걱정 말고 그만 가보세요."
"아니, 저기, 그러니까……."
소라는 뭔가를 더 말하고 싶었지만 아무 생각도 나지 않았다.
"더 전하실 말 있어요? 메모해 둘게요."
나봄은 지을 수 있는 한 최대한 친절한 얼굴로 메모지를 들어올리며 물었다. 소라는 그제야 아니라며 고개를 저었고 조용히 사무실을 나갔다.
문진의 예비 약혼녀는 어린애였다. 그것도 어려움없이 순탄한 삶을 살아온 철없는 어린애. 나봄은 피식 웃음이 나왔다.
"저런 어린애를 상대로 싸우는 건 나이 먹어서 할 일이 아니지."
귀여운 여동생 같던 소라를 생각하며 나봄은 오늘 주어진 업무를 서두르고 있었다.
소라는 문진의 사무실에서 나와 복도를 걸으면서 자신이 무슨 일을 당했는지 한참을 생각하고 있었다. 여직원 말대로 문진에게 새로운 비서가 생겼고 뚱뚱까지는 아니어도 얼굴도 통통하고 촌스러운 건 맞았는데 정작 당사자인 여비서는 그게 소문이라니. 누구 말을 믿어야 하는지. 그리고 왜 단 한 마디도 못하고 이렇게 쫓겨나듯 사무실에서 나온 건지 스스로가 생각해도 어이가 없었다.
"소라야."
아직도 정리가 안 되는 머리를 정리하며 걷느라 엘리베이터를 지나치던 소라를 석호가 불러 세웠다. 출장을 갔다더니 지금 돌아오는 길인가 보다.

"어? 오빠!"

 소라는 석호 옆에 서 있는 문진을 발견하고 한걸음에 달려가 문진의 팔에 매달렸다. 거의 일주일 만에 만나는 문진이지만 그녀를 보자 무표정한 얼굴이 더욱 굳어지는 듯했다. 소라는 나봄과의 만남은 다 잊어버린 듯 문진의 옆에 붙어 기분 좋게 재잘거리기 시작했다.

 "출장 갔다 왔다면서요? 피곤하겠다. 점심은 먹었어요? 나 기다렸다 저녁 같이 먹어도 돼요?"

 사무실로 들어서면서도 쉬지 않고 재잘거리는 소라를 문진은 억지로 팔에서 떼어냈다. 나봄은 그런 문진에게 공손히 인사를 하고 자리에 앉았다.

 뭐라고 한마디라도 해주려면 좋을 텐데. 차가운 나봄의 태도에 문진은 한숨을 삼키며 직무실로 들어가 버렸다.

 "저희 차 좀 주세요."

 소라는 나봄이 좀 전에 했던 말들을 온전히 믿는지 밝은 얼굴이었다.

 "저기 나봄 씨, 이사님이랑 무슨 일 있었어요?"

 소라가 직무실로 들어가고 나자 석호는 커피를 내리기 위해 분주하게 움직이는 나봄에게 조심히 물었다. 아무래도 출장 기간 동안의 문진은 평소의 모습이 아니었다. 물론 일을 할 때야 사람 좋은 얼굴로 요구할 거 다 요구해 가면서 유리한 쪽으로 계약을 끝마쳤지만 일할 때를 제외하곤 평소와 달리 한참은 가라앉아 있었다. 물어도 대답할 분위기도 아니기에 석호는 아무것도 묻지 못하고 한국으로 돌아온 참이었다.

"아뇨. 왜요? 가신 일이 잘 안 되셨어요?"

커피메이커를 켜놓으면서 나봄이 웃는 얼굴로 석호를 쳐다보았다.

"아니, 일은 잘됐는데 아무래도 이사님이 평소랑은 좀 달라서요. 아니라면 됐어요. 난 혹시 나봄 씨랑 무슨 일이 있었나 했거든요. 나봄 씨 만나고 나서부터 처음 보는 이사님 모습이 많아져서 이번에도 그런가 했어요."

'처음 보는 모습? 그럼 내 앞에서의 강문진은 평소에 모습이 아니란 소린가? 그럼 평소에 강문진은 어떤 사람이지? 내 앞에서의 능글맞고 뻔뻔한 그 남자가 평소 모습이란 어떤 걸까.'

문진의 직무실 앞에서 나봄은 짧은 한숨을 뱉고 노크를 했다. 문진의 낮은 목소리가 문틈 사이로 흘러나왔다.

"들어와."

석호가 들어올 줄 알았는데 나봄이 커피 잔을 쟁반에 받쳐 들고 들어오자 문진은 짜증스러운 한숨이 먼저 흘러나왔다.

"차 달라고 안 했습니다, 윤나봄 씨."

딱딱한 사무적 말투가 낯설어 나봄이 잠시 주춤거리자 소라는 미소를 지으며 문진을 살짝 흘겨보았다.

"내가 달라고 했어요. 나 오늘 차 한 잔도 못 마셨거든요. 고마워요. 오빠, 얼른 와요. 향 너무 좋다."

소파에 앉아 커피 잔을 들어올리며 소라는 만족스럽게 미소를 지었다. 하지만 문진이 책상에서 움직일 생각이 없어 보이자 나봄은 남은 한 잔의 커피를 조용히 책상 앞에 내려놓았다. 문진은 그런 나봄을 뚫어져라 보고 있었다.
고개를 숙이느라 코끝으로 살짝 내려온 안경 사이로 그와 잠깐 시선이 마주쳤지만 나봄은 서둘러 시선을 거둬들였다. 문진은 며칠 동안 그랬던 것처럼 고집불통인 이 여자와 당장이라도 마주 앉고 싶었다. 하지만 소파에서 만족스럽게 커피를 홀짝거리고 있는 소라 때문에 고개를 돌리는 나봄을 뚫어져라 바라볼 수밖에 없었다.
"커피 진짜 맛있다. 고마워요. 저기 근데요 오빠, 우리 약혼 서두르는 게 어떨까요? 회사에 안 좋은 소문도 돌던데."
나봄의 호의에 이젠 완전히 마음을 놓았는지 소라는 기분 좋게 웃으며 얘기를 꺼냈다. 듣기 좋은 몇 마디 말과 따뜻한 커피 한 잔에 완전히 경계심을 풀어버리다니. 문진의 옆에 어정쩡하게 서 있던 나봄은 소라를 걱정스럽게 쳐다보았다. 문진은 소문이란 소리에 시선을 소라에게로 옮겼다. 아마도 아직 문진의 귀까지는 그 웃기는 소설 한 편이 들어오지 않은 모양이다. 아니면 유능한 민 실장이 철저히 막고 있든지.
"오빠가 새로 온 여비서랑 연애한다고, 그래서 윤나봄 씨를 비서로 취직시켰다구요. 아까 여직원들이 그러기에 설마하고 사무실 왔더니 진짜 여자 비서가 있잖아요. 그래서 진짠 줄 알았어요. 근데 나봄 씨가 그냥 뜬소문이라고."
얘기하는 중간중간 미소까지 지어주며 말하는 소라를 보며 나봄은 불안하게 문진을 쳐다보았다.

'설마. 설마 그렇게까지 말했는데 못 알아들은 건 아니겠지? 아닐 거야. 제발 아니어야 되는데.'

나봄은 열심히 간청하며 문진을 쳐다보았다. 문진의 시선은 여전히 소라를 향해 있었지만 눈빛은 좀 전보다 반짝거리는 것 같았다. 그리고 입꼬리가 조금씩 올라가기 시작했다. 나봄은 불안한 마음에 서둘러 직무실을 빠져나가야 한다는 생각에 걸음을 옮기려 했다. 하지만 재빠르게 자리에서 일어난 문진은 나봄의 손목을 낚아챘다. 제발 안 된다는 간절한 나봄의 눈빛을 보았지만 문진은 늘 그렇듯 표정을 감추는 사람 좋은 미소를 지으며 소라에게로 시선을 옮겼다.

"벌써 소문이 났군. 발 없는 말이 천 리 간다더니. 근데 나봄이 그냥 뜬소문이라고 했어? 출장 가기 전에 좀 다퉈서 거짓말했나 보네. 미안하다, 소라야. 진작 말해주려고 했는데 요즘 바빴거든."

"강 이사님!"

"오, 오빠!"

즐겁고 밝은 문진의 표정과는 달리 나봄의 얼굴은 곤란함으로 바뀌었고 소라의 얼굴은 절망으로 바뀌고 있었다.

두 여자가 낸 요란한 소리가 지나가고 직무실에는 정적이 맴돌았다. 소라의 눈빛은 절망에서 매서움으로 변해 나봄을 향했고, 나봄은 그런 소라를 난감하게 보고 있었다.

"오빠, 어떻게 내 앞에서 아무렇지도 않게…… 정말 저런 여자랑 사귄다는 거예요? 오빠, 제정신이에요? 어떻게 날 놔두고 저런 말도 안 되는 여자랑……."
"말조심해. 그리고 네 앞이니까 이런 소리를 하는 거야. 이렇게 안 하면 안 믿을 테니까. 그러니까 이쯤 할 때 그만 해라. 석호 동생으로는 만나주겠지만 약혼녀니 뭐니 하면 나 더 이상 너 안 본다."
점점 높아지는 소라의 목소리와는 반대로 문진은 조용한 목소리로 대답했다.
나봄은 살기가 느껴지는 소라의 눈빛을 보며 아니라는 얼굴로 손을 내저으려 했지만 아직 그에게 잡혀 있는 팔목이 더 강하게 쥐어져 잔뜩 인상을 찌푸리며 문진을 올려다보았다. 문진은 가만히 있으라고 눈빛으로 경고를 하더니 다시 시선을 소라에게로 돌렸다.
"아무리 그래도 난 약혼할 거야. 나 죽어도 오빠랑 약혼할 거라구! 윤나봄! 당신, 두고 봐. 내가 가만히 있을 것 같아! 흑."
찢어질 듯한 목소리로 소리를 지른 소라는 눈물을 보이며 집무실을 뛰쳐나가 버리자 나봄이 문진의 손을 매몰차게 뿌리치고 아까부터 지끈거리는 머리 때문에 관자놀이를 꾹꾹 눌러댔다.
"선배, 무슨 일이야? 소라 왜 저래?"
놀라서 달려들어 온 석호는 심상치 않은 문진과 나봄의 분위기에 잠시 주춤했다.
"가봐. 저러고 운전하고 가다간 네 동생 큰일날지도 몰라."
문진의 말에 석호는 답답함에 한숨을 쉬었지만 일단 소라를 잡기 위해 달려나갔다. 석호의 요란스러운 발소리가 사라지고 나자 직무실은 다시 고요해졌다. 나봄은 여전히 관자놀이를 누르고 있었고 문진은 그런 나봄을 걱정스럽게 보고 있었다.

"머리 많이 아프면 병원 갑시다."

"지금 누구 때문에! 휴…… 그만두죠. 어차피 말해봐야 입만 아플 텐데."

날카롭게 소리를 지르던 나봄은 옆머리를 짜증스럽게 쓸어 올렸다. 말해서 알아들을 사람이었다면 진작 정신을 차렸을 거다. 그렇게 잘못된 거라고 했는데. 이 남자는 자신의 감정 때문에 남의 감정을 보지 못하고 있었다. 아마 오늘 일의 여파는 나봄에게 고스란히 찾아올 것이다. 깊은 한숨을 내뱉은 나봄은 아직 은은히 향을 내고 있는 소라의 커피 잔을 쟁반에 올렸다.

"안 드실 것 같은데 치우겠습니다."

문진의 대답이 이어지지 않았지만 나봄은 책상 위 커피 잔까지 쟁반에 올린 후 몸을 돌렸다.

"갑작스럽게 이런 일에 끌어들인 건 미안합니다. 하지만 같은 상황이 다시 발생한다고 해도 난 똑같이 행동했을 겁니다."

단단한 문진의 목소리가 막 문고리에 손을 가져다 대던 나봄의 행동을 멈추었다.

"나봄 씨가 지금 무슨 생각 하는지 압니다. 어떤 기분인지도 알고."

"제가 지금 무슨 생각을 하는데요? 저도 제가 무슨 생각을 하는지 모르겠는데 잘 아신다니 한번 들어나 보죠."

뚝뚝 끊어져 나오는 나봄의 차가운 목소리에 문진은 한숨을 뱉었다. 사람 대하는데 닳고닳은 그라고 해도 윤나봄이란 여자는 갈수록 상대하기가 어려워지고 있었다.
 문진이 한숨을 뱉자 나봄은 조금의 거리를 두고 문진에게 다가갔다.
 "제가 무슨 생각을 하는지, 어떤 기분인지 지금 막 정리가 됐네요. 강 이사님은 말씀 못하실 것 같으니 제가 얘기하죠. 강 이사, 아니, 강문진 씨. 난 당신이 아주 싫어요. 아니, 이젠 끔찍하기까지 해요. 그동안은 직장상사로라면 당신을 좋아할 수도 있을 거라고 생각했는데 지금은 인간으로서 당신이 싫어요. 당신은 자기 감정에만 충실해서 남의 감정 같은 건 안중에도 없는 그런 사람이에요. 난 그래서 당신이 너무 싫어요. 그러니까……."
 차갑게 이어지는 나봄의 말에 문진은 생각할 틈도 없이 거칠게 손을 뻗었다. 순간 문진에게 잡힌 나봄의 몸이 휘청거리며 들고 있던 쟁반을 놓치는 바람에 커피 잔들이 요란하게 바닥으로 떨어졌다. 하지만 문진은 그대로 나봄을 벽으로 밀어붙이고 거칠게 입술을 덮쳤다. 온몸으로 그를 거부하는 나봄의 모습과 비참하리만큼 진심을 말하는 그녀의 입술이 견딜 수 없을 만큼 미워졌다. 그래서 이대로 입을 막고 도망가려는 몸을 붙든다면 적어도 지금은 견딜 수 있을 것 같았다.
 나봄은 지난번과 마찬가지로 아무 반항도 못한 채 문진의 입술을 받아내고 있었다. 하지만 그런 건 상관없이 문진의 키스는 더욱 깊어졌다. 처음 입술을 빼앗겼을 때와는 달랐다. 문진의 입술은 거칠고 집요하게 그녀를 덮치고 있었다. 뜨거운 그의 입술만큼

본능에 충실한 나봄의 몸은 숨이 막히고 다리에 힘이 빠지자 문진의 손이 자연스럽게 나봄의 허리를 받쳐 안았다.

"선배, 소라 보……."

나봄은 당황한 석호의 목소리에 정신을 차렸다. 엎질러진 커피 때문에 짙은 커피 향이 방 안에 머물러서 마치 너무 쓴 커피를 한 모금 마신 기분이었다. 그녀는 쓴 커피라면 질색이었다. 석호는 생중계된 상사의 키스신에 당황한 듯 반쯤 연 문고리를 잡고 이러지도 저러지도 못하고 있었다.

"민석호, 문 닫아."

열에 들뜬 문진의 목소리에 석호는 당황해서 서둘러 문을 닫으려고 했다.

찰싹!

순간 살과 살이 거칠게 맞닿는 마찰음이 들렸다.

"지난번엔 너무 기가 막혀서 그냥 넘어갔고, 오늘은 당신이 제정신이 아닌 것 같아서, 그래서 이쯤에서 넘어가는 거야. 근데 한 번만 더 내 몸에 손대면, 특히 내 손, 그리고 입술. 그땐 정말 죽을 줄 알아!"

나봄은 문진을 밀치고 아직도 어정쩡하게 서 있는 석호를 지나쳐 사무실을 나가 버렸다.

서럽게 울던 소라를 택시에 태워 보내고 겨우 한숨을 돌렸나 싶었더니 이번엔 상사와 여직원의 키스신이 석호를 기다리고 있었다. 거기다 상황을 보니 믿었던 상사가 여자를 덮친 것 같고. 뺨까지 얻어맞았는데도 넋이 나간 건지 그 자리에 서 있기만 한 문진을 보자 석호는 속이 뒤집어졌다.
"출장 가서도 나사 하나 풀린 사람처럼 그러더니 회사에서 키…… 아무튼 말도 안 되는 짓까지 하고. 대체 어쩌려고 이래!"
화를 내는 석호는 보이지도 않는지 문진은 시선을 유리벽으로 옮겼다. 조금씩 식어가는 입술의 온기가 비어 있는 나봄의 자리를 더욱 허전하게 느끼게 했고 욱신거리는 한쪽 뺨은 흥분으로 들뜬 몸을 조금씩 가라앉히면서 이성을 찾을 수 있도록 도와주고 있었다.

"아악! 개자식! 미친 자식!"
예쁜 정원으로 이루어진 옥상 휴게실에는 몇 명의 직원들이 있었지만 한쪽 구석에 자리를 잡은 나봄은 미친 듯이 소리를 질렀다. 누가 쳐다보든 말든 상관할 바가 아니었다. 그런 것까지 신경 쓰기엔 지금 상태가 너무 안 좋았다. 두런두런 얘기를 나누던 직원들은 나봄을 힐끔거리다 눈치껏 자리를 피해주었다.
"한 번도 아니고 두 번씩이나! 팔목은 어떻고, 벌써 몇 번째인데."
나봄은 조금 작아진 목소리로 자신의 팔목을 들여다보았다. 발갛게 변해 있는 손목에는 아직도 뜨거운 문진의 열기가 남아 있었다.
"나쁜 놈. 나쁜 인간. 결국은 약혼 깨는 데 이용한 거잖아. 강문진 이 나쁜 놈……."
씩씩대던 숨이 잦아들고 조금씩 줄어드는 목소리를 따라 나봄의 기분은 씁쓸함과 함께 바닥으로 곤두박질쳤다. 차라리 마음 놓고 화를 내면 좋을 텐데. 더 함부로 굴 수 있는 사람이라면 좋을 텐데. 아직은 차갑게 느껴지는 봄바람이 살랑거리며 스쳐 지나가면서 나봄의 마음까지 흩뜨려 놓기 시작했다.

문진을 마주하기는 싫었지만 회사를 때려치우지 않는 이상은 마주해야 하는 사람이었다. 어쩔 수 없이 사무실로 들어가자 석호의 자리는 비어 있었고 직무실 문도 활짝 열려 있었다. 들키지 않게 조심하며 안을 들여다보자 창밖을 내다보고 있는 문진이 보였다. 잠시 그의 뒷모습을 보던 나봄은 희미하게 남아 있는 커피 향과 바닥에 나뒹굴고 있는 커피 잔을 발견했다.

나봄은 청소 용품을 챙겨 들고 열린 문을 가볍게 두드리고 안으로 들어갔다. 바닥에 깔린 카펫 덕분에 산산조각이 나지는 않았지만 처참하게 깨져 있는 커피 잔을 씁쓸하게 한번 바라보곤 쓰레기통으로 떨어뜨렸다. 문진의 시선이 느껴졌지만 그딴 건 더 이상 신경 쓰고 싶지도 않았다.

"앗."

문진의 시선을 무시하느라 신경을 돌린 탓인지 날카로운 유리 조각이 손가락에 깊이 박혔고 나봄의 입에선 순간 짧은 비명이 새어나왔다.

"왜 그래요? 다쳤어?"

급하게 다가온 문진이 손가락을 타고 흐르는 피를 서둘러 손수건으로 닦아주고 박힌 유리 조각을 빼내었다.

"이런 건 뭐 하러 합니까? 그냥 청소하는 사람이 치우게 놔두지. 어디 봐요. 병원 안 가도 되겠어요?"

정말 걱정스러운 얼굴로 상처를 살피는 문진을 보자 나봄은 어이가 없으면서도 왠지 마음이 풀어지는 것 같아서 피식 웃음이 나왔다.

"내가 걱정하는 게 웃깁니까? 왜 웃어?"

문진이 상처를 살피느라 시선은 손가락에만 고정하고 있으면서도 한결 부드러워진 목소리로 물었다.

'에휴. 잘난 남자는 아무리 잘못해도 용서가 된다는 게 네 뜻이냐? 근데 난 아니다. 주인 말을 들어야지, 이 지조없는 것.'

감정이 서로 극까지 갔다 오니 차라리 한결 편해진 느낌이었다. 겨우 이성을 찾은 듯한 문진 역시 안쓰럽게 느껴졌고 이렇게까지 하는 그의 마음이 나봄에게 아주 조금 진실이 되어 다가오고 있었다. 자꾸 풀어지려는 마음을 모른 척하면서 나봄은 문진에게서 손을 빼냈다. 잘못한 건 벌을 받아야 한다. 그게 어느 이유에서든.

"대충 약 바르고 밴드 붙이면 돼요."

잠깐 웃는 듯싶더니 금세 딱딱해지는 나봄의 얼굴에 문진은 아쉬운 마음을 달래며 자리에서 일어났다. 그리고는 조용히 직무실을 나갔다. 그의 뒷모습을 보며 나봄은 착해지려는 건지, 아니면 문진에게만 너그러워지는 건지 자꾸 풀어지는 마음에게 안 된다고 고개를 저으며 아직 피가 멎지 않은 손가락을 꾹 눌렀다. 유리를 빼냈는데도 여전히 무언가가 박혀 있는 것처럼 손가락은 아려왔지만 개의치 않고 남은 유리 조각들을 쓰레기통으로 치워 넣기 위해 움직였다.

"그거 만지지 마요. 그때 당신 제자인 유나가 한 말이 맞네. 덜렁거린다더니. 청소하는 분이 치우게 놔두고 여기 앉아요."
어디선가 약상자를 들고 돌아온 문진은 버릇처럼 나봄의 손목을 잡으려다 멈칫하고 혼자 소파에 가서 앉았다.
"청소하시는 분도 사람이에요. 그분들도 이런 유리 조각 치우다 보면 다쳐요. 그러니까 깬 사람이 치우는 게 당연해요."
냉랭하게 말하고 다시 유리 조각에 손을 대려던 나봄은 순간 문진의 입에서 나온 유나라는 이름이 거슬려 날카롭게 문진을 노려보았다.
"유나 함부로 부르지 마세요. 유나는 내 제자지 강 이사님하고는 아무런 상관도 없는 아이에요. 전 저랑 연관있는 사람이 강 이사님하고 연관되는 건 바라지 않거든요."
문진은 나봄에 반응에 얼굴은 웃었지만 씁쓸함이 밀려왔다. 윤나봄이란 여자는 이제 그에게 다시는 마음을 열어주지 않을 것 같았다. 씁쓸한 미소가 저절로 얼굴로 비쳐졌지만 애써 그런 마음을 지우며 자리에서 일어났다.
"알겠습니다. 앞으론 조심할 테니까 일단 앉아요. 치료는 해야죠."
가라앉은 목소리로 달래듯 말하는 문진의 얼굴에 스쳐 지나가는 미소를 보자니 나봄은 뭔가 잘못한 것처럼 미안한 마음이 들었다.
'죄지은 사람한테 피해를 입은 사람이 미안하다는 생각을 들게 하니 이것도 재주긴 하네. 강문진 씨, 정말 재주도 많으셔.'

잔뜩 비꼬인 생각을 하며 나봄은 한숨을 뱉으며 걸레를 들고 카펫에 쏟아진 커피를 꾹꾹 눌렀다.
"억지로 끌어다 앉히기 싫은데. 나봄 씨도 그거 싫어하지 않습니까?"
문진이 걸음을 옮기려 하자 나봄은 빠르게 자리에서 일어나 한 걸음 더 물러났다.
"그러니까 앉아요. 치료만 할 거니까."
문진의 얼굴에 씁쓸함이 보였지만 나봄은 경계 태세를 늦추지 않았다.
"윤나봄 씨, 부탁이니까 한 번만 좀 들어줄래요? 정말 아무 짓도 안 합니다. 피 계속 나잖아요. 손수건 못쓰게 만들 겁니까?"
그제야 나봄은 손수건으로 대충 엉겨 매놓은 손가락을 보았다. 피가 얼마나 났는지 손수건엔 피가 흥건히 배어나오고 있었다.
"오른손이라 혼자 치료하기 힘들어요. 얌전히 치료만 할 테니까 와서 앉아요."
손가락과 그를 번갈아 보며 망설이는 나봄을 보며 문진은 조용히 약상자를 열었다. 잠깐 더 망설이던 나봄이 터덜터덜 걸어와 문진의 옆에 털썩 소리를 내며 앉았다. 문진이 손을 내밀자 나봄은 머뭇거리며 손을 그의 손바닥에 올려놓았다. 소독약이 닿자 손이 따끔거려 나봄이 움찔거리자 문진은 살짝 미소를 짓자 나봄은 아주 조금이지만 처음으로 그에게서 편안함을 느꼈다.
'진작 저렇게 보통 사람처럼 웃지. 그럼 조금은 덜 미워했을 텐데.'

늘 꾸며진 미소만 보다 부드럽게 풀어진 문진의 미소를 보니 나봄은 아쉬움에 한숨을 내쉬었다.
"내 옆모습이 그렇게 못났습니까, 한숨이 나올 만큼?"
여전히 웃는 얼굴로 문진이 묻자 나봄은 고개를 저었다.
"오히려 정면보다 나은 편이네요. 앞으론 여자 꼬실 때 옆모습을 보이시는 게 더 유리하겠어요."
당황하지 않고 오히려 더 뚫어져라 그의 얼굴을 보는 나봄 때문에 문진은 피식 웃음이 나왔다.
"나 이제 나봄 씨한테는 틀린 겁니까?"
시선은 손가락에만 고정하고 무심한 것 같지만 안타깝게 말하는 문진을 보자 그를 밀어내기만 했던 자신이 한심해졌다. 시작이야 어찌 됐든 좋아한다는데. 자신을 돌보느라 남의 감정을 돌아보지 못한다며 문진을 욕했지만 나봄 역시 문진과 별반 다르지 않았다. 오로지 자신을 위해. 남들이야 어찌 되든 자신은 아프지 않기 위해. 문진을 밀어내기에 바빴던 나봄은 미안함과 한심함. 갖가지 감정이 섞여 마음이 싸해져 왔다.
"……처음부터 틀렸던 거였어요. 처음이 틀렸으니 끝이 맞을 리는 더 더욱 없죠."
목소리는 부드러워졌지만 문진은 그런 나봄의 목소리가 조금 전까지 냉랭했던 목소리보다 더 차갑게 느껴졌다.
"시작부터 잘못됐다는 건 내가 무작정 연애를 하자고 해서 그런 겁니까, 아니면 내가 약혼을 깨기 위해 나봄 씨를 이용할 생각이었다고 생각하기 때문입니까?"

차분히 묻는 문진을 보자 나봄은 안타까움보다 답답한 마음이 들었다. 이 남잔 어디부터가 잘못인지 몰랐다. 아니, 애초에 연애를 해야 하는 이유부터가 잘못됐다는 걸 몰랐다. 짧은 한숨과 함께 흘러내린 옆머리를 쓸어 올린 나봄은 낮은 목소리로 입을 열었다.

"전 강 이사님이 약혼을 하든 안 하든 아무런 상관도 없어요. 아니, 그런 것보다 강 이사님이 애초에 연애라는 걸로 약혼을 피해 보려 했다는 게, 그리고 그런 마음을 먹은 채 저한테 접근한 걸 잘못됐다고 말하는 거예요. 더군다나 그 과정에서 저한테 했던 그 말도 안 되는 말들과 행동들은 연애를 하자는 게 아니라 거의 범죄 수준이었어요. 성희롱, 아니, 성폭행인가? 뭐, 어쨌든 성 자 들어가는 범죄는 처벌도 무서운 거 아시죠?"

나봄은 문진을 살짝 흘겨보았지만 심각한 얼굴로 그녀를 보고 있어서 서둘러 시선을 돌렸다.

"하여튼 결과적으로 봤을 때 강 이사님은 그 어린, 아니, 최소라 씨한테 절 이용해서 약혼에 대한 부정적인 의사를 강력히 드러냈고 그로 인해 전 매우 곤란한 상황에 놓이게 됐으니 절 이용하시긴 한 거죠. 뭐, 그런 건 좀 불쾌하긴 하지만 벌어진 일이니 어쩔 수 없다 치지만 이 이상은 안 돼요. 이미 회사 일은 시작했으니 전 강문진 이사님하고는 그냥 직장상사 외에 관계는 갖지 않았으면 좋겠어요. 제 말 무슨 뜻인지 아시겠죠?"

타이르듯 어르듯 나봄은 조근조근 문진을 설득하려고 했다.

"오늘 일, 그딴 약혼 문제 때문이 아닙니다. 소라한테 그렇게 대놓고 말한 건 그 녀석이 현실을 받아들이게 하기 위해서이기도 했지만 그렇게 말해놓고 나면 내가 했던 그 모든 말이 단지 약혼을 깨기 위한 게 아니게 될 거라고 생각해서, 그래서…… 처음에 약혼 소식 들었을 땐 그냥 대충 연애하는 척할 적당한 여자라도 만나야 하나 했지만 나봄 씨를 본 후로는 그런 생각 단 한 번도 안 했습니다. 난 나봄 씨가 처음부터 좋아졌으니까. 그래서 친해지고 싶었고, 어떤 사람인지 서로 더 알아가고 싶었습니다. 약혼 같은 건 아무래도 상관없습니다."
 마지막 호소를 하듯 문진의 목소리는 점점 간절해졌고 나봄은 마음이 짠하게 울려왔지만 약해지려는 마음에게 아니라고 고개를 저었다. 잠시의 설렘과 안타까움으로 받아들이기에는 그는 감당할 수 있는 사람이 아닌 것 같았다. 사랑이 두려운 건 아니었지만 다시 사랑을 한다면 강문진 같은 그녀가 알지 못하는 세상 속에 사람이 아닌 그녀와 같은 세상의 사람과 하고 싶었다. 비슷한 환경이라면 적어도 가진 게 없어서 받아야 했던 상처를 되새김질하면서 살진 않아도 될 테니까. 그래서 가진게 많은 문진은 사랑하게 되면 버거워질 존재였다.
 "오늘 일에 대해선 더 이상 말하고 싶지 않아요. 전 이사님 진심 같은 거 아무래도 상관없어요. 아까도 말했잖아요, 이사님이 누구와 약혼을 하든 사귀든 아무런 관심도 없다고. 처음에도 지금도, 그리고 앞으로도 강문진 이사님은 저한테 직장상사지 남자가 아니에요."
 "난 이 회사 이사이기 전에 남자입니다. 나봄 씨 처음 만난 날도 그냥 한 남자였다구요! 근데 왜 내가 직장상사밖에 안 된다는 겁니까?"

문진의 목소리가 높아지자 놀란 듯 안경 너머로 보이는 나봄의 눈이 커지는 것 같았다. 곧 평상시로 돌아가긴 했지만.

"휴…… 이유를 말씀드리면 그만 포기하실 건가요?"

한숨과 함께 귀찮은 듯 다시 옆머리를 쓸어 올린 나봄은 씁쓸한 얼굴이었다. 문진은 이어질 얘기를 기다리며 아무 말도 없이 그녀의 얼굴을 뚫어져라 쳐다볼 뿐이었다.

"객관적으로 강문진 씨 매력있는 사람이에요. 물론 나도 사람이니까 강문진 씨가 매력있다는 건 알아요. 그렇지만 그 이상도 이하도 아니에요. 강문진 씬 그냥 잘나고 매력있는 남자지 내가 관심있는 남자는 아니거든요. 이건 전에도 말했던 것 같은데 그때도 별로 납득을 못하시는 것 같았으니. 휴…… 이런 것까지 얘기해야 되나?"

나봄이 망설이며 문진을 잠깐 쳐다봤지만 결심을 한 듯 짧게 숨을 내뱉고 입을 열었다.

"아주 솔직히 강문진 씨한테 마음이 가려고 했던 거 사실이에요. 잠시지만 당신이 좋은 사람 같아서 당신 마음이 진심 같아서 연애는 아니더라도 좋은 관계로 지낼 수도 있지 않을까 했었어요. 근데 내가 강문진 씨를 좋아하지 못하게 된 가장 큰 이유는, 강문진이란 남자를 믿지 못하게 됐다는 거예요. 한 번 믿음을 버리니까 당신에 대한 거 아무것도 믿음이 안 가요. 내가 강문진이란 남자에 대해 아는 게 없는 만큼 난 당신을 믿을 수 없어요. 이제 납

득이 가세요? 내가 강문진이란 남자와 연애란 걸 하지 않는 이유."

붕대로 감겨진 손가락을 거둬들이면서 나봄이 자리에서 일어났다. 그리고 가벼운 목례를 한 뒤 직무실을 나가 버렸다. 나봄이 나간 문이 철컥 하고 닫히는 순간 문진은 깨달았다.

가망 0%. 강문진과 윤나봄은 연인 사이가 될 수 없다, 엄청난 천재지변이 일어나지 않는 이상은.

한 번의 전쟁이 지나간 이후, 문진은 나봄에게 직장상사 이외의 얼굴로 다가서지 않았다. 물론 마주친 적도 극히 드물었지만.

주말을 하루 앞둔 금요일 오후 문진과 석호가 외근을 나가고 나봄은 일을 하다 직무실 보다가를 반복하고 있었다. 왜인지 그날 이후부터는 문진이 나가고 나면 버릇처럼 이렇게 문을 바라보곤 했다.

"역시 진심이 아니었던 거야. 아니면 끈기라고는 요만큼도 없든지."

중얼거리듯 혼자 말하다 픽하고 웃음이 나왔다. 당신이랑은 연애 안 한다고 그렇게 매몰차게 돌아서 놓고 막상 문진이 포기해 버리는 것 같으니 왜 이런 섭섭한 마음이 드는 건지.

"사람 마음이 이렇게 간사하지. 그래서 믿을 게 못 되는 건데. 에휴, 일이나 하자······ 그래도 그렇지 어떻게 그렇게 포기가 빠르냐? 좋다고 노래를 해대더니. 역시 그냥 한번 건드려 본 건가? 그럼 그 키스는?"

생각이 거기까지 미치자 문진의 뜨거운 입술이 떠올라서 얼굴이 화끈거리는 것 같았다.
"얼마나 많이 했길래 그렇게 능숙한 거야? 하여튼 마음에 드는 구석이라곤 하나도 없어."
결국 투덜거림으로 끝을 맺자 자꾸 기분이 가라앉아서 도무지 기운이 나질 않았다.
한참 그렇게 시간을 보내고 있는데 핸드폰이 요란스럽게 울렸다.
[나봄, 커피 사 왔어. 휴게실로 와라.]
대답도 안 했는데 제 할 말만 하고 끊어버리는 재민의 전화에 나봄은 한숨을 쉬었다.
"이놈이나 저놈이나 다들 제멋대로구만. 에휴. 간다, 가."
투덜거리면서도 나봄은 사무실을 나섰다.

"그럼 개관일 다음 주로 진행시킬게. 참, 선배, 내일 모임 있는 거 알지?"
석호는 엘리베이터에서 내리면서 문진의 반응을 살폈다. 요 며칠 문진은 그다지 좋은 상태가 아니었다. 아니, 정확히 말하자면 최악의 상태였다. 나사가 약 열 개쯤 풀려 나간 것처럼 초조하고 불안했다. 그러니 옆에 있는 석호가 열 배쯤 더 정신을 차리고 있어야 했다.
"무슨 모임?"
문진이 귀찮은 듯 묻자 석호는 잠시 망설였지만 어쩔 수 없다는 듯 입을 열었다.

"정기모임. 내일은 소라가 주최야. 꼭 가야 돼."

소위 말해 젊은 경영인들, 그리고 대기업의 자녀들이 모이는 모임. 문진이 가장 싫어하는 자리이기도 했다. 그래서 말을 꺼내는 석호는 늘 그렇듯 문진의 짜증을 받아낼 준비를 하고 있었다. 하지만 문진은 대답없이 고개만 끄덕였다. 역시 정상이 아니야. 요 며칠 나봄과의 접촉을 극도로 피하길래 관계가 정리된 건가 싶어 마음을 놓으려 했는데 정상이 아닌 문진을 보자니 불안해서 견딜 수가 없었다.

"어? 나봄 씨네."

석호는 재민과 마주 앉아 있는 나봄을 발견하고 반가운 듯 말했지만 문진은 어느새 저만치 걸어나가고 있었다.

"휴, 정상이 아니야."

석호는 낮은 한숨을 뱉으며 문진의 뒤를 급하게 따라갔다.

나봄은 혼자 열심히 떠들고 있는 재민을 앞에 두고 식어가는 커피를 홀짝거렸다.

"윤나봄, 내 얘기 듣는 거야? 아무튼 너. 조심해. 여직원들도 그렇고 남자 직원들도 너 고운 눈으로 안 봐. 어?"

회사에 떠도는 소문 얘기를 한참 늘어놓더니 경고로 마무리하는 재민을 나봄은 무심한 눈으로 보았다.

"네가 말 안 해도 점심시간, 혹은 화장실 갈 때마다 피부로 느끼니까 내 걱정은 말고 너나 조심해. 괜히 미운 털 박힌 나랑 마주 앉아 있다 너한테까지 그 털이 옮겨 붙을지 모르니까."

나봄은 빈 커피 잔을 들고 자리에서 일어나며 말했다.
"근데 진짜 아닌 거 맞지? 강 이사 약혼할 여자도 있다던데."
걱정스러운 건지, 아니면 궁금한 건지 중얼거리듯 묻는 재민에게 나봄은 빈 커피 잔을 던져 버렸다.
"100% 순수한 소문 맞으니까 가서 일해라, 괜히 쓸데없는 것까지 알려고 하지 말고. 간다."
던져 버린 종이컵처럼 툭 말을 내뱉은 뒤 나봄은 터덜터덜 걸음을 옮겨 사무실로 향했다.
"김재민, 이게 다 너 때문에 발생한 일이야. 면접만 안 봤어도······."
이제 와 후회해 봤자 소용도 없는 말이지만 새삼 재민이 얄미워져 닫혀진 사무실 문에 화풀이라도 하듯 힘껏 문을 밀어버렸다. 문이 벽에 부딪히는 소리가 요란하게 들리자 한결 속이 시원해지는 듯했지만 그 소리에 놀라 멍한 얼굴로 그녀를 보고 있는 석호를 보자 시원해지려던 가슴이 다시 꽉 막히는 것 같았다.
"나봄 씨, 문 부서지겠어요. 무슨 일 있어요?"
놀라 묻는 석호에게 나봄은 아니라며 미소를 지어주고 서둘러 자리에 앉았다.
'언제 왔지? 오는 거 못 봤는데.'
민망해진 나봄은 번잡하게 놓여진 서류를 정리하기 시작했다. 그때 책상 위에 놓인 인터폰이 울렸다.
[윤나봄 씨, 나 좀 봅시다.]
굳어진 문진의 목소리에 나봄은 조용히 집무실로 향했다. 비서

의 본분을 다하기 위해.

"부르셨습니까?"

"불렀으니까 들어온 거 아닙니까?"

문진은 차가운 목소리와 함께 잔뜩 꼬인 말투로 나봄을 맞이했다.

'왜 또 이래? 한동안 조용하더니.'

며칠 만에 듣는 그의 목소리가 그다지 반갑게 들리지는 않았지만 나봄은 애써 웃음을 지었다.

"무슨 일로 부르셨습니까, 강 이사님?"

문진은 가늘어진 눈으로 나봄을 보았다. 며칠 동안 마주하지 않으려고 애썼고 마주한다고 해도 상사의 얼굴만을 보이려고 애썼는데 저 여자는 아무렇지 않은 듯 그를 바라보고 있다. 그래서인지, 아니면 트집 잡을 게 없어서인지 오늘따라 강 이사라는 호칭이 더욱 귀에 거슬렸다.

"그렇게 강 이사라고 안 불러도 내가 이사인 건 이 회사 사람들이 다 압니다. 그리고 무슨 일로 불렀냐고 물었습니까? 그걸 몰라 묻는 겁니까?"

차갑고 딱딱한 말투와는 달리 불이라도 뿜을 듯한 눈빛의 문진은 상당히 불안한 모습이었다.

"호칭이 이사님이니 이사님이라고 부르는데 그게 잘못됐나요? 그리고 강 이사님이 절 부르신 이유를 제가 어떻게 알겠습니까? 이사님의 마음에 들어가 본 것도 아닌데."

겁도 안 먹고 또박또박 말대답을 하는 나봄을 보자 문진은 기가 막혀 실소가 터졌다. 평소에는 저 여자의 저런 모습이 즐겁더니 지금은 잔뜩 꼬인 심사 때문인지 나봄의 겁먹은 모습을 보고 싶었다. 아니, 겁먹은 모습이 안 된다면 곤란해하는 모습이라도 보고 싶어졌다.

"난 일하라고 돈을 주는 거지 업무 시간에 남자 직원하고 히히덕거리라고 비싼 월급을 주는 게 아닙니다. 윤나봄 씨, 분명히 회사를 위해 그 튼실해 보이는 몸 불살라보겠다고 한 것 같은데. 아니었습니까?"

문진의 말은 전혀 유쾌하진 않았지만 나봄은 웃음이 나왔다.

'능글에 뻔뻔, 거기다 유치까지. 두루두루 갖추셨네요.'

그는 나름대로 무표정을 유지하며 무섭게 말하고 있는데 나봄의 입꼬리가 살짝 올라가는 게 보이자 꽉 쥔 주먹에 힘이 들어갔다.

"윤나봄 씨, 웃깁니까?"

문진의 표정이 더욱 굳어지자 나봄은 서둘러 얼굴에서 미소를 걷어냈다.

"아닙니다."

문진의 눈이 가늘게 변했지만 나봄은 기죽지 않고 똑바로 마주 보았다.

"지금 장난하자는 거 아닙니다. 윤나봄 씨, 앞으론 내가 얘기할 때 그렇게 웃지 마세요."

"네, 명심하죠. 그럼 나가봐도 될까요? 말씀하신 일은 앞으로 주의하겠습니다."

대답도 기다리지 않고 나봄은 꾸벅 인사를 하고 직무실을 나가 버렸다. 문진은 꼭 쥐어진 주먹을 내려다보며 한숨을 뱉었다.
"유치해서 못 봐주겠군. 젠장."
쾅하고 책상을 내려쳤지만 분이 풀리지 않아 꽉 조인 넥타이를 거칠게 풀어냈다. 고작 다른 남자와 마주 대했다는 것만으로 이런 유치한 짓까지 벌이다니. 허탈감과 어이없음을 느끼며 문진은 의자 깊숙이 몸을 묻었다.
가질 수 없다면 버려야 하는 건가? 하지만 윤나봄은 그냥 버리기에는 그에게 너무 큰 존재가 되어 있었다. 그녀가 친구라는 남자와 앉아 있는 모습만으로 그의 감정을 들었다 놨다 하는. 그리고 안 되는 걸 알면서도 억지로라도 갖고 싶다는 욕심이 생겨 그를 미치게 힘들게 하는 그런 존재였다.

토요일 아침, 평소라면 대충 청바지에 티셔츠나 하나 걸치고 나갔을 시간인데 나봄은 하늘거리는 아이보리 빛 스커트에 옅은 노란빛 니트를 입고 한참을 거울 앞에 서 있었다.
"이러고 하루 종일 다니려면 한참 피곤하겠다. 그래도 어쩌겠어."
오랜만에 얼굴에 색조 화장을 입히면서 귀찮은 듯 한숨이 나왔다. 가끔씩 생기는 연주회 땜빵 일이지만 큰 연주회인 덕분에 평소라면 절대 입지 않았을 옷에 화장까지 입히고 있는 중이었다. 익숙지는 않았지만 그렇다고 어설프지도 않은 화장이 끝나자 짧게 숨을 내뱉고 가방을 챙겨 들었다. 서둘러 나가지 않으면 조금은 빠듯하겠다 싶어 미끄러운 스타킹을 신은 채로 구두에 발을 들이밀던 나봄은 방 침대에 곱게 놓여진 핸드폰을 발견하고 신던 구두를 다시 벗었다.
"이래서 머리가 나쁘면 팔다리가 고생이래지. 앗."
한걸음에 핸드폰을 쥐어 들고 나와 다시 신발을 신으려는데 시야가 갑자기 흐릿해지고 잠깐 비틀대던 나봄의 귀에 유쾌하지 않은 마찰음이 들렸다.
"으…… 정말 미치겠네."
바닥에 떨어진 안경. 그리고 비틀거리다 그 안경을 무참히 밟아 버린 그녀의 구두. 부서진 안경과 자신의 발을 무심히 바라보던 나봄은 서둘러 정신을 차리고 방으로 달려들어 갔다. 자주는 아니지만 아주 가끔 중요한 연주회가 있을 때 끼는 일회용 렌즈가 화장대 서랍에 얌전히 놓여 있었다.
"다행이다. 아휴, 아침부터 이게 무슨 난리야. 늦겠다."
렌즈를 주머니에 쑤셔 넣고 나봄은 서둘러 집을 나섰다. 흐릿해진 시야만큼 기분도 엉망이었지만 산뜻하게 불어오는 봄바람이 위로라도 하듯 단정히 빗어 내린 그녀의 머리카락을 살짝 훑어놓고 지나갔다.

간단하게 점심을 먹고 사무실로 돌아온 문진은 비어 있는 나봄의 자리를 물끄러미 쳐다봤다. 토요일엔 유독 조용한 회사지만 있던 사람이 없으니 왠지 더 허전한 마음이었다.
"나 잠자코 있으려고 했는데 말이지. 선배, 윤나봄 씨랑 무슨 일 있지? 그날 그 키…… 어쨌든 그날 이후부터 선배 제정신이 아닌 것 같은데."
 직무실로 돌아와서도 계속 유리벽을 쳐다보다 말다를 반복하는 문진을 보며 석호는 훑어보던 서류를 덮고 조심히 물었다. 그냥 모르는 척 넘어가기에는 문진의 상태가 점점 그동안의 모습과는 멀어지고 있었다.
 "선배, 요즘 정말 이상해. 일도 일이지만 생활이 정상적이지가 않아. 잘 웃지도 않고, 게다가……."
 "사랑해 봤냐?"
 "어?"
 갑작스러운 문진의 물음에 석호는 당황해서 입만 뻐끔거렸다.
 "사랑해 봤냐고. 아니면 사랑이라는 거, 그거 이 여자랑은 정말 해보고 싶다는 그런 여자 만나본 적 있냐?"
 문진의 목소리는 같은 톤으로 무감각하게 흘러나왔지만 왠지 쓸쓸함이 느껴졌다.
 "군대 있을 때 빼놓고는 떨어져 지낸 적이 없었잖아. 내가 그런 여자를 만났다면 선배도 알았겠지. 지금 내가 어렴풋이 눈치 채고 있는 것처럼."
 문진이 무슨 소리냐는 듯 석호를 쳐다봤다.
 "윤나봄 말야. 선배, 윤나봄 때문에 이렇게 정신 못 차리는 거잖아. 지금 그 여자 사랑한다고, 그 감정 인정하고 있는 거잖아."
 석호는 이젠 어쩔 수 없다는 듯 차분하게 말했다. 이왕이면 문진이 그에 구색에 맞는 여자를 만났으면 했지만 사람 마음이라는 게 그렇게 뜻대로만 움직여 주지 않는다. 하지만 문진의 상태를 볼 때 윤나봄은 문진을 계속 거부하고 있었다. 석호는 나봄을 믿고 상황을 조용히 지켜보기로 마음먹었다.
"취향 참 독특하다 못해 특이해. 어떻게 고르고 고른 게 윤나봄 씨야? 난 이제 모르겠다. 그만 나가자. 모임 늦겠어."
투덜거리며 나가는 석호를 보며 문진은 허탈감이 밀려왔다. 가질 수 없게 만들어놓고는 사랑을 한다. 그것도 혼자서. 이제 나봄에 대한 그의 마음은 애초부터 인정하던 좋아한다는, 단지 관심이 있다는 마음이 아니었다. 고작 몇 주일 사이 나봄은 그의 마음에 떡하니 자리를 잡아버렸다. 처음엔 단순한 관심이 점점 호감으로 변하고 그녀를 원하게 됐다. 손을 뻗을수록 도망가는 나봄은 그렇게 문진에게 사랑으로 다가오고 있었다. 그가 인정하는 것처럼, 그리고 석호의 말처럼 감정이란 놈은 혼자서 사랑으로 변해서 그를 점점 힘들게 하고 있었다. 처음으로 그 스스로가 인정한 사랑이었다. 그래서 더 더욱 나봄을 포기할 수 없었다. 나봄의 말대로 문진과 그녀의 시작부터가 잘못된 거라면 다시 시작해야 했다. 단지 끌린다는 마음으로 무작정 달려나가는 것이 아닌 사랑으로서 신중하게, 그리고 조금은 천천히 그렇게 걸어나가야 했다.
하지만 어디서부터 다시 시작을 해야 하는 걸까? 아니, 시작을 할 수는 있을까?
무작정 그를 밀어내는 나봄의 모습이 떠오르자 막막함에 문진의 입에선 깊은 한숨이 새어나왔다.

연주회가 끝나고 악기를 챙겨 넣던 나봄은 요란스럽게 움직이는 핸드폰을 들고 한쪽 구석으로 빠져나왔다.
'민 실장? 근데 웬 문자?'
문자라고는 가끔 유나나 은영에게서 오는 게 다여서 석호의 메시지를 의아하게 생각되었다.

〈중요한 일이 있으니 서울호텔 지하에 있는 바로 와주세요. 급합니다.〉

잠시 핸드폰 액정을 뚫어져라 쳐다본 나봄은 탁 소리가 나게 플립을 덮었다.
"때려치우든지 해야지. 지가 오라면 오고 가라면 가야 돼? 중요한 일인데 어쩌라는 거야."
렌즈 때문에 퍽퍽한 눈과 불편한 옷차림 때문에 서둘러 집으로 돌아갈 생각이었는데 석호는 타이밍을 기가 막히게 맞췄다. 투덜거리기는 했지만 급한 일이라니 어쩔 수 없이 평소엔 타지도 않는 택시까지 타고 호텔 바로 향했다. 어두컴컴할 줄 알았던 바는 오히려 로비보다 밝았다. 하지만 요란스럽게 차려입은 사람들로 가득한 곳에서 나봄은 왠지 찜찜한 기분이 들어 서둘러 석호를 찾기 시작했다.
한참 주위를 둘러보던 나봄의 눈에 평소와는 다른 편안해 보이는 세미 정장에 기분 좋은 듯 미소를 입에 걸고 문진의 모습이 먼저 들어왔다. 아무래도 상황을 보니 잘난 사람들 모임 같은데 얼른 석호를 찾아서 볼일을 보고 이 자리를 뜨는 게 좋을 것 같았다. 문진을 찾고 나자 당연하게 그의 옆에 선 석호가 눈에 들어왔고 나봄은 서둘러 석호에게로 다가갔다.

"민 실장님."

나봄의 목소리에 한참 얘기를 나누던 문진과 석호, 그리고 몇몇의 시선이 나봄에게로 집중되었다.

"저, 누구……."

석호가 당황하는 듯하자 나봄은 익숙한 반응에 짧게 한숨을 내뱉었다.

"저 윤나봄이에요. 급하게 중요한 일이 생기셨다면서요. 메시지 보내셨죠?"

좀 전보다 더 당황해하는 석호의 뒤로 놀란 듯 그녀를 보는 문진의 시선을 무시하고 핸드폰에 석호의 메시지를 띄워서 내밀었다.

"전 이런 거 보낸 적 없는데…… 근데 진짜 나봄 씨…… 맞구나."

한참 들여다보며 말끝을 흐리더니 석호는 어색하게 웃어버렸다. 옷차림이 바뀌고 안경을 벗었다고 이렇게까지 못 알아보다니. 두꺼운 뿔테 안경이 인상에 영향을 많이 주긴 한다는 생각을 하며 나봄은 옆머리를 쓸어 올렸다. 아무래도 이상했다. 문자를 보낸 것도 이상했지만 문자를 보낸 당사자가 문자를 안 보냈다니.

"그럼 여기 찍힌 번호는요? 이거 민 실장님 번호 맞죠?"

"네. 내 번호가 맞긴 한데 난 오늘 메시지 보낸 적 없어요. 혹시

선배가 그랬어?"
 석호 역시도 당황해서 묻자 시선은 여전히 나봄에게 꽂은 채였지만 문진 역시 고개만 저었다. 나봄은 짜증스러운 한숨이 새어나오려 했지만 일단은 상황을 정리하자는 생각에 석호의 핸드폰을 받아 들었다.

〈보낸 메시지 1개. 윤나봄.〉

 석호의 핸드폰 메시지함을 확인하고 나자 나봄은 이 남자가 보내놓고도 모른 척을 하는 건지, 아니면 정말 안 보낸 건지 헷갈려서 잠시 망설였지만 석호가 이런 쓸데없는 짓을 할 이유가 없다는 생각에 마음을 정하고 핸드폰을 넘겨주었다.
 "오늘 핸드폰 누구한테 빌려주셨던 적 있으세요? 잠깐이라도."
 "그게, 아, 아까 소라가 전화를 안 가지고 왔다고 해서 잠깐…… 그럼 혹시……?"
 석호가 말하는 동시에 문진의 옆으로 고운 몸매가 드러나는 붉은빛 이브닝드레스를 입은 소라가 나타났다.
 '너구나. 그래, 어째 조용히 넘어간다 싶었지. 아주 멍청한 건 아니네, 이런 쪽으로 머리도 쓸 줄 알고.'
 "오빠, 언제 왔어요? 왔음 부르지. 근데 누구랑 얘기하고 있었어요?"
 역시나 나봄을 못 알아본 건지 소라는 문진의 곁으로 다가서며 시선을 나봄에게로 옮겼다.

봄, 꽃샘추위를 만나다 147

"안녕하세요."

인사를 건네던 소라는 빙그레 웃는 나봄을 보자 흠칫 놀라며 한 걸음 뒤로 물러났다. 하지만 서둘러 평정심을 되찾았다. 여기서 당황하면 오늘 꾸민 모든 일은 수포로 돌아간다는 생각이 소라를 억지로 미소 짓게 만들고 있었다.

"어머, 윤나봄 씨가 여기 웬일이세요? 요즘은 비서가 이런 데도 오나?"

눈으로는 나봄을 기분 나쁘게 훑으면서 웃음기가 섞인 소라의 모습이 유쾌하진 않았지만 나봄은 예의를 갖춰 인사를 건넸다.

"오랜만이네요, 소라 씨. 오늘 굉장히 예쁘시네요."

뜻밖에 칭찬에 멈칫하던 소라는 당연하다는 듯 웃으며 자신의 모습을 쓱 훑어 내렸다.

"나봄 씨도 오늘 평소랑 다르시네요. 평소엔 후줄근, 아, 미안해요. 그냥 대충 입고 다니시는 것 같던데."

나봄의 봐줄 만한 옷차림이 마음에 안 드는지 꼬인 말투로 기분 좋은 웃음을 입에 건 소라의 모습은 화가 나기보다는 하는 짓이 뻔히 보여 웃음만 나올 뿐이었다.

"근데 그건 뭐예요? 그런 옷엔 작은 가방이 잘 어울리는 거 모르시나 보네."

대놓고 망신이라도 줄 마음인지 나봄이 어깨에 메고 있는 플루트 가방을 가리키는 소라의 말에 근처로 모여든 사람들의 키득거리는 소리가 들렸다. 나봄은 아무렇지 않게 미소를 지으며 가방 끈을 꼭 쥐었다.

"저도 작은 가방을 좋아하긴 하는데 이 녀석 넣어 다닐 가방은 아직 못 구해서요. 이 녀석이 덩치가 좀 크거든요."

"그게 뭔데요?"

얼굴색 하나 변하지 않는 나봄 때문에 소라의 목소리는 톤이 높아진 것 같았다.

"플루트예요. 알지 모르겠지만 이 녀석은 접어도 이게 제일 작은 거라서. 플루트를 보신 적은 있죠?"

가르치듯 차분히 설명해 주는 나봄의 말에 소라는 약이 바짝 올라 두껍게 화장했음에도 얼굴이 붉게 달아올랐다. 반면 여전히 여유롭게 웃는 나봄을 문진과 주위 사람들은 흥미롭게 보고 있었다. 소라가 아무리 비꼬고 망신을 주려고 해도 나봄은 꿈쩍을 안 하니 나름대로 많이 준비하고 생각했을 소라 입장에선 약이 오르고 화가 나는 게 당연했다.

문진은 여전히 그의 팔에 매달린 어린 여자를 어이없게 쳐다보았다. 그도 못 당해낸 윤나봄에게 아직 세상물정이라고는 요만큼도 모르는 소라가 이런 식으로 정면 도전을 해오다니. 아직 본격적으로 본색을 드러내지 않은 나봄이 어떻게 대처할까가 궁금해지긴 했지만 그러려면 나봄이 조금 다치지 않을까 싶어 문진은 이쯤에서 두 여자의 신경전을 끝내려고 했다. 하지만 소라는 매섭게 눈을 치켜뜨면서 나봄의 가방을 별거 아니라는 듯 손가락으로 툭툭 쳤다.

"플루트? 그래 봐야 피리 아니에요? 악기 전공했다 그러더니 이거였구나. 근데 이거 별로지 않나? 난 째지는 것 같아서 이 소리만 들어도 짜증나던데. 안 그래요? 악기도 악기 나름이지. 플루트는 오케스트라 같은 데서도 맨 구석 아닌가? 소리가 그러니 구석에 묻혀주는 게 더 좋아서 그런 것 같던데."

소라의 비웃음과 함께 주위에서 키득거리는 웃음소리가 지나가고 있었지만 문진은 순간 나봄의 눈빛이 바뀌는 걸 보았다.

나봄은 짧은 한숨과 함께 버릇처럼 머리를 쓸어 올리고 소라가 아닌 문진을 잠깐 노려보았다.

'망할 인간. 당신만 아니었으면 이런 어린애랑 마주할 일도 없었을 거야. 강문진, 당신 만나고 되는 일이 하나도 없다, 정말. 근데 이 어린 여우는 귀엽다 귀엽다 하니까 진짜 귀여워서 봐주는 줄 아나 보지? 덤탱이긴 하지만 지은 죄가 있어 얌전히 있으려고 했는데, 본격적으로 해보자는 거지? 애야, 너 사람 잘못 건드렸다.'

나봄은 플루트를 욕보이는 일만큼은 절대 참지 않았다. 더군다나 음악에 대해선 눈곱만큼도 모르는 사람이 감히 플루트 소리에 대해 논하다니. 이건 나봄의 근 이십 년 동안의 삶에 대한 도전이었다. 아무리 어리고 철이 없다지만 이럴 땐 따끔하게 알려줘야 한다. 어른에게 버릇없이 군 대가가 어떤 것인지.

"근데 왜 전공한 거 놔두고 회사를 다녀요? 그것도 비서를? 비서 할 외모도, 성격도 아닌 것 같은데. 그거 잘 못 부나 보죠, 전공까지 해놓고 다른 일을 하는 거 보면?"

점점 도를 넘어서는 말에 나봄의 인상은 굳어져 갔지만 소라는 개의치 않고 계속 말을 이어갔다.

"그거 지금 불어볼 수 있어요? 어느 정도나 되는지 한번 듣고 싶은데. 아, 공짜로 해달라는 건 아니니까 걱정 말구요. 뭐, 들어주는 사람이래 봐야 몇 없겠지만."

"최소라, 그만 해라. 참아주는 것도 정도가 있어. 나봄 씨, 됐으니까 그만 나갑시다."

문진은 팔에 매달려 있는 소라를 매몰차게 떼어내고는 나봄에게로 다가갔다. 하지만 나봄은 문진이 다가오자 한 걸음 물러나며 말했다.

"최소라 씨, 제 본직업은 연주자라서 당연히 공짜로는 연주를 안 해요. 미리 말씀드리는데 제 연주비는 좀 비싼데 괜찮겠어요?"

문진은 나봄이 마음이 상했을까 조마조마해졌지만 막아주려 할수록 나봄이 뒤로 물러서자 더 이상 어떻게 해줄 수가 없었다. 그냥 지켜보는 수밖에는……

"걱정 마세요. 근데 그건 연주가 끝난 다음에나 해야 되는 소리 아닌가?"

소라의 말에 비웃는 소리가 또다시 들렸지만 나봄은 빠른 손놀림으로 플루트를 껴 맞췄다. 그리고 무슨 이유에선지 문진에게 빈 가방을 떠안겼다. 순간 둘의 눈이 잠시 마주쳤지만 미안한 마음을 가득 담은 문진의 눈빛을 나봄은 차갑게 외면할 뿐이었다.

무대로 올라간 나봄은 아무도 듣지 않는 연주를 계속하던 피아니스트와 몇 마디를 나누었고 무대 한가운데 설치된 마이크와 마주 섰다. 하지만 먹고 노느라 무대는 쳐다도 보지 않는 사람들을 집중하게 만들기란 쉽지가 않아 보였다. 나봄은 잠시 생각을 하다 플루트를 입술에 가져다 댔다. 차가운 금속이 입술에 닿자 소라 때문에 흥분했던 마음도, 문진에 대한 원망도 조금 가시는 듯 마음이 편안해지자 평소처럼 진심으로 연주할 마음이 들었다.
삑!
요란한 고음의 소리가 스피커를 통해 퍼져 나가자 사람들은 인상을 찌푸리며 무대로 눈을 돌렸다. 물론 한쪽에서 상황을 지켜보던 소라의 일행과 문진 역시도.
"놀라셨다면 죄송합니다. 제가 악기를 이렇게 풀어 버릇해서요. 그리고 이왕 이쪽에 눈을 돌리신 김에 잠시만 집중해 주시겠어요? 제가 원래 이런 곳에서는 연주를 안 하지만 저기 계신 최소라 씨가 지불하시겠다는 비싼 연주비에 혹해서 이 자리에 섰습니다. 제 연주가 좀 비싸거든요."
자연스럽게 이목을 집중시키고 멘트를 날리며 나봄은 여유로운 웃음도 잊지 않았다. 그런 나봄을 문진은 만족스럽게 보며 웃었고 소라는 약이 올라 나봄을 열심히 째려보고 있었다.
"딱 한 곡만 연주할 테니 다들 하시던 일은 잠시 멈춰주시고 감상해 주세요. 앙코르는 절대 안 받습니다."
나봄은 환하게 웃으면서 피아니스트에게 눈으로 신호를 보냈다. 그리고 피아노의 연주가 시작되면서 플루트가 고요히 소리를 내기 시작했다. 정해진 악보도 없는 즉흥 연주지만 그렇다기보단 잘 다듬어진 아름다운 곡이었다. 한없이 가볍고 보드라운 깃털이 피부에 와 닿는 듯 사람들의 귀와 눈을 붙잡았다.
"플루트 소리가 저렇게도 들리는구나. 근데 선배, 나봄 씨가 원래 저렇게 예뻤나?"

무대에 시선을 고정시킨 석호를 보며 문진은 피식 웃음을 지었다. 반짝이는 플루트와 함께 환하게 웃는 나봄은 그야말로 빛나게 아름다웠다.

"원래 저렇게 예뻤다. 내가 말했었지, 원래 예쁜 여자라고? 근데 저딴 여자라고 했던 게 누구였지? 민석호, 이제 와서 눈독들이지 마라. 저 여자 내 거야. 아무리 너라도 윤나봄은 못 준다."

속삭이듯 말하는 문진의 모습에 석호 역시 피식 웃음을 지었다. 역시 그의 잘난 선배는 저 여자의 본모습을 처음부터 알아본 거였다.

약이 바짝 오른 소라는 문진과 석호의 대화가 들리자 분해서 억울했다. 어떻게 꾸민 일인데. 어쩔 수 없이 인정해야 할 만큼 플루트란 악기의 소리는 너무 아름다웠다. 그리고 더불어 그 악기를 연주하는 나봄의 모습은 여자인 소라가 봐도 아주 예뻤다.

맑은 나봄의 미소와 함께 연주가 끝나자 사람들의 박수가 쏟아지며 곳곳에서 한 곡만 더, 라는 말이 나왔지만 나봄은 미소로 대답을 대신했다. 무대를 내려오자 문진과 석호의 따뜻한 시선과 칼날 같은 소라의 눈빛이 나봄을 마주했다.

"못 들어줄 만하진 않네요."

톡하고 쏘는 소라를 문진이 막아서려 하자 나봄은 들고 있던 플루트까지 떠넘기며 잠자코 있으라는 눈빛을 보냈다. 이건 그녀가 해결해야 하는 일이었다.

"그나마 들을 만하셨다니 다행이네요. 근데 최소라 씨, 오늘 말고 플루트 연주 들어본 적 있어요?"

"……오케스트라에선 들어봤어요."

소라가 머뭇거리듯 말하자 나봄은 미소를 지었다.

"음악에 대해 많은 지식을 갖고 있거나 많이 접해본 분들도 여러 악기 속에 섞인 한 악기의 소리를 찾기는 힘들어요. 근데 최소라 씬 음악에 관해선 그다지 아는 게 없어 보이니 플루트 소리를 구분하실 리가 없죠."

당황한 얼굴로 붉어지는 소라를 보며 나봄은 속으로 쾌재를 불렀다.

"들을 줄도 모르면서 남의 음악을 평가하는 건 좋은 소리를 들려주는 악기와 최선을 다해 연주하는 연주자에 대한 가장 큰 모욕이에요. 뭐, 별것도 아닌 사람이 그런 행동을 한다면 그냥 웃어넘기겠지만 가끔은 그 별거 아닌 사람 때문에 엉망이 되는 날이 있거든요. 꼭 오늘처럼."

여전히 웃는 얼굴로 소라를 별거 아닌 우스운 사람이라고 돌려 얘기하자 소라는 죽일 듯 나봄을 노려보고 있었다. 아마 눈빛으로 사람을 죽일 수 있다면 나봄은 진작에 소라의 눈빛에 죽었을 것이다.

"그러니까 앞으로는 무슨 일이든 아는 것 없이 함부로 덤비지 말라고, 그 말 해주고 싶었어요. 아, 그리고 연주 들어줄 만하다고 했죠? 그럼 당연히 연주비를 받아야겠네요."

"얼만데요?"

음악이 어쩌니 하면서도 결국 챙길 건 챙기려는 나봄에게 소라는 신경질적으로 소리를 지르듯 말했다.
"나 돈으로 받겠다고 한 적 없는데. 소라 씨, 또 착각했나 보네. 나 연주비 돈으로 받겠다고 안 했어요. 그쵸?"
그건 또 무슨 소리냐는 소라의 눈빛에 나봄은 문진에게 시선을 돌렸다. 이렇게까지 일을 만들어야 하나 싶었지만 이런 장난을 하면 그에 따른 대가를 받는다는 걸 어린 여우에게 알려줘야 했다. 그렇지 않았다가는 또다시 이런 유치한 싸움에 응해줘야 할 것이다.
"강문진 씨, 나한테 연애하자던 거 아직 유효한가요? 그럼 그거 하죠. 최소라 씨, 나 이 남자랑 연애할 거예요. 그러니까 앞으로 이 남자 앞에 얼쩡거리지 마세요. 그게 오늘 내가 최소라 씨한테 받을 연주비예요. 내 연주비 비싸다고 미리 말했죠? 그럼 이런 일로 서로 다시 보는 일 없었으면 좋겠네요. 오늘 초대 고마웠어요."
나봄이 멍하게 서 있는 문진의 팔짱을 끼고 소라와 사람들의 시선에서 점점 멀어지자 등 뒤로 소라의 찢어지는 울음소리가 들려왔다.
'맘대로 안 된다고 울며 떼쓰는 걸 보니 역시 어린애네.'
이로써 2승 0패. 어설픈 어린 여우와의 싸움은 나봄의 완벽한 승리였다.

로비까지 올라오는 동안 나봄은 아무 말도 없는 문진의 눈치를 살폈다. 읽을 수 있는 표정이라면 좋을 텐데. 문진의 얼굴은 굳은 얼굴도 아닌 평소처럼 사람 좋은 웃음을 걸친 얼굴도 아닌 그냥 무표정이었다.
 '에휴, 이놈의 성질머리. 결국은 일을 치는구나. 근데 왜 저렇게 못마땅한 얼굴이야? 그새 마음이라도 변한 건가? 쳇, 그럼 나야 좋지.'
 한쪽 팔에 느껴지는 따뜻한 온기가 기분 좋았지만 그다지 밝아 보이지 않는 문진의 표정 때문에 나봄은 슬그머니 문진의 팔에 걸쳐진 손을 빼내려고 했다.
 "그거 이제 내 겁니다. 매일 이렇게 끼고 다닐 거니까 마음대로 빼지 마."
 웃음이 섞인 문진의 말에 나봄은 웃음과 함께 옅은 한숨이 배어 나왔다. 고작 말 한마디와 팔짱 한 번에 그녀의 팔은 이미 그의 소유가 되어버렸다. 앞으로 이 남자의 옆에 있으면 그녀의 몸은 일주일도 되지 않아 머리카락 한 올까지 전부 그의 소유가 될 것 같았다.
 "앞으론 한숨도 쉬지 마요. 나봄 한숨 자주 쉬어서 너무 신경 쓰였거든."
 차 보조석 문을 열어주며 문진은 기분 좋은 미소를 지었다.
 "밥 먹었어요?"
 차를 출발시키며 문진이 물었지만 나봄은 그에게서 넘겨받은 플루트를 닦는 일에만 열중하며 대충 고개를 저었다.
 "그럼 밥 먹읍시다."
 짧게 답하고는 운전에 열중하는 문진을 힐끔 훔쳐본 나봄은 플루트를 깨끗이 정리해 놓고는 편안하게 자리를 잡았다. 그녀에게는 오늘 하루가 너무도 길고 피곤했다. 그리고 아직도 해결 봐야 하는 일이 남아 있었다. 버릇처럼 작은 한숨이 새어나오자 갑작스럽게 문진의 입술이 그녀의 입술을 살짝 누르고 지나갔다. 그와 동시에 눈이 배는 커진 나봄이 여유롭게 웃고 있는 문진을 무섭게 흘겨보았다.

"한숨, 그거 내 앞에서 할 때마다 이렇게 할 거니까 알아서 해. 깊이 쉬면 쉴수록 내뱉은 숨만큼 오랫동안 숨이 차게 만들 거니까."

문진이 평소처럼 만들어진 미소를 짓지 않았다. 면접 때 봤던 그 환한 미소, 살짝 보조개가 보이던 그 미소로 문진이 그녀를 보자 주책없는 가슴이 설레기 시작했다. 하지만 나봄은 감정을 감추며 흘겨보던 시선을 창밖으로 돌렸다.

"한 번만 더 내 몸에 손대면 강 이사님 고발할지도 모른다고 경고했었을 텐데요."

"연인한테 고작 손 하나 댔다고 고발하면 우리나라에 유치장 안 갈 사내는 하나도 없을 겁니다. 그리고 문진이요, 강 이사 말고."

기분 좋아 보이는 문진을 보자 나봄은 슬슬 골치가 아파지고 있었다.

'어린 여우 혼내준다는 게 늑대 굴로 뛰어들었네. 에휴.'

낮게 한숨이 나오려고 했지만 나봄은 억지로 숨을 삼키고 시선을 밖으로 돌렸다. 솔직히 이렇게까지 할 생각은 아니었다. 그 어린 여우가 플루트만 건드리지 않았다면 지금쯤 그녀는 집에서 편안한 휴식을 취하고 있을지도 몰랐다. 하지만 이미 일은 벌어졌고 그 자리에서 어린 여우를 혼내줄 방법은 이것밖에 떠오르지 않았다. 그런데 막상 일을 저지르고 보니 어린 여우를 혼내줬다는 통쾌함보다 이 남자의 옆 자리를 차지했다는 만족감이 슬그머니 올라왔다. 그러고 보면 언젠가부터 마음 깊은 곳에 강문진이란 남자가 자리를 잡고 앉아 그녀를 혼란스럽게 하고 있었다. 말도 안 되는 연애 선언을 저지를 만큼.

문진은 지난번 유쾌하지 않은 기억을 남겼던 한식당에 차를 세웠다. 밥은 맛있었지만 돌아오는 길 내내 불쾌해서 다신 쳐다도 안 보리라 마음먹었던 곳인데.

나봄이 내리지 않자 문진은 보조석 문을 열었다.

"안 내립니까?"

"꼭 여기서 먹어야 돼요?"

나봄이 못마땅한 듯 식당을 보자 문진은 그녀의 손을 잡아당겼다.

"나 좋아하는 식당 몇 군데 안 되는데, 여기 그중 한곳이야. 그래서 나봄하고도 이 식당에 자주 오고 싶어. 지난번 일 때문에 여기가 싫은 거라면 오늘부턴 좋은 추억만 만들면 돼. 들어갑시다."

너무도 익숙하게 그녀의 손을 잡고 식당으로 들어가는 문진의 등을 보면서 나봄은 어쩔 수 없다는 듯 고개를 저었다.

'좋은 추억일지 더 나쁜 추억일지는 두고 봐야 알죠.'

"오늘도 다 먹고 얘기할 겁니까?"

"다 먹고 해요. 먹으면서 얘기해 봐야 집중도 안 되고 잘못하면 체하니까."

나봄의 말에 문진은 여전히 웃는 얼굴로 고개를 끄덕였다. 식사가 차려지자 지난번과 마찬가지로 아무 말 없이 수저가 움직이고 그릇에 수저가 닿는 소리가 이따금씩 들렸다. 하지만 둘은 서로의 침묵이 답답하지 않았다.

"맛있게 먹었어요?"

상이 치워지고 녹차를 앞에 둔 나봄은 한결 나아진 기분으로 고개를 끄덕였다.

"다행이네. 그럼 얘기해요. 할 얘기 있는 것 같은데."

나봄과 눈이 마주치자 그는 눈꼬리까지 휘어지며 미소를 지었다. 남자의 미소가 예쁘게 느껴지다니 뭔가 씌이긴 한 모양이다. 나봄은 짜증스럽게 머리를 쓸어 올렸다.

"아까 제가 했던 얘기, 그러니까 나랑 강 이사."

버릇처럼 나오는 문진의 호칭에 나봄은 고개를 저으며 호칭을 정정했다.

"그러니까 강문진 씨랑 저랑."

아무래도 말하기가 껄끄러워 드문드문 말이 끊어지자 문진은 채근하지 않았지만 시선은 나봄에게 떼지 않고 있었다.

"흠. 그러니까 강문진 씨랑 저랑 그…… 그래요, 그 연애라는 거."

"이제 와서 없던 일로 하자 그러려는 건 아니겠죠? 윤나봄 씨 그렇게 생각없이 말하는 사람 아니니까."

문진이 아는 나봄이라면 그의 말에 발끈하느라 오히려 쉽게 넘어올지도 모른다. 확실히 알 수 없긴 하지만 의외로 단순한 구석이 있는 윤나봄이므로.

"내가 한 말이니까 책임져요. 그래요, 연애, 그거 하죠. 대신!"

역시나 발끈해서 대답하는 나봄을 보자 문진은 한껏 날아갈 기분이었다.

"당신 말한 그 연애, 그걸 하는 거예요. 전에 말했던 애인인 척 돈 받고 하는 거 말고. 요즘 이놈저놈 다 해본다는 말 같지도 않은 계약 연애도 말고, 그냥 남들 하는 거. 난 강문진이란 남자랑 그걸 할 거예요. 내 말 이해했어요?"

될 대로 되라는 듯 나봄은 거리낌없이 할 말을 쏟아놓았다. 어차피 이렇게 될 바에 차라리 평범하게 연애라는 걸 하고 싶었다. 그가 얼마나 대단한 사람인지는 모르지만, 그리고 아직도 겁이 나고 두려운 것도 사실이었지만 이렇게 하면 강문진이란 남자 때문에 생기는 하나하나 다 알 수 없는 감정들을 전부는 아닐지라도 조금은 알 수 있을 것 같았다. 지금은 그 문제를 해결하는 게 가장 중요했다.

"뭐, 뭐예요?"

갑작스럽게 자리를 옮긴 문진은 옆에 딱 붙어 앉아 그녀를 마주 보았다. 나봄은 예상치 못한 그의 행동에 몸이 뻣뻣하게 긴장되어 그에게 조금 떨어져 앉았다.

"다시 말해봐, 방금 말하던 거."

무슨 생각으로 되묻는지 뭔가가 자꾸 거슬렸지만 나봄은 시선을 정면으로 고정하고 또박또박 말하기 시작했다.

"돈 받고 하는 일 같은 연애도 싫고, 말도 안 되는 계약 연애라는 것도 싫다구요. 그러니까 나랑 연애라는 걸 하고 싶으면 그냥 평범하게 하자구요. 강문진 씨, 전에 말했던 감정이 아직도 남아 있다면 나한테 좋은 감정인 거고, 앞으로는 나도 좋은 감정 갖도록 노력할 테니까, 앗!"

아직 한참 할 말이 남았는데 나봄을 끌어당겨 품에 안은 문진은 소리까지 내며 웃고 있었다. 따뜻한 그녀를 품에 안는 건 그녀의 입술에 입을 맞추는 것만큼 기분 좋았다. 역시 윤나봄의 모든 것은 그에게 기분 좋은 것이었다.

나봄이 그의 빠져나오려 몸을 움직였지만 문진은 놓아줄 생각이 없는지 팔에 더 힘을 주었다.

"나 아직 할 말 남았어요. 이것 좀 놔요."

"이러고 해. 난 이게 좋아. 그리고 당신 무슨 말 하는지 다 알았으니까 더 안 해도 돼."

"알긴 뭘 다 알아요. 그리고 왜 자꾸 반말이에요?"

아까부터 뭔가 거슬린다 했더니 당연하게 끝을 잘라먹는 저 남자의 말이었다. 아무 말도 안 하고 넘어가 줬다니 이젠 대놓고 반말이다.

"연인한테 이랬습니다, 저랬습니다 하는 게 이상한 거야. 난 반말이 좋아. 훨씬 친근하게 들리잖아."

'친근 두 번만 했다가는 다 야자 트겠네.'

불만이 얼굴에 그대로 드러났는지 문진이 그녀를 품에서 놔주자 나봄은 숨을 돌리며 옷매무새를 가다듬었다.

'정말 한시라도 틈을 못 줘.'

봄, 꽃샘추위를 만나다 161

헛기침으로 숨을 가다듬은 나봄은 잠깐 생각을 정리하곤 문진을 똑바로 쳐다봤다.
"나봄이 말한 대로 남들 하는 그런 연애 하자. 그러니까 그렇게 쳐다보지 마. 좀 부드럽게. 나봄, 이제껏 연애할 때 애인을 그렇게 봤어?"
"하도 오래전이라 어떻게 봤는진 잊어버렸지만 어쨌든 나랑 연애하려면 지켜야 하는 게 몇 가지 있어요."
문진은 느긋하게 자세를 틀어 편안하게 나봄을 마주 보았다.
"먼저, 난 강문진 씨가 시도 때도 없이 내 몸에 손대는 거, 특히 강압적으로 어딜 끌고 가거나 입술…… 아무튼 그거 싫어요."
입술이란 말에서 얼굴이 살짝 붉어지더니 서둘러 말을 돌리는 나봄을 보자 문진은 자꾸 웃음이 새어나왔다. 아무래도 콩깍지가 단단히 씌인 모양이다. 저 여자 하는 모양이 하나하나 예쁘고 귀엽게 보이는 걸 보면.
"그건 안 돼. 나도 내가 스킨십을 그리 좋아한다고 생각 안 했는데 나봄 만나고부터는 내가 그걸 상당히 좋아한다는 걸 알았거든."
"난 싫어요. 그러니까 만지고 싶으면 다른 여잘 만지든 어떡하든 상관 안 할 테니 딴 데서 해결해요."
"나도 그러고 싶지만 그 욕구가 윤나봄 앞에서만 발동을 해서 그렇게는 못해."
짓궂게 말하며 만족스럽게 웃는 문진을 보자 나봄은 약이 올랐다.
"변태."

작게 중얼거리는데 문진이 킥킥거리는 소리가 들렸다. 듣기 좋은 소리가 아닌데도 문진이 마냥 좋은 듯 웃어버리자 나봄은 낮은 한숨과 함께 피식 웃고 말았다.

"때와 장소는 가리니까 걱정 마. 나봄 곤란하게 안 할게. 대신 당신도 한숨 쉬지 마. 아까 차에서 얘기했던 거 농담 아니야."

그의 말에 나봄의 웃는 얼굴이 조금씩 편안해졌다. 이로써 한 가지는 타협점을 찾은 모양이다. 만족스럽진 않지만.

"그건 그렇다 치고 다음은 회사. 회사 안에선 일 외에는 절대 강문진 씨하고 부딪치기 싫어요. 난 지금까지처럼 점심도 식당에 가서 먹을 거고 일 외에는 당신 직무실에도 들어가지 않을 거예요. 물론 퇴근할 때도 절대 당신 차 안 탈 거구요. 무슨 소린지 알죠?"

"점심하고 퇴근만 빼면 그렇게 하지."

문진은 별거 아니라는 듯 말했다.

'제일 골치 아픈 시간이 점심과 퇴근인데 그걸 빼자니.'

그와 함께할 시간이 는다는 것에 설렘이 일었지만 나봄은 서둘러 고개를 저었다. 점심과 퇴근에 그와 함께 있는 걸 누가 보기라도 하면 사람들의 입을 통해 나봄은 수십, 아니, 수백 번 죽임을 당할 것이다. 그건 지금까지로도 충분했다.

"안 돼요. 안 그래도 강문진 씨하고 나에 대한 소문이 대하서사 장편소설이 되어가는데. 그거 사실이라고 광고하고 다니게요? 난 싫어요. 좀 전 문제는 내가 양보했으니까 이 일은 강문진 씨가 양보하세요."

나봄이 강경해지자 문진은 어쩔 수 없이 고개를 끄덕였다. 남들

하는 연애라면서 뭘 이리도 꼼꼼히 따지는 건지. 정말 하나부터 열까지 윤나봄은 쉬운 구석이라곤 없는 여자였다.
"그리고."
"그리고? 또 있어?"
문진의 목소리가 못마땅하게 높아졌지만 나봄은 개의치 않았다. 사람 일은 한 치 앞을 모른다. 특히 남녀 관계는. 그건 이미 오래전 경험으로 뼈저리게 느낀 일이었다. 그리고 어쩌면 이 남자는 예전에 아픔으로 남은 사람보다 그녀에게 더 커다랗고 깊게 자리를 잡을지도 몰랐다. 그래서 필요했다, 이 조건은.
"이게 제일 중요해요. 앞에 두 가지 문제는 우리가 사귀면서 지켜져야 할 거지만 이건 우리 사이가 변했을 때 문제예요."
또박또박 지켜야 할 것을 말하는 나봄의 입에서 그와 그녀를 하나로 묶은 우리라는 단어가 나오자 문진은 묘한 기분에 입가에 미소가 흘렀다.
"말해봐."
문진의 표정이 한결 풀어지자 나봄은 긴장되던 표정을 풀었다.
"우리 사이가 지금과 변했을 때, 그게 혹 헤어짐이거나 아니면 다른 것이거나 어쨌든 조금이라도 우리가 변하게 될 때, 그때 내가 말하는 한 가지 부탁을 꼭 들어줘요."
관계가 변할 때의 부탁이라니. 그는 윤나봄이란 여자를 절대 놓아줄 생각이 아니었다. 그런데 아직 시작도 안 한 관계에서 벌써 헤어짐이란 걸 입에 담다니.
문진의 눈이 가늘게 떠지자 나봄은 잠시 망설였지만 말을 이어갔다. 앞에 문제도 중요했지만 이건 그녀에게 꼭 필요한 조건이다. 광범위하지만 서로에게 불리하지는 않은 그런 해결점, 혹은 나봄이 빠져나갈 수 있는 유일한 구멍이 될 것.

"물질적인 거, 그러니까 돈 같은 건 절대 아닐 거예요. 나 그리 넉넉하진 않지만 남자랑 연애하고 돈까지 받을 정도로 사는 게 힘들진 않거든요. 그러니까 부탁이 뭐가 될지 모르겠지만 어떤 것이든 꼭 들어줬으면 좋겠어요."

문진은 썩 내키지 않아 한참 만에야 고개를 끄덕였다. 무슨 부탁일진 모르지만 만약 그가 안 된다고 끝까지 버티고 나서면 나봄은 지금까지의 일을 없던 걸로 하자고 할 것 같았다. 이런 일로 어렵게 잡은 그녀를 놓칠 순 없었다.

"우리 사이가 지금이랑 다르게 된다는 건 나봄이랑 내가 한집에서 눈뜨는 관계가 된다는 걸 거야. 그러니까 당신 부탁은 그다지 유용하지 못해. 우리 사인 지금처럼 연인, 혹은 부부일 거니까."

차에 오르면서 문진이 강하게 말하자 나봄은 피식 웃음을 지었다.

"한 치 앞도 모르는 게 사람 일이랬어요. 더군다나 남녀 일은 당사자도 모르는 건데 그렇게 단언하다간 큰코 다칠걸요."

문진은 편안히 웃는 나봄에게 두고 보라는 듯 조금은 도전적으로 마주 웃었다. 이제 윤나봄은 공식적으로 그의 여자였다. 그녀가 인정한 그녀의 남자가 그인 것처럼.

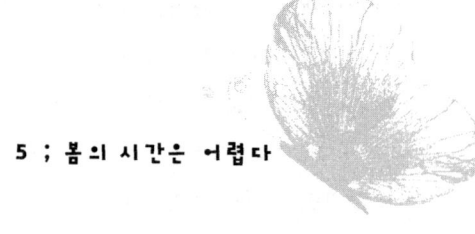

5 ; 봄의 시간은 어렵다

"집이 정확히 어디야?"

얕은 언덕길을 따라 올라가며 문진이 묻자 나봄은 손가락으로 언덕 끝자리에 자리한 옥탑방을 가리켰다.

"전망 좋겠다."

나봄의 어깨에 걸쳐진 플루트 가방을 받아 들면서 문진은 부드럽게 그녀의 어깨에 손을 얹었다. 서늘했던 어깨에 온기가 느껴지자 나봄이 잠시 움찔했지만 문진을 살짝 흘겨볼 뿐 걸음을 멈추지는 않았다. 문진은 좀 더 가까이 나봄을 품으로 끌어당겼다.

"차 한 잔 안 주나?"

플루트를 넘겨준 문진은 입맛을 다시며 아쉬운 듯 말했다. 아직은 그녀와 헤어지고 싶지가 않았다.

"울 엄마 말씀이 세상 남자들은 다 늑대래요. 그래서 이런 야심한 시각에 어른이 없는 집엔 남자를 들이지 말라셨죠. 근데 우리 집엔 항상 어른이 안 계시거든요."
"나 이제 윤나봄한테 남잔가?"
평소처럼 통통거리며 말하는 나봄의 목소리를 기분 좋게 듣던 문진이 진지하게 물었다. 그녀가 처음으로 그를 남자라고 말하자 집 출입은 안 된다는 말은 들리지도 않았다.
"당신, 나한테 남자 맞아요."
'너무 남자로 느껴져서 탈입니다.'
끝말을 감추며 나봄은 몸을 돌렸다. 오늘은 이쯤에서 이 남자를 돌려보내야 했다. 안 그랬다간 집 안으로 들여보내 줄 때까지 그녀를 붙들고 있을 게 뻔했다.
"식당에서 나봄이 했던 말 나 다 잘 지킬 거야. 그러니까 나봄도 내가 부탁하는 거 들어줘. 그래야 공평하니까."
돌아서려는 그녀의 팔목을 조심스럽게 잡은 문진은 부드럽고 따뜻하게 웃고 있었다. 나봄은 주책없이 뛰는 마음을 가까스로 진정시키며 그를 마주 보았다.
'평소처럼 웃을 것이지, 왜 저렇게 웃는 거야? 사람 마음 심란하게.'
속으로는 투덜거림이 나왔지만 나봄의 마음은 의지와는 상관없이 설레고 두근거렸다.
나봄이 아무런 대답도 하지 않자 문진은 한쪽 손을 뻗어 올려 그녀의 눈으로 가져갔다. 후끈할 정도로 뜨거운 그의 엄지손가락이 눈꺼풀을 스쳐 지나가자 나봄은 자신도 모르게 눈을 감아버렸다. 뻑뻑한 렌즈로 인해 거부감이 느껴졌지만 그다지 싫은 느낌은 아니었다.

"안경 쓰지 마. 난 당신 예쁜 눈 보는 거 너무 좋거든. 그러니까 앞으로는 눈앞에 아무것도 가리지 말고 이대로 나 봐."

나긋한 문진의 목소리가 따뜻한 숨소리와 함께 귓가에 울리며 뜨거운 그의 입술이 나봄의 입술에 잠시 머물렀다. 아무런 움직임도 없는 아주 잠깐의 머묾. 그렇게 그의 입술이 떨어지자 나봄은 감겼던 눈을 살며시 떴다. 눈을 뜨자마자 바로 앞에서 환하게 웃고 있는 문진이 보였다. 오늘로 벌써 두 번째 입맞춤이다. 당연히 화를 내야 했는데 나봄은 얼굴이 달아오르는 걸 느낄 뿐 문진에게 아무런 조치도 취하지 못했다.

"아쉬워? 나봄, 아쉬운 얼굴인데."

키득거리는 문진을 보자 저만치 떨어져 나갔던 이성이 제자리를 찾아왔다.

"아쉽긴요. 당신한테 그다지 익숙하지가 못해서 그런 거예요. 그리고 때와 장소 가리라고 했어요. 오늘은 내 몸에 지나치게 많이 손댄 거 알죠?"

당황하는 기색없는 나봄을 보며 문진은 하하거리며 웃음을 터뜨렸다. 나봄은 기분 좋게 한참을 웃는 문진을 가만히 쳐다보다 몸을 돌렸다. 이번엔 정말 집으로 들어가야 했다. 문진과 있는 시간이 편안해지고 즐겁기까지 느껴지려는 건 사실이었지만 그런 것보다 오늘은 몸도 마음도 한계까지 치쳐 있어 쉬고 싶은 마음이 더 간절했다.

"한숨, 난 나봄이 한숨 쉰 만큼만 당신한테 손댈 거야. 들어가."

가방을 어깨에 걸쳐 주며 돌아서는 문진의 모습이 점점 작아졌지만 나봄에겐 작아지는 그의 모습 대신 마음 한켠에 편안하게 웃는 그의 얼굴이 자리를 잡아버렸다.

"눈은 왜 감은 거야? 윤나봄, 너도 참 어쩔 수 없다. 에휴, 등신."

세수를 하고 화장품을 찍어 바르던 나봄은 문진이 스치고 지나간 입술과 눈을 바라보며 연신 한숨을 내뱉었다. 한참 문진의 생각으로 투덜거림을 멈추지 않고 있을 때 전화기가 요란스럽게 움직였다.

"여보세요."

[나야.]

문진이었다. 그녀의 주위에는 전화에 대고 이런 식으로 자신의 존재를 알리는 사람도 없었고 더더군다나 이런 기분 좋은 목소리로 전화를 거는 남자는 더욱 없었다.

"네, 알아요."

[나 집에 왔어. 무사히 잘 들어왔다고 말하려고. 보통 연인들은 이런 거 하잖아.]

보이지 않는데도 문진의 유쾌하고 따뜻한 미소가 느껴져서 나봄의 얼굴에도 미소가 흘러나왔다.

"네, 그렇겠죠. 아무튼 잘 들어갔다니 다행이네요. 그럼 쉬어요."

[벌써 끊게? 에이, 이러면 안 되지. 연인들끼리 밤새 통화하기. 우리도 그거 해봐야 되지 않나?]

진심인지 문진이 말꼬리를 붙잡고 늘어지자 나봄은 켜져 있던 불들을 다 끄고 침대에 걸터앉으며 들리지 않게 한숨을 뱉었다.

[한숨 다 들렸어. 내일 기대해.]

이 남자 정말 이 상황이 즐겁고 행복한 것 같다. 그게 느껴지는 나봄도 마음 한구석이 따뜻해져서 훈훈한 마음으로 침대에 몸을 뉘었다. 옅은 스탠드 불빛이 실내를 가득 메우자 늘어지는 몸만큼 전화기를 통해 들리는 문진의 숨소리와 웃음소리가 편안하게 느껴지고 있었다.

[피곤해? 오늘 피곤했어?]

문진은 낮은 목소리로 부드럽게 물었다.

"네, 피곤했어요. 아침부터 신경 쓰이는 연주회가 있어서 거추장스러운 옷차림에 더군다나 안경까지 깨지고 숨 좀 돌리려던 저녁에는 어설픈 어린 여우 한 마리 혼내주려다 엉큼한 변태늑대한테 잡혔거든요."

잠결에 나오는 나봄의 투정에 문진은 낮은 웃음이 흘렀다. 그녀의 풀어진 목소리가 너무도 좋았다. 옆에 있었다면 더 좋았겠지만 지금은 이것만으로도 행복하고 만족했다.

[내일은?]

아무렇지 않게 반말로 묻는 문진의 말투가 낯설면서도 금세 익숙해지자 나봄은 감기려는 눈을 억지로 뜨며 말했다.

"바빠요. 아침부터 레슨 있고, 저녁에도 그렇고. 난 원래 주말이 더 바빠."

[밥 먹을 시간도 없어? 바빠도 밥은 먹을 거잖아.]

보채는 듯한 문진의 말투에 나봄은 나오려는 하품을 삼켰다.

"밥은 레슨하는 집에서 먹어요. 아니면 대충 때우거나. 학기 초라 애들도 정신없고 나도 정신없거든요. 그러니까 주말은 안 돼요."

[……알았어. 그만 자, 많이 피곤한 것 같은데.]

못마땅한지 잠시 틈을 들였지만 조용히 잠을 권하는 그의 목소리에 나봄은 은은하던 스탠드 불빛도 껐다. 사방이 어두워지자 그대로 잠이 들 것 같았다.

[어차피 깨진 안경 다시 맞추지 마. 아! 그리고.]

조금 커진 문진의 목소리에 눈꺼풀을 들어올린 나봄은 잠에 취한 목소리로 뭐냐고 물었다.

[강문진 말고 문진 씨. 아니면 문진이라고 해도 좋고. 잘 자, 나봄.]

"잘자요, 문… 진……."

전화도 끊지 않고 잠이 든 건지 그의 이름을 끝으로 들리는 나봄의 고른 숨소리에 문진은 침대로 향했다. 오늘은 나봄의 숨소리를 들으며 일찍 잠을 청해볼 작정이었다. 오늘 하루가 나봄에게는 너무도 피곤하고 힘들었을지 몰라도 문진에게는 말 그대로 해피 데이였다. 그런 점에선 나봄이 지칭하는 어설픈 어린 여우. 소라에게 고마운 마음이 들었다. 그동안 그를 골치 아프게 한 것에 비하면 아무것도 아니었지만 지금만 같다면 소라에게 고맙다는 인사도 할 수 있을 것 같았다. 아직도 그의 전화 너머로는 나봄의 고른 숨소리가 들려오고 있었다.

"연습 많이 했구나? 지난주보다 훨씬 좋아졌는데?"
"샘이 말해주신 부분만 집중적으로 했더니 학교에서도 그 소리를 들었어요. 솔직히 아직도 샘이 말한 그 느낌이란 거 확실히는 모르겠는데 그냥 불어볼수록 자꾸 달라지는 건 느껴요. 내가 지금 어떤 느낌으로 연주를 하는구나, 이건 어떻게 느껴지겠구나 하구요."
이제야 유나는 플루트와 융화가 되어가는 것 같다. 물론 연주 실력은 아주 뛰어났고 그다지 흠 잡을 데가 없었지만 나봄은 그런 것보다는 악기와 유나가 서로를 이해하고 모든 걸 함께 느끼면서 연주하길 바랐다.
"선생님, 레슨 끝나셨으면 잠깐 봬요."
노크 소리와 함께 유나의 엄마가 방으로 얼굴을 내밀었다.
"네. 유나, 아까 말한 부분 불고 있어. 갔다 와서 한 번 더 볼 거니까."
유나는 미적거리듯 다시 플루트를 입에 가져다 댔다. 나봄이 문을 닫고 거실로 내려오자 유나의 연주 소리가 새어나왔다.
"우리 유나 어때요?"
늘 같은 질문. 나봄의 어머니도 나봄의 레슨 선생님에게 늘 했던 질문이다. 우리 나봄이 어때요? 잘하나요? ……그래서 이런 질문을 들으면 나봄은 엄마가 생각났다.

"유나 잘하고 있어요. 워낙 재능도 있는 데다 노력도 많이 해서 괜찮을 거예요. 그러니까 걱정 마세요."

유나의 엄마는 다행이라며 웃음을 지었다.

"유나가 워낙 놀기 좋아해서 걱정이에요. 연습 시간도 빠듯한데 자꾸 거리 공연이나 한다고 하고. 하지 말라고 해도 들을 생각을 안 해서……."

유나의 엄마는 유나가 한 달, 혹은 두 달에 한 번씩 친구들과 하는 거리 공연이 마음에 걸리는 것 같았다. 비싼 돈 들여 음악을 가르치는데 그 실력을 길거리에서 낭비하고 있으니. 이 소린 나봄 역시 그녀의 엄마에게 귀에 딱지가 앉도록 들은 말이었다.

고등학교 때부터 은영 외 친구 몇몇과 했던 거리 공연이 지금은 아득하게 느껴졌지만 요즘도 그때가 그립곤 했다. 솔직히 말하자면 유나가 거리 공연을 하게 된 것도 나봄의 영향이었다. 우연히 얘기를 꺼냈던 게 결국은 유나가 친구들과 거리 공연을 하게 만들어 버렸으니.

"거리 공연이 의외로 도움이 많이 돼요. 저도 대학교 때까지 쭉 했었거든요. 탁 트인 곳에서 사람들하고 같이 느끼면서 연주하는 게 아이들한테는 무엇보다 더 좋은 경험일 거예요. 그러니까 너무 걱정 마세요. 유나 열심히 하는데요 뭘."

영 못마땅하긴 했지만 유나의 엄마는 억지로 고개를 끄덕였다.

'엄마들은 다 똑같은가 봐.'

나봄이 거리 공연을 하겠다고 고집을 피웠을 때 그녀의 엄마도 유나 엄마와 같은 표정이었다. 유나 엄마의 얼굴 위로 겹쳐 보이는 엄마 얼굴에 나봄은 희미한 미소를 지었다.
"그래도 영 마음이 안 놓여요. 다른 애들은 과외다 레슨이다 하루 종일 정신이 없는데 우리 유나는 너무 마음 놓고 있는 게 아닌가 해서. 그래서 말인데요, 선생님, 레슨을 하루 더 해주셨으면 좋겠는데요. 지금처럼 일요일하고 토요일까지 해서요. 레슨비는 서운하지 않게 드릴 테니까 그렇게 좀 해주세요."
조금은 예상했던 말이 나오자 나봄은 애써 미소를 지어 보였다. 학부모가 이렇게 나오면 나봄은 대부분 거절을 못했다. 더군다나 유나는 벌써 이 년째 가르치고 있는, 유나 말대로 그녀에겐 애제자였다. 낮은 한숨이 목에서부터 올라왔지만 나봄은 억지로 한숨을 삼켰다. 문진의 말대로 그녀에게 한숨은 버릇인 것 같았다.
"그렇게 할게요. 그러니까 너무 걱정 마세요. 유나 잘하고 있고 앞으로 더 잘할 거예요. 유나 믿으시죠?"
한결 편안하고 환해진 유나 엄마의 얼굴을 보며 나봄도 마주 웃었다. 이로써 나봄에겐 온전한 휴일이 사라져 버렸다. 그나마 토요일은 한가한 날이었는데 이젠 일주일 내내 회사의 서류 더미와 레슨 일정에 정신이 없을 것 같았다.
"어머님, 레슨비는 이틀치 해서 주시던 대로 주세요. 더 얹지 마시구요."
자리에서 일어나려던 나봄은 미리 예민한 부분에 못을 박았다. 유나 엄마의 입장에선 섭섭지 않은 레슨비가 그리 아깝지도, 크지도 않을 돈이겠지만 나봄에겐 부담스러운 금액일 게 뻔했다. 지금 받는 금액도 적은 돈이 아니었기에 나봄은 더 이상의 금액은 받고 싶지 않았다. 돈도 돈이었지만 유나는 그녀에게도 예쁘고 좋은 학생이었다. 상황이 어려웠다면 무료로 가르칠 수도 있을 만큼.

"어떻게 그래요. 지금 받으시는 레슨비도 다른 선생님들에 비하면 적은 액수인데. 얘기 들어보면 우리 유나만큼 꼼꼼히 봐주시면서 그렇게 받는 사람은 윤 선생님밖에 없대요. 그래서 내가 얼마나 자랑을 하는데. 아참, 윤 선생님, 선 안 볼래요? 아니, 선이랄 것도 없고 내가 남동생이 하나 있는데. 왜, 전에 잠깐 봤었죠? 유나 연주회 때. 어때요? 윤 선생님만 괜찮으면 자리 한번 마련하고 싶은데. 부담은 갖지 말고 그냥 편하게 저녁 한 끼 먹는다 생각하고."

나봄은 당황스러운 제안에 어색한 미소를 지었다.

'아무래도 시집갈 때가 되는 건가? 갑자기 웬 팔자에도 없는 남자 복이야.'

잠시 스쳐 지나가는 문진을 떠올리며 나봄은 최대한 기분이 상하지 않게 거절할 방법을 찾고 있었다.

"죄송해요. 제가 아직 그런 쪽으론 생각을 안 해봐서요."

"그래요? 난 나이도 있어서. 혹시라도 마음 생기면 꼭 말해줘요."

섭섭한 기색이 역력한 유나의 엄마가 방으로 들어가자 나봄은 한숨을 뱉으며 유나의 방으로 올라갔다. 이래서 학부모를 상대하는 건 익숙해질 듯 익숙해지지 않는 버거운 일이었다.

"아, 정말이에요? 아저씨, 약속하신 거예요."

방문을 열자 유나의 밝은 목소리가 들렸고 나봄은 조용히 유나의 맞은편에 앉았다.

"샘 오셨어요. 아저씨, 약속 꼭 지키셔야 돼요. 네. 샘, 전화요."

"나?"

나봄은 되묻다 유나가 내민 전화가 자신의 것임을 확인하고 인상을 찌푸렸다.

"진동이 계속 울려서 받았어요. 중요한 전화 같아서. 샘, 인상 펴세요. 이마에 주름 주름."

귀엽게 혀를 빼꼼거리는 유나의 이마를 콩 쥐어박고 나봄은 전화를 받아 들었다.

"여보세요."

[유나 혼냈어? 전화 안 받길래 내가 계속 걸어서 그런 거야. 혼내지 마.]

지금 누구 편을 드는 건지. 여하튼 허락없이 전화를 받은 건 유나의 잘못이었다. 힐끔거리며 전화를 엿듣는 유나를 흘겨보며 나봄은 입을 열었다.

"혼날 건 혼나야 돼요. 그리고 언제 봤다고 유나래요? 우리 유나한테 친한 척하지 말라고 분명히 말했던 것 같은데."

나봄이 새침하게 말하자 문진은 웃음기 묻은 목소리로 대답했다.

[나 유나랑 친하게 지내기로 했는데 어쩌나? 나 이제 나봄이랑 관계된 사람이랑 충분히 친해질 자격있는 사람 같은데. 아닌가?]

"그, 그거야……."

문진이 그녀의 주위 사람들과 친해진다는 건 이제 당연했다. 어제부터 그와 그녀는 연인 사이였으니까.

[난 앞으로 유나랑도 친해질 거고 나봄한테 중요한 사람들하고는 전부 친해질 예정이니까 방해할 생각 마. 레슨 끝났다던데. 지난번에 만났던 그 버스 정류장 쪽으로 갈 테니까 내려와.]

전화기 밖으로 새어나오는 문진의 말을 들은 유나가 키득거리자 나봄은 다시 유나의 머리를 콩하고 쥐어박았다. 아마도 전화를 끊고 나면 이 녀석 호기심을 채워주기 위해 한참 입씨름을 해야 할 것 같았다.

"오려구요? 오늘은 안 만나는 거 아니었어요?"

[누가 안 만난다고 했지? 나 하루 종일 밥 구경 못했으니까 정리되는 대로 내려와.]

대답할 틈도 없이 끊어진 전화기를 쳐다보던 나봄은 호기심 가득한 눈으로 그녀를 쳐다보고 있는 유나를 살짝 흘겨보았다.

"뭘 그렇게 쳐다봐?"

"역시 이상했어. 샘, 그래서 안경도 안 쓰신 거죠? 드디어 울 샘 인생에도 봄날이 오는구나."

계속 키득거리는 유나를 보며 나봄은 웃음 섞인 한숨을 뱉었다.

"안경이 깨져서 어쩔 수 없이 렌즈 낀 거야. 그리고 봄날은 무슨. 난 지금까지도 봄날이었거든. 쓸데없는 일엔 관심 끄고 너 어머님이 레슨 하루 더 하자시니까 그런 줄 알아. 다음 주부터 토요일하고 일요일 이틀이야."

"울 엄마 그럴 줄 알았어요. 그놈의 학부모 회의만 갔다 오면 더 그런다니까."

투덜거리는 유나의 머리를 쓰다듬어 주고 나봄은 악기를 챙기기 시작했다.
"참, 울 엄마가 삼촌 얘기 안 해요?"
"하시더라. 언제 저녁이나 같이하자고."
무심히 말하는 나봄을 보며 유나는 다시 키득거리기 시작했다.
"울 삼촌이 엄마 무지 볶았어요, 샘하고 자리 좀 만들어달라고. 그때 울 삼촌 보셨죠? 허우대 멀쩡한 사람이 왜 아직까지 여자가 없는지. 근데 어떡하나, 샘은 이미 임자가 생겨 버리셨는데."
재밌다는 듯 말하는 유나를 보며 나봄은 플루트 가방을 일부러 세게 닫았다.
"그냥 연애야, 임자가 아니라. 그리고 아가씨, 아가씨는 제 사생활 신경 끄시고 공부랑 플루트에 신경 쓰세요. 엄마가 걱정 많이 하신다."
"쳇, 연애하는 게 임자 생긴 거지. 뭐 다른가?"
투덜거리는 유나의 머리를 쓰다듬고 나봄은 자리에서 일어났다. 문진이 기다린다는 말이 계속 맴돌아서 마음이 급해지고 있었다.
"다음 주에 학교 끝날 시간 맞춰 전화해. 맞춰서 올 테니까. 알았지? 연습 많이 하고. 한 주 또 수고하고 만나자."
"네. 샘도 수고하는 한 주 되세요."
늘 같은 인사로 레슨을 끝내고 나봄은 문진이 말했던 버스 정류장으로 향했다. 문진은 차에 기대서 하늘을 올려다보고 있었다. 처음으로 전화가 오고, 처음으로 약속을 하고 만났던 장소. 얼마

되지 않았는데도 왠지 오랜 시간이 흐른 것 같았다.
"저 남자가 그새 익숙해지려는 건가?"
의지와는 상관없이 튀어나오는 자신의 말을 들으며 나봄은 천천히 걸음을 옮겼다.
"하늘에 뭐 있어요?"
가까이 다가섰는데도 모르는지 여전히 하늘을 올려다보던 문진은 나봄을 보자마자 환한 미소를 지었다.
"별. 갑자기 별이 보고 싶어져서 올려다봤는데 영 안 보이네."
갑자기 별이라니. 그것도 공기 안 좋기로 유명한 서울 하늘에서 별을 찾다니. 나봄의 생각과는 상관없이 문진은 다시 하늘을 올려다보고 있었다.
"공기 좋은 데나 가서 봐야죠. 서울에서 맑은 별 찾기 어려울걸요."
나봄은 문진의 시선을 따라 같은 하늘을 올려다보며 말했다.
"그런가? 그럼 우리 언제 별 보러 가야겠다. 공기 좋은 곳으로."
대답을 구하듯 나봄을 쳐다보는 문진의 시선에 나봄은 어깨를 으쓱하고는 차에 올랐다.
"나 간다는 소리로 알아들었어."
나봄은 대답없이 피식 웃기만 했다. 말로 하면 툭툭 정없는 소리가 나올 것 같았지만 웃음을 지으면 문진이 그나마 기분은 상하지 않을 것 같았다.
"유나 말로는 무지하게 덜렁거린다던데. 그래? 안 그럴 줄 알았는데. 가끔 길도 잊어먹고 그런다면서?"

재미있는 이야기라도 말하는 것 같은 문진을 보자 나봄은 유나에게 미리 잔소리를 하지 않은 걸 후회했다. 대체 무슨 얘기를 어디까지 한 건지.

"방향 감각이 좀 둔한 거지 덜렁거리진 않아요. 그리고 길이야 찾으면 다 나오니까 그다지 상관도 없고."

미세하게 투덜거림이 묻어나는 나봄의 말투에 문진은 미소를 지었다. 그녀가 그에게 조금씩 마음을 열고 있었다. 완전히 드러내 놓고 감정을 드러내고 있지는 않지만 조금은 느낄 만큼 그녀의 감정이 드러나고 있었다. 그것만으로도, 지금은 그것만으로도 오늘은 행복하고 만족했다.

"잘 찾아다니기만 하면 되지 뭐. 그리고 앞으론 길 잃어버리면 전화해. 바로 달려갈 테니까. 아니지, 어딜 가든 같이 가면 되겠네. 그래, 그럼 되겠다."

문진의 얼굴은 어제만큼 기분이 좋아 보였다. 그런 문진을 보는 나봄도 어제보다 오늘이 더 편안했다.

'그래, 이제 강문진이란 남잔 내 애인인 거니까. 이게 맞는 거겠지.'

버릇처럼 픽 한숨 섞인 웃음이 나오자 나봄은 순간 놀라 문진을 쳐다보았다. 못 들었는지 문진은 운전에만 집중할 뿐 나봄을 보고 있지 않았다.

'한숨, 이거 정말 버릇인가. 남자랑 사귀면서 새삼 한숨도 버릇이란 걸 깨닫다니. 윤나봄, 유난이다, 정말.'

어두워진 창밖으로 시선을 돌리며 나봄은 창문에 희미하게 비치는 문진의 옆모습을 보았다. 남들 앞에선 보이지 않는 문진의 편안한 미소, 얼굴, 따뜻한 눈빛. 그녀 앞에서만의 그가 나봄은 무척이나 마음에 들었다.
'잘 부탁해요, 문진.'
속으로 되뇌며 나봄은 맑게 미소 지었다.

이제까지는 다른 식당 앞에 차를 주차한 문진은 익숙하게 식당 안으로 들어갔다. 나봄은 허름하진 않지만, 그렇다고 화려하지도 않은 식당을 둘러보며 문진의 뒤를 따랐다.
"아주머니, 안녕하셨어요?"
가게로 들어서자마자 아주머니에게 살갑게 인사를 건네는 문진을 나봄은 가만히 지켜보고 있었다. 그녀에게는 익숙한 공기의 삼겹살 냄새와 사람들이 번잡하게 떠드는 소리였지만 문진이 그 안에 있는 건 낯설게 느껴졌다.
"아이구, 이게 누구야? 강 사장, 이게 얼마 만이야? 얼굴 잊어먹겠어."
한가득 얼굴에 반가움을 담은 아주머니와 마주 서서 웃고 있는 문진을 나봄은 한 걸음 물러선 곳에서 보고 있었다.
"저 모르게 승진하셨어요? 주말 동안 인사 변동이라도 있었나?"
"여기 내가 대학 때부터 다니던 곳이야. 대학 때 석호랑 작게 사업을 했었거든. 뭐, 달리 말해 드릴 호칭도 없었고 그래서 그냥 편히 부르시라고 그러다 보니 그렇게 된 건데 이상한가?"

나봄은 처음 듣는 그의 호칭이 좀 낯설었다.
"아니에요. 그냥 좀 낯설어서……."
"낯설어? 뭐가?"
뭐가 그리 좋은 건지 자꾸 웃고 있는 문진을 보며 나봄은 적당한 말을 골라내기 시작했다.
"그냥. 이런 데 있는 당신이 낯설고, 사장이라는 호칭도 낯설고. 이런 식당은 나한텐 익숙하고 편하지만 그쪽한테는 전에 갔던 그 눈에 좋은 식당들이 더 어울리는 것 같아서요."
"눈에 좋은 식당들? 호텔 레스토랑 같은 곳이 나봄한텐 눈에만 좋은 식당들이야?"
음식이 맛있기는 하지만 정은 안 가는 식당들이다. 그래서 절대 내 돈 내고는 안 간다는 생각을 하던 나봄이었다.
"그래서 마음에 안 들어했구나. 근데 나 그런 데보다 이런 곳 더 좋아해. 근데 앞으론 더 좋아질 것 같네. 나봄한테 익숙한 곳들이 이런 식당이라니까."
기분 좋게 입꼬리가 올라가는 문진의 얼굴을 따라 나봄도 저절로 미소가 지어졌다. 이상한 남자, 그녀가 좋다면 다 좋다니. 그런데 그가 점점 편안하게 느껴진다. 그래서 그의 미소를 보면 자꾸 웃음이 새어나온다. 이상한 남자 때문에 나봄은 자신까지 이상해지는구나 하면서도 자꾸 웃고 있었다.
넉넉한 아주머니의 인심에 구수한 된장찌개와 삼겹살을 올려놓은 불판을 보며 나봄은 배고프다고 항의하는 뱃속으로 음식을 넣어주기 시작했다.

"맛있네요."

나봄이 밥 한 그릇을 비워내고 기분 좋게 웃었다. 역시 배가 불러야 사람은 너그럽고 편안해진다.

"더 안 먹어? 고기 아직 남았는데."

문진은 아직 한참은 더 먹어야 할 고기들을 눈으로 가리키며 물었다.

"고기는 밥 한 공기 먹을 양만 먹어요. 다섯 점에서 여섯 점 정도."

"내 앞이라 내숭 떠는 거 아니구?"

문진이 장난스럽게 묻자 나봄은 마음대로 생각하라는 듯 어깨를 으쓱했다.

"내숭은 무슨, 난 고기는 술안주로밖에 안 먹어요. 그래서 술 먹을 때 아니면 삼겹살은 잘 안 먹어요."

문진은 다시 웃음이 터져 나왔다. 혹시나 다른 여자들처럼 그녀도 내숭이란 걸 떠나 싶었는데 대놓고 술안주라서 안 먹는다니. 기가 막히게 솔직하고 당당한 여자였다.

"진작 말하지 그랬어. 아주머니 저희 소주 한 병만 주세요."

"아주머니, 아니에요. 저희 됐어요."

문진의 주문을 단번에 취소해 버린 나봄은 살짝 인상을 찌푸렸다.

"고기는 술이랑밖에 안 먹는다며. 소주 싫어? 그럼 맥주 시킬까?"

"아니, 아니요. 됐어요. 오늘은 안 마실래요."

다시 주문하려는 문진을 말리며 나봄은 너무 익어가고 있는 고기들을 바라보았다.
"적당한 알코올 섭취는 몸에도 좋다는데. 난 운전 때문에 못 마시지만 나봄은 내가 집 앞까지 데려다 줄 텐데 뭘 걱정하지?"
고기들을 뒤집으며 문진은 못마땅한 듯 말했다.
"그쪽이 제일 걱정이죠. 엉큼한 변태늑대가 옆에 있는데 내가 어떻게 술을 마셔요?"
문진은 입으로는 웃고 있었지만 눈빛은 여전히 못마땅했다.
"솔직히 말하면요, 난 술은 편한 사람들하고만 마셔요. 그래서 내 술친구는 제일 친한 친구 하나랑 아주 가끔 김재민이 그렇게 둘밖에 없어요."
망설이나 싶더니 나봄은 조심히 말을 꺼냈다.
"내가 김재민보다 못해? 나봄한테 내가 그런가?"
재민의 이름에 유독 힘을 싣는 문진을 보며 나봄은 낮은 한숨을 뱉었다. 왜 남자들은 꼭 저런 문제를 걸고넘어지는 걸까.
"나랑 당신, 서로 좋은 마음으로 만나자 한 거 고작 이틀째예요. 근데 어떻게 근 십 년을 알고 지낸 친구랑 비교를 해요? 난 마음에 없는 말 안 해요. 당신이 재민이보다 못한 건 아니지만 그렇다고 재민이보다 크지도 않아요, 아직까진."
빈말이라도 당신이 더 중요하죠 라고 말해주면 좋을 텐데. 나봄의 입에서 무심히 흘러나오는 말에 문진의 얼굴에 내내 걸려 있던 웃음기가 사라졌다.
"섭섭해도 어쩔 수 없어요. 감정도 중요하긴 하지만 시간도 중요해요. 당신은 나한테 감정이지만 재민이나 내 친군 나한테 시간 이거든요. 그리고 아직까진 감정보다 시간이 더 중요하다고 생각해요, 난."

시간이라, 길진 않았지만 서로를 느끼기엔 모자라진 않았던 것 같은데. 얼마나 시간을 보내야 나봄에게 그가 중요한 사람이 되는 걸까. 문진은 생전 처음으로 인간관계에 조바심을 내고 있는 자신을 보며 허탈한 웃음을 지었다. 이런 허탈감까지 느끼게 하다니. 나쁜 여자 윤나봄.

"섭섭하다고 안 했는데. 그다지 유쾌하진 않은 건 사실이지만 섭섭한 건 아니야. 김재민하고는 엄연히 따지면 대학 동창이니까 근 육 년. 그 정도라면 별거 아니네. 그 정도 시간이면 한 달, 아니, 이 주 정도면 충분해. 윤나봄한테 내가 더 중요한 존재가 되는 거."

문진은 자신있게 말하곤 거둬들였던 미소를 다시 지었다. 그의 미소에 다시 나봄의 얼굴에도 미소가 흘렀다.

"이 주? 어디서 그런 자신감이 나와요? 육 년이면 짧은 거 아닌데. 그리고 재민이는 육 년이지만 내 다른 친군 나랑 중고등학교 거기다 대학까지 같이였어요. 그냥 어림짐작만 해봐도 십 년이 넘는데."

문진의 자신감이 얄미워져 나봄은 일부러 심술을 부렸다.

"여자 친구?"

나봄이 고개를 끄덕이자 문진은 빙그레 웃으며 말했다.

"여자 친구는 괜찮아. 그리고 그런 친구라면 평생 볼 건데 좋은 사람이라면 좋지. 근데 남잔 안 돼. 난 내 여자가 다른 남자랑 만나는 거 싫거든. 친구니 뭐니 해도 남녀 사이엔 친구는 없어. 그러니까 남자만 아니면 괜찮아."

너무 어이가 없어 실소를 터뜨리는 나봄을 보며 문진은 자리에서 일어났다.

"그 친구 언제 소개해 줘. 나봄한테 중요한 사람이면 이젠 나한테도 중요한 사람이니까. 그리고 김재민 앞이 아니라 내 옆에서 술 마시게 될 거야."

기분 좋게 식당을 나서는 문진의 뒤를 따라가며 나봄은 빙그레 웃음을 지었다. 그의 말대로 어쩌면 조만간 그의 앞에서도 술잔을 기울일 수 있을 것 같기도 했다. 재민이와 은영의 앞에서가 아닌 그의 옆에서.

나봄의 집 근처에 익숙하게 차를 세운 문진은 보조석에서 내려선 나봄의 손을 꼭 잡았다. 서늘하게 식었던 손에 따뜻한 문진의 온기가 와 닿았다. 손을 통해 전해져 오는 온기는 정말 오랜만에 느껴보는 것이었다. 그 따뜻함이 낯설기도 하면서 한편으로는 손 하나를 통해 온몸이 따뜻해질 수도 있구나라는 생각이 들었다.

"부탁 잘 들어줘서 고마워."

집 앞에 다다르자 마주 보며 말하는 문진에게 나봄이 무슨 소리냐는 눈으로 대답을 대신했다.

"안경, 그리고 아직 문진이라고는 안 했지만 적어도 강 이사님이라고는 안 하니까."

별것도 아닌데 고맙다는 인사까지 챙겨 하는 문진을 보자니 나봄 역시 뭔가 인사를 해야 할 것 같다는 생각이 들었다. 하지만 그다지 인사치레를 즐겨하는 성격도 아니고 지금은 그다지 고마워하거나 미안해할 것도 없는 것 같아 어색하게 미소를 지었다.
"안경 깨졌어요. 내일 다시 맞출 건데."
나봄의 대답이 어이가 없어 문진이 실소를 터뜨리자 진짠데, 라고 중얼거린 나봄은 문진의 어깨에 익숙하게 메져 있는 플루트 가방으로 손을 뻗었다. 하지만 뻗었던 손이 문진에게 잡히자 못마땅한 눈으로 그를 쳐다보았다.
"안경 맞추지 마. 이건 부탁이기도 하지만 명령이기도 해."
가로등 불빛으로 보이는 문진의 눈은 진지하게 빛나고 있었다.
"명령이요?"
나봄이 불쾌해졌다는 걸 알았지만 문진은 물러서지 않고 명령이라고 강조하듯 고개를 끄덕였다.
'이 남자 봐라. 며칠 틈을 줬더니 금세 이렇게 돌변해?'
눈썹과 눈썹 사이로 몇 가닥의 주름이 느껴지자 나봄은 이마를 쓱쓱 문질렀다.
"명령이란 건 회사에서나 쓸 수 있는 단어 같은데요, 강문진 씨."
"명령이란 건 연인 사이에도 필요해. 연애란 거 좋게 말하면 서로가 서로에게 의지하는 거지만 나쁘게는 서로를 구속하는 거니까. 나봄, 연애 한 번도 안 해봤나 보네. 단어 하나에 그렇게 민감하게 반응하는 거 보면."

자못 웃음까지 비춰지는 문진의 표정에 나봄은 기가 막혀 더 이상 아무 말도 하지 않았다. 구속이라는 것. 그래, 연애라는 건 의지기도 했지만 구속이기도 하다는 그의 말은 틀리지 않았다.

나봄이 아무 말도 없이 자신만을 뚫어지게 쳐다보고 있자 문진은 나봄의 손을 잡아당겨 자신의 품에 안았다. 갑작스런 행동에 놀랐는지 나봄은 벗어나려고 몸을 움직였지만 문진은 그럴수록 더 힘을 주었다.

'때와 장소를 가리랬더니 가리기만 하면 뭐 하나, 이렇게 막무가내인데.'

나봄이 벗어나기를 포기하며 낮은 한숨을 내뱉자 문진의 웃음기 어린 목소리가 귓가로 소곤거리듯 들려왔다.

"한숨. 오늘 벌써 두 번째야. 오늘은 이렇게 안고 있는 걸로 대신할 거니까 섭섭해도 참아. 그리고 자꾸 안기고 싶으면 계속 한숨 쉬어도 돼. 나야 좋지 뭐."

"당신, 정말⋯⋯."

나봄이 목소리를 높이자 문진은 그녀의 볼에 살짝 입술을 가져다 댔다. 순간 불에 댄 것처럼 볼이 뜨거워져서 나봄은 문진의 품에서 떨어지자마자 볼을 쓱쓱 문질렀다. 때문에 볼이 벌겋게 변하자 문진이 작게 웃으며 나봄의 볼에 손을 가져다 댔다.

"빨개졌네. 뭘 그렇게 세게 문질러. 볼 다 벗겨지겠네."

"안고 말 거라면서 갑자기 남의 얼굴에 뭐 하는 짓이에요? 정말 방심할 틈이 없어."

민망해졌는지 씩씩거리며 말하는 나봄이 귀여워서 문진은 여전히 웃는 얼굴로 그녀의 볼을 쓰다듬었다.
"예뻐서. 그러게 누가 그렇게 예쁘게 쳐다보라고 했나? 그거 몰랐지, 나봄의 눈이 얼마나 예쁜지?"
장난기 어린 것 같으면서도 잔잔하고 부드러운 문진의 목소리에 나봄은 유난스럽게 반응하려는 심장을 모른 척하며 칫 소리가 나게 콧방귀를 꼈다.
"당신, 진짜 느끼해요. 그거 모르죠? 변태스럽고 엉큼하다 했더니 거기다 느끼하기까지 하고. 정말 다양성 하나는 칭찬해 줄 만하네요. 그리구요, 내 눈 예쁜 거 예전부터 알았거든요. 내 눈에 홀려서 따라온 남자가 한 트럭은 될걸요?"
새침하게 말하는 나봄을 보며 문진은 결국 하하거리며 웃음을 터뜨렸다. 변태에 엉큼하고 느끼하다는데 왜 웃음이 나는지 알 수가 없었지만 윤나봄에겐 그런 남자로 비춰져도 아무런 상관도 없을 것 같았다. 그녀의 한 마디 한 마디가 이렇게 유쾌하고 즐겁고, 거기다 사랑스럽기까지 하는데 뭐가 문제겠는가.
"그 남자들이 시커먼 흑인들? 아님 동남아 쪽 남자들이야?"
한참 웃더니 숨을 돌리며 묻는 말에 나봄은 발끈해서 아직도 그의 어깨에 걸쳐져 있는 플루트 가방을 거칠게 뺏어 들었다.
"흑인이면 어떻고 동남아면 어때? 좋다는데. 들어갈래, 이러다 밤새겠어."
획하니 대문을 밀치고 올라가 버리는 나봄을 보며 문진은 몸을 돌리려다 나봄을 향해 소리쳤다.
"나봄, 그냥 안경 써. 예쁜 눈 조금이라도 가려야지 안 그러면 그 남자들 한 트럭이 아니라 열 트럭쯤으로 늘어나겠어. 내일 봐."
 기분 좋음이 잔뜩 묻은 얼굴로 돌아서는 문진의 뒷모습을 바라보던 나봄은 피식 웃음을 지었다.
 "변태버터늑대. 풋. 그래, 그것도 재주다. 느끼한데도 사람 설레게 하는 거."

 문진은 가뿐한 마음으로 회사 로비로 들어서고 있었다.
 "좋은 아침."
 기분 좋은 그의 목소리가 들리자 석호와 나봄은 자리에서 일어나 인사말을 건넸다. 문진은 여전히 눈앞에 아무것도 걸치지 않고 있는 나봄에게 미소를 지어주고 직무실로 들어왔다.
 "선배, 내 전화 일부러 안 받았지?"
 이틀 동안 거의 꺼놓다시피 해서인지 석호는 들어오자마자 문진을 노려보았다.
 "전화했었냐?"
 무심한 목소리가 흘러나오자 석호는 발끈하며 들고 있던 서류를 책상에 요란스럽게 내려놓았다. 나봄과 문진이 대형 폭탄을 날리고 사라진 그날 밤부터 어제저녁까지 석호는 그야말로 죽을 맛이었다. 징징 울어 젖히는 소라 달래랴, 그 자리에서 웅성거리는 사람들 수습하랴. 그런데 당사자인 문진은 감감무소식이니 아예 집까지 쳐들어와 울어대는 소라에게 아무런 변명도 못하고 달래주기만 한 것이 꼬박 이틀이었다.
 "책상 부서지겠다."

문진이 옷을 걸고 자리에 앉으면서도 서류부터 손을 대자 석호는 어이없다는 듯 짧은 실소를 터뜨렸다.

"선배, 정말 일 크게 만들 거야? 수습할 겨를은 줘야 뭘 어떻게 수습이라도 해보지. 아니, 그리고 그렇게 질색을 하던 윤나봄은 갑자기 왜 그런 건데? 절대 아니라길래 마음 놓고 있었더니 정말 사람 뒤통수 치는 방법도 가지가지다."

문진은 조용히 펼쳤던 서류를 덮었다. 석호의 얼굴은 짜증스러움과 피곤함이 섞여 있었다.

"정말 윤나봄이랑 연애할 거야? 마음 변한 거 아니었어? 아니, 좀 철없긴 하지만 소라 나쁜 조건은 아니잖아. 윤나봄은 소라에 비하면 정말 최악이야. 회장님과 사모님도……."

"민석호, 그만 해라."

짜증스럽게 쏟아져 나오는 석호의 말을 무섭게 끊은 문진은 굳어진 눈으로 석호를 올려다보았다. 이틀 동안 혼자서 애쓰고 종종거렸을 걸 알기에 미안한 마음은 들었지만 아무리 화가 나도 해야 할 말과 하지 말아야 할 말은 가려야 한다. 더군다나 조건이라니, 오랫동안 알았지만 석호의 입에서 사람을 판단하는 기준으로 조건이라는 단어가 나오자 문진은 화가 나기 시작했다.

"이건 그냥 그만 하고 그럴 문제가 아니란 거 선배가 더 잘 알잖아. 이건 객관적으로 봐도……."

"민 실장! 그만 하라고 했는데 못 알아들었나?"

문진의 입에서 자주 쓰지 않는 그의 직함을 붙인 호칭이 나오자 석호는 그제야 말을 멈추고 문진을 마주 봤다. 차갑게 굳은 문진의 눈에선 냉기가 흘러나오고 있었다.
"언제부터 사람을 판단하는 게 조건이 됐냐? 아무리 팔은 안으로 굽는다고 하지만 소라가 조건이 좋다고 내가 그 조건 따라 약혼이라도 해야 된다는 거냐? 민석호, 너 그동안 그렇게 생각하고 산 거냐?"
문진의 눈빛에선 석호에 대한 실망감이 묻어나고 있었다. 고작 조건이라는 명목으로 나봄을 깎아내리다니, 그것도 다른 사람도 아닌 그의 제일 믿고 있던 석호가. 당황한 얼굴로 자신을 보고 있는 석호를 보며 낮은 한숨을 뱉었다.
"나는 현실을 말하고 있는 거야. 소라가 어리긴 하지만 선배한테 충분히 어울리는 거 잘 알잖아. 그래, 윤나봄 씨도 매력있고 좋은 여자인 건 인정해. 하지만 선배한텐 소라가 더 잘 어울려. 이건 소라가 내 동생이라서가 아니라 현실이야. 그냥 현실."
석호는 한풀 꺾인 목소리로 말하며 간청하듯 문진을 바라보았다. 여기서 멈추지 못하면 더 이상은 방법이 없었다. 앞으로 회사를 이끌어갈 문진의 앞길은 너무도 고단하고 힘이 들 것이다. 그래서 그 문제를 조금이라도 덜어줄 여자를 만나길 바랐는데.
"네 말 무슨 뜻인지는 알지만 감정이라는 거, 조건에 따라 움직이는 게 아니더라. 그래, 소라 귀엽고 집안도 좋아. 그건 나도 인정한다. 하지만 그 앤 나한테 그냥 네 사촌동생일 뿐 아무것도 아니야. 그걸 누구보다 잘 아는 네가 이러면 내가 누구한테 이런 소릴 해야 되냐? 그리고 마음이 아니라 조건을 따지려는 거였으면 나 벌써 결혼했을 거다. 그건 네가 더 잘 알잖아."

문진의 낮은 목소리에 석호는 마지못해 고개를 끄덕였다. 그래 조건을 따져서 결혼할 사람이었다면 문진은 소라보다 훨씬 좋은 조건의 여자와 오래전에 결혼을 했을 것이다. 지금도 그렇지만 엄청나게 좋은 조건의 여자들이 목을 매고 있는데도 정중히 거절하던 문진이었다. 그런데 지극히 평범하고, 아니, 평범하지도 않고 내세울 것도 없는 여자에게 마음을 주다니. 고작 저런 여자한테 마음을 주려고 이제까지 모든 여자들을 거절한 거라니. 석호는 쓴웃음이 올라왔지만 애써 표정을 가다듬었다.

"마음을 준다는 거, 선배가 그렇게 말해도 잘 모르겠어. 선배한테 윤나봄 씨가 어떤 존재인지 생각은 해볼게. 하지만 완전히 이해할 거라고는 생각하지 마. 미우나 고우나 소라는 내 핏줄이고 선배 말대로 팔은 안으로 굽는 거니까. 서류 훑어봐. 이따 회의 들어갈 거야."

석호의 뾰로통한 얼굴을 보자 문진은 굳었던 얼굴을 풀었다. 생각, 나봄과 문진의 연애를 인정해 보기 위한 생각을 하는 것. 그것만으로도 문진은 석호에게 고마워하고 있었다.

"얘기 끝나셨으면 들어가도 될까요? 커피가 식어서요."

노크 소리에 두 남자의 시선이 문 쪽으로 향했고 나봄은 열린 문 사이에 커피 잔을 받쳐 들고 서 있었다. 순간 석호의 얼굴이 벌겋게 달아올랐다. 지난번에 이어 이번에도 나봄에게 못할 소리를 잔뜩 했는데. 그런 석호를 지나쳐 나봄은 조용히 커피 잔을 문진의 책상에 내려놓았다.

"미안…… 합니다."

머뭇거리며 나오는 석호의 사과에 나봄은 낮은 한숨이 새어나왔다. 엿들을 생각은 아니었지만 완전히 닫히지 않은 문으로 두 남자의 말이 모두 새어나왔고 석호의 말이 유쾌하지 않은 건 사실이었다. 하지만 문진을 진심으로 생각하는 사람이라면 누구라도 할 수 있는 말이었다. 강문진의 옆 자리를 차지하고 있기에는 윤나봄이란 여자는 역부족이라고. 직접 그런 얘길 듣는 건 솔직히 마음 상하는 일이었지만 석호이기에 이해할 수 있었다. 문진의 가장 큰 믿음이고 의지인 석호이기에.
"미안하실 거 없어요. 엿들으려는 건 아니었지만 다 들어버린 저한테도 잘못은 있으니까. 그리고 저도 민 실장님 말, 전부 맞다고 생각해요. 저 별거없거든요."
담담하게 말하는 나봄을 보자 문진은 덜컥 겁이 나기 시작했다. 석호의 말에 상처를 입었을까 봐 걱정하고 있었는데, 갑자기 석호의 말이 다 맞다니. 저러다 또 그만두자면 어떡하나 싶어 문진은 자신도 모르게 자리에서 벌떡 일어났다. 때문에 나봄의 시선이 잠깐 문진에게로 향했지만 다시 석호에게로 돌아갔다.
"저 역시 사람이 사는 데 조건만큼 크게 작용하는 것도 없다고 생각해요. 근데 저기 계신 특이한 분은 그게 아니라고 하시네요. 하도 그게 아니라고 하길래 저는 못 이기는 척 넘어가 보기로 했어요. 그러니까 민 실장님도 이해하려고 하지 마시고 그냥 지켜봐 주세요. 그 마음이 움직인다는 게 어떤 건지, 그리고 저랑 강 이사님은 연애를 하는 거지 결혼이니 뭐니 그런 건 생각도 안 하니까 걱정 안 하셔도 돼요. 민 실장님이 바라시는 대로 강 이사님 옆 자리는 최소라 씨가 차지할 수도 있거든요."
 싱긋 웃는 나봄은 오히려 편안한 기분이 들었다. 물론 문진은 나봄을 못마땅하게 보고 있었지만 그런 건 지금은 신경 쓰이는 문제가 아니었다.
 "그냥 지켜만 볼 겁니다. 그 이상도 이하도 안 해요, 난. 윤나봄 씨 말처럼 연애로 끝나든 아니든 오늘 이후로 선배와 윤나봄 씨 일에는 관여 안 할 겁니다. 그러니까 선배, 일은 정신 차려서 해 줘. 지난번처럼 정신 안 차리고 다니면 그땐 지켜보고 있지만은 않을 거니까."
 마지못해 허락해 준다는 투로 말하고 석호는 투덜거림이 묻어난 걸음으로 방을 나갔다. 이번엔 문을 확실히 닫으면서 말이다.
 "좋은 사람을 곁에 두셨네요. 좋은 후배고, 좋은 부하직원이고."
 나봄의 부드러운 미소에 문진은 고개를 끄덕였다. 그래, 석호는 그가 유일하게 믿고 의지하는 사람이었다. 지금도 그렇고, 앞으로도 그렇겠지만.
 "나에겐 석호가 시간인 사람이니까."
 문진의 미소가 한없이 부드러워졌다. 나봄이 자신의 시간인 사람들을 떠올리면서 느끼는 감정처럼 문진도 석호를 떠올리면 같은 기분이 되는 거겠지. 문진에게 그런 사람이 있다는 사실에 나봄의 마음도 훈훈해졌다.

 퇴근 시간에 가까워지자 나봄은 일찌감치 외근을 나간 문진의 직무실을 한번 보고는 하던 일을 정리했다.
"오늘도 칼퇴근. 칼퇴근."
흥얼거리는 나봄은 썰렁하게 느껴지던 사무실에서 서둘러 빠져나왔다. 두 남자가 없는 사무실은 편안하긴 했지만 왠지 쓸쓸한 느낌이어서 오래 남고 싶지는 않았다.
문진은 버스 정류장 근처에 차를 세우고 걸어오는 나봄을 보고 있었다. 아침부터 석호에게 못 들을 소리를 잔뜩 듣게 만든 데다 외근까지 한 탓에 나봄을 하루 종일 사무실에 혼자 두어서 내내 마음이 불편했다. 하지만 나봄은 기분이 좋은지 사뿐한 걸음으로 거리를 걸어오고 있었다.
"나봄!"
문진의 목소리에 주위를 두리번거리던 나봄은 그를 발견하자마자 인상을 찌푸렸다. 마치 그의 등장이 반갑지 않다는 듯.
"퇴근한 거 아니셨어요?"
가까이 다가온 나봄의 얼굴을 보자 문진은 자신의 등장이 나봄에게 반갑지 않은 일임을 확신했다. 대체 언제쯤이면 순순히 그의 등장에 환하게 웃어줄 건지. 갈 길이 멀게 느껴졌지만 문진은 얼굴에서 웃음을 지우지 않았다.
"퇴근은 했지. 그랬으니까 나봄을 데리러 왔지. 점심 먹었어? 나 없다고 밥 안 먹은 거 아니지?"
문진을 보자마자 인상부터 찌푸린 게 미안해지긴 했지만 능청스럽게 웃는 그를 보느라 사과할 타이밍을 놓쳐 버렸다. 더구나 오늘은 안경을 맞추고 은영과 저녁을 먹을 생각이어서 그의 등장이 썩 반갑지 않은 게 사실이었다.

"식당에서 밥 주는데 굶을 이유가 없죠. 그리고 퇴근했으면 그냥 볼일 보지, 뭐 하러 여기까지 다시 와요? 기름 값 아깝게."

"그 정도 쓸 수 있을 만큼은 벌어. 밥 먹어야지."

나봄이 차에 탈 생각이 없어 보이자 문진은 직접 보조석 문을 열었다.

"오늘은 할 일 있어요."

거절이라고 딱 잘라 말하는 나봄을 보자 문진은 약이 오르기 시작했다. 걱정되어서 석호에게 싫은 소리까지 들으며 저녁 접대도 빠지고 왔는데 그를 보자마자 인상을 찡그리질 않나. 거기다 기껏 데리러 온 애인에게 한다는 소리가 할 일 있으니 가라니. 그런데도 화를 내지 못하는 자신의 모습이 더없이 우스워져서 문진은 허탈한 웃음이 터져 나왔다.

"갈게요. 내일 봬요."

좀 심한가 싶었지만 미리 자르지 않으면 내내 저 남자는 이렇게 예고없이 나타나서 자기의 계획에 맞춰 그녀를 움직이려 할 것 같았다.

"같이하지, 그 할 일이라는 거."

그녀를 밀어 태운 후 차를 출발시키며 문진이 굳어진 목소리로 말했다.

'화났나? 근데 뭘 같이 하자는 거야?'

"뭘 할 건지 모르겠지만 같이하자고. 난 그냥 옆에만 있을 거니까 할 일 해. 어디로 갈 거야?"

문진의 말이 끝나기 무섭게 나봄의 입에서 한숨이 새어져 나왔다. 또 한숨. 나봄에게 한숨은 정말 버릇이었다. 답답할 때, 짜증 날 때, 그리고 화가 날 때도 나봄은 제일 먼저 한숨을 뱉는다. 그동안 나봄을 여러 가지로 괴롭혔던 문진은 한숨을 쉴 때마다 나봄이 편하지 않다는 생각이 들었다. 말하지 않는 그녀의 편하지 못한 감정이 문진을 답답하게 만들고 있었다. 그래서 문진은 나봄의 한숨이 싫었다.

"한숨 한 번. 그 버릇 정말 못 고치네. 어디 갈 건지 말 안 하면 내 마음대로 하고."

아차 싶었지만 이미 뱉어진 숨을 다시 들이마실 수도 없는 노릇이었다. 나봄은 옆머리를 쓸어 올리며 문진을 살짝 흘겨보았다.

"근처에 안경집요."

문진이 고개를 끄덕이자 나봄은 핸드폰을 꺼내 들었다. 일주일에 한두 번은 만나던 은영을 못 만난 지 벌써 이 주째가 되어간다. 그간 보고해야 할 일도 수두룩하게 쌓여 있었다.

[봄! 뭐야! 왜 이렇게 연락이 안 돼?]

아기 같은 낭랑한 목소리가 전화기를 넘어 들려오자 나봄은 저절로 미소가 지어졌다. 문진은 편안하게 전화를 받는 나봄의 얼굴을 잠깐잠깐 살펴보았다. 그에게는 절대 보여주지 않더니 전화 통화만으로 저런 표정을 짓는다. 윤나봄은 감정 조절도 탁월하게 해내는 여자였다.

"대답해 봐야 핑계고. 아무튼 어디야?"

나봄이 부드럽게 묻자 은영은 투덜거리면서도 묻는 말에 꼬박

꼬박 대답을 했다. 저녁 약속을 잡은 나봄은 어느새 도착했는지 주차시키는 문진을 가만히 쳐다보았다.
'저 남자에게 은영이를 보여줘야 하나 말아야 하나? 보여주기 전에 설명부터 하려고 했는데. 그래, 일단 설명부터 해야지. 안 그럼 울 은댕이 뒤로 넘어가지.'
"이왕이면 마주 볼 때 그렇게 쳐다봐 줘. 옆얼굴 봐주는 것도 좋지만 난 나봄이 나랑 눈 마주쳐 주는 게 더 좋아."
살짝 눈꼬리가 휘어지는 문진을 보고 나봄은 어쩔 수 없다는 듯 설레설레 고개를 저었다. 능청스러운 남자.
"그만 가요. 아까 통화한 거 들었죠? 나 안경 맞추고 친구 만나러 가요."
나봄은 차에서 내리려는 문진의 팔을 잡으며 말했다.
"그 친구, 나봄한테 시간인 사람 맞지?"
무작정 같이 가겠다고 말할 줄 알았더니 의외의 질문을 하는 문진을 보자 나봄은 일단 고개를 끄덕여 주었다.
"그럼 그 친구한테 날 알려주기까지 시간이 필요한 건가? 그래?"
늘 자기 멋대로라고 생각했는데 이런 식으로 세세한 것을 배려하려는 문진을 보면 나봄은 왠지 자신이 나쁜 여자인 것 같아서 자꾸 미안한 마음이 들었다.
"나봄 고민할 때 하늘 보는 거 알아? 그런 거 생각 안 해도 돼. 나중에 나봄이 준비되면 그때 가서 소개해 줘. 오늘은 약속 장소까지만 데려다 줄 테니까."

억지를 부려서라도 나봄의 시간이라는 친구를 보고 싶었지만 나봄이 망설이는 듯하자 애써 마음을 접었다. 그녀가 자신 때문에 고민하는 건 보고 싶지 않았다. 그리고 안 된다는 거절이 아니라 그녀가 고민을 하고 있었다. 그것만으로 문진은 만족하자는 마음이었다, 일단 지금은.

안경집에서 열심히 투닥거린 끝에 결국 무테로 된 안경을 눈앞에 걸친 나봄은 문진을 못마땅하게 흘겨보았다. 언제는 예쁜 눈을 가리라더니 문진은 극구 무테를 고집했다. 약해서 싫다는 나봄에게 깨지면 얼마든지 다시 맞춰주겠다면서.
"예뻐. 그러니까 못마땅하게 보지 마. 난 나봄이 예쁘게 웃어주는 게 좋다니까."
"안경으로 가려도 될 것 같다더니, 왜 굳이 이 부서지기 쉬운 데다 보는 사람만 좋은 걸 골라요?"
안경을 이리저리 살펴보는 나봄은 불만으로 가득했다. 털털하고 조금—그녀의 기준에서 아주 조금—덜렁거리는 성격 덕에 그 튼튼한 뿔테 안경도 삼 개월 만에 산산조각을 내먹었는데 떨어지기만 해도 부서질 이 약한 안경의 유효 기간은 길어야 한 달일 것이다.
"예쁜 눈 조금이라도 더 잘 보려고. 그리고 갈색 뿔테는 너무 딱딱하잖아. 다 왔어."
다시 불만을 늘어놓으려는 나봄을 막은 문진이 서둘러 보조석 문을 열어주었다. 마지못해 차에서 내려서긴 했지만 밝아진 시야만큼이나 허술해 보이는 안경이 자꾸 신경 쓰여서 나봄의 눈썹 사이에는 몇 가닥의 주름이 졌다.
"늦으면 전화해. 데리러 올 테니까."
"뭐 하러요? 저녁 먹고 천천히…… 아! 저녁 안 먹었죠?"
은영과의 약속 장소에 도착해서야 문진이 저녁을 못 먹었다는 사실을 떠올렸다. 그래도 애인인데 투덜거리느라 끼니를 못 챙기다니. 죽을 만큼 미운 원수지간이라도 밥은 먹이고 싸우자는 게 원칙인 나봄은 허기가 느껴지는 자신의 배만큼이나 문진에게 미안한 마음이 들었다.
"점심도 대충 먹어서 나봄이랑 맛있는 거 먹으려고 했는데, 누가 약속이 있으시다니 어쩔 수 없지 뭐."
일부러 장난스럽게 말하던 문진은 정말 미안하게 쳐다보는 나봄 때문에 피식 웃고는 장난치는 걸 그만두었다. 가끔 생각하지만 밥이라는 매체는 윤나봄이란 여자에게 유난히 크게 느껴지는 것 같았다. 밥 한 끼 걸렀다는 말에 저렇게 미안한 얼굴이 되는 걸 보면.
"괜찮으니까. 나봄이나 가서 맛있는 거 먹어. 나도 대충 때우면 되니까. 정 안 되면 석호 불러도 되고."
"밥, 먹고 가요. 은영이랑 당신 어차피 한 번은 봐야 되니까."
예상치 못한 상황에 문진은 끌려들어 오긴 했지만 깨끗하고 아기자기한 파스타 집을 두리번거리기에 바빴다. 나봄을 보고 손을 흔들려던 은영은 그녀의 옆에서 주위를 두리번거리는 남자 때문에 행동을 멈추었다. 나봄은 이미 예상했다는 듯 낯설어하는 은영의 앞으로 문진을 끌어당겼다.

"좀 늦었지? 안경 좀 맞추느라고."

은영은 대충 고개를 끄덕이고 금세 사람 좋은 웃음을 짓는 문진을 흘낏 바라보았다.

"이쪽은 강문진 씨. 내가 전에 얘기했었지? 이쪽은 오은영이에요."

"안녕하세요. 강문진입니다."

"네…… 안녕하세요."

머뭇거리며 문진이 내민 악수에 응하는 은영의 눈에는 당황스러운 기색이 역력했다. 예고도 없이, 거기다 요즘 연애를 걸어온다는 남자를 데리고 들어왔으니 당연한 일이지만 막상 은영이 낯설고 당황해하는 기색이 보이자 나봄은 문진에게도, 은영에게도 미안한 생각이 들었다.

"저기 은영아, 그때 말했었잖아. 그……."

얘기를 꺼내려는 나봄이 머뭇거리자 은영이 먼저 연애라고 입 모양으로 물었다.

"응, 그거. 그거 하기로 했어. 설명하고 만나게 해주려고 했는데."

"은영 씨, 나봄한테 중요한 사람이라길래 제가 억지를 좀 썼습니다. 불편하셨다면 사과드릴게요."

문진이 나봄의 말을 가로채며 익숙하게 사람 좋은 미소를 짓자 은영의 얼굴엔 어색한 미소가 지어졌다.

'불편한가 보네. 하긴 처음부터 살갑게 대할 애가 아니지. 에휴, 밥 먹다 체하는 거 아닌지 몰라.'

은영의 표정을 살피며 나봄은 걱정스러워졌다.

"아니에요. 사과까지 하실 일은 아닌데."

여전히 어색한 얼굴로 말하는 은영을 보며 문진은 조용히 미소만 지었다. 어쩌면 은영은 나봄만큼이나 대하기 까다로운 사람일지도 모른다. 더군다나 그의 미소에도 마주 웃지 않는다. 세상에서 그런 여잔 오직 윤나봄뿐인 줄 알았는데.

"중고등학교도 같이 다녔다면서요?"

문진의 물음에 은영은 고개를 끄덕였고 대답은 나봄이 대신했다.

"은영인 피아노 전공했어요. 지금도 계속 공부하고 있고. 그래서 제 반주는 거의 은영이가 해줬어요. 그러고 보니 우리 연주 안 해본 지 꽤 오래됐다. 그치?"

"그러게. 대학 졸업하고는 정식으론 한 번도 못했다. 벌써 몇 년이나 지난 거야? 봄이 네가 너무 바빠."

나봄의 말엔 금세 살가운 말투로 돌아오던 은영은 따뜻한 눈으로 대화를 듣고 있는 문진을 살짝 곁눈질해 보았다. 나봄의 입에서 너무도 오랜만에 나왔던 남자. 그리고 나봄을 속상하게 했던 남자. 나봄을 통해 들었던 강문진은 은영에겐 그리 달갑지는 않은 사람이었다. 직접 만나보니 나봄의 말처럼 뻔뻔스럽고 웃기는 인간은 아니었지만 그렇다고 아주 편안하고 좋아 보이는 남자도 아니었다. 가뜩이나 낯을 가리는 은영에게는 더욱더.

"잘 어울리네, 둘. 친구라기보다 자매 같아."

어느 정도 식사를 마친 문진이 기분 좋게 말했다. 나봄이 중간에서 신경을 쓰고 있긴 했지만 문진은 이왕이면 자신의 존재감을

봄의 시간은 어렵다 203

두 여자가 느끼지 않길 바라고 있었다. 그래야 나봄이 평소에는 어떤 모습인지 어떻게 웃고 말하는지 알아낼 수 있을 것 같았다.

"내가 워낙 한덩치 해서 같이 다니면 다들 그러긴 해요. 언니랑 동생이냐구. 왜 우리 대학 동아리 환영회 때 나보고 그랬잖아. 동생은 왜 데리고 왔냐고."

편안하게 키득거리는 나봄의 말에 은영도 맞장구를 치며 밝게 웃었다.

"그거 김재민였지? 괜히 우리 자리에 있던 그 누구였지? 왜, 바이올린 전공하던 애. 퀸카 어쩌고저쩌고하면서 한동안 난리였잖아."

"현지. 그래, 현지였어. 지금 유학 가 있는 애 맞지?"

은영이 단번에 이름을 기억해 내자 나봄은 맞다며 고개를 끄덕였다.

"결국 김재민이랑 잠깐 사귀었던 것 같던데 맞나? 아무튼 그 자식 수가 뻔히 보여. 뺀질이."

"김재민 씨 회사에서도 뺀질거리기로 유명해. 일은 안 하고 여직원들이랑 노닥거리고, 외근 좀 나갔다 하면 함흥차사. 그래서 민 실장도 김재민 씨 뺀질이라고 부르는데. 나봄, 그거 몰랐어?"

즐겁게 웃으며 얘기하는 나봄의 말을 이어가며 문진 역시도 편안하게 웃었다.

"그래요? 회사에서는 일 열심히 한다 어쩐다 하더니 그것도 다 뻥이었네. 너한테도 그랬지? 모범사원이네 어쩌네 하면서."

나봄의 말에 은영은 키득거리며 열심히 고개를 끄덕였다.

"강 이사님, 직원 관리 좀 하셔야겠어요. 번죽만 좋은 직원들 말고 속이 알찬 직원으로."

"그러게, 김재민 같은 직원 말고 윤나봄 같은 직원으로만 고용해야겠어."

"저요? 저도 그렇게 성실한 직원은 아니라서. 별로 회사에 이득은 안 될걸요. 차라리 뺀질거리긴 해도 그쪽 전공해서 일은 웬만큼 하는 재민이가 도움이 될 거예요."

나봄이 다시 재민의 편을 들기 시작하자 문진의 눈이 조금 가늘어졌다. 처음부터 그리 마음에 들지 않던 김재민이 나봄의 친구라는 타이틀을 시작으로 점점 더 얄미워지고 있었다.

"김재민이 일을 웬만큼 한다고? 내가 보기엔 나봄이 하루에 처리할 일을 김재민은 일주일은 걸릴 것 같던데. 다시 말하지만 우리 회사엔 김재민보다 나봄이 더 필요해. 그러니까 내 앞에서 김재민 편 들지 마."

심술궂은 말투에 나봄은 멍하니 문진을 쳐다봤다. 은영은 드러내 놓고 질투를 하는 문진을 처음보다는 호의적인 시선으로 바라보았다. 저 남자는 나봄에게 진심이었다. 그래, 그것만은 오늘 처음 그를 만나는 은영도 느낄 수 있었다. 하지만 그것만으로 마음을 놓을 순 없었다. 나봄의 전 남자도 그녀에게 진심이었다. 모든 사람이 느낄 만큼 사랑으로 가득한 눈빛으로 나봄을 봤으니까. 마치 지금의 문진처럼. 아니, 어쩌면 그보다 더 나봄의 전 남자는 온몸으로 사랑을 말했었다.

생각보다는 편하게 식사가 끝났지만 은영은 아직은 불편한 기색으로 나봄의 옆에 섰다.

"차 가지고 왔지?"

나봄의 물음에 은영은 고개를 저었다. 차마 술 마실 것 같아 택시를 타고 왔다는 말이 나오지 않았지만 나봄은 한 뼘은 작은 은영의 어깨에 손을 휙 둘렀다.

"가세요. 저흰 계획대로 2차 가니까."

차로 향하려던 문진이 걸음을 멈추자 나봄은 얼른 가라며 손을 흔들었다. 데려다 주겠다고 하려 했지만 아무래도 은영이 불편해하는 것 같아 문진은 떨어지지 않는 걸음을 옮겼다. 조금 더 살갑고 편하게 대할 수 있었으면 좋을 텐데. 그에게 은영은 나봄만큼이나 낯선 성격의 여자였다.

나봄이 씻고 편안한 옷으로 갈아입을 때까지 은영은 가만히 나봄의 행동을 보고 있었다.

"왜?"

나봄이 간단한 안주와 소주를 탁자 위에 꺼내놓으며 묻자 은영은 웃으며 고개를 저었다.

"안 물어볼 거야?"

은영은 술이 가득 채워진 소주잔을 보던 시선을 나봄에게 옮겼다.

"뭘 물어? 너랑 강문진 씨? 그거 아까 다 듣고 봤는데 새삼스럽게 뭘 또 물어."

평소와는 다르게 은영의 목소리는 차분하고 조용했다. 나봄은 제대로 자신을 보지 않고 술잔에만 시선을 두고 있는 은영을 답답하게 바라보았다.
"화나서 그래? 은영아, 제때 얘기 못한 건……."
"걱정돼, 봄아. 나 자꾸 걱정이 돼서, 그래서 그래. 봄아, 그 강문진 씨 있지……."
걱정이 잔뜩 묻어난 얼굴로 은영이 나봄을 쳐다보았다. 무엇을 말하려는지 서로 딱 무엇이다, 라고 말하진 않지만 나봄과 은영의 얼굴엔 동시에 아픔이 지나갔다.
봄이 아픈 만큼 항상 같이 아파하는 은영. 그래서 더 아픈 봄. 그래서 그 일이 지난 후 오랜 시간이 흐른 지금도 둘은 약속이라도 한 것처럼 그 아픔을 입 밖으로 꺼낸 적이 한 번도 없었다. 하지만 오늘 은영은 그 일을 말하려 하고 있었다.
"은댕! 별걸 다 걱정한다. 나…… 그때만큼 어리지도 않고 그때만큼 잃을 게 많지도 않아. 내가 잃을 거라고 해봐야 이제 고작 너 하난데 뭐. 넌 평생 내 옆에 있어줄 사람이니까 그런 거 걱정 안 하고. 그리고 말야, 강문진 씨는 그냥 아무것도 생각 안 하고 그냥 믿어보고 싶어졌어. 나보다 대단한 사람인 건 알지만 그냥 그 사람 말처럼 남들 하는 연애, 그거 하면서 서로 알아가고 그렇게 마음이 가는 대로 내버려 두고 싶어졌어. 그 남자한텐 그러고 싶어."
오랜 시간 누구에게도 열어놓지 않았던 마음의 자물쇠가 힘없이 열리고 있었다. 강문진이란 남자 때문에.

6 ; 봄바람을 맡다

"**내**일 주말인데."

금요일 저녁. 문진과 나봄은 작은 식당에 마주 앉아 저녁을 먹고 있었다. 오늘의 메뉴는 구수한 된장찌개. 밥 한 그릇을 맛있게 비워내던 나봄은 은근한 문진의 말에 수저를 내려놓았다.

"알아요, 내일 토요일이니까 주말인 거. 그래서요?"

문진이 무엇을 원하는지 알면서도 나봄의 입에선 무심한 말투가 튀어나왔다.

'참, 심보도 곱지 못하다. 그냥 주말이니까 만날래요? 하면 될 걸. 윤나봄, 하여튼.'

스스로를 채근하면서도 나봄은 여전히 무심한 표정을 잃지 않았다. 문진은 어쩔 수 없다는 표정으로 웃고 있었지만 내심 나봄이 만나야죠 라고 말하기를 기대했었다.
"뭐 할 거야?"
결국은 먼저 묻고 마는 문진이었다.
"이번 주부턴 유나 토요일도 봐주기로 했거든요. 문진 씬요?"
쉽게 안 나올 줄 알았던 이름이 입에서 자연스럽게 나왔다. 문진이란 이름을 익숙하게 말하는 자신에게 놀라고 있었지만 앞에 앉은 남자의 얼굴이 기쁨으로 환해지는 게 보이자 좀 민망해져 나봄은 몇 번 헛기침을 뱉었다.
"지금 내 이름 불렀지? 강문진이 아니라 문진이라고."
그렇게 좋은 건가 싶을 정도로 문진의 얼굴에 기쁨이 묻어났다. 감정을 거리낌없이 드러내는 남자. 그게 나봄 앞에서만인지, 아니면 다른 사람 앞에서도 같은지는 알 수 없지만 문진의 꾸미지 않은 모습은 항상 기분을 좋게 만들었다.
"그렇게 부르라면서. 부르지 말까?"
또 삐딱하게 나오는 말에 나봄은 자신도 모르게 인상을 찌푸렸지만 문진은 아무렇지 않은 듯 웃고만 있었다. 그냥 좋았다. 일주일이 되도록 강문진 씨, 아니면 그쪽, 그것도 아니면 아주 가끔 당신이었는데 일주일이 되는 날 그녀가 드디어 그의 이름을 불렀다. 그것도 아주 친근하게 은근한 반말까지 섞으면서.
"내가 웃겨요? 왜 만날 나만 보면 웃어!"
대답은 안 하고 자꾸 웃기만 하는 문진의 앞에 인상을 찌푸리던 나봄은 가방에서 거울을 꺼내 들었다.
거울을 들고 눈썹 사이에 잡힌 주름을 손가락으로 쓱쓱 문질러

대는 나봄의 표정이 예뻐서 문진은 자꾸 웃음이 새어나왔다. 차에 올라서도 작게 투덜거림을 뱉는 나봄에게 문진은 티켓을 내밀었다.
"석호가 줬어. 이미 본 거라면서."
나봄은 넘겨받은 티켓을 잠시 내려다보았다. 유나의 레슨 시간에서 아슬아슬하게 맞아떨어지긴 했지만 서두르면 충분히 볼 수 있는 시간이었다. 하지만 티켓의 근원지가 민 실장이라는 사실이 썩 내키지 않았다. 지켜보겠다더니 마음이 바뀐 건 아닐 테고 혹 그 어린 여우랑 짠 건 아닌가? 생각이 유치한 곳까지 번지자 나봄은 고개를 설레설레 저었다.
'아주 소설을 쓰네. 근데 믿음이 안 가는 걸 어쩌겠어.'
표정이 다양하게 바뀌며 고개까지 저어대는 나봄을 보자 웃음이 나오면서도 씁쓸한 기분이 들었다. 민석호, 신용을 잃어도 단단히 잃었구나.
"이번에 우리 공연장 개관식 때 올 팀들이야. 석호는 봤고 난 아직이어서 혼자는 뭐 하니까 나봄이랑 같이 가라고 두 장 준 건데. 혼자 무슨 생각 하는 거야?"
"호의인지 적의인지 구분이 안 가서요. 지켜보는 거 그 이상은 절대 안 한다고 하더니 갑자기 공연 티켓을 줬다고 하면 사람 마음이 그렇잖아요. 문진 씨가 내 입장이라면 안 그렇겠어요?"
손으로는 티켓을 조몰락거리면서도 나봄은 영 내키지 않는 얼굴이었다. 하지만 문진은 생각보다는 작게 투덜거리는 모습과 더불어 자신의 이름을 부르는 그녀의 입술이 너무 예쁘게 보여서 의지와는 상관없이 몸이 나봄에게로 향하려 했다.

"별로 안 내켜요. 내일 레슨 끝나는 시간하고도 너무 빠듯하고. 문진 씨나 가서 보고 와요. 내일 꼭 만나야겠으면 평소처럼 저녁 먹으면 되니까."

어떻게 할까 하다 결국 거절의 의사를 밝힌 나봄은 티켓을 다시 내밀었다. 몸을 진정시키느라 애쓰던 문진은 불쑥 앞으로 내밀어진 티켓과 나봄을 번갈아 보았다. 나봄의 얼굴엔 이미 정했으니 가려면 혼자 가라 라고 고집스럽게 쓰여 있었다.

"그 공연 난 꼭 봐야 하고 나봄이랑 꼭 같이 봐야겠어. 그러니까 이것저것 생각하지 마. 당신은 생각이란 것만 하면 꼭 내가 바라는 반대 방향으로 튀어. 그러니까 웬만하면 생각하지 마."

"내가 조류예요? 생각을 하지 말라니. 그리고 강문진 씨가 바라는 게 뭔데요? 그냥 조용히 하라는 대로 하고 거기다 보기도 좋은 어린 여자?"

발끈한 나봄이 따지듯 묻자 문진의 얼굴에는 웃음이 사라졌다. 윤나봄은 아직도 그가 젊고 어린 여자를 좋아한다는 생각을 버리지 않았나 보다. 거기다 조용조용 하라는 대로라니. 누가 그런 여자를 좋아한단 말이지? 그는 아무 생각 없이 가라면 가고 오라면 오는 여자는 질색이었다. 그렇다고 너무 제멋대로 생각하고 날뛰는 여자도 질색이었다. 그래서 고르고 고른 게 윤나봄인데, 이제는 나봄이 그가 바라는 대로 움직여 주길 바란다.

원하는 여자가 쉽게 움직여 주길 바라는 것. 그런 걸 바라는 게 우습고 한심하다고 생각했던 그가 자신도 모르게 그런 생각을 하고 있었다. 그래, 이래서 사내의 본성을 버리지 못한다는 말이 나오는 것이겠지.
 "생각하지 말라는 건, 자꾸 부정적으로 생각하지 말라는 거야. 기분 상했다면 미안해. 근데 나봄, 난 나봄이란 여자가 좋은 거야. 그동안 누누이 말했는데 자꾸 다른 여자 갖다 대면 그땐 나도 화내. 그거 기분 나쁘다고 전에도 말했었는데 잊었나?"
 "누가 잊어먹었데요? 근데 그런 낯간지러운 말을 어떻게 그렇게 태연하게 해요?"
 나봄은 생각해 보니 민망해져서 얼굴이 화끈거렸다.
 "낯간지러워? 뭐가?"
 "당신이 하는 말, 절반은 그래요. 어쩔 땐 느끼까지 한데. 그거 몰랐어요?"
 문진이 전혀 몰랐다는 얼굴을 하자 나봄은 기가 막혀 허하고 웃음을 터뜨렸다.
 '에휴, 내가 말을 말아야지. 버터가 자기 버터요 하고 말하겠어? 더군다나 저 뻔뻔쟁이 늑대가.'
 체념한 듯 가방을 챙겨 차에서 내리려던 나봄의 손을 문진이 급하게 잡았다.
 "한숨. 내가 그거 기다린 줄 어떻게 알았어?"
 이런. 속으로 생각한다는 게 한숨은 겉으로도 내뱉어졌나 보다. 천천히 다가오는 문진의 얼굴에 나봄은 눈을 질끈 감았다. 낮고 뜨거운 문진의 숨결이 코끝까지 와 닿자 나봄은 자신도 모르게 몸을 움찔했다. 문진의 입술이 나봄의 입술 위로 겹쳐졌다. 예전처럼 억지로 뺏는 것도 아니었고 갑작스런 기습 키스도 아니었다. 나봄의 허락을 받아가며 그녀의 입술 속으로 그가 들어왔다. 길고 천천히 부드럽게. 나봄은 문진의 숨결을 느꼈고 문진은 나봄의 향기를 느끼고 있었다. 처음은 아니지만 마음은 처음인 키스로 둘의 밤은 깊어가고 있었다.

아침 일찍 나봄은 잠결에 요란하게 몸을 흔드는 핸드폰을 들었다.
[샘, 저 오늘 레슨 패스요.]
유나의 낭랑한 목소리가 들려오자 나봄은 일으키려던 몸을 다시 침대에 눕혔다.
"왜? 뭐 하려고?"
[샘, 아직 주무시는구나? 그럼 언넝 일어나셔요. 저 이따 수업 끝나고 마로니에 공원 가요. 이유는 아시죠? 이번 주 레슨은 그걸로 패스해 주세요.]
잠이 덜 깬 나봄은 낮은 한숨을 뱉으려다 멈칫했다. 요즘은 늘 이랬다. 한숨을 쉬려다가도 멈칫하고, 미처 의식하지 못하고 한숨을 쉬었을 땐 주변을 두리번거렸다. 강문진, 이게 다 그 남자 때문이다. 문진을 생각하자 투덜거림이 새어나오려던 나봄은 어젯밤 숨이 막힐 정도의 입맞춤을 떠올렸다.
'중증이다. 눈뜨자마자 강문진 생각이나 하고.'
결국 낮은 한숨이 새어나왔지만 나봄은 일단 얼토당토않게 레슨을 땡땡이치려는 제자를 수습해야 했다.

"오늘은 몰라도 내일까진 안 돼. 내일은 레슨 안 하고 데이트하려고?"

[아뇨. 데이트는 무슨. 오늘은 공연하고 내일은 친구가 봉사활동 간다는 보육원에 같이 가기로 했어요. 샘, 그러니까 레슨은 패스요. 패스!]

고등학생인 유나에겐 거리 공연도 좋은 취지고 봉사활동도 더없이 좋은 일이었다. 그러니 선생이란 사람이 좋은 일 한다는 제자를 말릴 수도 없고, 그렇다고 레슨을 안 할 수도 없으니 이래저래 골치가 아파왔다.

"내일 저녁에 잠깐이라도 레슨 하자. 유나야, 좋은 일 하는 것도 좋지만 일단 지금 너한테 중요한 건 레슨이잖아. 그치?"

타이르듯 말하곤 있었지만 나봄은 자신의 말이 스스로도 마음에 들지 않았다. 그래도 어쩌겠는가, 입시지옥 대한민국에서 태어난 게 죄지.

[그러면요, 샘. 오늘 공연 봐주세요. 그럼 레슨도 하고 공연도 봐주시고 일석이조잖아요. 네?]

정말 좋은 생각이라도 말한 듯 만족스러운 유나의 목소리에 나봄은 잠깐 시간을 따져 보았다. 어제 긴 입맞춤 후 덜컥 공연을 보러 가기로 약속을 정한 터라 오늘은 죽어도 그 공연을 보러 가야했다. 하지만 유나의 공연을 봐주기 위해선 문진과의 약속을 취소해야 한다. 아주 잠깐 망설였지만 나봄은 알았다고 말하고 유나의 전화를 끊었다. 그리고 문자를 보낼까 하다 고개를 젓고는 문진에게 전화를 걸었다.

[나봄, 잘 잤어?]

한밤중이었던 그녀와는 반대로 경쾌한 문진의 목소리가 짧은 신호음 뒤에 들려왔다.

"네. 저…… 문진 씨, 저 오늘 못 나갈 것 같아요."

돌려 말해봐야 어차피 요점은 약속 취소 통보였다. 문진이 잠시 멈칫하는 듯하자 나봄은 서둘러 말을 이어갔다.

"유나가 오늘 대학로에서 거리 공연을 한대요. 그거 봐주러 가야 돼요. 그러니까 좀 이해해 줘요. 나한텐 중요한 일이니까. 대신 내일은 레슨 없으니까…… 저기 문진 씨?"

화가 난 건지 문진이 아무 말도 없자 나봄은 처음보다 더 미안한 마음에 생각지도 않은 내일 약속을 정하고 있었다.

[당신한테는 유나 일이 나랑 한 약속보다 더 중요한 거지?]

문진의 목소리는 서운한 기색이 역력하게 묻어났다.

"당신이랑 한 약속도 중요하지만, 지금은 유나 일이 더 중요해요. 미안해요."

"그럼 일봐."

나봄이 뭐라 말하기 전에 문진은 전화를 끊었다. 동시에 허탈한 웃음이 나왔다. 집무실 소파에 마주 앉아 있던 석호는 그런 문진을 걱정스럽게 쳐다보았다.

"왜 그래?"

석호의 물음에 문진은 피식 웃으며 말했다.

"나 바람맞았다. 봄, 바람."

주말이라 그런지 마로니에 공원은 작은 공연들이 연달아 이어지고 있었다. 나봄은 오랜만에 맡는 젊음의 공기를 느끼며 천천히 걸음을 옮겼다. 대학을 졸업할 때까지 여러 친구들과 한 달에 한 번씩은 꼭 찾아와 공연을 했던 마로니에 공원은 예전 그대로였다. 그때와 다른 건 단지 나봄의 나이뿐. 새삼 나이가 들었다는 생각이 들자 허무한 기분이 들었다. 공원 한쪽에서 공연 준비로 분주하게 움직이고 있는 아이들이 보자 나봄은 쓸데없는 감정을 지우고 서둘러 걸음을 옮겼다.

"샘!"

유나는 구세주라도 맞이하는 것처럼 나봄을 발견하자마자 단번에 달려왔다. 이렇게 요란하게 환영을 하는 걸 보니 아무래도 공연 준비가 수월하게 이루어지지 않는 모양이다.

"대충 준비는 다 된 것 같은데. 소리 맞춰보고 시작해야지."

나봄의 웃는 얼굴과는 반대로 유나는 잔뜩 울상을 짓고 손가락으로 공원 한가운데를 차지하고 있는 댄스팀을 가리켰다. 요란한 음악과 함께 격렬하게 춤을 추고 있는 댄스팀은 길 가던 사람들의 이목까지 집중시키고 있었다.

"휴, 저러면 공연하기 어려울 텐데. 저 요란한 녀석들을 어떻게 감당하나? 그래서 우리 유나 얼굴이 이 모양이었구나."

부드럽게 웃는 나봄에게 유나는 열심히 고개를 끄덕였다. 예쁜 제자가 속상한 얼굴을 하고 있으니 선생 된 입장에서 해결을 해줘야 했지만 제자 공연을 시키자고 잘하고 있는 남의 공연을 엎을 수도 없는 노릇이었다. 나봄은 난감한 얼굴로 끝날 것 같지 않은 댄스 공연을 바라봤다.
"샘이 좀 알아볼 테니까 가서 악기 풀고 있어. 연주할 사람이 울상이면 음악도 미워진다. 인상 피고 얼른 가."
유나의 엉덩이를 툭툭 쳐서 보내고 나봄은 댄스팀 쪽으로 향했다. 하지만 리더인지 책임자인지를 만나기도 전에 꽁꽁 뭉쳐서 공연을 보고 있는 사람들 벽에 인상이 구겨졌다. 그렇다고 물러설 수 없었다. 예고 아이들이 짬을 내서 거리 공연을 나오려면 그만한 대가를 치러야 한다. 부족한 연습시간을 쪼갠 덕에 줄어드는 수면시간과 부모님의 잔소리까지. 그렇게 해서라도 하고 싶어하는 공연인데 그걸 망칠 수는 없었다. 나봄은 사람들을 밀치며 크지 않은 자신의 키를 원망하고 있었다.
"먹는 건 다 잘 챙겨 먹었는데. 으, 잠시만요. 좀만 들어갈게요. 크라는 키는 안 크고 왜 다 살로 갔지."
"죄송합니다. 조금만 들어가겠습니다."
뒤쪽에서 들리는 익숙한 목소리에 아무리 밀치고 들어가려 해도 열리지 않던 벽이 열리기 시작하더니 곧 요란하게 춤을 추고 있는 댄스팀이 훤히 보였다. 갑작스러운 상황에 서둘러 고개를 돌리자 문진이 환하게 웃는 얼굴로 서 있었다. 아무래도 힘겹던 앞길을 터준 게 문진이었나 보다.
"여긴 웬일이에요? 아니, 마침 잘됐다. 저기 이 공연 어떻게 좀 안 되는 거예요? 우리 애들이 이 요란한 공연 때문에 시작도 못하고 있는데."

반가운 건지 곤란한 건지 나봄의 얼굴에 여러 가지 표정이 나타났지만 급하긴 했는지 일단 부탁부터 하고 나섰다.
"바람맞힌 사람치곤 너무 당당하네. 보자마자 인사도 없이."
너무한다는 문진의 말에 나봄은 손바닥으로 이마를 벅벅 문질렀다.
"말했다시피 지금 상황이 그래요. 근데 인사까지 챙겨 받아야겠어요? 부탁한 내가 잘못이지."
나봄이 직접 나서려는 듯 몸을 돌리려 하자 문진이 급하게 팔을 붙들었다. 그리고 아무 말 없이 손가락으로 한곳을 가리켰다. 문진의 손가락 끝엔 석호가 누군가에게 인사를 하며 돌아오고 있었고 곧 요란하게 울리던 음악이 그치고 사람들이 공연이 끝났음을 알리고 있었다.
"원래 두 시간 정도 더 할 예정이었다는데 다행히 쉽게 물러나 주네."
석호는 나봄에게 고갯짓으로 인사를 대신하고 귀찮다는 듯 문진에게 말했다. 그게 그리 유쾌하진 않았지만 나봄은 일단 감사의 인사는 해야겠다는 마음을 먹었다. 유능한 남자 덕분에 일을 수월하게 해결했으니.
"민 실장님, 감사합니다. 귀찮게 해드렸네요."
"이사님 지시였습니다. 윤나봄 씨한테 인사 받으려고 한 일이 아니니까 신경 쓰지 마세요."
심술궂은 석호의 말에 문진의 인상도 구겨졌지만 나봄 역시 발끈하려는 성질을 애써 참으며 석호에게 미소를 지어주었다. 그리

밝은 미소는 아니었지만.
"그럼 감사는 우리 문진 씨한테 하면 되는 건가요? 문진 씨, 고마워요."
우리라는 말에 유독 힘을 주어 말한 나봄은 획 하니 석호를 지나쳐 아이들이 모여 있는 쪽으로 가버렸다.
"우리? 벌써 우리야?"
못마땅한 석호의 얼굴이 보이지도 않는지 문진은 재밌다는 듯 웃으며 석호의 어깨를 툭툭 쳤다.
"우리 된 지 한참 됐다. 이왕 나온 거 조금만 더 도와줘."
억지로 걸음을 옮기면서도 석호는 내내 못마땅한 얼굴이었다. 바람까지 맞춰놓고선 저렇게 당당하다니 윤나봄이란 여자는 정말 마음에 들지 않았다.
구석진 자리 대신 댄스팀이 공연하던 공원 중앙에 세팅을 마친 유나와 아이들은 문진과 석호에게 연신 감사하다며 인사를 했다. 나봄은 서둘러 아이들의 악기 상태며 선곡표 등을 꼼꼼히 체크해주느라 정신이 없었다.
"어! 은영 샘!"
한참 연주할 곡을 설명하고 있는데 유나가 공원 입구 쪽을 향해 큰 소리를 냈다. 그제야 주변을 두리번거리던 은영이 유나들을 향해 서둘러 달려왔다.
"늦었다. 미안."
약간 거칠어진 숨을 몰아쉬며 은영은 미소를 지어 보이다 한쪽에 서 있는 문진을 발견하고 꾸벅 인사를 했다.

"강문진 씨가 여긴 웬일이야?"
악보를 훑어 내리는 듯하며 은영이 눈도 마주치지 않고 묻자 나봄은 모르겠다는 듯 어깨를 으쓱하고 내렸다.
"저희 공연할 장소 문진 아저씨가 잡아주셨어요. 공연 못할 뻔했었거든요."
"김유나야, 공연 안 할 거냐? 쓸데없는 소리 말고 악보나 신경 쓰세요."
나봄은 유나의 말을 자르고 악보를 들이밀었다. 은영은 여전히 걱정스러운 얼굴이었지만 걱정 말라며 미소를 지었다.
"바람맞혔다고 하도 불쌍하게 말하길래 따라왔더니 결국 오자는 데가 바람맞힌 애인 뒤치다꺼리야?"
석호는 정말 마음에 들지 않는 얼굴로 말은 문진에게 하면서 눈은 나봄을 향하고 있었다.
"봄이 바람을 따라간다는데 아쉬운 사람이 따라가야지 어쩌겠냐? 그리고 오랜만에 젊은 공연도 보고 좋잖아. 근데 민 실장, 너 요즘 불만이 많아지는 것 같다."
문진의 얼굴에 미소가 피어나자 석호는 짜증스럽게 한숨을 뱉었다. 그가 알던 강문진은 보기 좋은 얼굴을 하고 있어도 감정은 철저하게 숨기던 사람이었는데, 요즘은 다른 사람에겐 아직이었지만 그의 앞에선 좋다 싫다란 표정을 전부 드러내고 있었다. 문진의 그런 모습 때문에 석호는 입에 문 담배가 유독 쓰게 느껴졌다.
공연이 시작되자 네 남녀는 한쪽에 자리를 잡고 앉아 연주를 감상하기 시작했다.

"바쁜데 괜히 불러낸 거 아냐?"

"안 바빴어. 주말이면 한가한 거 알면서 새삼스럽게 왠 인사치레야? 우리 사이에."

은영의 말에 그런가 하며 작게 웃는 나봄에게 문진이 속삭이듯 물었다.

"은영 씬 아직 애인 없어?"

나봄은 대답 대신 고개를 끄덕이려다 문진의 귀에 입을 가져다 댔다.

"오늘 고마워요. 문진 씨 아니었으면 우리 애들 많이 속상했을 거예요."

"우리 사이에 새삼스레 웬 인사치레?"

그새 은영의 말을 따라하는 문진의 모습에 나봄은 작게 웃음을 터뜨렸다. 편안했다. 옆에 앉은 오랜 친구와 애인이란 호칭의 남자와 함께 예쁜 제자의 연주를 듣는 이 시간이. 나봄은 오랜만에 행복하구나라는 생각에 편안한 미소가 지어졌다.

"저희가 준비한 연주는 여기까지예요. 들어주셔서 감사합니다."

공연이 만족스럽게 끝나고 유나의 인사가 이어지자 네 사람은 기분 좋게 박수를 쳤다.

"자, 그럼 오늘의 특별 순서. 좀 오래전이긴 하지만 이곳 거리 공연의 선배이시고 저희 선생님이기도 하신 윤나봄 선생님과 오은영 선생님의 연주가 시작되겠습니다. 박수로 청해주세요."

자리에서 일어나려던 나봄과 은영은 갑작스런 유나의 말에 행동을 멈추었다.
"이그, 내가 못살아. 김유나 정말!"
"봄아, 어떡해?"
나봄의 짧은 투덜거림과 은영의 곤란함이 섞이며 시간이 지나가려고 하자 문진은 서둘러 나봄의 악기 상자를 열었다.
"뭐 하는 거예요?"
당황한 나봄이 문진의 팔을 잡았지만 문진은 대답 대신 플루트를 떠넘겼다.
"같이 연주해 본 지 오래됐다면서…… 기회도 좋은데 한번 해봐. 제자들 부탁이기도 한데. 은영 씨, 저도 두 분 연주 듣고 싶은데 부탁드려도 되죠?"
"네? 아니, 저기."
은영은 대답은 못하고 나봄만 바라봤고 석호는 여전히 어이없다는 얼굴로 문진과 나봄을 쳐다보고 있었다.
"관객들 기다려. 나봄, 연주자가 관객을 기다리게 하면 안 된다는 거 알지?"
문진이 떠밀다시피 해서 겨우 무대에 오른 은영과 나봄은 일단 모여 있는 관객들에게 인사를 했다. 무대에 오른 이상은 관객의 박수에 보답해야 했다. 그건 나봄과 은영이 악기를 시작하면서 정했던 철칙이었다.
"예전에 하던 대로 해보자."
나봄이 작은 소리로 말하자 은영은 환하게 웃으며 고개를 끄덕였다. 곧 부드러운 피아노 선율이 흐르자 나봄도 환한 웃음으로 연주를 시작했다. 미리 짜여진 것처럼 한 치의 흐트러짐이나 오차 없이 나봄과 은영의 연주는 완벽하게 어우러졌고 사람들의 마음에 따뜻하게 스며들고 있었다.

"민석호, 인정할 건 하자. 우리 나봄이 지금은 네 눈에도 예뻐 보이지?"

쳐다봐 주면서 물어야 대답할 기분이라도 날 텐데 시선은 나봄에게 고정한 채 묻는 문진을 보자 석호는 울컥 심술이 올라왔다.

"예쁘기는! 뒤에서 피아노 치는 윤나봄 친구가 훨 예쁘구만. 선배, 눈이 잘못되도 확실히 잘못됐어."

전에도 느꼈지만 플루트를 불 때의 나봄은 빛이 나는 것처럼 아름다웠다. 아마 평소의 모습을 먼저 알지 않았다면 석호 역시 연주하는 나봄의 모습에 혹하게 됐을지도 모른다. 하지만 문진의 말을 순순히 인정하고 싶지는 않았다. 적으로 겉으로는 말이다.

"은영 씨, 괜찮지? 자그마하니 예쁘고. 그래 민석호, 넌 은영 씨가 더 예쁘단 말이지?"

무슨 생각인지 유난히 얼굴에 화색이 도는 문진 때문에 불안한 생각이 든 석호는 시선을 무대로 돌렸다. 자그마한 여자가 하늘거리는 스커트와 밝은 니트를 입고 환하게 웃으며 피아노를 연주하고 있었다. 석호는 그제야 피아노 치는 여자가 문진이 말하는 은영이임을 알아챘다. 나봄만큼 눈에 띄진 않았지만 적어도 악기 앞에서는 은영이란 여자도 자신의 눈에 찰 만큼 예쁘게 빛났다. 요즘 이상해진 문진 옆에 있다 보니 석호는 자신도 이상해지는 것 같아 고개를 설레설레 저었다.
 연주가 끝나고 나봄과 은영은 큰 박수를 받으며 무대에서 내려왔다. 연습도, 계획도 없던 연주치곤 그리 나쁜 연주는 아니었다는 생각에 두 여자는 서로를 보고 기분 좋게 웃었다. 풋풋하고 예뻤던 여고생들과 노련한 연주자들의 연주까지, 만족스러운 무대를 본 관객들은 즐거운 얼굴로 돌아갔고 유나와 아이들도 오랜만에 환한 미소를 띤 채 집으로 돌아갔다.
 "연주 대단하던데. 그런 실력을 왜 숨기고 있는 거야?"
 운전은 석호에게 맡기고 문진은 보조석에서 뒤돌아보며 묻자 은영은 많이 부드러워진 미소로 웃고 있었다.
 "누가 숨겨요? 은영인 공부해서 학생들 가르칠 거고 나도 애들 가르치고 있는데."
 "오늘은 정말 감사했어요. 덕분에 오랜만에 봄이랑 기분 좋게 연주했어요."
 은영이 밝게 웃으며 말했다. 확실히 처음 만난 날 드러내던 적의며 낯가림이 많이 사라져 있었다. 문진은 은영이 한결 편안한 마음으로 자신을 대한다는 느낌에 내심 안도했다. 이제 그녀의 소중한 사람이 그에게 조금 마음을 풀고 있으니 나봄과의 둘만의 시간을 반납하고 받은 대가치곤 손해 본 것은 아니었다. 역시 봄바람을 직접 따라오길 잘했다. 오늘의 봄바람은 문진에게 향긋한 꽃내음을 안겨주고 있었다.

7 ; 봄 하늘 별이 쏟아지다

"별 보러 갑시다."

갑작스러운 문진의 제안에 운전을 하던 석호가 놀라서 급브레이크를 밟았고 덕분에 나봄과 은영은 몸이 앞쪽으로 쏠려 버렸다.

"선배, 갑자기 무슨 소리야!"

얌전히 저녁이나 먹고 헤어질 줄 알았는데 갑자기 별이라니. 그것도 어두워지려면 한참이나 남은 이른 오후였다. 나봄 역시도 동감한다는 듯 고개를 끄덕였다.

"춘천 별장 알지? 시간도 별로 안 걸리니까 거기로 가자. 괜찮죠, 은영 씨?"

나봄과 석호의 의견은 일찌감치 무시하고 문진은 사람 좋게 웃으며 은영에게 물었다.

"저기, 그게……."
 제대로 된 대답도 못하고 곤란해하는 은영 대신 나봄이 대신 입을 열었다.
 "괜찮긴 뭐가 괜찮아요! 갑자기 별은 무슨. 안 돼요. 우린 못 가니까 가려면 문진 씨나 가요."
 나봄이 딱 잘라 말했지만 문진은 대수롭지 않다는 얼굴이었다.
 "나도 안 가. 가려면 선배 혼자 가."
 "민석호, 출발해. 그리고 나봄, 오늘은 원래 같이 있어야 했던 시간이었어. 바람맞힌 사람한테는 아무런 결정권도 없으니까 그냥 하자는 대로 해. 은영 씬, 어떡하시겠어요? 거기 공기도 좋은데 가서 바람이나 쐬고 오죠."
 애초부터 나봄과 석호는 안중에도 없다는 듯 두 사람의 의견도 무시하고 문진은 은영에게만 물었다. 결정권이 없다니 나봄은 당연히 가야 할 것 같았고 오랜만에 서울을 떠나보는 것도 나쁘진 않을 것 같아 은영은 웃으며 순순히 고개를 끄덕였다.
 "정말 제멋대로야. 은댕! 넌 왜 순순히 간다고 하고 그래! 이그, 너도 마음이 약해 큰일이야. 부탁만 들으면 거절을 못하니."
 나봄의 투덜거림에도 은영은 연신 웃으면서 창밖을 가리켰다. 아무래도 오랜만에 서울을 벗어나는 것이 은영을 설레게 하는 모양이었다. 그런 친구를 보며 나봄은 투덜거림을 멈추었다. 출발이야 어찌 됐든 은영이 즐거워하고 있었다. 그리고 나봄 자신도 오랜만의 나들이가 그리 나쁘지는 않았다. 그녀의 소중한 사람들을 행복하게 만드는 걸 보니 오늘은 여러 가지로 문진에게 고마운 날이었다.

두 시간이 조금 안 되게 달려 도착한 곳은 강가가 훤히 보이는 곳에 위치한 예쁜 별장이었다.

"봄아, 너무 예쁘다. 그치?"

배는 밝아지는 은영의 표정을 보며 나봄은 고개를 끄덕였다. 감탄이 절로 나올 만큼 예쁜 풍경과 그리 크지도 작지도 않은 아기자기한 별장의 모습은 한 폭의 그림 같았다.

문진의 안내에 따라 나봄과 은영은 별장 안으로 들어갔다. 나무 냄새가 물씬 풍기는 실내는 겉모습과 잘 어울리는 아기자기한 인테리어로 꾸며져 있어 은영의 얼굴에 환한 미소를 띠게 만들었다. 주변을 둘러보는 두 여자를 보며 기분 좋게 웃는 문진과 못마땅한 얼굴로 저녁을 준비하는 석호까지. 네 남녀의 이른 저녁 시간은 그렇게 흐르고 있었다.

어느새 날이 어둑해지고 두 남자의 정성 어린 저녁 식사가 야외 테라스에 가지런하게 놓였다.

"어때? 맛 괜찮아?"

문진이 기대에 찬 눈으로 묻자 나봄은 다시 국을 떠먹어 보았다.

"이거 진짜 두 분이 끓인 거 맞아요? 우리가 산책하는 동안 누가 왔던 건 아니구요?"

나봄의 미심쩍은 눈빛에 은영도 조심스럽게 국을 떠먹어 보았다.

"정말 맛있네요. 이런 것도 할 줄 아시는 거예요?"

"당연히 맛있죠. 선배랑 내가 나와 산 지가 몇 년인데. 윤나봄 씨, 못 믿겠으면 안 먹어도 됩니다. 맛있다는 은영 씨가 다 드시면 되겠네요."

석호는 퉁명하게 말을 하고는 밥 먹는 일에 열중했다. 은영은 나봄이 뭐라 말하려는 걸 겨우 말리고 밥을 앞으로 밀었다. 지금 말리지 않는다면 아마 나봄은 석호란 남자 때문에 조용히 저녁을 먹을 수 없을 것이다.

문진은 나봄을 진정시키고 다독이는 은영을 보며 내심 부러움을 느끼고 있었다. 어떻게 하면 나봄을 저렇게 다룰 수 있는지 나중에라도 은영에게 조언을 들어야겠다는 생각이 들자 피식 웃음이 튀어나왔다. 고작 여자 다루는 방법을, 그것도 그 여자와 가장 친한 여자에게 조언을 구하려 하다니. 석호의 말대로 그는 예전의 강문진이 아닌 것 같았다. 그래도 어쩌겠는가. 그냥 지금만 같으면 다 좋을 것 같은데.

"은영 씬, 아직 애인 없죠?"

식사가 끝나고 간단히 와인을 마시던 문진의 물음에 나봄과 은영의 시선이 그에게로 향했다.

"예. 아직요."

수줍은 듯 나오는 은영의 목소리에 문진은 만족스럽게 웃으며 옆에 앉아 딴청을 부리던 석호의 어깨를 끌어당겼다.

"이놈은 어떻습니까? 이놈이 볼 땐 이래도 참 좋은 놈이거든요. 아까 보니까 이 녀석이 은영 씨 보고 예쁘다 어쩌다를 연발했거든요."

"네? 아니, 저기⋯⋯."

어두워서 잘 보이진 않았지만 은영의 얼굴엔 당황하는 기색이 역력했고 나봄의 표정은 거의 경악 수준으로 변해가고 있었다.

"절대 안 돼요! 지금 무슨 생각을 하는 거예요? 안 돼요. 절대 안 돼."

나봄이 은영의 앞을 가로막으며 문진을 사납게 노려봤다. 그러자 갑작스런 상황에 놀라 어버버거리던 석호의 얼굴이 꿈틀거리기 시작했다.

자기가 뭐라고 저렇게 반대를 하는 거지? 애초에 석호는 은영이란 여자에게 관심이 있었던 것도 아니었다. 하지만 나봄이 유난스럽게 반대를 하고 나서자 석호 역시 발끈해서 따져 물으려 할 때 문진이 선수를 쳤다.

"왜 안 된다는 건데? 나봄이 석호 때문에 기분 나쁜 건 알지만, 이 녀석 사람으로는 괜찮은 거 알잖아. 자기 입으로 좋은 사람이라고 했던 것 잊었어?"

나봄은 잠깐 주춤하는 듯했지만 지지 않고 다시 입을 열었다.

"당신한텐 좋은 사람이지만 우리 은영이한테 좋은 남자가 아니에요. 절대 안 돼요!"

이유도 없고 그냥 막무가내로 안 된다니. 얘기를 듣고 어처구니없어 하는 석호와 난감한 얼굴로 상황을 보던 은영의 어색한 눈빛이 공중에서 마주쳤다.

"아니, 그러니까 왜 안 되냐고. 나봄, 자기 일도 그러더니 친구 일까지 어렵고 힘들게 만드는 거야? 은영 씨도 벌써 스물일곱이야. 아직 애인도 없다는데 친구로서 도와주지는 못할망정 왜 안 된다는 거야?"
"벌써가 아니라 아직이에요. 그리고 애인도 애인 나름이지. 민실장님은 절대 안 돼요!"
더 이상 말하지 않겠다는 듯 나봄이 팔짱을 끼며 시선을 돌리자 문진은 한숨을 내쉬며 은영에게로 시선을 옮겼다.
"은영 씨 보기에도 이놈이 그렇게 별로입니까?"
"선배, 그만 해. 지금 뭐 하자는 거야?!"
석호가 참다못해 큰 소리로 말했지만 문진은 은영의 답변만을 기다렸다.
"그건 아닌데…… 봄이가 싫다면 저도 싫어요."
은영은 미안한 눈빛으로 석호와 문진을 번갈아 봤고 그것 보라는 나봄의 표정에 문진은 어쩔 수 없다는 듯 웃음을 터뜨렸다.
"이봐요. 그쪽은 생각이 없습니까? 대체 윤나봄 씨가 뭔데 선배나 그쪽이나 다 윤나봄이 그러면 그런 거야, 라는 건데. 정말 어이가 없어서."
석호의 말에 은영의 얼굴에서 웃음이 사라졌다. 상황이 이상한 쪽으로 튀자 문진은 억지로 석호를 자리에 앉힌 후 그만 하라는 눈빛을 보냈다. 이러다간 좋은 사람들끼리 연결되는 게 아니라 그 좋은 사람들이 나쁜 사이로 끝날 것 같았다.
"민석호 씨, 이해는 하지만 초면인데 이러시는 건 실례가 아닌가요? 그리고 강문진 씨가 어쩐지 모르겠지만 전 나봄이 의견은 전적으로 따르는 편이에요. 저한텐 봄이 말이 한 번도 손해나거나 틀린 적이 없었어요. 그러니까 봄이가 안 된다고 하면 저도 아니에요. 다 이유가 있을 테니까."

은영이 나봄보다 한발 먼저 석호에게 직격탄을 날렸다. 은영의 눈빛은 좀 전과 달리 또렷하고 진지하게 빛나고 있었다. 석호는 갑자기 당당해진 은영 때문에 당황해서 아무 말도 못했고 나봄은 고개까지 끄덕이며 은영의 말에 수긍하고 있었다.

"그쪽 말대로 우린 오늘 처음 봤는데 저에 대해 뭘 안다고 내가 별로라는 겁니까?"

관심도 없던 여자에게 왜 자신이 별로냐고 묻는 석호는 자신의 모습이 한심스럽게 느껴졌지만 지금은 저 조그만 여자의 별로라는 말에 기분이 상하는 게 먼저였다.

"잘 모르겠지만 우리 봄이한테 그렇게 못되게 구시는 거 보니까 그리 좋은 사람은 아닐 거라고 생각하고 있었어요. 전 우리 봄이한테 나쁘게 구는 사람은 다 싫거든요. 그래서 민석호 씬 별로예요."

웃지도 그렇다고 화내지도 않았지만 은영은 이제 그만 하라는 눈빛으로 석호를 쳐다보았다. 나봄에게 나쁘게 구는 사람은 은영에겐 모두 적이었다. 그게 어느 누구더라도.

"그만 하고 산책이나 하자. 내가 괜한 말을 꺼냈다. 그러니까……."

"두 사람이나 산책해. 오은영 씨라고 했던가요? 우리 얘기 좀 합시다."

문진의 말을 딱 자른 석호는 은영만을 뚫어지게 쳐다봤고 문진은 은영을 막아서려는 나봄을 데리고 자리에서 빠져나왔다.
"왜 이래요. 저러다 민 실장님이 무슨 짓이라도 하면 어떡하려고."
걱정스럽게 뒤를 바라보는 나봄의 손을 꼭 잡은 문진은 앞으로 걸어나갔다.
"그럴 녀석 아니니까 걱정 안 해도 돼. 보니까 석호 저 녀석, 은영 씨한테 슬슬 관심이 생기는 것 같은데. 둘이 잘되면 좋지 뭐."
"그건 절대 안 돼요!"
따뜻한 온기에 잠시 느긋해지려던 나봄이 발끈하며 문진을 흘겨보았다.
"좋은 사람들이 서로 잘되면 좋지. 대체 왜 그렇게 안 된다고 하는 거지? 나봄, 혹시 은영 씨한테 애인 생기는 게 무서워?"
"누가 그렇데요? 은영이한테 좋은 사람이 생기는 건 언제든 환영이에요. 하지만 민 실장님은 안 돼요. 그렇게 될 가능성도 없겠지만."
나봄은 확답하듯 말했지만 문진은 영 이해가 되지 않는 눈치였다.
"은영인 오늘 민 실장님이 하는 행동을 보면서 내내 못마땅해했어요. 나야 뭐, 그런 쪽으론 둔감해서 그러려니 하지만 은영인 아니에요."
"나봄도 그런 쪽으론 예민하잖아. 괜찮은 척하면서 속으로 상처받으면서."
문진의 말처럼 괜찮다고 하고 있지만 신경을 안 쓰려고 노력하는 만큼 아픔이 가슴에 박히긴 했다.
 '이 남잔 나도 모르는 걸 어떻게 아는 거야? 내가 그렇게 알기 쉬운가?'
 나봄의 얼굴에 당황스러움이 지나가자 문진은 나봄의 손을 더 꼭 잡았다. 늘 아무렇지 않은 척하지만 문진이 보기엔 은영보다 나봄이 상처에 더 약한 사람인 것 같았다. 강하게 보이는 사람일수록 속 안에 담겨진 상처가 드러나지 않고 속으로 곪아 더 아프게 마련이다. 물론 아직도 그의 앞에 그런 모습을 다 드러낸 것은 아니지만 나봄의 감정이 조금씩 그에게 잡혀가고 있었다. 다른 사람들의 감정을 읽는 것보단 한참 더 걸리지만.
 "별로 안 그런 것 같은데. 내가 그래 보여요?"
 문진은 대답 대신 미소를 지으며 멈췄던 걸음을 다시 옮겼다. 별장의 불빛이 점점 희미하게 사라져서 어둠이 짙어지고 있었다.
 "아무튼요. 은영인 민 실장님 별로 안 좋아할 거예요. 아마 문진 씨한테보다 적대감이 더 많을걸요?"
 "은영 씨가 나한테 적대감이 있어?"
 문진이 과장되게 놀라며 묻자 나봄은 당연하다는 듯 고개를 끄덕였다.
 "은영인 문진 씨 같은 조건의 남자한텐 다 적대감이 있어요."
 "나 같은 조건? 나 같은 조건이 어떤 조건인데?"
 나봄은 순간 아차 싶어 입을 다물었다.
 문진이 걸음을 멈추고 나봄을 마주 보았다. 순간 문진은 자신의 눈을 의심했다. 옅은 달빛에 비친 나봄의 얼굴엔 미처 감추지 못한 감정들의 잔해가 남아 있어 그를 똑바로 쳐다보지도 못하고 시선을 애써 피하고 있었다.
"나봄."
자꾸 시선을 피하려는 나봄과 눈을 맞추기 위해 문진은 고개를 이곳저곳으로 움직였다.
"나 봐. 갑자기 왜 그래? 내가 뭐 잘못했어?"
고개를 계속 돌리자 문진은 나봄의 턱을 당겨 눈을 마주 봤다. 나봄의 눈동자가 심하게 흔들리고 있었다.
"아니에요, 그런 거 아니야. 그냥 별로 떠올리지 싶지 않은 게 떠올라서 그래요. 아무것도 아니니까 신경 쓰지 마요."
문진의 손에 잡힌 턱을 돌리면서 나봄은 급하게 앞으로 걸어나갔다. 아무래도 이상했다. 분명 뭔가 건드리지 말아야 할 부분을 그가 건드렸거나 아니면 나봄 스스로가 건드린 게 분명했다.
나봄은 그 후부터 천천히 걸음만 옮길 뿐 아무런 말이 없었다. 문진은 나봄을 붙들고 대체 뭐냐고, 그게 뭔데 떠올리기 싫은 거냐고 묻고 싶었지만 그러면 나봄의 슬픈 얼굴을 보게 될 것 같아애서 그 말을 눌러 삼켰다. 조급하지 말아야 한다. 지금까지 윤나봄에 대한 일 중 조급함을 앞세웠다가 제대로 풀린 적이 없었다.
"앉아."
문진은 낮은 언덕에 자리한 벤츠를 툭툭 털며 나봄을 앉혔다.
"별이 많네요. 별 보러 오자더니 별 구경 실컷 하겠네."
보통 때의 목소리로 나봄은 열심히 하늘을 올려다보고 있었다.
"응. 확실히 서울보단 잘 보이네."

문진은 밝게 빛나는 별들을 보며 깊게 숨을 들이마셨다. 상쾌한 숲의 공기가 폐 깊숙이 들어오자 한결 기분이 좋아지는 것 같았다.
"좋다. 나중에 결혼하면 여기 와서 살까?"
"그걸 왜 나한테 물어요? 문진 씨랑 결혼할 여자한테 물어야지."
밝게 묻는 문진과는 반대로 나봄의 목소리는 약간 가라앉아 있었다.
"난 나봄이랑 할 거야. 그러니까 나봄한테 묻는 거지."
나봄의 목소리가 계속 신경 쓰였지만 문진은 모른 척 능청스럽게 말했다.
"문진 씬, 나랑 결혼 못해요. 난 결혼 안 할 거거든요."
너무도 아무렇지 않게 나오는 말에 문진은 고개를 돌렸다. 나봄은 여전히 하늘을 바라보고 있었다.
"결혼을 왜 안 해? 그럼 평생 연애만 하자고?"
"당신은 결혼하면 되죠. 누가 평생 연애하래요?"
"난 나봄이랑 해. 결혼이든 연애든."
문진의 목소리가 강경해지자 나봄은 시선을 돌려 그를 보았다.
"어차피 해야 될 거라면 나봄이랑 해. 그리고 이젠 해야 되는 게 아니라 하고 싶어졌어. 나봄이랑 같이 사는 거."
'지금 이 남자가 뭐라는 거야? 뭐야? 진짜 결혼하자고?'
나봄은 멍해진 시선으로 문진을 뚫어져라 바라보았다. 문진은 자신이 말해놓고는 민망한지 헛기침을 하며 시선을 여기저기로 흩뜨렸다. 갑자기 결혼이라니, 같이 산다니. 결혼에 흥미도 관심도 없던 그가 결혼을 안 하겠다는 여자에게 매달리고 있다. 그것도 당신 아니면 절대 안 돼, 라는 말도 안 되는 떼를 쓰면서.
"결혼하려고 하는 거면 나랑은 그만두고 한 살이라도 적을 때 다른 여자 찾는 게 좋을 거예요. 난 정말 결혼 안 할 거거든요. 이미 오래전부터 그렇게 정했어요."
"정해? 당신은 그런 걸 정하고 살아? 그리고 나 어리다는 말 쓸 나이 지났어. 한 살이라도 덜 먹는다는 게 맞을걸. 그러니까 나 한 살이라도 더 먹기 전에 나봄이 같이 살아줘. 다른 여자 찾으려면 나 평생 혼자 살아야 될지도 몰라."
대체 어디에 그렇게 빠진 건지 나봄은 반쯤 나사가 풀린 문진 때문에 묘한 기분에 자꾸 웃음이 새어나오고 있었다.
"왜 나예요? 주위에 보기도 좋고, 문진 씨 조건에도 잘 맞는 여자들이 줄을 섰을 텐데. 왜 주위 사람들이 뻔히 반대하고 나설 나를 고집해요?"
예전부터 묻고 싶었던 질문을 나봄은 이제야 묻고 있었다. 아마도 어느 정도 예상된 답이 돌아오겠지만 그에게 직접 듣고 싶었다. 석호의 말대로 왜 하필이면 말도 안 되는 조건의 나봄인지.
"솔직히 말하면 나도 잘 모르겠어. 그냥 나봄이라서 그래서 좋다. 그냥 봄이라서."
"그런 말은 정말 사랑하는 사람한테 하는 거예요. 그냥 좋다. 이유는 모르지만 그냥 사랑한다. 그렇게."
나봄이 새침하게 웃으며 다시 하늘을 올려다보았다.

"그래? 그럼 내가 나봄 사랑하나 보네. 이렇게 아무 이유도 없이 좋은 걸 보면. 나봄, 사랑한다."

문진의 얼굴엔 잔잔히 미소가 퍼져 나갔다. 그래 이유도 모르지만 그냥 좋다. 이젠 보고 있으면 즐거운 게 아니라 그냥 좋았다. 그런 게 사랑이라면 뭘 더 숨기겠는가. 강문진이 윤나봄을 사랑한다는데.

아무렇지 않은 문진과 달리 나봄은 너무 놀라서 입까지 반쯤 벌리고 문진에게 시선을 고정시켰다. 문진은 아주 편안하고 부드러운 표정으로 나봄을 보고 웃고 있었다.

어떻게 저렇게 아무렇지도 않게 감정을 인정하고 솔직해지는 걸까.. 대체 어떻게 해야 저렇게 감정을 온전히 다 드러내고도 편안할 수 있는 건지. 나봄의 얼굴엔 혼란스러움이 찾아들었다. 하지만 그녀의 마음은 문진이 사랑한다는 말을 내뱉음과 동시에 요란스럽게 설레고 있었다. 아니, 이젠 그만 그를 온전히 받아주라고 자꾸 나봄을 흔들고 있었다.

"그런 말을 어떻게 그렇게 쉽게 해? 문진 씨, 원래 그래요? 가볍게 그런 말 하면서 여자들 꼬여내고."

나봄은 일부러 심술궂게 말하고 있었다. 마음이 시키는 대로만 문진을 받아들이고 싶지 않았다. 그러기엔 그녀에게는 결혼이란, 아니, 사랑이라는 것을 다시 시작하기까지 너무도 오랜 시간이 걸리게 만들었던 풋사랑에 대한 아픔이 아직도 마음 한구석을 짓누르고 있었다. 그리고 아무런 걱정도 없던 스무 살 때와는 다른 스물일곱 살의 어른이 되어 있었다.

"심술 부리지 마. 나한테 사랑이란 소리를 듣는 여자는 나봄이 처음이자 마지막이야."
　한 치에 거짓도 흐트러짐도 없는 듯 문진은 나봄을 똑바로 보며 진실을 말하고 있었다. 나봄의 심장이 다시 덜컥거리며 요란스럽게 움직였다. 어릴 적 처음으로 사랑이라는 말을 들었을 때 그것이 진실임을 알았을 때도 이렇게 온몸 구석구석이 짜릿하게 떨려오지는 않았다. 어쩌면 처음으로 사랑을 속삭였던 한 남자가 그녀에게 깊은 아픔으로 남은 것처럼 과거의 그와 비슷한 환경을 가진 문진 역시 그녀에게 또 다른 아픔이 될지도 모른다. 아니, 이번엔 그녀의 마음도 문진에게 깊고 빠르게 향하고 있기 때문에 그때보다 더 아프고 힘들 것이다. 하지만 이유야 어찌 됐든 문진과 시작하기로 했을 때 어렴풋이 생각했던 일이다. 아프고 힘들더라도 점점 좋아질 것 같던 문진을 알면서도 받아들였으니 이젠 더 이상 감정을 숨기고 도망치지 말아야 한다.
　"문진 씨, 난요, 난 잃는 것에 익숙해서 갖는 것에 대한 두려움이 커요. 언젠가는 잃어버릴 거라는 생각 때문에 애초에 갖는다는 걸 포기해요. 나한테 문진 씬 그런 사람이었어요. 언젠간 잃어버릴 사람. 내 것이 아니게 될 사람. 그러니까 애초에 갖지 말아야 할. 그래서 욕심 안 부렸었는데……."
　끝나지 않을 사람. 오랜 시간 동안 내내 함께 하고 싶은 사람. 나봄에게 강문진이란 남자는 어느새 그렇게 자리잡고 있었다. 그래. 오늘은 인정해야 할 것 같다. 이미 마음에 들어와서 자리를 잡은 이 예쁜 남자가 점점 좋아진다는 사실을.

나봄의 입에서 낮은 한숨이 흘러나왔다. 문진은 불안한 마음에 나봄의 손을 꼭 잡았다. 따뜻한 온기가 손끝을 타고 전해지자 망설이던 나봄이 다시 입을 열었다.

"믿어보자 하니까 자꾸 믿게 되고. 내가 그렇게 나쁘게 구는데도 당신은 한결같이 옆에 있으니까, 얼마 안 됐는데도 당신이 익숙해지고 편해져서 나 그게 너무 힘들어요. 그러니까 문진 씨, 나 그만 할래요."

뭘 기대했던 걸까. 문진은 온몸에 힘이 빠져 버렸다. 이번에도 너무 급하게 다가간 걸까? 사랑을 말하기엔 그는 그녀에게 아직 부담스럽고 힘든 존재였던 걸까? 손 위로 겹쳐졌던 문진의 손이 힘없이 풀어지자 나봄은 조용히 문진의 얼굴을 바라봤다.

"나 또 너무 급하게 굴어서 그런 거지? 난 나봄에 대해선 솔직하고 싶었어, 그래서 그런 건데……. 사랑한다는 말 못 들은 걸로 하자. 그래, 그 말 안 한 걸로 하자. 그러니까 그만 하잔 말은 나도 못 들은 걸로 할게. 그래, 우리 오늘 했던 얘긴 서로……."

아주 큰 죄라도 지은 것처럼 문진은 나봄의 양어깨를 붙잡고 사정하듯 말했다. 이 남잔 정말로 그녀를 사랑하는지도 몰랐다. 말 한 마디에 무너지지도 않고 쉽게 놓지도 않고 오랜 시간 변함없이 그녀를 사랑할 수 있을 만큼 문진의 간절한 진심이 나봄의 가슴으로 전해져 왔다.

"늘 자기 하고 싶은 대로 나 끌고 다니고. 민 실장님한테도 미움 받게 만들고. 거기다 난 이제야 좋아지기 시작했는데 자기 혼자 저만치 앞서 가서 사랑한다고 말하고. 거기다 혼자 지레 겁먹고 이미 뱉은 말을 취소나 하고 말이야. 이제 진심으로 좋아하는 마음만 갖고 연애해 보자고 말하려던 사람 민망하게."

굳어졌던 문진의 얼굴이 멍하니 풀리자 나봄은 문진의 눈앞에 손을 휘휘 흔들었다. 잠시 멍하던 문진은 그제야 나봄을 품에 끌어안았다. 서늘했던 몸에 서로의 온기가 느껴지고 둘은 편하게 눈을 감았다. 그래 이렇게 서로에게 솔직해지자. 서로의 감정에 솔직해지고 서로의 마음에 솔직해지고. 그렇게 꾸미지도 어렵게도 만들지 말고 그렇게 함께 가자. 서로의 마음이 온전히 전해지고 있었다. 둘의 머리 위로는 별들이 쏟아질 듯 빛나고 있었다.

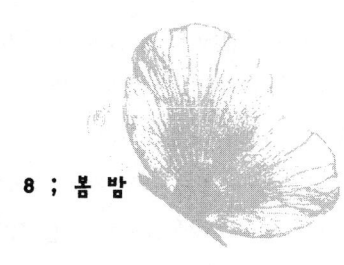

8 ; 봄 밤

짧은 나들이가 끝나고 서울로 돌아오는 차 안은 다정스럽게 뒷자리를 차지하고 앉은 문진과 나봄, 그리고 그와 반대로 아주 가라앉은 석호와 아무렇지 않아 보이는 은영으로 인해 다양한 공기로 채워지고 있었다.

나봄과 문진이 다정하게 손을 잡고 별장으로 돌아왔을 땐 은영은 무심한 얼굴로 하늘만 보고 있었고 석호는 씩씩거리며 담배를 피워대고 있었다. 사람 다루는데 익숙한 석호였지만 아무래도 은영에겐 그 기술이 먹히지 않는 모양이다. 아무래도 더 이상은 둘을 연결시켜 주려 했다가는 친구까지 마음에 들지 않는다는 명목으로 석호가 나봄을 더 미워하게 될 것 같아 문진은 둘을 연결하려는 시도를 완전히 포기했다.

"여기서부턴 선배가 운전해. 난 알아서 갈 테니까."

서울로 들어서자마자 석호는 제일 먼저 보인 지하철역 앞에 차를 세우고는 내려 버렸다. 문진이 따라 내렸지만 잠시 투닥거리는 것 같더니 결국 석호는 지하철역 안으로 사라졌다. 은영은 조용히 뒷좌석으로 옮겨 타서 나봄의 손을 잡았다. 은영의 손이 서늘하게 느껴졌다. 아무래도 민석호란 인간 때문에 마음이 상한 모양이다.

"은영 씨, 미안합니다. 혹시 석호가 못할 말이나 그런 행동 했으면 제가 대신 사과할게요. 저 녀석이 저렇게 감정 먼저 나가는 놈이 아닌데, 요즘 좀 그렇네요. 미안합니다."

문진에게 은영은 괜찮다고 대답했다. 문진과 그녀의 문제는 더할 나위 없이 좋게 풀린 대신 은영은 겪지 않아도 될 일을 겪었다. 그렇게 둘만 놔두지 말았어야 한다는 생각이 들어 나봄은 계속 은영에게 미안해졌다.

'뭐든 대가없이 얻어지는 건 없나 봐.'

문진은 짧은 한숨과 함께 걱정스러워지는 나봄의 얼굴을 룸미러로 살짝 넘겨보았다. 그의 아주 소중한 후배 때문에 사랑하는 여자와 그 여자의 소중한 사람이 속상해하고 있다. 소라 문제와 더불어 계속 자신에게 신경 쓰게 만든 것이 미안해서 석호의 불만을 다 받아주고 있었지만 그것은 점점 도를 넘어가고 있었다. 아무래도 어느 정도 수위 조절은 필요한 시기인가. 문진은 멀어지는 지하철역을 보며 낮은 한숨을 내뱉었다.

"그냥 여기서 내릴게요. 문진 씨도 민 실장님 만나봐야 하잖아요. 가세요."

나봄은 문진이 잡기도 전에 은영의 집 앞에 내려섰다. 티는 안 내고 있지만 우울해진 은영의 기분도 수습해 줘야 했고 문진도 석호를 수습해야 할 것 같았다.

아직 늦은 오후여서 나봄과 한참은 더 있을 수 있는 시간이지만 문진도 아쉬운 마음을 달래며 고개를 끄덕였다. 나봄의 말대로 지금은 석호를 만나봐야 했다. 수위 조절과 함께 그 녀석의 기분을 달래주려면······.

"그냥 데이트하지, 뭐 하러 내려."

"은댕이랑 데이트해야지, 이 화창한 일요일 오후에."

나봄의 말에 은영은 작게 미소를 지었다. 그래, 은영인 마음을 진심으로 열지 않으면 이런 웃음을 보이지 않는 아이였다. 그런데 그 불편한 민 실장과 단둘만 남겨두다니.

"미안."

"응?"

옷을 갈아입던 은영이 고개를 돌리자 나봄은 다시 미안이란 말을 뱉었다.

"나 때문에 괜한 사람하고 껄끄럽게. 아니, 아무튼 신경 쓰이는 일 만들어서 미안."

나봄은 뭔가 변명 거리를 찾는 것 같은 기분이 들어서 핑계는 그만두고 은영을 보았다. 은영은 아무렇지 않다는 듯 미소 짓고 있었다.

"별로 신경 안 쓰여. 그러니까 내 걱정은 하지 마. 난 그냥 그 민석호란 사람이 너한테 나쁘게 구는 것 같아서 싫을 뿐이야. 게다가 나야 이제 볼 일 없으니까 그만이지만 넌 강문진 씨 옆에 있는 이상 매일 봐야 하잖아."

석호에게 무슨 소리 들었냐고 묻고 싶었지만 나봄은 입을 다물었다. 은영이 성격상 석호가 나봄에 대한 얘기를 조금이라도 곱게 하지 않았다면 분명 석호는 은영에게 크게 당했을 것이다. 어쩌면 그래서 석호가 그렇게 불쾌한 얼굴이 되었는지도 모른다. 어쨌든 은영의 말대로 이 문제는 더 이상 중요한 문제가 아니었다.

"뭐 하러 지하철을 타냐. 그냥 같이 오면 되지."

귀찮은 듯 문을 열고 들어가 소파에 털썩 주저앉은 석호는 심술 났으니 건들지 말라는 얼굴이었다. 문진은 일 인용 소파에 앉아 석호를 보았다. 그렇게 잠깐의 시간이 지났다.

"오은영, 아니, 윤나봄. 아니, 오은영. 아니…… 아무튼 그 두 여자 모두 정말 마음에 안 들어. 대체 뭐가 그렇게들 당당하고 뭐가 그렇게 잘났지? 잘나기는커녕 모자란 것투성이인데. 뭐? 그쪽한테 그런 취급받을 사람 아니라고? 그전에 그쪽이나 행동 조심하시라고? 하! 나 참, 기가 막혀서."

거의 폭발하듯 석호가 말문을 열자 문진은 냉장고에서 맥주 몇 캔을 꺼내왔다. 아무래도 오늘 석호에겐 적당한 알코올이 필요할 것 같았다.

"선배, 내가 그 쪼만한 여자한테 무슨 소리 들은 줄 알아? 그렇게 감정대로 막 살면서 어떻게 사회생활을 하냐고, 또 뭐? 선배가 불쌍하다나? 나 같은 부하직원 때문에 선배가 무지 고생할 거라고. 아니, 선배가 나 때문에 고생스러울 게 뭐가 있는데? 그리고 윤나봄, 윤나봄한테 자꾸 그러면 그냥 두고 보지만은 않을 거라고. 그냥 안 보면 어쩔 건데? 대체 어떻게 돼먹었길래 그 여자는 그런 막말을 아무렇지도 않은 표정으로 하는 거야!"

속이 풀리지 않는지 석호는 계속해서 씩씩거렸다. 결국 문제는 나봄이 아니라 은영이었군. 윤나봄 친구답네. 민석호를 저렇게 펄펄 뛰게 만드는 걸 보니. 문진은 킥킥거리며 석호의 말에 고개를 끄덕여 주었다.

"그러니까 은영 씨 앞에선 나봄한테 그러지 마. 나봄도 그렇지만 은영 씬 네가 날 생각하는 것보다 더 나봄을 생각해. 나봄 일이라면 다른 사람 감정 따위는 아예 보지도 않는다더라. 그런데 그런 사람을 앞에 두고 네가 그렇게 행동을 했으니 그 아가씨 입에서 어떻게 좋은 말이 나오겠냐? 그러니까……."

"선배, 지금 누구 편을 드는 거야? 내가 누구 때문에 그런 꼴을 당했는데! 선배만 아니었음 윤나봄 같은 여잔 평생 모르고 살았을 거고 그랬으면 오은영인지 뭔지 그 땅딸막한 여자를 만날 일도 없었을 거야. 근데 뭐? 내 행동?"

상황이 심각한데도 불구하고 펄쩍 뛰는 석호를 보자 문진은 자꾸만 터지는 웃음을 막을 수가 없었다. 십 년 넘게 석호를 봐왔지만 예상치 못한 상황에서 그보다 먼저 냉정을 찾는 이성적인 성격의 소유자였다. 그런데 이렇게 두서없이 떠들면서 흥분하다니. 아마 나봄과 은영을 만나지 못했다면 이런 모습은 평생 보지 못했을 것이다.

석호는 그 후로도 몇 시간 동안 계속해서 씩씩거렸고 문진은 즐겁게 그 모습을 즐기고 있었다. 아마 은영에 대한 석호의 반응은 앞으로가 더 재미있어질 것 같았다.

자정이 훌쩍 넘은 시간, 막 잠이 들려던 나봄은 가방 속에서 울리는 핸드폰 때문에 늘어지는 몸을 일으켰다.
[나봄, 아직 안 자는 거면 문 좀 열어봐.]
대뜸 전화해서 문을 열라니. 나봄은 투덜거리면서도 문진이 시키는 대로 현관문으로 향했다.
"문은 왜, 어! 여기서 뭐 해요?"
나봄이 전화기를 든 그대로 말하자 문진은 킥킥거리며 나봄에게서 전화를 뺏어 끊었다.
"그냥 보고 싶어서."
편안하고 노곤해 보이는 얼굴로 문진은 나긋하게 말했다.
"내일, 아니, 몇 시간 후면 볼 텐데 뭐 하러 여기까지 와요? 귀찮게."
마음이라는 것이 얼마나 간사한지 마음을 조금씩 열어두었다는 것만으로 그를 보면 숨김없이 떨림이 전해져 왔다. 요란한 마음과는 반대로 나봄이 틱틱거리자 문진은 나봄을 당겨 품에 안아버렸다.
"내일 일요일이야. 출근 안 한다고."
문진의 숨결에서 옅은 알코올 냄새가 났지만 불쾌하지는 않았다. 대신 귓가로 은근하게 들려오는 그의 목소리에 마음이 불안정하게 뛰기 시작했다.
'요즘 정신이 없긴 했나 보네. 날짜가 어떻게 가는지도 모르고.'

문진에게 안긴 채로 나봄은 얕게 한숨을 뱉었다. 그러다 아차 싶어 서둘러 입술을 손으로 가렸다. 문진은 그런 나봄을 품에서 떼어내고 키득거리며 웃더니 집 안으로 들어갔다.
"어딜 들어와요? 지금 몇 신 줄 알아요?"
문진의 앞을 급하게 가로막은 나봄은 문진을 흘겨보았다.
"새벽 한 시. 이제 들어가도 되지?"
나봄을 밀어내고 당당히 안으로 들어온 문진은 찬찬히 집 안을 둘러보기 시작했다. 둘러볼 것도 없는 작은 옥탑방인데, 뭘 그렇게도 찬찬히 보는지. 나봄은 포기한 듯 싱크대로 향했다.
"봄, 나 배고프다. 석호 그놈 때문에 아무것도 못 먹었어."
집을 둘러보던 문진이 큰 소리로 말하자 나봄은 다시 한숨을 뱉었다.
'먹을 거 별로 없는데. 에휴.'
냉장고를 열자 나물 몇 가지와 김치가 놓여 있었다. 배고프다는 사람을 굶길 수는 없는 노릇이라 나봄은 일단 서둘러 식사 준비를 하기 시작했다.
문진은 천천히 집을 둘러보고 있었다. 고작 오 평 남짓한 거실에 작은 화장실, 거기다 침대와 화장대, 작은 농 하나가 겨우 들어 있는 방. 답답하게 느껴지긴 했지만 온전한 나봄을 느낄 수 있어서 마음이 편안해졌다.
방 안은 나봄의 향기로 가득했다. 누워 자는 침대에도 항상 앉는 낮은 화장대에도, 그리고 공기 하나하나에도.
"남의 방에서 뭐 해요? 나와서 식사해요."

대뜸 방으로 들어온 나봄은 아무렇지도 않게 말하고는 방을 나갔다. 다른 여자들이었다면 흐트러진 이불이나 조금이라도 정리가 안 된 방 때문에 당황했을 텐데 나봄은 평소 모습처럼 조금의 당황함도 보이지 않았다.
"반찬 별로 없어요. 그냥 대충 한 끼 먹는다 하고 드세요."
거실 탁자에는 세 가지 밑반찬과 먹음직스러운 김치, 그리고 따끈한 계란 국이 소박하게 차려져 있었다.
"잘 먹을게."
편안하게 자리를 잡고 앉은 문진은 맛있다는 얼굴로 열심히 음식을 비우기 시작했다. 정말 배가 고팠는지 평소와는 다르게 나봄은 쳐다도 보지 않고 밥 먹는 일에만 열중했다.
'이 남자, 밥을 저렇게 먹었구나. 그동안 저 사람이 어떻게 밥을 먹는지도 몰랐네. 그런데 젓가락질은 예쁘게 못하네.'
잘 집어먹기는 하지만 예쁜 모양으로 잡혀지지 않는 젓가락을 보며 나봄은 작게 웃음을 지었다. 누군가 밥을 먹는 모습이 예쁘고 좋아 보이는 건 처음 느꼈지만 생소하면서도 기분이 좋았다.
"잘 먹었습니다."
밥 한 그릇을 뚝딱 비워내더니 문진은 만족스럽게 웃고 있었다.
"잘 먹었으면 됐지 인사는 뭘 그렇게 거창하게 해요?"
더 맛있는 걸 차려주지 못해 미안한데 문진이 거창하게 인사를 하자 나봄은 시큰둥하게 말하며 서둘러 상을 치웠다.
"아, 맞다. 우리 사이에 인사치레는 안 하는 게 좋은 거지?"
피식 웃는 문진의 미소에 나봄도 미소를 지었다. 우리 사이란 말이 저 남자는 아주 마음에 드는 모양이다.
"민 실장님은 좀 괜찮아요?"
따뜻한 녹차를 탁자에 내려놓으며 나봄이 물었다.
"좀 그랬나 봐. 얘기 들어보니 은영 씨한테 된통 당한 모양이더라구. 내가 나봄한테 당한 것처럼."
딱 먹기 좋은 온기의 녹차를 한 모금 넘기며 문진이 편안하게 말했다.
"그러게 민 실장님은 우리 은영이한테 안 된다니까요. 다 뿌린 대로 거둔 거지 뭐. 근데 당신이 나한테 뭘 당했다는 거예요? 당한 걸로 치면 내가 당신한테 더 많이 당했잖아요."
매일 강제로 끌고 가고 말도 안 되는 연애를 하자고 떼를 쓰던 그가 떠올라 나봄은 못마땅한 눈길로 문진을 보았다.
"나 애태웠잖아. 나봄이 좋아진다고 계속 그랬는데 모른 척하고."
"그게 좋아죽겠다는 사람이 할 짓이었어요? 난 또 너무 막 대하길래 이 남자가 날 우습게 봤나 했죠!"
말에 약간 날이 서자 문진은 서둘러 나봄을 끌어당겨 옆 자리에 앉혔다.
"좋아하는 여자한테 자꾸 손이 가는 걸 어쩌겠어. 그게 남자란 동물이야. 좋아하는 건 자꾸 만지고 싶고 옆에 두고 싶어하는 거. 하지만 함부로 굴었던 건 미안해."
어물쩡 넘어가려는 것 같더니 낮게 미안하다는 말을 속삭이는 문진을 보자 나봄은 따지고 넘어가야겠다는 마음이 사라져 갔다.

"알면 됐어요. 하여간 당신 재주도 좋아요. 꼬치꼬치 따져 물으려고 했는데 그렇게 선수쳐서 사람 김빠지게 하는 거 보면."
 문진은 키득거리며 당연하다고 말하고는 나봄의 무릎을 베고 자리에 누워버렸다.
 "배부르고, 따뜻하고, 나봄 냄새도 나고…… 좋다."
 눈을 감고 편안한 얼굴이 되어버린 남자를 보자 다시 한숨이 새어나왔다.
 '벌써 세 번째네. 버릇 고친다더니 댁 때문에 버릇이 더 심하게 들겠네요.'
 "나봄, 자꾸 한숨 쉬지 마. 그거 걱정이고 힘든 일인 것 같아서 나 정말 싫다."
 낮고, 조금은 늘어지는 문진의 목소리가 흘러나왔다.
 "쉽게 안 고쳐져요. 그리고 당신 만나기 전까진 이게 버릇인지도 몰랐어요. 그냥 생활이었는데."
 나봄은 작게 투덜거렸다. 정말 한숨이 버릇인 건 이 남자를 만난 후에 처음 알게 된 사실이니까.
 "자고 가도 돼?"
 한참 동안 말이 없던 문진이 망설이는 어조로 물어왔다. 나봄은 순간 숨이 턱 막히는 것처럼 말문이 막혀 버렸고 문진은 감겨졌던 눈을 천천히 뜨며 나봄을 바라보았다. 그의 앞에서 처음으로 나봄이 당황함을 보이고 있었다.
 "피곤해요? 가기 귀찮을 만큼?"
 헛기침을 뱉은 나봄은 대답을 기다리고 있는 문진에게 물었다.

걱정스러웠던 문진은 얼굴에 화색이 돌면서 자리에서 벌떡 일어나 앉았다.

"자고 가도 돼? 정말?"

아무래도 못 믿겠는지 재차 묻는 문진에게 나봄은 아무렇지 않게 고개를 끄덕였다. 그러더니 방으로 들어가 이불을 꺼내 거실에 펼쳤다.

"피곤하면 자고 가요. 나 오늘 착한 일 진짜 많이 한다. 배고프다는 사람 밥도 차려주고 피곤하다는 사람 재워도 주고. 그쵸?"

이게 아닌데 싶은 얼굴로 문진은 예쁘게도 웃고 있는 나봄을 쳐다보았다. 분명 그런 의미가 아니라는 걸 알아들었음에도 불구하고 나봄은 해맑게 웃으며 아무것도 모른다는 눈으로 그를 보고 있었다.

"지금 나보고 여기서 혼자 자라는 거야?"

"왜요? 불편해요? 그럼 내가 여기서 잘까요? 난 바닥도 좋던데."

어이없는 얼굴로 묻는 문진에게 나봄은 이부자리를 잘 펴놓으며 괜찮은데란 소리만 해댔다.

"됐어. 됐으니까 가서 자."

마음이 상한 건지 문진은 나봄을 밀치고는 이불 속으로 들어가 누워 버렸다. 나봄은 웃음이 새어나와 서둘러 거실 불을 껐다.

"그럼 잘 자요. 혹시 자다 춥거나 그러면 말해요. 보일러 올릴게요."

문진은 아무런 대답도 하지 않고 몸을 반대편으로 돌려 버렸다. 문을 닫고 방으로 들어와 앉은 나봄은 작게 한숨을 쉬었다. 애써 웃으며 이부자리를 펴주고 돌아서면서도 혹 문진이 이 일 때문에

봄 밤

고민하는 건 아닐까라는 생각 그냥 원하는 대로 해줄까란 생각도 했지만 애써 고개를 저었다. 그를 거절한 건 아직 준비되지 않은 마음이나 너무 이른 시기 같은 진부한 핑계 때문이 아니었다. 그런 건 아무래도 상관없는 것들이었다. 하지만 문진이 그녀를 원한다고 말한 그 순간 덜컥 겁이 난 것은 사실이었다. 뭔가 알 수 없는 것에 대한 막연한 두려움. 그게 그녀를 당황하게 만들었고 문진을 솔직히 받아들일 수 없게 만들었다.
"완전히 솔직해질 수 있으면 좋을 텐데……."
마음을 인정하긴 했지만 아직 마음 한켠에는 그를 놓아야 할지도 모른다는 생각이 자리잡고 있었다. 그리고 그때는 처음 했던 사랑보다는 덜 아프고 싶었다. 강문진이란 사람이 더없이 좋아지고 있었지만 아프고 싶지는 않았다. 결혼이라는 것을 강력히 부인하는 마음은 어쩌면 그 때문인지도 모른다. 그를 완전히 받아들이지 않았다는 것에 대한 조금의 위로. 어줍잖게 자리잡은 피해의식과 자기 보호본능에 충실한 모습을 보며 나봄은 씁쓸함이 밀려왔다.
자리에 누운 지 한 시간이 넘도록 문진은 이리저리 뒤척이기를 반복하고 있었다. 딱딱한 바닥이 불편하게 느껴지는 만큼 마음도 그랬다. 얼마나 고민하고 망설이다 꺼내놓은 말인데 그렇게 아무렇지 않게 넘겨 버리다니. 희미한 불빛이 새어나오는 나봄의 방을 보며 문진은 자리에서 일어나 앉았다. 좋아한다고, 더 좋아지고 있다고는 말했지만 그녀의 마음은 닫혀진 방문처럼 아직도 열리지 않은 것 같았다. 이제 겨우 자물쇠를 풀었는데 열리지도 않은 문을 박차고 들어가려 했으니 욕심이 과했던 거다. 그렇게 애써 자신을 달래며 문진은 익숙하지 않은 바닥에 다시 몸을 뉘었다. 나봄과의 첫날밤은, 몸도 마음도 불편한 저녁이 될 것 같았다.

시원한 김치찌개를 마주 놓고 앉은 아침, 문진은 뻣뻣한 허리를 두들기며 힘겹게 밥을 먹고 있었다.
"허리 아파요?"
나봄이 걱정스럽게 묻자 문진은 일부러 더 세게 허리를 두들겼다.
"바닥에서 자본 적 없으니까. 살면서 날 바닥에 재운 사람은 나봄이 처음이야."
"그거 곱게 자랐단 소리죠?"
한국 사람이 바닥에서 자본 적이 없다는 건 침대 생활을 늦게 시작한 나봄의 기준에선 부유한 환경에서 자란 사람이라는 뜻이다.
"곱게 자랐다는 기준이 어떤 건지는 모르겠지만 경제적인 걸 말하는 거라면 그래."
문진의 말에 나봄은 고개를 끄덕였다.
"나봄은 바닥에서 자는 게 익숙한가?"
그의 집은 어느 정도나 되는 집일까라는 생각을 하던 나봄은 고개를 들어 문진을 보았다.
"난 바닥이 더 익숙해요. 침대를 산 게 대학교 때였나, 난 그다지 경제적으로 편안하진 않았거든요."
아무렇지 않게, 정말 아무것도 아니라는 듯 나봄은 간단히 대답했다. 오히려 그런 걸 물어온 문진이 민망함을 느낄 정도로.

봄 밤

"그렇게 안 봐도 돼요. 우리 집에 돈이 많지 않다는 거 이미 오래 전부터 받아들이고 살았거든요. 음악을 한 덕분에 돈 많은 집 애들 사이에서 자라서 그걸 인정하고 받아들이는 게 좀 빠르긴 했지만 그 것 때문에 부끄러운 적은 없었어요. 나한테 돈이란 건 그뿐이에요."

감정이 드러난 건가? 문진은 서둘러 표정을 바꾸려 했지만 이어지는 나봄의 말에 안타까운 감정이 얼굴에 더 드러났다. 그리고 부끄러워졌다. 부유한 부모 덕에 잘 먹고 잘살았다고 말했던 자신의 입이.

그 후론 서로 조용히 식사를 끝내고 나봄은 그가 있든 없든 오랜만에 밀린 빨래를 해 널고 집 청소를 시작했다. 그리고 문진은 그런 나봄을 열심히 눈으로 쫓고 있었다.

"일 쌓여 있는 것 같던데 계속 여기 있을 거예요?"

청소를 끝내고 커피를 타주며 나봄은 일부러 그만 가라는 말투로 말했다. 하지만 이 남자 아예 작정을 했는지 기분 좋게 커피만 홀짝거리고 있었다.

"나봄, 우리 같이 살래?"

"캑! 콜록!"

갑작스런 말에 나봄은 뜨거운 커피가 목에 걸려 한참을 캑캑거리다 말갛게 눈물이 고인 눈으로 문진을 무섭게 노려보았다. 어젠 자고 간다더니 오늘은 뭘 하자고?

"괜찮아? 뭘 그렇게 놀라, 같이 자자고 할 때도 그렇게는 안 놀라더니."

걱정스러우면서도 뾰로통하게 말하는 문진을 보자 나봄은 기가 막혔다.
 "같이 자자고 했으면 당신 오늘 아침 해 못 봤을지도 몰라요. 그리고 뭘 해요? 나랑 당신이 사귄 지 이제 얼마나 됐다고."
 "어차피 올해 안에 결혼할 거 그냥 사는 것 먼저 하자는 건데 그게 어때서? 그리고 나랑 당신 애인 된 지 벌써 한 달은 넘어가. 처음 만난 건 더 될 거고. 그럼 된 거 아닌가?"
 "기가 막혀. 강문진 씨, 내가 언제 당신하고 결혼한댔어요? 아니, 떡 줄 사람은 생각도 안 하고 있는데 왜 김칫국을 마신데요?"
 이 남잔 앞서가도 너무 앞서 가고 있었다. 그것도 나봄이 따라오지도 못할 정도로 아주 빠르게.
 "나 좋다고 했잖아. 앞으로 더 좋아질 것 같다고. 그래놓고는 결혼은 안 해? 나봄, 그러다 나중에 어떡하려고 그래? 계속 나 좋아질 텐데 그때 가서 내가 결혼 안 한다고 하면."
 문진은 아주 당당하고 뻔뻔스러웠다. 마치 나봄이 그가 좋아 죽겠다고 말한 것처럼.
 "하! 나 참, 어이가 없어서. 누가 들으면 내가 강문진 씨 바짓가랑이 잡고 늘어져서 연애하는 줄 알겠어요. 내가 당신 좋아지고 있다고 한 건 사실이지만 결혼 안 하겠다는 내 마음은 아직 그대로거든요."
 나봄이 딱 잘라 말하자 문진이 기분 좋게 웃기 시작했다.
 "그게 그거지 뭐. 계속 좋아지는 사람이랑 같이 살고 싶은 게 사람 마음인데. 나봄은 사람 아닌가?"
 "이보세요, 강 이사님. 사람에도 다 종류가 있는데 그걸 모르시네. 강 이사님 같은 종류의 사람이 있는가 하면 저 같은 종류의 사람도 있거든요. 그러니까 우린 안 되는 거예요. 종류가 다르니까. 이렇게 연애라는 걸 하는 것도 사실은 아주 말도 안 되는 거라구요."

나봄의 말에 문진의 얼굴에선 웃음이 사라졌다. 또 뭔가 비위를 건드린 모양이다.

"그런 말도 안 되는 소리는 어디서 들은 거야? 그리고 그 강 이사님이란 호칭은 앞으로 하지 말라고 했을 텐데."

문진의 얼굴은 평소와 달리 굳어져 있었다.

"당신이 결혼이니 뭐니 자꾸 말도 안 되는 소리를 하니까 그렇죠. 알았으니까 얼굴 좀 펴요. 앞으론 절대 강 이사님이라고 안 부를게요. 됐죠?"

나봄이 어린아이 달래듯 문진의 옆으로 다가가 앉았다.

"당신 나한텐 정말 못되게 굴어. 그거 알아?"

"네, 알아요. 당신한테 나 나쁜 여자인 거."

문진은 마음에 안 든다는 얼굴로 나봄을 품에 안았다.

"당신이 너무 좋아져서 큰일이다. 나 이거 중증이지?"

한숨과 함께 나오는 문진의 말에 나봄은 키득거리며 고개를 끄덕였다.

"원래 바람 중에도 봄바람이 제일 무섭다잖아요. 당신 제대로 바람 든 거죠 뭐, 봄바람."

둘은 서로의 숨결을 느끼며 기분 좋은 웃음을 나누었다. 그렇게 둘의 휴일이 지나가고 있었다.

9 ; 봄을 느끼다

달콤한 휴일이 끝난 지 벌써 며칠이 흘렀다. 석호는 예전과는 달리 나봄을 대놓고 미워하고 있었고 문진은 매일 석호 대신 사과를 하느라 진땀을 빼고 있었다.

"오늘도 미안. 그 녀석 오늘도 심했지?"

이젠 익숙하게 버스정류장에 세워진 문진의 차에 올라타며 나봄은 대답 대신 어깨를 으쓱했다. 오늘은 좀 더 심하긴 했지만 거의 일주일 동안 들은 석호의 미운 소리가 이젠 익숙해져서 그런지 아무렇지도 않게 들리는 게 사실이었다.

"매일 사과하지 마요. 나 못살게 구는 게 문진 씨 같잖아. 그리고 민 실장님이 그러는 거 신경 안 써요. 그러니까 얼굴 보자마자 미안하다는 말로 인사하지 마요. 그거 별로 재미없어."

며칠째 계속되는 문진의 미안하다는 소리가 이젠 거슬렸다. 더군다나 정말 미안해하는 그의 얼굴을 보는 것도 즐겁지 않았고.
 문진은 돌아가는 상황이 정말 마음에 들지 않았다. 아침부터 석호의 옆에 앉아서 가시 돋친 말을 다 감당해야 하는 나봄의 위치와 그걸 어떻게 막아볼 수도 없는 그의 위치. 거기다 갈수록 불만만 심해지는 석호까지. 문진은 은영과 석호를 만나게 한 걸 아주 후회하고 있는 중이었다.
 "여기가 어디예요?"
 차에서 내리며 나봄은 지하 주차장을 두리번거렸다. 호텔 같지도 않고, 그렇다고 그동안 갔던 식당들 같지도 않았다.
 "우리 집."
 어느새 도착한 삼십층에서 내리면서 문진은 짧게 대답했다. 고급스럽고 깔끔한 복도에는 몇 개 안 되는 문들이 달려 있었고 문진은 복도 끝에 위치한 문을 자연스럽게 열었다.
 "여기 살아요?"
 집 안으로 들어서자마자 풍겨오는 문진의 향기가 나봄을 잔뜩 긴장시켰다. 이건 그의 품에 안겼을 때와는 또 다른 느낌이었다. 생전 처음으로 들어와 본 남자의 집은 문진의 성격만큼이나 깨끗하고 고급스러웠다.
 "좋네요."
 집을 둘러보던 나봄의 입에서 짧은 감상평이 나오자 문진은 피식 미소를 지었다. 그의 집을 보고 저렇게 담담하고 담백한 감상평을 뱉는 여자는 나봄이 유일할 것이다.

"편하게 있어. 저녁 금방 준비할 거니까."

편안한 옷차림으로 갈아입고 나온 문진은 나봄을 소파에 앉힌 후 부엌으로 향했다. 부엌에 서서 분주하게 움직이는 그의 뒷모습을 바라보며 나봄은 소파에 몸을 묻었다. 오늘도 석호의 심술 때문에 피곤한 하루이긴 했지만 그 대가로 따라온 문진의 서비스는 아주 만족스러웠다. 물론 미안해하는 얼굴은 빼고.

"어때? 괜찮아?"

예쁘게 차려놓은 식탁을 만족스럽게 보는 문진에게 나봄은 웃으며 고개를 끄덕여 주었다. 그녀가 그에게 차려주었던 식탁보다 몇 배는 훌륭해 보이는 식탁이었다.

"잘하네요. 곱게 자랐다더니 그것도 아닌가 봐요?"

문진이 빼주는 의자에 앉으며 나봄이 새침하게 말했다.

"경제적으로 편안했던 거지, 곱게 자랐다는 것에 동의한 건 아니었어. 말했잖아, 곱게 자란 기준이 뭔지 모르겠다고."

나봄은 알겠다며 고개를 끄덕였다. 저 남자 꼭 따지고 넘어가는 게 그녀만큼이나 쉽게 넘어가는 구석이 없다.

"맛 괜찮아?"

스파게티를 돌돌 말아 입에 넣는 나봄에게 문진이 기대에 찬 눈으로 물어왔다. 누군가를 먹이기 위해 음식을 차려본 일도 몇 번 없지만 이렇게 기대감에 젖어 맛있냐고 묻는 건 정말 처음 해보는 일이었다.

"맛있어요. 안 먹어요?"

집에 대한 것만큼이나 짧은 평에 문진은 김이 빠졌지만 윤나봄

답다는 생각에 웃으며 포크를 들었다.

"나봄은 칭찬에 너무 야박해."
 식사를 마치고 향긋한 원두커피를 내려놓으며 문진이 자못 진지하게 말했다. 그러자 나봄이 무슨 소리냐는 얼굴로 문진을 보았다.
 "오늘 처음으로 만들어준 음식에 대한 것도 그렇고, 내가 살고 있는 집에 대한 것도 그렇고. 뭐든 나에 대한 칭찬은 인색하다고."
 나봄은 그제야 알겠다는 듯 웃음을 지었다. 아무래도 음식에 대해서 감탄을 연발해 주지 않은 게 불만인 것 같았다. 그래도 어찌겠는가, 입바른 소리는 그녀와 궁합이 맞지 않은 걸.
 "앞으론 좀 많이 칭찬해 보도록 노력할게요. 근데 내가 워낙 그런 거 못해요. 적성에도 안 맞고. 내가 괜히 개인 레슨만 하러 다니겠어요? 입바른 소리 매일 해야 되는 회사 생활 그저 나한텐 쥐약이거든요."
 향긋한 커피 향이 코끝을 간질여 한결 기분이 풀어지자 나봄은 나른해지는 몸을 소파에 묻었다.
 "그래, 나봄이 입바른 말로 아첨하는 건 안 어울리긴 하지. 피곤하면 좀 잘래?"
 졸린 것처럼 늘어지는 나봄의 모습을 보며 문진이 커피 잔을 내려놓았다.
 "배부르니까 자꾸 늘어지나 봐요. 좀 졸리네."
 이미 눈은 반쯤 감아놓고선 나봄은 말을 이어가려고 노력하고 있었다.

"좀 자. 이따 일어나면 데려다 줄게."
"가야 되는데……."
의지와는 반대로 이미 잠에 취한 나봄의 몸은 문진의 품에 안겨서 침대로 옮겨졌고 나봄은 그대로 문진의 향기를 맡으며 잠에 빠져들었다.
"자란다고 정말 자고. 나봄 진짜 둔하다."
이불을 끌어당겨 덮어주면서 나봄의 안경을 조심히 벗겼다. 오물거리며 고른 숨을 내뱉는 나봄의 입술에 살짝 입을 맞춰주고는 문진은 한참 침대 옆에 앉아 나봄을 보고 있었다.
"갈수록 좋아지기만 하니 정말 큰일이다."
나봄의 볼을 부드럽게 쓰다듬으며 문진이 피식 웃음을 지었다.

나봄은 잠들 때는 정신없이 잠들었지만 막상 깨어나려고 몸을 몇 번 뒤척이자 진하게 느껴지는 문진의 향에 화들짝 놀라 몸을 일으켰다. 실내는 옅은 불빛만이 어둠 속에 희미하게 번지고 있었다.
"문진 씨."
침대에서 내려서며 나봄은 잔뜩 가라앉은 목소리로 문진을 불렀다. 불안했다. 낯선 공간의 어두움도 불안했고, 향기만 느껴지고 보이지 않는 문진 때문에도 불안했다. 엄마가 돌아가시고부터 나봄은 낯선 공간에 혼자 놓여지면 이상할 정도로 불안하고 겁이 났다. 그것도 그녀가 있어야 할 곳이 아닌 이질적 공간에 남겨지면 더욱 그랬다.
"더 자지 왜 일어나."

나봄의 목소리에 문진은 보고 있던 서류들을 내려놓으며 자리에서 일어났다. 시계는 새벽 한 시를 향해 가고 있었다. 책상 스탠드에서 흐르는 옅은 불빛으로 흐트러진 모습의 나봄이 보였다.
"집에 갈래요."
침대로 올라오는 낮은 두 개의 계단은 다행히 잘 내려섰지만 어둡고 익숙하지 않은 구조 때문에 허둥대며 가방을 찾던 나봄은 탁자 모서리에 무릎을 찍혀 버렸다.
"앗!"
둔탁한 소리와 함께 나봄의 짧은 비명이 들리자 문진은 서둘러 집 안의 불을 켰다. 갑작스러운 밝기에 눈살이 찌푸려졌지만 나봄은 한결 마음이 편안해졌다. 하지만 무릎에는 무지막지한 아픔이 느껴지고 있었다.
"괜찮아? 어디 좀 봐."
허둥대는 나봄을 막지 못해 벌어진 상황에 문진이 한숨을 뱉었다. 바지를 걷어 올리자 무릎은 이미 벌겋게 부어올라 피까지 비치고 있었다.
"약 발라야겠다. 그러게 어두운데 뭐 하러 움직여."
"괜찮아요. 좀 지나면 나아져요."
민망해져 서둘러 바지를 내리려고 하는 나봄을 문진이 억지로 소파에 앉혔다.
"괜찮긴. 무슨 여자가 그렇게 둔해? 아픈지 안 아픈지도 모르고. 보는 내가 이렇게 아픈데."
약상자를 가져와 내려놓은 문진은 정말 아프게 나봄의 상처를 살펴보았다.
"나봄, 이래서 덜렁거린다는 소리가 나오는 거야. 유나 앞에서도 이랬구나? 부딪치고 다치고."
문진은 마치 자기가 아픈 것마냥 약을 바르며 투덜거렸다.
"왜 문진 씨가 아픈 표정을 지어요? 난 별로 안 아픈데."
정말 이상했다. 좀 아리긴 하지만 심하게 아프진 않은 상처를 왜 저 사람이 저렇게 아프게 보는 걸까. 마치 자기가 아픈 것처럼.
"내가 아는 여자들은 이 정도 상처면 다 울고불고 난리를 쳤을 거야. 근데 나봄은 안 아프다잖아. 그래서 더 아파 보여, 괜찮은 척하니까."
시선을 스쳐 다시 상처를 치료하는 데 열중하는 문진을 보며 나봄은 갑자기 울컥하는 느낌이었다. 지금 문진이 해준 말은 살아가면서 절대 잊지 못할 사람에게 들었던 말이다. 그 아련한 기억이 떠오르자 마음 깊숙한 곳에 숨겨두었던 슬픔이 올라오고 있었다.
"아플 땐 아프다고 말해. 괜찮다고 말하면 다른 사람들은 정말 괜찮은 줄 알아. 그러니까 앞으로는 아프면 울고불고까지는 안 된다 한들 적어도 아프다고는 말해. 적어도 내 앞에서만이라도. 알았지?"
치료가 끝났는지 약상자를 닫으며 문진이 타이르듯 말했다. 그러나 나봄은 아무런 대답이 없었다.
"좀 씻고 싶은데…… 갈아입을 옷, 그런 거 있음 좀 빌려줘요."
그녀의 말에 대답도 못하고 그 자리에 서 있던 문진은 화장실 문이 달칵 닫히는 소리에 정신을 차렸다. 불안정했다. 나봄이 불

봄을 느끼다 263

안정한 감정으로 흔들리고 있다. 문진은 옷장을 뒤져 그나마 제일 작은 티셔츠와 트레이닝 바지를 침대 위에 꺼내놓고 멍하게 있을 즈음 문 열리는 소리가 들렸다. 그리고 촉촉이 젖은 머리를 털어 내며 나봄이 불편한 걸음걸이로 걸어나왔다.
"옷."
"아, 여기."
옷을 건네주자 나봄은 다시 화장실로 들어가 버렸고 문진은 불안한 눈으로 닫혀진 화장실 문을 보았다.
특별히 뭔가 잘못을 한 것도 아니었고 딱히 무슨 일이 있었던 것도 아니었는데, 자다 깨더니 갑자기 집에 가겠다고 나서는 것도 이상했고 심하게 부딪친 다리를 괜찮다고 말하는 것도 이상했다. 하지만 그건 성격이겠지 싶어 치료만 하고 집에 데려다 주려 했는데. 도무지 갈피를 잡을 수 없는 나봄 때문에 문진은 낮은 한숨을 쉬며 소파에 앉았다.
"풋."
한결 마른 머리를 차분히 빗어 내리고 많이 헐렁한 티셔츠와 질질 끌리는 바지를 여러 번 접어 입은 나봄을 보자마자 문진은 웃음을 터뜨렸다.
"옷이 이것밖에 없어요? 완전 팔푼이 같아."
원래는 반팔이었을 티셔츠가 팔꿈치 밑까지 내려오자 나봄은 투덜대며 소매를 접어 올렸다.
"그나마 제일 작은 옷인데."
웃음기 묻은 문진의 말을 뒤로하며 나봄은 투덜거리며 걸음을 옮겼다.

"침대 빌려도 되죠?"

이미 이불 속으로 들어가면서 나봄은 얼빠진 듯 앉아 있는 문진에게 좀 더 큰 소리로 말했다.

"문진 씨, 나 침대 빌려요. 딱 반만 빌릴 거니까 문진 씨도 자려면 침대에서 자요. 여긴 여분의 이불도 없어 보이는데 괜히 소파에서 쪼그려 자지 말고. 대신! 깨끗이 씻고 와요. 냄새 나면 확 밀어버릴 거야."

새침하게 말하고 이불을 목까지 덮어버린 나봄은 살짝 문진을 내려다보았다.

'휴…… 잘하는 짓인가?'

멍하게 앉아 있던 문진은 생각을 하는지 잠시 몸을 움직이더니 급하게 화장실로 들어가 버렸다. 나봄의 입에선 작은 미소가 흘러나왔다.

'잘하는 거야. 그래, 저 사람한텐 괜찮을 거야.'

마음이 진정되지 않았지만 나봄은 눈을 감았다. 겁이 나고 두려운 마음은 여전했지만 그래도 지난번보단 문진에 대한 마음이 강해져 있었다. 어둠 속에서 그의 존재를 느꼈을 때 느낀 커다란 안도감과 그녀의 아픔을 배는 아파하는 남자를 보며 이젠 그가 말한 것처럼, 그리고 그가 그런 것처럼. 다른 사람 앞에서가 아닌 그의 앞에서만 모든 걸 보일 수 있는…… 그런 사람이고 싶었다.

문이 열렸다 닫히는 소리가 들리고 주위는 순식간의 어둠으로 가득 찼다. 하지만 곧 침대 옆 작은 스탠드가 딸깍 소리를 내며 빛을 냈다. 문진의 에프터쉐이브 냄새가 은은히 코끝을 자극하자 나봄의 몸은 잔뜩 굳어지기 시작했다. 역시 이건 생각보다는 쉽지 않은 일인 것 같았다. 곧 이불이 살짝 들춰지고 옆에 켜져 있던 불빛도 사라졌다. 다시 어둠이 시작되자 불안감에 이불을 쥐고 있던 나봄의 손에 힘이 들어갔다. 하지만 곧 서늘한 문진의 손이 그녀의 손 위로 겹쳐졌다.
"갑자기 무슨 생각인지 모르겠지만, 그렇게 무서워하는 눈으로 기다리는 거 하나도 안 반가워. 그러니까 걱정 말고 자. 나 오늘은 나봄한테 아무 짓도 안 할 거야."
따뜻했다. 문진의 손은 서늘했지만 나봄은 마음도, 몸도 너무 따뜻해졌다. 지금만 같다면 온전히 행복할 수 있을 것 같았다. 이 남자 강문진 때문에.
"나 문진 씨 믿어요. 그래서 걱정 안 해. 근데 이건 순수한 궁금증인데요, 손만 붙들고 잘 수 있을 만큼 나한테 매력이 없어요?"
오늘은 전부를 주고 싶었다. 항상 주기만 하는 너무도 좋은 이 남자에게.
얄궂게 묻는 나봄을 보며 문진은 답답한 듯 누웠던 몸을 일으켰다.
"대답하기 뭐하면 안 해도 돼요. 그냥 어디서 주워들었는데 남자들은 매력이 안 느껴지는 여자랑은 같이 자도 아무런 느낌이 없다고 해서. 하긴 나 좋다는 남자들은 거의 뭔가 좀 찜찜한 놈들이었는데. 이렇게 멀쩡한 문진 씨가 그럴 리가 없지. 그만 자요, 손에 땀 날 것 같은데 이것도 놓구."

나봄이 옅은 한숨과 함께 손을 빼내려 하자 문진은 힘껏 손을 움켜쥐었다.
"불편한데 이거 놓고 자요. 그래야 잠이라도 편하게…… 읍."
순식간이었다, 문진의 입술이 나봄의 입술을 덮쳐온 건. 문진의 뜨거운 숨결은 점점 거칠어졌고 놀라서 눈을 깜빡거리던 나봄도 스르르 눈을 감았다. 문진의 혀가 부드럽게 그녀의 입속으로 들어와 구석구석 섬세하게 훑고 지나갔다. 이제껏 그와 나누었던 몇 번의 키스와는 너무나도 달랐다. 아주 거칠지도, 아주 부드럽지도 않았지만 섬세하고 달콤하게. 그래, 달콤하다는 표현에 어울리게 그가 나봄의 입술을 탐하고 느껴가고 있었다.
"한숨. 나봄, 실수한 거야. 그러니까 이제 후회해도 소용없어."
거칠어진 숨결만큼 들뜬 문진의 목소리가 나봄의 귓가를 간질였다. 그리고 다시 뜨거운 입술이 나봄의 입술을 덮었다. 키스는 끝날 줄 몰랐고 문진의 손이 자연스럽게 헐렁한 티셔츠 사이로 밀고 들어왔다. 서늘하게 느껴지는 손 때문에 나봄이 흠칫하자 문진은 귓가에 미안이라고 속삭였다.
문진은 그대로 나봄의 티셔츠를 벗겨냈다. 유난히 작게 느껴지던 어깨가 떨고 있었지만 그는 천천히 그녀의 몸 구석구석에 입을 맞추기 시작했다. 한곳한곳 그의 입술이 닿을 때마다 나봄의 몸이 흠칫흠칫 반응을 보였지만 그게 더 즐거운 듯 문진의 입맞춤은 점점 아래로 내려갔다. 그의 손이 아슬아슬하게 바지가 걸쳐진 허리로 향하자 나봄은 급하게 문진의 손을 막았다.
거친 숨으로 들떠 있던 문진은 다시 나봄의 입술에 깊숙이 입술을 묻으며 그녀의 손을 조심스레 밀어냈다. 일찌감치 벗겨져 나간 그의 상체가 점점 그녀의 은밀한 곳으로 내려갔고 나봄의 몸은 긴장으로 딱딱히 굳어졌다.

"아플 거야."

문진은 행여나 나봄이 힘들어할까 봐 땀으로 젖어버린 그녀의 얼굴에 손을 가져다 댔다. 그만큼이나 나봄의 숨결도 거칠어져 있었고 얼굴도 열에 들떠 있었다.

"당신이면 괜찮을 것 같아."

작게 웃는 나봄은 고개를 들어 문진의 입술에 입을 맞추었다. 완전한 허락을 얻은 문진은 천천히 나봄에게 들어갔다. 순간 나봄의 입에선 거친 신음 소리가 흘러나왔고 문진은 더 이상 몸을 움직이지 않았다. 아무래도 그의 몸에 익숙해지려면 시간이 필요할 것 같았다.

"괘, 괜찮아요."

나봄이 겨우 몸의 긴장을 조금씩 풀자 문진도 천천히 몸을 움직였다. 낯선 느낌, 살과 살이 맞닿는 소리, 그리고 말론 표현할 수 없는 친밀한 따뜻함. 이래서 사람들이 사랑을 나누는구나. 이래서 사랑을 하면 사랑을 나누고 싶어하는구나. 거친 숨으로 입을 맞추는 문진의 몸을 나봄은 꼭 껴안았다.

"봄아, 미안."

욕망이 앞서 나봄을 아프게 만들어 문진은 미안한 마음으로 마주 누운 그녀의 얼굴을 부드럽게 쓰다듬었다.

"미안은. 나 문진 씨여서 정말 좋았어요."

문진은 나봄을 품에 꼭 안았다. 아무것도 걸치지 않은 둘의 몸이 다시 맞닿자 온전한 서로의 온기로 인해 기분이 좋아졌다.
"문진 씨, 이젠 봄이라고 부르네요? 그거 우리 부모님이랑 은영이밖에 안 부르는 건데."
나봄이 그의 품 안에 안겨 속삭이듯 말했다.
"처음부터 이렇게 부르고 싶었어. 당신 이름 알게 된 순간부터. 이름 무슨 뜻이야?"
"별 뜻 없어요. 봄에 태어났다고, 그래서 나봄이에요. 울 아버지 봄이란 계절을 무척 좋아하셨거든요. 그래서 결혼도 봄에 하시고 엄만 아니라고 하시는데 아버진 저도 일부러 봄에 태어나게 한 거래요. 이 이름 붙여주시려구."
문진은 그녀를 품에 떼어내고 눈을 마주했다.
"아버님께 감사해야겠네. 이렇게 예쁜 딸도 낳아주시고 예쁜 이름까지 붙여주셨으니."
"아빠, 문진 씨 보면 좋아하셨을 거예요. 분명 좋아하셨을 거야."
밝게 말하던 나봄의 눈에 다른 감정이 섞이자 문진은 그제야 아차 싶은 생각이 들었다. 문진은 그녀의 가족에 대해 아는 게 없다. 그가 나봄에 대해 아는 건 그냥 그녀가 혼자 살고 있는 플루트 연주자라는 것, 그것뿐이었다.
"아버님······."
"돌아가셨어요. 벌써 오래된 얘기라 지금은 기억도 가물가물해요. 근데요, 아까 문진 씨가 했던 말, 아플 땐 아프다고 하라고. 그 말 들으니까 아빠 생각이 났어요."

봄을 느끼다 269

나봄의 입에 희미한 미소가 번져 갔다.
"어릴 때부터 엄마가 여자는 칠칠맞게 울고 다니면 복이 달아난다고 그러셔서 난 잘 안 울었어요. 왠지 울고 다니는 애들 보면 바보 같아 보이기도 했고. 근데 초등학교 때였나, 같은 반이었던 남자애가 장난을 치는 바람에 계단에서 굴러서 팔이 부러진 적이 있었어요. 그때 놀라 뛰어오신 아빠가 더 걱정할 것 같아서 착한 딸인 척 좀 해보려고 하나도 안 아프다고 그랬거든요. 근데 아빠가 막 화를 내시는 거예요. 바보같이 아프면서 왜 아프다고 안 하냐고. 그렇게 괜찮다고 말해봤자 아빠 눈엔 더 아파 보인다고. 꼭 문진 씨가 말했던 것처럼 그러셨어요."
오늘 문진이 그녀의 상처를 아프게 쳐다볼 때와 그날 무섭게 화를 내시며 아픈 눈빛으로 그녀의 팔을 쓰다듬던 아버지의 모습이 겹쳐져서 나봄은 오늘따라 유난히 아버지가 그립게 느껴졌다.
"병 때문에 많이 아프다 돌아가셨어요. 수술이다 치료다 병원에서만 살다가……. 그리고 엄만…… 아빠 돌아가시고 병원비다 내 레슨비다 엄청 고생만 하셨어요."
나봄이 감정을 다스리려는 듯 짧게 숨을 뱉었다. 문진은 그런 나봄을 다시 품에 꼭 안았다. 아무렇지도 않아 보였는데, 그래서 정말 아무것도 몰랐다. 나봄의 마음에 많은 아픔들이 있다는 생각에 마음이 아파왔다. 이 작은 여자가 살아오면서 얼마나 많은 아픔을 겪은 걸까. 그러면서도 어떻게 이렇게 강하게 살아온 걸까. 그의 손이 나봄의 머리를 부드럽게 쓸어내렸다. 그동안의 삶을 조금이라도 위로하려는 듯.

"엄만 작년 겨울에 돌아가셨어요. 조금 살 만하다 싶었는데."

엄마의 자리가 비어버린 건 이제 고작 네 달이 넘어가고 있었다. 그런데 왜 이리도 엄마의 빈자리가 익숙한 건지. 나봄은 씁쓸함이 밀려왔다.

"대학원 왜 그만뒀냐고 물었었죠? 그거 나한텐 부담이었거든요. 울 엄마 내 악기에 대한 욕심이 대단한 분이셨어요. 당신은 길바닥에서 생활해도 되니까 집 팔아 유학 가라고 그러실 만큼. 그때 유학 대신 한 약속이 대학원 마치는 거였어요. 대학원 마치고 늦더라도 유학 가고. 다녀와서 엄마 소원인 교수님 되는 거. 내 꿈은 아니지만 엄마 꿈이었거든요."

담담하게 말하는 듯했지만 나봄의 목소리가 미세하게 떨려왔다. 이제는 괜찮을 거라고 생각하며 살고 있지만 아직은 얼마 지나지 않은 엄마의 죽음을 인정하는 말을 입에 담기에는 버거웠다.

"언제 어머니랑 아버지 같이 뵈러 가자."

나봄은 가만히 고개를 끄덕였다. 감사했다, 이 남자를 만나게 해 준 하늘에게. 그리고 그녀가 마음을 열 수 있게 끈기있게 그녀를 지켜준 그가. 또 아주 오래전 그녀가 버려야만 했던 아픔으로 남은 그 남자가. 나봄은 오늘 밤 그 모든 것들에 감사하고 또 감사했다.

새벽이 찾아오는 순간까지 두런두런 얘기를 나누던 둘은 한동안 아무 말이 없었다. 그리고 막 잠이 들려던 문진의 귀에 나봄의 아주 작은 목소리가 들렸다.

"사랑해 줘서 고마워요."

10 ; 봄에 취하다

서로를 갖게 된 그날 이후, 나봄과 문진은 날이 갈수록 편안하고 행복해졌다. 회사에서 석호의 심술도 조금씩 시들해져 갔기에 나봄의 하루하루는 더없이 행복하고 만족스러웠다.

"회장님께서 찾으십니다."

갑작스러운 호출을 문진에게 전하면서 나봄은 의아한 표정을 지었다. 그의 지위가 그리 낮은 위치는 아니라고 생각했지만 회장님이 개인적으로 호출을 할 정도의 위치는 아니지 않을까라고 머리를 톡톡 치며 생각했다.

"회장님? 나봄, 회장실에서 호출 왔어?"

겉옷을 챙겨 입고 나온 문진에게 나봄은 고개를 끄덕여 주었다. 사무실에 다정스럽게 이름을 부르는 문진을 보며 석호의 인상은 더욱 찌푸려졌지만 두 사람은 익숙해진 듯 신경도 쓰지 않았다.
"회장님 비서 분한테요. 바로 올라오래요."
문진은 호출이란 소리에 한숨이 새어나왔지만 얼른 표정을 고치고 나봄을 보았다.
"다녀올게."
나봄이 웃으며 고개를 끄덕여 주자 석호의 한숨 소리가 유난히 크게 들렸다.
"기획부 갖다 줘요."
문진을 따라 나가면서 나봄의 책상으로 서류 한 장을 휙 하고 던진 석호가 요란하게 문을 닫고 사무실을 나가 버렸다.
"며칠 잠잠하다 했다. 저 심술대마왕. 애도 아니고 정말."
서류를 챙겨 들면서 나봄은 비어 있는 석호의 의자를 발로 쾅하고 차버렸다. 의자가 요란한 소리를 내면서 벽에 부딪히자 한결 기분이 나아지는 것 같았다.
"은근히 쌓이긴 했나 보네, 죄없는 의자에 화풀이를 하고. 네가 무슨 죄니. 미안."
실없이 터지는 웃음에 의자를 제자리로 돌려놓고 사무실을 나왔다. 아무렇지 않은 척하지만 마음엔 항상 감정들이 남는 모양이다.

"강 이사님 오셨습니다."
간결한 비서의 말에 들어오라는 짧은 답이 돌아왔다. 내키지 않는 걸음으로 안으로 들어선 순간 문진의 얼굴이 눈에 띄게 굳어졌다.

"왔으면 앉아라."

아주 못마땅한 눈으로 쳐다보는 문진을 보며 진철은 일단 타이르듯 자리를 권했다.

"회장님, 전 이만 나가보겠습니다."

유난스럽게 인사를 하고 돌아서는 남자를 문진은 싸늘한 눈으로 쳐다보았다. 역시 예감이 좋지 않았다. 그 남자는 문진에게 어색하게 미소를 지으며 가볍게 목례를 하고 방을 나갔다.

"회장님이 일개 홍보실 부장을 직접 만나실 일은 없는 것 같은데요."

문진의 뚝뚝 끊어지는 말에 진철은 코웃음을 쳤다.

"그거야 네 녀석이 상관할 일이 아니지. 그나저나 공연장 일은 어떻게 되어가고 있냐? 어째 감감무소식인 게야?"

"개관식 잡았습니다. 결재 올렸는데 못 보셨습니까?"

"그런 중요한 일은 직접 가지고 올라오면 다리가 부러지기라도 하는 게냐? 어째 부르기 전까지는 네 녀석 코빼기도 보기가 힘들어."

결재든 뭐든 석호에게 넘기고 회장실에는 걸음도 하지 않는 아들을 보며 진철이 쯧쯧거리며 혀를 찼다.

"결재 직접 안 올려서 호출하신 겁니까?"

못마땅하게 자신을 보는 아버지에게 문진은 그닥 유쾌하지 않을 본론을 강요했다. 약혼이라는 말도 안 되는 일을 떠넘긴 이후로 회장실의 호출은 더욱 반갑지 않았다. 그리고 오늘 역시 그리 유쾌하지는 않은 일이 그를 기다리고 있을 것이라 짐작됐다.
"그래, 본론부터 말하마. 사내에 돌고 있는 너에 대한 소문, 사실이냐?"
역시 홍보실 김 부장의 회장실 출입은 이유가 있었다. 사내의 이야깃거리는 전부 꿰고 있는 그가 잠잠하다는 게 이상하다 싶었더만 직접 회장실까지 올라오다니. 문진은 이 방을 나서자마자 그 떠벌리기 좋아하는 김 부장에게 합당한 대가를 치르게 하겠다는 마음을 먹었다.
"그건 말입니다, 회장님."
대답없는 문진을 대신해 석호가 얼른 입을 열었다.
"석호, 넌 가만히 있어라. 난 이 녀석한테 물은 거다. 말해봐라. 소문이 사실인 게야?"
"무슨 소문을 말씀하시는 겁니까? 대체 김 부장한테 무슨 소리를 들으신 겁니까?"
"네 녀석 여자 생겼다면서? 그래서 여비서라면 인상부터 찌푸리던 네가 직접 그 여자를 비서로 앉혔다던데. 네 사무실에 여자가 있는 걸로 봐선 전부 뜬소문은 아닐 테고 정말 그 비서랑 그렇고 그런 사이냐?"
문진의 목소리가 날카로워졌지만 진철은 꿈쩍도 하지 않고 차분하게 말했다.
"그렇고 그런 사이라니, 그런 건 부적절한 관계에나 어울리는 말이지 않습니까? 전 그런 부적절한 단어가 어울릴 만한 짓은 한 적 없습니다."

진철은 슬슬 답답해지기 시작했다.
"없어? 그래. 그럼 그렇고 그렇다는 말은 빼고. 그 소문이 어디까지가 맞다는 거냐? 정말 그 여자랑 사귀기라도 한다는 말이냐? 그래서 비서 자리까지 만든 거냐고."
"아닙니다. 지금 제 비서로 있는 윤나봄 씨는 기획부 인원 보충으로 실시한 면접에서 합격한 사람입니다. 그리고 충분히 제 몫을 다 하고 있는 모범적인 직원입니다."
이제 슬슬 진철의 반응이 시작될 것이다. 오늘은 그걸 여유있게 받아주면 된다. 문진은 지난번과 역전된 상황에 즐거움을 느끼기 시작했다.
"그럼 대체 소문은 뭐냐? 네 녀석이 그 여자 때문에 약혼녀를 차버렸다고 소문이 자자해. 더군다나 그 여자 아주 엉망이라던데. 정말 아닌 게야? 그럼 대체 왜 그딴 소문이 회사에 떠도는 거냐!"
지난번과는 반대로 진철의 목소리가 높아졌으나 문진은 여유로운 표정을 잃지 않고 있었다. 문진은 지금 더없이 당당하고 더없이 즐거웠다. 그에게는 이제 나봄이라는 아주 강력한 카드가 있었고 그거라면 아버지의 이런 반응은 쉽게 넘길 수 있었다.
"저희 얘기가 그런 말도 안 되는 소문으로 퍼졌는지는 몰랐습니다. 민 실장은 알았나, 회사에 저런 말이 퍼졌다는 것?"
자못 웃음기까지 보이며 묻는 문진을 석호는 난감한 얼굴로 보았다.
"저희? 그럼 정말 연애라도 한다는 거냐?"
진철의 표정에 알 수 없는 감정이 떠오르자 문진은 더욱 여유로움을 찾아갔다.

"서, 선배."

석호는 걱정스러운 얼굴이었지만 문진은 개의치 않고 진철을 똑바로 쳐다보았다.

"말해봐라. 그 소문이 사실인 게야?"

문진이 뜸을 들이자 진철은 다시 채근하며 물었다.

"소문은 사실이 아닙니다. 전 그 사람과 그렇고 그런 사이도 아니고, 그 여자가 말도 안 되게 엉망인 사람도 아닙니다. 그리고 또 뭐라고 하셨죠? 소라? 그 문제는 아버지가 벌이신 일이니 제가 상관할 일이 아닙니다."

"그러니까 그 비서랑 연애를 한다는 거냐, 아니라는 거냐!"

결국 큰 소리를 치는 진철을 보며 문진은 만족스럽게 미소를 지었다. 진철의 흥분한 모습을 본 것으로 오늘의 목표는 달성되었다.

"비서가 아니라 윤나봄 씨입니다. 그리고 연애합니다. 나봄이 허락만 하면 곧 결혼도 할 거고. 이제 궁금하신 점 다 풀리셨습니까?"

"결혼? 누구 마음대로 결혼을 해? 그럼 최 회장 여식은?"

못마땅해진 얼굴로 묻는 진철을 보며 문진은 자리에서 일어났다.

"결혼은 제가 하는 거니까 제 마음대로 합니다. 소라 일은 아버지가 알아서 하셔야죠. 전 나봄 아니면 결혼 안 합니다. 그럼 하실 말씀 다 하신 것 같으니 이만 나가보겠습니다."

문진은 통쾌한 기분으로 인사를 하고 회장실을 나가 버렸다.
"나봄인지 봄나발인지 어떤 여자냐? 석호 네가 옆에서 봐왔으니 잘 알 거 아니냐? 대체 어떤 여자길래 저 녀석이 저렇게 난리치는 거야?"
미처 나갈 타이밍을 놓친 석호를 붙든 진철은 걱정스러움이 앞섰다. 자극이 돼라고 결혼을 밀어붙이긴 했으나 여자를 덜컥 만들 줄은 몰랐다. 게다가 막상 아들이 연애를 한다니 안도감이 아닌 걱정만 앞섰다.
석호는 진철의 물음에 잠깐이지만 심각하게 고민을 하기 시작했다.
"특별합니다, 정확히는 모르지만. 제가 봐온 윤나봄 씨는 아주 특별한 여자이긴 합니다. 사내에 떠도는 소문처럼 엉망인 사람도 아니구요. 그리고 무엇보다도 선배가 많이 아끼는 것 같습니다. 윤나봄 씨 만난 후로 문진 선배가 많이 달라졌습니다."
"민 실장, 너 거기서 뭐 해! 안 나와?"
말이 채 끝나기도 전에 문진은 벌컥 문을 열었다. 석호는 그제야 진철에게 인사를 하고 방을 나왔다.
"왜 안 물어봐?"
문진이 아무것도 묻지 않자 석호는 먼저 입을 열었다.
"뭘?"
"회장님한테 무슨 얘기했는지, 그거 왜 안 묻냐고."
석호의 말에 문진은 피식 웃음을 지었다.
"그걸 뭐 하러 묻냐? 민석호가 알아서 잘했을 텐데."

문진의 웃는 얼굴을 보자 석호는 잠시 나봄에 대한 생각을 망설였던 것이 미안해졌다.
"나봄 씨 얘기 물어보셨어."
문진은 예상했다는 듯 대답없이 고개를 끄덕였다.
"내가 회장님한테 뭐라고 했는지 안 궁금해? 내가 나봄 씨 못마땅해하는 거 알잖아."
"알지. 네놈이 우리 봄이를 좀 괴롭혔어야지."
문진은 웃는 얼굴로 석호의 어깨를 툭 쳤다.
"네가 느끼는 봄이랑 내가 느끼는 봄이가 다르니까 별수없지. 그러니까 앞으론 우리 봄이 조금만 괴롭혀라. 알았냐?"
"정말 팔불출이 따로 없네. 하여튼 선배, 윤나봄 씨 만나고 너무 망가졌어. 그거 알아?"
석호는 이내 웃음을 지으며 문진의 어깨를 툭 쳤다.
그래, 이젠 인정해 줘야겠지. 그렇게 서로가 아끼는데 더 이상의 방해는 두 사람 모두에게 힘든 일일 뿐이다.
사무실로 들어오자 나봄이 공손히 인사를 했다.
"민 실장님, 이거 결재 올려달라고 기획부장님이 그러시던데요."
나봄이 결재 서류를 건네자 석호는 못마땅하게 서류를 받아 들었다.
"이사님, 직원들 정신교육 좀 시켜야겠습니다. 이렇게 서류만 달랑 보내고 얼굴도 안 비치다니. 앞으로 이런 심부름은 하지 말아요. 나봄 씨는 이사실 사람이지, 기획부 사람이 아니에요. 아무튼 수고했어요."
"아니, 뭐 별것도 아닌데."
갑작스러운 인사에 나봄은 어설프게 대답을 했고 문진은 큭큭거리며 웃고 있었다.
"기획부에 좀 갔다 올게요. 선배, 웃지 마! 기분 나빠."
"미안. 갔다 와."
석호가 요란스럽게 방을 나가자 문진은 다시 웃음을 터뜨렸다.
"민 실장님 왜 저래요? 그리고 문진 씬 뭐가 그렇게 재밌어요?"
나봄은 석호가 나간 문과 문진을 번갈아 보며 이상하다는 듯 물었다.
"석호 저놈 이젠 포기했나 봐. 저 녀석 나름대로 챙긴다고 챙기는데 못 느꼈어?"
"챙겨요? 뭘?"
나봄은 이마에 주름을 만들며 설마라는 얼굴로 물었다.
"이사실 식구에 수고했다잖아. 저 녀석 나름대로 열심히 한다고 한 걸 거야. 석호도 마음에 없는 소리 잘 못하거든."
평소에 석호는 감정 표현에 야박한 사람이었다. 그런데 요즘은 당황하고 화내기도 한다. 거기다 사람을 대놓고 미워하기까지. 문진에게도 많이 드러내지 않고 있던 감정들을 석호는 나봄을 만난 후에 다양하게 드러내고 있었다. 물론 은영도 거기에 한몫하기는 했지만 그것도 결국엔 나봄 때문이니까. 나봄을 만나지 못했다면 평생 보지 못했을 것들을 보게 되는 것도 문진에겐 아주 큰 즐거움이 되어가고 있었다.

"나봄을 만나서 다행이야."
"네?"
서류를 살피던 나봄은 코끝으로 흘러내린 안경을 올리며 문진을 보았다.
"봄이 만나서 다행이라고."
"싱겁기는. 가서 일이나 하시죠, 이사님. 또 민 실장님한테 한소리 듣지 말구."
문진의 환한 미소가 기분이 좋아 보여 나봄도 피식 웃음을 지었다.

"실례합니다."
석호와 문진이 외근을 나간 오후, 노크 소리와 함께 낯선 남자가 사무실 안으로 들어왔다.
"안녕하세요. 어떻게 오셨습니까?"
나이가 지긋하게 들어 보이는 편한 인상의 남자에게 나봄은 공손히 인사를 건넸다.
"강문진을 만나러 왔는데. 있습니까?"
왜인지 웃는 모습이 낯이 익어 나봄은 자신도 모르게 마주 웃었다.
문진이 외근을 나갔다는 거야 이미 알고 있는 사실이니 물어볼 것도 없었지만 진철은 그 틈에 나봄을 찬찬히 뜯어보기 시작했다.
"이사님은 지금 외근 중이신데요. 연락은 하고 오셨나요?"
"외근? 무슨 외근?"

진철은 웃던 얼굴을 찌푸리며 못마땅하게 물었다.
"예, 어르신. 지금 이사님이 일 때문에 잠깐 외부로 나가셨거든요. 곧 들어오실 텐데, 기다리시겠어요?"
나긋하게 묻는 나봄을 보며 진철은 소파에 앉았다.
"기다려야지. 근데 내가 누군 줄 알고 그렇게 친절한가? 누구냐고 묻지도 않는 게야?"
차를 준비하고 있는 나봄의 뒤통수에다 대고 진철이 못마땅한 듯 말했다. 며느릿감으로선 아직 모르겠지만 비서로서는 실격이었다. 나봄인지 봄나발인지 하는 저 아가씨는.
"아, 죄송합니다. 제가 비서란 직종을 가진 지 얼마 안 되어서요. 하지만 일단 어른께는 차라도 대접해 드리는 게 옳다 생각합니다. 여기 차 드세요."
진철의 앞으로 따뜻한 녹차 한 잔을 내려놓으며 나봄이 환하게 웃었다.
"인심도 좋구먼. 내가 누군 줄 알고 차까지 내주나. 나쁜 사람이면 어쩌려고?"
녹차를 입으로 가져다 대면서도 진철은 못마땅하게 말했다.
"나쁜 사람이요? 어르신이요?"
나봄의 눈이 유난히 동그랗게 떠졌다.
"뭐, 잡상인이라든지 아니면 그래, 뭐 중요한 기밀을 빼내는 산업스파이라든지."
진철의 말에 나봄은 나오려는 웃음을 삼키며 맞은편 소파에 앉았다.

"잡상인이세요?"

"그럴 수도 있다는 거지! 내가 어딜 봐서 잡상인인가!"

나봄이 사근사근 웃는 얼굴로 묻자 진철은 발끈하며 들고 있던 찻잔을 내려놓았다.

"그럼 정말 산업스파이세요? 저희 이사님 사무실에서 뭐 정보 빼내려고 오신 거예요?"

나봄은 과장되게 놀라는 표정을 짓자 진철의 눈이 못마땅하게 나봄을 향했다.

"지금 날 놀리는 건가?"

그를 이렇게 대접하는 사람은 처음이었다. 아마도 그가 누구인지, 어떤 사람인지 몰라서겠지 싶어 진철의 눈이 조금 가늘어졌다.

"아닙니다, 어르신. 저는 어르신이 이사님하고 잘 아시는 것 같아서 그랬던 것인데 불쾌하셨다면 죄송합니다."

나봄이 공손히 인사를 하자 진철은 헛기침을 하며 못마땅하게 몸을 틀었다. 특별은 무슨. 평범하다 못해, 그것도 평범보다 좀 떨어지는구먼. 나봄을 자세히 훑어보며 진철은 속으로 혀를 찼다.

"어르신, 정말 이사님하고 잘 아시는 사이 아니세요?"

"그걸 내가 왜 아가씨한테 대답해야 하지?"

만족스럽지 않은 평가가 내려지자 진철은 더 이상 나봄을 쳐다보지도 않았다.

"잘 모르신다면 제가 어르신께 나가시라고 해야 하거든요. 어설프지만 저도 비서이기는 해서요. 그리고 제가 어르신이 누군지 안 물어보는 걸 못마땅해하시는 것 같아서요."
"강문진이랑 모르는 사이면 나가라고? 내가 안 나간다고 버티면? 그땐 자네 어쩔 생각이지?"
호칭이 아가씨에서 자네로 바뀌고 나자 나봄은 실수한 게 아닌가 싶었지만 해야 할 일은 제대로 해야 했다. 그녀의 본분은 비서이므로.
'공짜로 회사 돈 먹으려는 게 아니면 할 일은 해야지. 그리고 아는 사람 맞는데 왜 저러시는 거야. 암튼 문진 씨 주변엔 특이한 사람들만 있다니까.'
"편히 계세요, 어르신. 이사님 곧 돌아오실 겁니다."
나봄은 진철에게 공손히 인사를 하고 자리로 돌아가기 위해 몸을 돌렸다.
"아니, 이봐! 내가 안 나간다면 어쩔 거냐는데 편히 있으라니! 자네, 정말 제정신인가? 무슨 비서가 이 모양이야?"
진철의 목소리가 높아지자 나봄은 돌아서려던 몸을 다시 돌렸다.
"죄송한데요, 어르신. 제가 보기엔 어르신하고 이사님이 잘 아시는 사이 같아서요. 대부분 이 회사 안에서 강 이사님은 강 이사님이라고 불리는데, 어르신은 들어오실 때도 그렇고 좀 전에도 강문진이라고 하셔서. 그거 잘 아시는 분이 아니면 할 수 없는 호칭 같아서 그랬습니다만."
진철은 그제야 아차 싶어 매섭게 노려보던 시선을 서둘러 거둬들였다.

"제가 아직 일 처리가 미숙해서 기분 상하셨다면 사과드릴게요. 죄송합니다."

나봄이 고개 숙여 사과를 하자 진철은 민망해져 헛기침을 몇 번 하고는 자리에서 일어났다.

"흠, 됐으니까 일 보게. 난 그만 가볼 테니."

"어르신, 이사님 곧 오실 텐데요. 뵙고 가시는 게⋯⋯."

"됐네. 내 괜히 바쁜 사람 붙들어서 미안하구먼. 수고하게."

진철은 붙잡으려는 나봄에게 손사래를 쳤다. 그때 사무실 문이 열리고 문진과 석호가 사무실 안으로 들어왔다. 그리고 나봄을 보자마자 밝아졌던 문진의 얼굴이 진철과 마주치는 순간 굳어졌다.

"뭘 그리 보냐? 봤으면 따라 나와. 아, 그리고 자네."

진철은 한 걸음 떨어져 있는 나봄을 쳐다봤다.

"자넨 조만간 다시 보세. 강문진이 너는 따라 나와라."

"안녕히 가세요, 어르신."

나봄은 공손히 인사를 하고 못마땅한 얼굴로 진철을 따라 나가는 문진을 보았다.

"어르신? 나봄 씨, 저분 누군지 몰라요?"

"저야 모르죠, 이사님을 찾아오셨다는데."

나봄은 황당하다는 듯 묻는 석호에게 오히려 되묻고는 살짝 미소까지 지었다.

"참 대단합니다, 나봄 씨. 누군지도 모르고 그냥 차까지 내드렸어요? 그냥 아는 사람 같아서?"

놀라는 건지, 아니면 비꼬는 건지 모르겠지만 일단 기분 나쁜 말투는 아니어서 나봄은 그냥 고개를 끄덕였다.
"어른이시잖아요. 어른한테는 일단 예의를 갖추는 게 예의니까…… 근데 저분이 누구신데요?"
눈을 말똥말똥 뜬 채 묻는 나봄을 보며 석호는 웃음을 터뜨렸다. 정말 윤나봄다운 말이었다. 이젠 이런 나봄이 슬슬 좋아지기까지 하는 석호였다.

"나봄한테 무슨 소리 하셨습니까?"
밖으로 나오자마자 문진이 거칠게 물었다.
"나봄? 저 아가씨 이름이 나봄이라고 하냐?"
문진이 대답을 안 하자 진철은 흠 하고 헛기침을 뱉었다.
"밥이나 한번 먹게 시간 잡아봐라, 나봄이랑 같이."
진철은 놀라는 문진의 얼굴을 뒤로하며 걸음을 옮겼다.
"특별하긴 하더구먼. 그렇게 뜸을 들이더니 특별한 걸 고르긴 했어. 거기다 저 모양이니 결혼은 쉽겠어."
어른에게 공손하고 그의 앞에서도 당황하는 기색없이 똑 부러지게 할 말 다 하는 나봄을 떠올리자 진철의 얼굴은 점점 흐뭇한 미소가 번져 가고 있었다.
"나봄, 나 좀 봐."
사무실로 들어오자마자 문진은 굳어진 얼굴로 직무실로 들어가 버렸다. 문진을 바라보던 석호와 눈이 마주쳤지만 석호는 어깨를 으쓱할 뿐 아무 말도 하지 않았다.
"무슨 일 있으세요? 앗!"

나봄이 직무실로 들어서고 문을 닫자마자 문진은 나봄을 끌어당겨 품에 안았다.
"문진 씨, 때와 장소는 가리기로 했잖아요!"
문진은 그제야 나봄을 품에서 떼어내고는 눈을 마주했다. 문진의 얼굴은 직무실로 들어갈 때와는 반대로 나봄의 마음을 설레게 하는 미소를 짓고 있었다.
"무슨 일 있었어요? 좀 전까진 찬바람 쌩쌩이더니 왜 그렇게 웃는 건데? 아, 그리고 아까 그분 누구세요?"
그제야 아주 독특했던 어른이 생각난 나봄은 문진을 흘겨보던 시선을 고치며 물었다.
"그분? 그보다 혹시 우리 아버지가 뭐 마음 상할 말이나 그런 행동을 하시진 않았어?"
마음이 상했다면 조금이라도 표가 날 텐데 나봄은 아무렇지 않은 얼굴이었다. 그래도 혹시나 하는 마음에 문진은 걱정스럽게 물었다.
"아버지요? 그분이 아버지시라구요?"
문진의 걱정스러운 얼굴은 신경도 쓰지 않고 나봄은 당황한 얼굴로 문진을 쳐다보았다.
"아니, 무슨 아버지가 연락도 없이 사무실엘 오세요? ……그러고 보니 닮았네. 어쩐지 낯이 익다 했어."
나봄은 찬찬히 문진을 봤다. 그의 아버지와 그는 웃는 얼굴이 확실히 닮아 있었다.
"어른이라고 무조건 차도 타주고 얘기도 하고 그랬다고? 나봄,

"정말 비서 맞아? 무슨 비서가 그래?"
나봄에게 대충 얘기를 전해들은 문진은 소파에 앉으며 놀리듯 말했다.
"그 소리는 아까 그 어르신, 아니, 당신 아버지께도 들었어요. 무슨 비서가 그 모양이냐고."
"아버지가 그러셨어?"
느긋하게 앉아 있던 문진이 놀라며 묻자 나봄도 소파에 앉으며 고개를 끄덕였다. 대체 이 여자가 어떻게 아버지를 움직인 거지. 아버지가 쉽게는 넘어가지 않을 것 같았는데. 가장 큰 벽이었던 아버지가 순순히 나봄과 밥을 먹자고 하시니 이건 절반은 마음에 들었다는 거였다.
"그깟 차 한 잔이 얼마나 한다고 그 어른도 그러시고, 민 실장님이랑 당신도 그래요? 있는 사람들이 더한다더니. 잘 줄지도 않는 녹차 한 잔 가지고 왜 그리들 난리인지. 진짜 이해가 안 가."
나봄이 참 나를 연발하며 이제는 문진을 못마땅하게 쳐다봤다.
"아니, 차가 문제가 아니라…… 왜, 대부분 비서들은 약속없이 온 방문객은 그냥 내보내잖아. 그런 건 기본 상식 아닌가? 무슨 비서가 아는 사람 같다고 차까지 넙죽넙죽 내주고 그래? 거기다 나 이까지 많은 남자한테."
"어른한텐 기본적으로 해야 할 예의라는 게 있잖아요. 이런 게 기본 상식이라는 거 문진 씨 몰라요? 그리고 그렇게 못 미더우시면 다른 비서 쓰세요. 비서로서의 기본 상식 꽉꽉 박힌 사람으로."
나봄이 씩 하고 억지 미소를 지으며 자리에서 일어나려 하자 문진이 급하게 팔을 붙들었다.
"난 나봄이 좋다니까. 그런 거 없어도 나봄 일 잘하는데 뭘."
"됐거든요. 내가 계약 기간만 끝나면 이놈의 회사 당장 때려치울 거야."
"그래, 그때쯤이면 난 어차피 나봄과 결혼해서 당신을 매일 볼 수 있으니 상관없어. 그러니 나봄은 힘든데 일하지 말고 쉬어."
문진이 만족스럽게 웃으며 고개를 끄덕이자 나봄은 다시 자리에 앉으면서 아직 손을 잡고 있는 문진의 손등을 탁 소리가 나게 때렸다.
"당신 자꾸 김칫국부터 마시는데 그러다가 떡도 먹기 전에 위장병 나요. 결혼은 무슨, 난 할 일이 너무 많아서 결혼 같은 거 할 시간 없어요."
나봄은 새침하게 말하고는 문진에게서 시선을 돌려 버렸다.
"나봄, 아까 우리 아버지 봤지? 나 올해 안에 결혼 안 하면 정말 아무나하고 결혼하게 될지도 몰라. 그랬으면 좋겠어?"
문진의 얼굴이 심각해지자 나봄은 너무 매몰찼나 싶어 미안한 마음이 들었지만 아닌 건 아닌 거였다. 문진이 좋고, 사랑이라는 단어가 나올 수 있을 만큼 가깝게 느껴지긴 했지만 오래전 사랑이 끝나고부터 무의식에 자리잡은 사랑에 대한 두려움이 결혼은 한사코 아니라며 거부하고 있었다.
"웬만하면 안 그랬으면 좋겠지만. 문진 씨, 그래서 말인데요…… 생각해 봤는데 결혼이란 거 꼭 해야 되는 거면 그냥 우리 여기서 그만두는 게 맞는 거 아닐까요? 난 결혼할 생각 없고, 문진 씬 꼭 결혼해야 되고."
"윤나봄!"
나봄은 차분히 말했지만 문진의 말과 눈빛은 금세 사나워졌다.
"화부터 내지 말고 일단 좀 들어봐요. 우린 그냥 연애지, 결혼을 전제로 한 연애가 아니잖아요. 그런 거였으면 나 문진 씨랑 시작도 안 했어요. 근데 요즘 자꾸 그러잖아요, 결혼해야 된다구. 아까 그 어르신 보니까 문진 씨 말처럼 그러실만 하던데, 괜히 어렵게 가지 말고 지금이라도 참한 신붓감……."
"윤나봄, 그만 해!"
마주 보는 문진의 눈빛은 더욱 짙어지고 말투는 화를 참는 듯 거칠어졌다. 나봄은 한숨이 새어나왔다. 쉽게 말한 것 같지만 말을 꺼내는 그녀에게도 쉬운 건 아니었다. 그리고 문진이 다른 여자와 결혼한다는 말에 질투심이라는 낯선 심술이 그녀를 자극한 것도 사실이었다. 하지만 결혼은 아직까진 정말 아니었다.
"당신 화내라고 이런 말 하는 거 아니에요. 나라고 이런 말 하는 게 쉽겠어요?"
"그러니까 하지 말라고. 왜 어려운 말을 굳이 꺼내는 건데. 나 당신 입에서 그런 말 나오면 미치게 화나. 알아? 나봄한테 나 정말 그거밖에 안 되는 존재야? 그만두자는 말이 그렇게 쉽게 나오는?"
감정이 격해지는지 문진의 말은 평소보다 빨리, 그리고 많이 쏟아져 나왔다. 그리고 눈빛은 사납다기보다는 애절했다. 그래서 마주 보고 있는 나봄까지 안타까워지고 있었다.
"미안해요. 그만두자고 말한 건…… 잘못했어요."

고개를 숙이는 나봄의 얼굴로 문진의 손이 조심히 다가왔다. 그리고 부드럽게 나봄의 볼을 쓰다듬었다.
"부탁이다, 봄아. 부탁이니까 그만둔다는 말, 그렇게 쉽게 하지 마. 결혼하자는 말 급하게 안 할 테니까 조금만, 아주 조금만 생각해 줘."
고개를 끄덕여 주지 않으면 문진은 내내 애절한 눈빛으로 그녀를 마주 대할 것 같았다. 그래서 나봄은 마지못해 고개를 끄덕였다. 시작도, 진행도, 그리고 아직 모를 결말까지. 정말 쉬운 게 하나도 없다. 이 남자와의 연애는.
문진과의 다툼 아닌 다툼이 지나고 퇴근길에 오른 나봄은 조심히 문진의 얼굴을 살폈다. 아무래도 아직 기분이 덜 풀린 모양인지 얼굴에 웃음기가 하나도 없었다.
"저녁 해먹을까요? 뭐 먹고 싶은 거 없어요? 내가 해줄게. 뭐 좋아해요?"
사근거리는 말투로 나봄은 애교라는 걸 부려보기 위해 열심히 노력을 하고 있었다.
"귀찮은데 그냥 먹고 가."
잠깐의 망설임도 없이 굳어진 말이 나오자 나봄은 일부러 크게 한숨을 내쉬었다. 그런데도 저 남자는 아무 반응이 없었다.
"내려주세요. 내릴래."
목소리가 낮아지자 말하자 문진은 그제야 나봄을 쳐다보았다.
"내린다구요. 혼자 갈래요."
"왜 또 그래? 밥 먹고 데려다 줄게."

'왜 또? 하, 기가 막혀, 정말.'
나봄은 귀찮게 옆머리를 쓸어 올리고 목소리를 조금 높였다.
"내린다구요. 배도 안 고프고 오늘은 당신하고 밥 먹기 싫어요. 그러니까 내려줘요."
아무래도 나봄의 반응이 심각해지자 문진은 길 한쪽에 차를 세웠다. 그리고 몸을 돌려 나봄을 마주 보았다.
"집에서 밥도 잘 안 먹잖아. 그리고 나도 이대로 들어가면 아무 것도 못 먹어. 그러니까 밥이나 먹고 들어가."
타이르듯 말하며 문진이 다시 시동을 걸려 하자 나봄은 안전벨트를 풀어버렸다.
"그런 얼굴로 밥 먹으면 바로 체할걸요? 그러니까 오늘은 굶는 게 오히려 나을 거예요."
나봄은 얼른 말하고는 차에서 내려섰다. 등 뒤로 문진이 따라 내리는 소리가 들렸지만 모르는 척 빠르게 걸음을 옮겼다.
"나봄, 여기 어딘지도 모르잖아!"
문진의 급한 목소리가 들리자 나봄은 몸을 돌려 손을 휘휘 저었다.
"가다 보면 어딘지 알 거예요. 잘 가요, 삐돌 씨."
거의 뛰듯이 달아나는 나봄의 뒷모습을 문진은 한참을 허탈한 눈으로 보고 있었다.
"변태늑대에 이젠 삐돌이라. 나봄한테 난 최악의 남자군."
쓴웃음을 지으며 문진은 떨어지지 않는 걸음으로 다시 차에 올랐다.

"그래서 싸웠어?"

오랜만에 고깃집에 마주 앉은 은영은 궁금증으로 눈을 빛내며 나봄의 얘기를 열심히 듣고 있었다.

"엄연히 따지면 싸운 것도 아니야, 그 남자가 혼자 삐친 거지. 그깟 결혼이 뭐라고 그리 난린지, 정말."

투덜거리며 소주를 입에 털어 넣은 나봄은 알코올 냄새에 인상을 찡그렸다.

"봄아, 너 문진 씨 어디가 좋아?"

나봄을 가만히 쳐다보던 은영은 따뜻하게 웃으며 물어왔다.

"좋긴, 귀찮아 죽겠어."

나봄의 투덜거림이 끊이지 않고 나오자 은영은 얄밉다는 듯 살짝 흘겨보았다.

"네 성격에 좋지도 않은데 그렇게 붙어 다녀? 말해봐. 어디가 좋은데?"

나긋하게 다시 묻는 은영을 보며 나봄은 잠시 생각하는 듯 눈동자를 위로 올렸다.

"잘 모르겠는데……. 아, 하나 마음에 드는 건 있다. 그 사람 담배 안 피워. 그래서 그 사람 향밖에는 안 나. 멀리서도 알아챌 만큼 깨끗한 향. 그리고……."

한참 생각해 보려고 애쓰는 나봄의 모습을 은영은 기분 좋게 바라보고 있었다. 잘 모른다니. 뭐가 좋은지도 모르면서 그냥 좋은 거라니. 거기다 폐암으로 돌아가신 아버지 덕에 끔찍해하는 담배도 안 피운단다. 그러니 나봄에게 강문진이란 남자는 더없이 좋은, 그리고 좋아하는 사람이 되어가고 있는 것 같았다.
"그냥 좋고, 거기다 너 끔찍해하는 담배도 안 피우고, 너라면 그렇게 좋다는데, 그럼 된 것 아냐? 근데 왜 그렇게 결혼을 끔찍해해. 그 사람은 너 아니면 안 된다고 그런다면서."
"모르겠어, 결혼이라는 게 뭔지. 그걸 하게 되면 내 삶이 어떻게 바뀌는 건지. 혹 그것 때문에 더 아프게 되는 건 아닌지. 나 자꾸 그런 바보 같은 생각만 들어. 결혼이라는 거 나랑은 관계없다고 생각했는데."
결혼에 관해선 얘기해 본 적이 없었지만 나봄이 결혼에 대해 이렇게 부정적인 생각을 갖고 있는 줄은 은영도 처음 아는 사실이었다.
나봄은 가득 채워진 잔을 한 번에 비워냈다. 그리고는 잠시 창 밖을 내다보았다.
"은댕아, 나 있지. 그 사람이 자꾸 좋아져서 무서워. 그 사람 앞에서 생전 처음으로 보는 내 모습도 그렇고 끊임없이 가까워지는 그 사람도 그렇고. 무서워, 자꾸 소중해지려고 해서……."
나봄의 입에서 어렵게 말들이 흘러나왔다. 은영은 그런 나봄에게 따뜻한 미소를 지어주었다.
"그게 왜 무서워? 좋아하는 사람이 소중해지고 더욱 좋아지는 건 당연한 거야. 그 사람 너 사랑하잖아. 너보다 더 널 사랑하는데. 그럼 되는 거야. 봄아, 무서워할 거 하나도 없어."
마치 언니가 동생에게 말하는 것처럼 은영은 타이르듯 말했다.

그제야 창밖으로 향해 있던 나봄의 시선이 은영에게로 돌아왔다.
"그 사람…… 내 몫인 사람이 아닌데 쥐고 있는 것 같아서 자꾸 그래. 더 욕심 생기고 소중해지기 전에 놔야 할 것 같아. 안 그러면…… 안 그럼, 또 잃어야 할 것 같아. 이번엔 내가 놓는 게 아니라 잃어야 할 것 같아. 나 그게 너무 무서워. 또 소중한 사람을 잃어야 하는 거. 그게 그 사람이면 이번엔 못 견딜 것 같아."
아프게 말하는 나봄을 은영은 안타깝게 바라보았다. 잃어야 한다는 것. 원치 않는데도 잃어버려야 했던 것. 그게 얼마나 나봄을 아프고 힘들게 했는지 은영은 잘 알고 있었다. 그래서 이번만은 아니길 바라고 있었다. 제발 강문진이란 남자는 나봄에게 그런 아픔이 아니기를 은영은 간절히 바라고 있었다.

희미한 가로등이 비추는 골목길을 술기운에 맑지 않은 정신으로 터덜터덜 걸어 올라가던 나봄은 자신도 모르게 한숨을 뱉었다.
"운동 부족인가? 에휴. 운동이고 뭐고 먹고살기도 바쁘다."
남은 걸음을 옮기려던 나봄은 대문 옆에 서 있는 익숙한 남자를 발견하고 걸음을 멈추었다.
"저기서 뭐 한대?"
언제부터 보고 있었던 건지 문진의 시선은 계속 그녀를 향해 있었다.
"어디 갔다 오는 거야? 설마 지금까지 헤매다 오는 건 아니지?"
나봄이 움직일 생각이 없어 보이자 문진은 벽에서 몸을 떼며 물었다.

"아무리 방향치라도 그 정도는 아니거든요? 그러는 당신은 여기서 뭐 하는데요? 야심한 시각에 남의 집 앞에서."
나봄은 못마땅한지 문진과 눈도 마주치지 않았다.
"술 마셨어?"
비틀거리는 나봄의 팔을 붙잡은 문진은 은근히 풍겨오는 알코올 냄새에 약간 인상을 구겼다.
"네, 삼겹살에 쐬주 한잔했습니다. 왜요?"
왠지 모르게 안심이 돼 다리가 풀리려고 했다. 물론 혀가 풀렸던 건 훨씬 오래전이었지만.
"밥은 먹고 마셨어? 무슨 여자가 야밤에 술을 마시고 다녀?"
나봄을 부축해 옥탑방으로 올라가면서 문진은 투덜거리기 시작했다.
"내 맘이지. 내 돈 내고 술도 못 마시나?"
"애인은 버려두고 혼자 삼겹살에 소주가 그렇게 넘어가? 나는 쫄쫄 굶었구만."
번잡스럽게 가방을 뒤져 대는 나봄에게서 가방을 뺏어 든 문진은 차분히 열쇠를 꺼내 들며 말했다.
"당신은 좀 굶어도 돼요. 남자가 부릴 게 없어서 심술이나 부리고 말이야."
집 안으로 들어서자마자 거실에 털썩 주저앉은 나봄은 문진을 흘겨보며 못마땅하게 말했다. 얼마나 마신 건지 볼은 붉게 달아오르고 혀는 적당히 풀려 발음이 새는 여자를 보고 있자 문진은 피식 웃음이 새어나왔다.

"왜 웃어요? 내가 웃겨?"

잘 벗겨지지 않는지 겉옷에서 소매를 빼내지 못하고 낑낑대는 나봄의 팔을 빼주며 문진은 나봄의 볼에 살짝 입을 맞추었다.

"뭐예요?"

나봄이 과민 반응을 보이며 볼을 쓱쓱 문질러 대자 문진은 삐죽거리는 입술에도 쪽하고 입을 맞춰 버렸다. 나봄은 그제야 문진을 마주 보았다. 물론 아주 멍한 눈이었지만.

"다른 남자들 앞에선 술 마시지 마."

"남이사."

아무런 사심도, 계산도 없는 문진의 따뜻한 미소에 나봄은 서둘러 시선을 돌려 버렸다. 저 남자의 저런 얼굴만 보면 자꾸 가슴이 불안정해진다.

"장난하는 거 아냐. 웬만하면 술도 안 마시면 좋겠지만, 마시게 되면 내 앞에서만 마셔."

"그거야 내 마음이죠. 내가 나이가 몇 개인데 당신 앞에서만 술을 마셔요? 비켜요, 씻을 거야."

문진을 밀어낸 후 나봄은 불안한 걸음으로 화장실로 들어가 버렸다. 이어 작았지만 물소리가 집 안을 가득 메웠다.

편안했다. 그의 공간이 아닌 타인의 공간에서 이렇게 편안함을 느끼는 건 참으로 오랜만에 느끼는 감정이었다. 언제부턴가 나봄은 그에게 편안함이었다. 설렘과 즐거움, 그리고 행복함과 편안함까지. 그에게 좋다는 감정은 모두 나봄에게서 빚어져 나오고 있었다.

"안 가요?"
무릎까지 내려오는 치마 잠옷에 짧은 바지를 입고 산뜻한 로션 냄새를 풍기며 나봄은 문진의 맞은편에 앉았다.
"당신은 삼겹살로 두둑하게 배 채웠지만 나는 나봄 기다리느라 아무것도 못 먹었어. 배고파."
늘어지듯 거실에 드러눕는 문진을 본 나봄이 콧방귀를 끼며 자리에서 일어났다.
"그러게 누가 심술 부리래요? 몰라, 집에 먹을 거 하나도 없어."
"봄아, 나 아사할 것 같다. 점심도 제대로 못 먹었어."
아주 애처롭게 거의 꺼져 갈 듯 말하는 문진은 눈까지 껌벅거리고 있었다.
"그 잘나고 귀티나는 얼굴로 그런 표정이 나오다니. 연기해도 되겠네요."
마지못해 싱크대로 향한 나봄이 분주하게 손을 움직이기 시작했다. 그래 봐야 만들어낼 수 있는 음식은 한정되어 있지만.
"내가 잘나고 귀티나?"
자세를 고쳐 잡고 앉아 문진이 기분 좋게 물었다.
"그럼 그 얼굴이 못나고 빈티난다고 생각해요? 그거 겸손 아닌 거 알죠?"
"나봄한테 내 얼굴이 잘나 보이기는 해? 전혀 그렇게 안 보이는데."
그의 웃는 얼굴을 처음으로 가식이라고 말한 유일한 여자. 거기다 그의 전부가 별로라고 말했던 윤나봄이다. 그러던 그녀가 순순히 잘났다고 인정을 하자 기분이 묘하게 좋아지고 있었다.
"잘났죠. 그럼 그 얼굴이 못났어요? 다른 사람들 앞에선 그런 티 절대 안 내면서 왜 내 앞에선 그런 얼굴로 묻는 건데? 하여튼 당신도 은근히 왕자예요. 밥이나 드세요."
먹음직스러운 김치찌개와 계란 부침, 그리고 소소한 반찬 몇 가지를 꺼내놓으며 나봄이 못마땅한 표정을 지었다.
"이런 것만 차려주게 만들고. 그러게 해준다 그럴 때 그냥 먹지, 이게 뭐예요? 당신은 곱게 음식 차려서 대접했는데 난 매일 먹다 만 반찬만 꺼내놓게 만들고."
"맛있는데 뭘. 난 이런 게 더 좋아. 나봄다운 거."
열심히 수저를 움직이며 문진은 만족스럽게 말했다. 소소하고 평범하며 편안하고 부드러운 것. 그게 문진에겐 나봄 같았다. 그래서 더할 나위 없이 좋았다.
식사가 끝나고 대충 씻고 밖으로 나오자 나봄은 이미 방으로 들어간 후였다.
"봄아, 나 들어간다."
작은 불빛만이 방 안에 은은히 퍼지고 그리 넓지 않은 침대 한 켠으로 그의 자리가 남아 있었다.
"봄아."
낮고 부드럽게 이름을 부르며 나봄을 끌어당긴 문진은 그녀를 품에 꼭 안았다. 그녀의 여린 피부 향이 그의 후각을 무섭게 자극하며 그의 자제력을 조금씩 뺏어가고 있었다.
"좁지 않아요? 나 내려가서 잘까?"

그에게 안겨 있는 자세가 민망해지자 나봄이 몸을 꿈틀거리기 시작했다.

"어떡하지, 당신만 보면 나 이렇게 좋아서."

문진의 목소리가 조금 힘겹게 느껴지는 건 그녀만의 느낌이었을까. 아무래도 이 남자는 그녀를 위해 자제력을 끝까지 끌어당기는 모양이었다.

'남자들 한 번 하면 쉽다던데. 바보.'

그가 본능과 힘겹게 싸우는 이유를 나봄이 왜 모르겠는가. 바보라고 작은 한숨이 나오긴 했지만 말하지 않아도 알 것 같았다. 그에게, 강문진이란 남자에게 윤나봄이란 여자가 얼마나 소중하고 중요한지. 나봄은 피부로 와 닿는 그의 숨결을 통해 새삼스럽게 깨닫고 있는 중이었다.

나봄은 조심히 손을 뻗어 그의 얼굴을 감쌌다.

"따뜻하다. 문진 씨, 따뜻해."

"봄인 차가워."

나봄의 손 위로 자신의 손을 올리면서 문진은 조심히 그녀의 이마에 입을 맞추었다. 후끈한 그의 입술이 이마를 스쳐 지나가자 나봄은 살짝 눈을 감았다. 그리고 그의 입술에 자신의 입술을 맞추었다. 의외의 행동에 문진은 멈칫했고 입술을 떼어난 나봄은 수줍게 미소를 지었다. 이내 나봄의 손이 천천히 그의 목을 지나 탄탄한 어깨를 수줍게 훑어 내렸다. 그리고 딱딱하게 긴장한 그의 가슴을 손가락 하나로 꾹꾹 누르고 있었다.

"하."

낯선, 그리고 열에 들뜬 신음 소리를 뱉으며 문진이 나봄의 손목을 붙들었다.
 "처음인 거 알아?"
 문진은 붙잡은 나봄의 손에 입을 맞추며 말했다.
 "당신이 나한테 먼저 다가온 거, 그거 오늘이 처음이야. 이런 거 자주 보려면 가끔 술도 먹여야겠다."
 낮은 문진의 웃음소리가 기분 좋았다. 나봄은 새침하게 그를 흘겨보면서 천천히 그에게 몸을 맡겼다. 처음보다는 익숙하게, 그리고 처음보다 더 설레게. 낯설면서도 짜릿한 쾌감과 열로 온몸이 들뜨고 거친 숨결로 서로를 마주 대하자 나봄의 얼굴엔 은은한 미소가 흘러나왔다.
 그가 그녀에게 들어갈 때 아직도 익숙지 않은 아픔에 인상을 찌푸리던 나봄을 본 문진은 부드럽게 그녀의 등을 쓸어내렸다.
 "나 나봄이란 이름이 좋아. 근데 불러보니 봄이란 이름은 더 좋더라. 그래서 난 윤나봄이라면 다 좋아. 떼어놓든 붙여놓든."
 나봄의 얼굴엔 잔잔한 미소가 퍼져 갔다. 그냥 좋다. 문진이 그런 것처럼 나봄도 그가 그냥 좋아지고 있다. 두렵긴 하지만 시간이 갈수록 강문진이란 사람이 소중해진다. 그렇게, 느리지만 강하게 나봄의 마음이 문진에게로 다가가고 있었다.

11 ; 화분종

토요일 점심, 나봄은 정신없이 나갈 준비를 서두르고 있었다. 일 년에 몇 번 입을까 말까 한 하늘거리는 아이보리 빛 연주회용 드레스를 챙겨 입고 화장도 평소보다 몇 배는 공을 들였다. 마지막으로 안경 대신 렌즈를 끼고 거울을 보며 만족스럽게 웃었다.

"넘어지지만 말자. 부딪치지도 말고."

유난히 높게 느껴지는 구두 굽을 무시하며 서둘러 집을 나섰다.

"봄아."

골목을 내려오자마자 예쁘게 차려입은 은영이 차 밖으로 손을 흔들었다.

"일부러 데리러 오고. 예쁜 것, 내 너 때문에 산다. 안 늦었지?"

차에 오르면서 분주하게 시계를 보는 나봄을 보며 은영은 밝게 웃고 있었다.

"오늘 한 곡만 하면 되는 거지? 박 교수님 또 너하고 나한테만 두세 곡 연달아 시키는 건 아니겠지?"

플루트 가방을 바로잡으며 나봄이 걱정스러운 얼굴로 은영을 바라보았다.

"시키시면 해야지 뭐. 박 교수님 고집을 누가 말려. 그나저나 다들 오랜만이겠다. 그치?"

"그러게. 졸업하고는 처음이네."

마주 보며 즐겁게 웃던 둘은 서둘러 연주회장으로 향했다. 오늘은 특별한 취지로 열리는 학교 졸업생들의 연주회 날이었다. 그것도 거의 나봄의 기수부터 아래 동문들로 이루어지는 연주회는 유난스러웠던 박 교수의 지휘하에 이루어지는 것이어서 나봄도, 은영도 바짝 긴장을 해야 했다.

"어이구. 윤나봄, 오은영이."

연주회장으로 들어서자마자 박 교수는 얘기하던 사람들을 제쳐 두고 나봄과 은영에게로 다가왔다.

"안녕하셨어요?"

"느그들은 아직도 붙어 다니냐? 내 그리 좀 떨어져 다니라 일렀는데. 그래서 어디 사내놈들이 붙겠어?"

인사는 받을 생각도 없이 핀잔 섞인 말을 늘어놓는 박 교수는 기분 좋은 얼굴이었다.

"느들 연주 준비는 했제? 느들은 두 곡이다. 윤나봄이, 니 또 두 곡이네 세 곡이네 곡 수 가지고 물고 늘어지면 오늘은 아주 죽는다. 알았제?"

나이를 먹기나 하는 건지 박 교수는 희미하게 늘어난 주름 말고는 변함이 없었다. 바로 투덜거리려던 나봄은 마지못해 네라고 대답하고는 대기실로 가기 위해 몸을 돌렸다.

"내가 이럴 줄 알았어. 정말 못살아. 아니, 왜 재학생들 놔두고 우리한테 이러신데? 하여튼 박 교수님은."

"윤나봄이, 아직 안 갔나?"

"갑니다, 가요."

박 교수의 날카로운 말이 꽂히자 나봄은 서둘러 걸음을 옮겼다. 겉으론 잔뜩 투덜거렸지만 오랜만에 만나는 이런 시간이 나봄과 은영은 한없이 즐거웠다.

"봄아, 저기 강문진 씨."

무대로 나가기 위해 순서를 기다리던 은영이 객석 맨 앞자리에 앉아 있는 문진을 발견했다.

"공연장 개관식에 참가할 연주자가 온대. 그래서 온다고 했어."

악기를 챙기며 말하는 나봄은 대충 문진을 보고는 짧게 심호흡을 했다.

"긴장돼?"

"오랜만이니까. 이왕이면 최고로 해야지."

은영은 웃으며 고개를 끄덕였다. 후배의 연주가 끝나고 실내를 울리는 박수 소리와 함께 나봄과 은영이 무대로 나갔다. 객석을 향해 인사를 하던 나봄은 문진과 눈이 마주쳤다. 좋은 사람, 늘 따뜻한 사람. 언제부터인지는 모르겠지만 함께임이 익숙해지고 그녀에게만 특별해지는 문진을 보는 것만으로도 가슴 한구석이 짠하게 훈훈해졌다.
"선배, 저 여자 오은영 맞지?"
석호가 옅은 분홍빛 드레스로 가는 몸을 감싼 채 피아노를 치고 있는 은영에게서 눈을 떼지 않고 물었다.
"어떻게 저렇게 다를 수가 있지? 저 여자가 그때 그 여자라고? 진짜 말도 안 된다."
"민 실장, 음악 좀 듣자."
못마땅해지는 석호의 말을 잘라낸 문진은 유난히 예쁘게 반짝거리는 나봄을 보았다. 윤나봄은 저렇게 플루트를 불 때가 가장 예뻤다. 물론 그에게 안겨 잠이 든 그녀는 더없이 사랑스럽지만 플루트를 불 때의 그녀는 빛이 나고 아름다웠다. 문진의 입가엔 저절로 편안한 미소가 배어나왔다.
연주회가 끝나고 문진은 아기자기하게 만들어진 두 개의 꽃다발을 들고 은영과 나봄의 대기실로 향했다.
"수고했다. 여전히 잘 맞더구먼. 진작 둘이 묶어서 외국으로 내보냈어야 하는데. 내가 니들 볼 때마다 아까워. 윤나봄이 넌 요즘도 레슨 하러 돌아댕기냐?"
"요즘은 회사 댕깁니다. 레슨은 주말에만 하구요."
박 교수의 말을 예전처럼 장난스럽게 받아친 나봄은 기분 좋게 웃고 있었다.
"경기 안 좋다 하더니 니 그것도 짤렸나? 회사? 악기 하는 놈이 무슨 회사를 다니냐. 공부 안 할 거냐?"

핀잔과 함께 나오는 박 교수의 걱정스러운 말에 나봄은 빙그레 웃을 뿐이었다. 박 교수는 그런 나봄의 어깨를 툭툭 쳐주었다.

"봄아."

은영의 부름에 시선을 돌린 나봄은 어느새 은영의 옆에 서 있는 문진을 발견했다.

"공연 잘 봤어. 민석호, 은영 씨, 꽃."

나봄에게 꽃을 넘겨주던 문진이 문 앞에서 쭈뼛거리며 서 있는 석호를 불렀다. 석호는 마지못한 듯 은영에게 꽃다발을 내밀었다.

"공연 잘 봤습니다."

"아, 네."

꽃다발을 받아 든 은영은 인사를 건네려다 그만두고는 시선을 돌렸다.

"누구냐? 니들 남자 생겼냐?"

박 교수는 두 남자는 안중에도 없이 나봄과 은영에게 물었다.

"전 아니구요. 봄이요."

장난스럽게 웃으며 은영이 옆으로 물러서자 나봄은 당황스러운 얼굴로 문진과 박 교수를 번갈아 보았다.

"안녕하십니까. 강문진입니다. 윤나봄 씨와 교제 중입니다."

박 교수는 공손히 인사를 하는 문진을 찬찬히 훑어보았다. 그러더니 곧 허허거리며 웃음을 터뜨렸다.

"자네 고생 좀 할 걸세. 우리 윤나봄이 성질이 만만치 않아서 말이지. 그래도 잘 부탁하네. 말끔한 게 잘하겠구먼. 윤나봄이, 너 주례는 꼭 나한테 부탁해라. 알았냐?"

"교수님!"

나봄의 목소리가 높아졌지만 박 교수는 여전히 허허거리며 대기실을 나갔다. 나봄은 이마를 문지르며 사람 좋게 웃고 있는 문진을 보았다.

"결혼은 무슨, 하여간 교수님도 주책이야. 은댕, 얼른 챙겨. 밥 먹으러 가자."

은영은 미소를 입에 건 채 나봄을 바라보다 어정쩡하게 서 있는 석호와 눈이 마주쳤다. 어색한 시선이 잠시 공중에서 오갔지만 은영이 서둘러 시선을 돌려 버렸다. 저 남잔 처음부터 불편했다.

똑똑.

나봄이 막 겉옷을 걸쳐 입을 때 대기실 문이 열렸다.

"저, 여기 윤나봄 씨…… 봄아!"

말끔한 정장 차림의 남자가 조심히 문을 열고 들어오다 나봄을 발견하고는 미소를 한껏 담아냈다. 아주 부드럽고 환한 미소를.

"조…… 민우?"

뒤쪽에서 들려오는 은영의 말에 나봄은 들고 있던 꽃다발을 놓쳐 버렸다.

"조민우 씨?"

넋을 놓고 문 쪽의 남자를 바라보는 두 여자는 상관없이 석호는 환한 얼굴로 민우에게 다가섰다.

"안녕하세요. 저는 KG의 민석호입니다."

민우는 석호가 내미는 명함을 받아 들고는 짧게 고개를 끄덕였다. 하지만 시선은 여전히 나봄에게로 향해 있었다.

"아, 저쪽은 저희 이사님이십니다. 이사님, 아까 보셨죠? 개관식 초청 연주해 주실 피아니스트 조민우 씨요."
"안녕하세요. 강문진입니다."
문진은 민우에게 다가가 손을 내밀었다. 그의 뒤로 떨어진 꽃다발을 테이블 위에 올려놓는 나봄이 보였다.
"예, 안녕하세요. 조민우입니다."
마주 잡은 민우의 손이 미세하게 떨려왔다. 문진은 이 상황이 아무래도 이상하게 느껴져 나봄을 돌아보았다. 나봄은 가방을 챙겨 메고 그를 바라보고 있었다.
"문진 씨, 나 배고파요. 바쁘면 은영이랑 갈게요."
"잠깐만! 죄송합니다, 자세한 얘기는 다음에 만나서 하죠."
민우에게 대충 인사를 하고 나봄에게로 돌아서던 문진은 순간 안타까움으로 변하는 민우의 눈빛을 보았다. 그리고 그게 누구를 향하고 있는지 알아채는 건 그리 어렵지 않았다.
"봄아."
문진의 뒤로 안타까운 민우의 목소리가 흘러나왔다. 순간 나봄의 얼굴이 무섭게 굳어졌다.
"나봄 씨랑 아는 사이세요? 아, 그러고 보니 같은 대학 출신이시네요. 잘됐네. 괜찮으시면 같이 가시죠."
분위기 파악이 안 됐는지 석호는 정말 잘됐다는 얼굴로 말했으나 문진은 불안한 눈으로 나봄을 보고 있었다.
"이사님, 괜찮으시죠? 가죠, 어차피 해야 될 얘기도 많은데."
석호가 문진의 대답은 듣지도 않고 민우와 함께 대기실을 나가자 은영은 걱정스러운 얼굴로 나봄을 보았다.

"봄아."

"가요, 문진 씨. 일 얘기라면서요. 가자."

눈에 띄게 굳어진 얼굴로 대기실을 나서는 나봄을 은영은 마지못해 따라 나갔다. 문진은 텅 빈 대기실 안에 서서 나봄이 미처 챙기지 못하고 테이블에 놓아둔 꽃다발을 가만히 보고 있었다. 봄이. 분명 그 남자의 입에서 나온 말은 나봄이 아닌 봄이였다. 조민우라는 남자의 등장으로 나봄과 은영이 이상해졌다. 문진은 버려진 꽃다발을 챙겨 들며 애써 고개를 저었다. 별일 아닐 거라고 스스로 안심시키면서.

일부러 고른 건지 석호는 고급스럽게 느껴지는 호텔 레스토랑에 들어서면서 만족스럽게 웃고 있었다. 하지만 나머지 네 사람은 서로의 기분을 살피느라 자리에 앉아서도 아무런 말도 하지 않고 있었다.

"나봄 씨랑 친하셨나 보네, 대기실까지 찾아오신 거 보면."

간단한 주문이 끝난 후 석호가 나봄과 민우를 바라보며 물었다.

"동기예요. 동아리도 같이 했고."

대답없는 나봄을 대신해 민우가 미소를 지으며 말하자 석호는 기분 좋게 다음 주에 있을 개관식 연주회 얘기를 늘어놓기 시작했다. 문진은 불안한 감정은 일단 한켠으로 밀어두었다. 지금 그에겐 개관식 초청 공연이 먼저였다. 나봄과 은영은 식사에만 열중할 뿐 아무 말도 하지 않았고 오히려 그게 문진의 신경을 더욱 거슬리게 만들고 있었다.

"그럼 월요일에 회사에서 뵙겠습니다."

자리에서 일어나며 석호는 만족스럽게 민우에게 악수를 청했다. 석호의 악수에 대충 인사를 한 민우는 로비로 나가려는 나봄을 붙잡았다.

"봄아, 얘기 좀 하자."

민우가 팔을 붙들자 나봄의 얼굴은 다시 무섭게 굳어졌다. 그제야 눈치를 챈 건지 석호가 의아한 눈으로 두 사람의 분위기를 살폈다.

"조민우, 그냥 가. 봄인 너랑 할 얘기 같은 거 없어."

은영이 앞으로 나서서 나봄을 잡은 민호의 팔을 빼내었다.

"난 봄이랑 얘기해야 돼. 그러니까 은영이 넌 좀 비켜줘."

은영을 날카롭게 바라본 민우는 다시 나봄의 팔을 잡으려 손을 뻗었다. 하지만 이번엔 문진이 그의 앞을 가로막았다.

"미안합니다. 무슨 얘기인지 모르겠지만 오늘은 봄이의 컨디션이 별로라서 쉬게 해주고 싶습니다. 그럼 먼저 실례하겠습니다. 민 실장, 은영 씨 모셔다 드려."

정중히 인사를 한 문진은 한 마디도 하지 않는 나봄의 어깨를 부드럽게 감싸 안고 레스토랑을 빠져나갔다. 갑작스럽게 벌어진 상황에 민우는 당황스러운 얼굴로 은영을 보았다. 뭔가 대답을 요구하는 것처럼.

"무슨 얘기를 하려는 건지 모르겠지만 그만둬. 그날 이후로 봄이한테 넌 없는 사람이야. 그러니까 앞으로 봄이 앞에 나타나지 마. 이건 부탁이 아니라 경고야. 한 번만 더 봄이 앞에 찾아오면 그땐 내가 가만히 있지 않을 거야."
 차가운 은영의 경고에도 민우는 나봄이 나간 문만을 안타깝게 바라봤다. 은영은 그런 민우를 지나쳐 식당을 빠져나왔다. 절대 둘을 만나게 하면 안 된다. 조민우는 나봄에게 늘 아픔이었다. 겨우 그 아픔이 아물어가는데 이제 와서 다시 그 상처를 들춰낼 수는 없었다.
 "오은영 씨."
 빠른 걸음으로 호텔을 빠져나가고 있는 은영의 팔을 석호가 붙잡았다.
 "무슨 여자가 그렇게 걸음이 빠릅니까?"
 뛰어온 건지 거친 숨을 몰아쉬는 석호를 은영은 짜증스럽게 보았다. 눈치라고는 요만큼도 없는 인간. 정말 하나부터 열까지 마음에 드는 구석이 없는 남자였다.
 "무슨 일이세요?"
 딱딱하게 굳어진 은영의 목소리에 석호는 멈칫했지만 일단 문진의 말도 있었고 그에게도 기본적 매너는 있었다.
 "데려다 드리겠습니다. 이사님 지시도 있었고 그런 차림으로 혼자 가기 힘들 겁니다."
 은영은 자신의 옷차림을 살펴봤다. 연주회용 연분홍 빛 실크 드레스에 얇은 카디건을 걸친, 편안한 옷차림은 아니었지만 불편하지도 않았다.
 "차 가지고 왔어요. 안녕히 가세요."
 석호의 손을 떼어내며 은영은 서둘러 몸을 돌렸다. 그날 이후로 다신 마주치고 싶지 않았다. 오늘까지 해서 민석호는 은영의 기피해야 할 사람 블랙리스트에 완벽하게 올랐다. 그것도 아주 상위권에.

차에 오른 이후 아무 말이 없는 나봄의 무릎 위로 문진이 꽃다발을 올려놓았다.

"어떤 아가씨가 버리고 갔길래 주워왔어."

"아······."

그제야 생각이 난 건지 나봄이 미안한 얼굴로 문진을 보았다.

"주워온 건데 뭘 그렇게 보나? 근데 괜찮아? 얼굴 안 좋아 보여."

나봄의 이마에 손을 가져다 대며 문진은 걱정스럽게 물었다. 식사 전부터 이상하더니 아무 말 없이 음식을 먹는 나봄은 평소와는 아주 달랐다. 음식도 절반 이상이나 남겼었고.

"머리가 좀 아파서······ 그래서 그래요."

"병원 가자."

"아니, 그 정도는 아니에요."

차를 출발시키려는 문진을 나봄이 급하게 붙들었다. 병원은 싫었다. 지금은 그냥 편안히, 그렇게 쉬고 싶었다.

"그럼 내 오피스텔로 가."

문진은 차갑게 식은 그녀의 손을 잡았다. 일단은 지쳐 있는 그녀를 쉬게 해야 했다.

"이거 갈아입어."

나봄을 부축해 집으로 들어오자마자 문진은 옷장에서 작은 쇼핑백을 꺼내놓았다.
"이게 뭐예요?"
"나봄 옷."
나봄은 쇼핑백 안에 담긴 연분홍 빛 트레이닝복과 실내용 원피스를 꺼내 들었다.
"혹시 몰라서 사다 둔 거야. 갈아입고 편하게 누워 있어. 근데 어디가 아픈 거야? 아님 그냥 두통이야?"
걱정스러운 문진을 보며 나봄은 자꾸 마음이 아려왔다. 좋은 사람. 그녀에게 너무 좋기만 한 사람. 그래서 자꾸 미안하고 자꾸 행복하게 만드는 사람. 나봄은 복잡한 머리만큼이나 복잡한 시선으로 문진을 보았다.
"그런 눈으로 보지 마. 그거 별로다, 봄아. 약 사 올 테니까 누워 있어."
나봄이 아프다. 그리고 불안하게 그를 본다. 아니라고 애써 고개를 저었지만 갑자기 나타난 조민우라는 남자는 나봄과 관계가 있었다. 불안정한 나봄의 시선이 문진을 울컥하게 만들어서 평소처럼 부드럽게 그녀를 대하지 못했다. 문을 닫고 나온 문진은 자신의 모습이 마음에 들지 않아 단정히 매어진 넥타이를 짜증스럽게 풀어냈다.
나봄은 지끈거리는 머리를 누르며 한숨을 뱉었다. 감추고 싶었던 걸 들킨 것처럼 오늘은 문진을 마주 대하고 있기가 너무 힘들었다. 그리고 스스로가 너무 한심스러워졌다. 다 잊었다고 생각했는데…… 다시 만나면 아무렇지도 않게 지나칠 수 있을 거라고 생각했는데…….
 그녀를 처음으로 행복하게 해줬던 남자. 그리고 처음으로 그녀에게 아픔을 안겨줬던 남자. 나봄에게 민우는 그런 존재였다. 자의든 타의든 원하진 않았지만 놓아야 했던, 그리고 사랑을 말하면서도 너무도 쉽게 나봄을 놓아버렸던 남자. 아직도 사 년 전 그때를 떠올리면 가슴 한켠이 서늘해졌다. 서늘해진 마음 때문에 차갑게 식어가는 몸을 감싸려고 나봄은 이불을 머리끝까지 끌어 덮었다. 이젠 익숙하게 느껴지는 문진의 향이 더 깊게 그녀에게 스며들고 있었다. 가만히 눈을 감자 미처 빼지 못한 뻑뻑한 렌즈가 느껴졌다.
 "이래서 렌즈가 싫어."
 렌즈를 빼기 위해 나봄은 몸을 일으켰다. 지끈거리는 두통에 가슴까지 답답해지는 게 아무래도 편히 넘기지 못한 음식이 얹힌 모양이다. 대충 렌즈를 빼고 다시 침대로 걸음을 옮기던 그녀의 눈에 탁자에 놓인 꽃다발이 보였다. 정신이 없어 미처 챙기지도 못한 문진의 선물. 버려진 꽃다발을 챙겨 들고 나올 그의 마음이 어땠을지. 자신의 감정에만 급급해서 문진의 마음을 잊고 있었다. 그는 이미 그녀의 변화를 알아챘을 것이다. 하지만 아무 말도 하지 않았다.
 왜 아무 말도 안 하는 걸까. 왜 그녀를 걱정하고 쉬게만 해주는 걸까. 나봄은 탁자 앞에 쪼그리고 앉아 꽃다발을 만지작거렸다. 바보같이 좋은 사람. 낮은 탁자에 얼굴을 대고 나봄은 눈을 감았다. 서늘한 유리가 볼에 닿자 몸이 차갑게 식어갔지만 기분은 한결 나아지는 것 같았다. 쓸쓸히 놓여진 꽃다발의 옅은 향기가 코끝에 어른거리자 스르륵 잠이 왔다. 쉽게 빼버린 렌즈처럼 떠오르면 퍽퍽하고 귀찮은 기억을 지워 버리고 싶었다.

문진은 종류별로 사들고 온 약봉지를 내려놓고 잠이 든 나봄의 얼굴을 살피기 시작했다. 세수를 했는지 얼굴은 한결 맑아졌지만 안색은 더 안 좋아 보였다. 조심히 이마에 손등을 대보자 미열이 올라 있었다.
"왔어요?"
나봄의 목소리는 거의 꺼져 갈 듯 힘겹게 들렸다.
"왜 여기서 이러고 있어."
낮은 탁자에 얼굴을 대고 있는 나봄을 보는 문진의 눈은 걱정스러움으로 가득했다.
"시원해서요. 꽃 향도 나고."
"가서 눕자."
안쓰러움보다 울컥하는 마음이 먼저 들어서 축 늘어진 나봄의 몸을 안아 드는 문진의 입에선 한숨이 새어나왔다.
"문진 씨, 나 때문에…… 한숨 쉬지 마요. 그거 싫어요. 나 미안해요."
침대에 눕히자마자 다시 잠이 오는지 나봄의 중얼거림이 멈추었다. 문진은 나봄의 흐트러진 머리카락을 쓸어내렸다. 나긋하게 풀어진 그녀의 모습이 왜 이렇게 가슴이 아픈지 자꾸만 한숨이 새어나왔다.

채 한 시간도 못 자고 나봄이 화장실로 뛰어들어 갔다.

"봄아, 문 좀 열어봐. 나봄아."

애타는 목소리가 온 집 안을 울렸지만 나봄은 그 후에도 한참이 지나서야 밖으로 나왔다.

"안 되겠어. 병원 가자."

일단은 부축을 해서 옮기면서도 문진은 다급해졌다.

"약 먹을게요. 좀 체해서 그래요."

몸도 못 가눌 정도면서 약만 먹겠다고 버티자 문진은 울컥하던 감정이 결국 밖으로 튀어나왔다.

"아픈데 병원을 가야지, 왜 이렇게 미련하게 굴어! 나, 당신 구급차에 태워서 병원 가기 싫어. 못 걷겠으면 안고 갈 테니까 그냥 있어."

화를 내는 건 아니지만 차 키를 챙겨 드는 문진의 행동은 평소보다 거칠었다.

"그 정도 아니에요. 문진 씨, 나 그냥……."

"고집 부리지 마. 세상에서 제일 미련한 짓이 아픈 거 참는 거야. 그리고 너 아픈 것 내가 더 보기 힘들어."

말릴 틈도 없이 나봄을 안아 든 문진이 빠르게 걸음을 옮겼다.

"알았어요. 알았으니까 걸어갈게요. 걸어갈 수 있어요."

누군가에게 안겨 있다는 게 낯설고 불편해 나봄은 내려서려고 했지만 움직이려고 하면 할수록 그의 팔에 힘이 더 들어가서 결국 문진에게 얌전히 몸을 맡겼다.

병원에 도착해서 간단한 검사를 하고 병실로 옮겨진 나봄은 휑한 병실을 둘러보았다. 몸이 아픈 것도 아픈 것이지만 마음이 편하지 못했다.
"급체래. 안정을 해야 한다니까 오늘은 병원에 있자."
의사를 만나고 왔는지 문진은 나봄을 침대에 눕히며 조용히 말했다.
"신경 쓰이게 해서 미안해요."
불편한 마음만큼 나봄의 목소리는 편하지 않게 나왔다.
"미안하기 싫으면 아프지 마. 다른 사람은 몰라도 나봄 아픈 건 보기 싫다. 그것도…… 아무튼 이제 아프지 마."
의사 말로는 신경성 급체라 했다. 신경성이라니. 오늘 하루 나봄의 감정이 급격히 변한 건 조민우, 그 남자가 나타난 후부터였다. 대체 뭐냐고, 무슨 사이냐고 따져 묻고 싶었지만 문진은 애써 고개를 저었다. 몰아쳐서 듣고 싶지도 않았고, 몰아친다고 해서 대답할 나봄도 아니었다. 하지만 알면서도 화가 나는 건 어쩔 수가 없었다. 아플 정도로 신경을 쓰다니. 대체 그 남자가 나봄에게 무엇이기에…….
한결 편안해진 몸 덕분인지 나봄은 깊은 잠이 들었다. 문진은 침대 옆에 자리를 잡고 앉아 잠이 든 나봄의 손을 꼭 잡았다.
"아무래도 좋으니까 아프지 마."
낮은 문진의 목소리가 병실 안에 울려 퍼졌다.

나봄의 고집으로 아침 일찍 퇴원을 한 후 문진은 오피스텔로 돌아오면서도 내내 못마땅한 얼굴이었다.

"문진 씨, 얼굴 좀 펴요. 이마에 주름 잡혀."

침대에 누우면서 나봄은 문진의 이마에 손을 가져다 댔다. 아직도 서늘한 그녀의 손 때문에 문진은 한숨이 나왔다.

"저녁까지만 있자는데 왜 그렇게 고집을 부려."

"병원 불편하잖아요."

나봄의 웃는 얼굴이 한결 편안해 보여 문진은 어쩔 수 없다는 듯 마주 웃어주었다.

"누워 있어, 죽 좀 사 올 테니까. 또 탁자랑 입 맞추지 말고. 그건 나중에 나한테 해줘."

장난기 느껴지는 문진의 목소리에 나봄은 열심히 고개를 끄덕였다. 문진이 집을 나가고 나자 집안은 편안한 고요함으로 감싸였다. 어제부터 계속 누워만 있던 몸이 찌뿌드드하게 느껴져 침대에서 내려선 나봄은 집 안 곳곳을 살펴보기 시작했다. 그래 봐야 깨끗한 가구 몇 개가 다인 집이었지만 이상하게도 썰렁함이나 외로움이 느껴지지는 않는 공간이었다.

"마케팅 개론, 공연의 완성, 한국방송 개론, 다 일에 관련된 거네. 하긴 문진 씨가 일은 무지 열심히지."

피식 웃으며 벽 한 면을 차지하고 있는 책꽂이를 살펴보던 나봄은 책장 한가운데 자리한 액자들을 발견했다. 교복을 입은 문진과 석호가 환하게 웃고 있는 사진을 시작으로 이국적인 도시를 배경으로 자연스러운 뒷모습이 찍힌 사진, 그리고 아주 곱고 젊은 여자와의 다정한 사진까지 깨끗한 액자에 끼워져 있었다.

"내 앞에서만 이렇게 웃는 줄 알았더니 이 남자 그것도 아니네."

질투 어린 감정이 살짝 심술을 자극하려 했지만 액자를 톡 하고 치는 걸로 심술을 대신하고는 서류가 정신없이 늘어져 있는 책상으로 향했다. 서류 더미를 보자 늘 여유있는 얼굴로 아무 걱정 없어 보이는 문진이 일을 할 때는 어떤 모습일지 새삼 궁금해지기 시작했다. 그러고 보니 그녀가 아는 그의 모습은 그리 다양하지 못했다. 고작해야 편안히 웃는 모습과 아주 조금의 화를 내는 모습. 아무리 생각해 봐도 그게 다였다.

"윤나봄, 너 정말 나쁘다. 휴…… 정말 나쁜 여자네. 문진 씨한테."

늘어진 서류만큼이나 순식간에 흩어져 버리려는 마음을 나봄은 애써 붙잡았다. 미안함인지 자신에 대한 답답함인지 깊은 한숨이 말릴 틈도 없이 새어나왔다. 그녀에게 문진이 아주 좋은 사람인 것과 달리 문진에게 그녀는 정말 나쁜 사람이었다.

"왜 그러고 있어?"

두 손 가득 먹을 거리를 사들고 들어온 문진이 침대에 걸터앉아 있던 나봄에게 다가왔다.

"어디 좀 보자. 열은 다 내렸고 이젠 괜찮은 거야?"

나봄의 이마에 자신의 이마를 맞대며 문진은 나긋하게 속삭였다.

"괜찮아요. 다 나았어."

"얼굴은 아직도 안 좋아. 일어난 김에 죽 먹고 약 먹자. 참, 딸기 좋아하나? 맛있다고 해서 사 오긴 했는데."
 분주하게 죽을 차려놓는 문진을 보자 나봄은 미안함과 고마움이 섞여 가슴 한구석이 짠하게 울렸다.
 "왜 이렇게 잘해줘요. 난 당신한테 나쁘게만 하는데."
 조용히 울리는 나봄의 목소리에 잠시 멈칫했지만 문진은 다시 분주하게 몸을 움직였다.
 "나봄 당신이니까. 좀 바보 같은가?"
 무수히 많은 이유를 꺼내놓을 수도 있었지만 어떤 이유도 만족스럽지 않았다. 잘해주는 이유, 아무것도 바라지 않고 모든 걸 꺼내놓을 수 있는 이유. 그에겐 윤나봄으로 충분했다. 스스로 생각해도 그다지 설득력이 없어 문진은 피식 웃음이 새어나왔다. 그때 등 뒤로 따뜻한 기운이 느껴졌다.
 "정말 바보 같아…… 고마워요. 그리고 미안해."
 등 뒤로 안겨온 나봄의 마음이 그대로 전해져 오는 것 같아 문진의 마음이 훈훈해졌다.
 "솔직히 내가 좀 잘하긴 하지? 그걸 이제야 안 거야?"
 장난스러운 얼굴로 마주 보는 문진을 보자 잔뜩 우울해져 있던 나봄의 얼굴에 작은 미소가 피어올랐다.
 "얼른 먹고 좀 눕자."
 숟가락을 꼭 쥐어주는 문진을 보며 나봄은 열심히 고개를 끄덕였다. 민우에 대해 아무것도 묻지 않고 피곤한 얼굴도 꽁꽁 감추고서 웃기만 하는 그에게 죄스럽고 미안해서 차마 고개를 들 수가 없었다.

"많이 나아진 것 같네."

침대에 기대앉은 나봄의 입에 딸기를 넣어주는 문진의 얼굴은 편안해 보였다.

"문진 씨가 계속 옆에 있어줘서 그래요. 애인이 있으면 가끔 아플 만도 하다는 거 이제야 이해가 가네."

편안해진 얼굴로 웃고 있는 나봄을 보며 문진의 눈이 가늘게 떠졌다.

"안 아파도 계속 옆에 있을 거니까 아프지 마. 나봄 아픈 거 보느니 차라리 내가 아픈 게 나으니까."

"아프지 마요. 몸도, 마음도. 문진 씨 아픈 거 보면 나도 아플 것 같아."

정말이었다. 다른 사람은 몰라도 문진이 아프면 그녀가 더 아프고 문진이 힘들면 그녀도 힘들 것 같았다. 이젠 정말 그런 것 같았다.

"난 워낙 튼튼해서 앓아눕는 체질이 아니야. 봄이 너만 안 아프면 돼."

'그러니 다른 남자 때문에 아프진 마라.'

차마 뒷말까진 입에 올리지 못한 문진은 안겨오는 나봄을 꼭 안아주었다. 아무것도 아니라고 외면하고는 있지만 마음 깊은 곳에선 아직도 나봄을 아프게 하는 그 남자, 조민우가 문진의 속을 헝클어뜨리고 있었다.

"저기 사진에 있는 여자 누구예요?"

문진의 팔을 베고 누운 나봄은 책꽂이에 놓인 사진을 가리키며 물었다. 심술을 부릴 입장은 아니지만 자꾸 신경이 쓰였다.
"사진? 아, 은진이 사진 봤구나. 동생이야."
잠이 오는지 문진의 목소리는 노곤하게 늘어졌다.
"그때 말한 그 동생이요, 집 나갔었다는?"
"훗. 은진일 그렇게 기억하는 거야?"
나봄을 마주 보는 문진의 얼굴엔 어느새 미소가 걸려 있었다.
"은진 씨 얘기가 마음에 들었었거든요. 웬만한 용기 없으면 그렇게 못하니까."
"마음이 강했던 거야. 그 사람이 아니면 안 된다는 확신도 있었고. 그래도 좀 무모했지. 지금은 사위라고 인정하시지만 어머니는 아직도 처남 얘기만 나오면 도둑놈이라고 하셔. 안 끌려오려고 미국으로 도망갔었거든, 두 사람."
"그렇게 열렬하게 사랑하는 거 보면 문진 씨 동생답네요."
"그런가? 그래도 그쪽은 서로가 열렬히 원하고 사랑했어. 나처럼 혼자가 아니라."
문진의 말투는 금세 투정으로 바뀌었다. 이틀 동안 나봄의 걱정으로 긴장 상태였던 마음이 이제야 풀리는 모양이었다.
"다행이다. 난 문진 씨가 너무 행복하게 웃고 있어서 은진 씨랑 특별한 사이인가 했는데."
문진의 말은 상관도 안 하고 나봄은 편안하게 그의 품에 안겼다.
"사진이 신경 쓰였어? 정말?"
문진의 목소리가 한껏 밝아지기 시작했다.

"당연히 신경 쓰이죠. 좋아하는 사람이 예쁜 여자랑 행복하게 웃고 있는데."
 문진은 놀란 눈으로 나봄을 보았다. 그리고는 슬금슬금 입꼬리가 올라가기 시작했다.
 "뭘 그렇게 봐요? 얼른 잠이나 자요. 잔뜩 졸린 눈으로 그렇게 보니까 나까지 졸리네."
 민망해진 나봄이 다시 가슴으로 얼굴을 파묻자 낮은 문진의 웃음소리와 심장 소리가 전해져 왔다.
 '이렇게 갈게요. 당신보다 더디긴 하지만 나도 이렇게 가요. 그러니까 계속 달려와 줘요. 나도 서둘러 당신한테 갈 테니까.'
 나봄은 곤히 잠든 문진의 얼굴을 쓸어내렸다. 천천히 하지만 강하게 그의 마음을 향해 간다. 무섭고 두려운 자신의 감정을 앞세운 것이 아닌 마음이 시키고 원하는 대로. 문진이 그러는 것처럼 나봄의 마음도 그렇게 달리기 시작했다.

 문진은 절대 안정해야 한다며 유나의 레슨까지 취소시키더니 월요일 아침부터 출근하는 것도 안 된다며 고집을 부렸다. 몇 시간을 타일러서 겨우 회사로 나온 나봄은 심술난 얼굴로 직무실로 들어가는 문진의 뒷모습에 어쩔 수 없다는 듯 미소를 지었다.
 "이사님, 또 왜 저러십니까? 아니, 그보다 나봄 씨, 오은영 씬 대체 왜 그러는 거예요?"
 주말 내내 은영의 거슬리는 행동 때문에 마음이 상한 석호는 나봄이 자리에 앉자마자 따지듯이 물어왔다. 문진과 그녀가 레스토랑을 나온 후 은영에게 또 한 방 먹었지 싶어 나봄은 미소를 지으며 어깨를 으쓱했다.

"데려다 주겠다는데 매몰차게 쳐내고 혼자 휑하니 사라지더군요. 아니, 사람이 호의를 베풀면 받을 줄도 알아야지 한번 그랬다고 어떻게 계속 그럽니까? 어린애도 아니고."

"은영이가 원래 한 번 아니면 아닌 애예요. 그러니까 웬만하면 부딪치지 마세요. 우리 은영이 화나면 무지 무섭거든요."

투덜대는 석호를 타이르듯 말하며 나봄은 따뜻하게 내린 커피를 잔에 따랐다. 아침부터 두 남자의 투정에 배부른 웃음이 새어 나오고 있었다.

12 ; 짙은 황사가 찾아오다

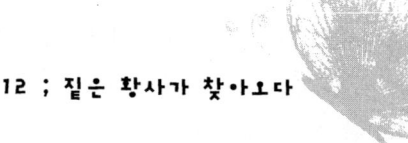

　"**별** 얘기 안 할 거야. 저번 일도 사과하고 싶고. 진짜 문진 오빠 좋아하는 건지 아닌지도 물어보고 싶어. 응? 오빠, 부탁해."
　석호는 난감한 얼굴로 커피숍에 마주 앉은 소라를 보았다. 한동안 잠잠한가 싶었는데 오랜만에 찾아와서는 문진이 아닌 나봄과의 자리를 만들어달란다. 무슨 일을 꾸미고 있는 것 같긴 한데 캐물어봐야 말할 것 같지도 않고, 그렇다고 무턱대고 나봄을 만나게 해줄 수도 없었다. 나봄을 좋아하진 않지만 일단은 문진이 사랑하는 여자다. 그리고 요즘은 석호도 사람으로서 나봄이 편안해지고 있었다.
　"안 돼. 또 무슨 일을 벌일 줄 알고 그 자리에 나봄 씨를 내보내."

소라는 딱 잘라 거절하는 석호를 매섭게 노려보려다 애써 입꼬리를 올려 미소를 지었다.

"나 생각 많이 했어. 만나서 물어보고 윤나봄 씨가 문진 오빠 정말 좋아한다고 하면 포기할 수도 있을 만큼 생각 정리했어. 그러니까 자리 좀 만들어줘. 응? 나 이대로 끝내면 억울할 것 같아서 그래. 석호 오빠, 부탁해."

그렇게 덜렁대고 마냥 어린애 같던 소라가 사뭇 진지한 모습까지 보이자 석호는 난감해졌다. 자리를 만들어주는 거야 어렵지 않지만 소라를 완전히 믿을 수가 없었다. 혈육이긴 했지만 조금은 어리석고 철없는 이 아이가 또 무슨 짓을 꾸미는 건지 알 수가 없었다.

"오빠, 진짜 이럴 거야? 우리 엄마가 오빠네 식구한테 어떻게 했는데 오빠가 나한테 이럴 수 있어? 됐어. 내가 직접 만나자고 할 거야."

"알았다. 알았으니까 기다려."

자리에서 일어서려는 소라를 붙잡은 석호는 조용히 자리에서 일어났다. 어릴 적에 아버지가 돌아가신 후로 힘들었던 식구들을 도와줬던 고모였다. 받은 도움은 언제나 배로 갚아야 한다고 말하던 어머니 때문이라도 소라가 저렇게 말을 한다면 석호는 순순히 따라야 했다.

"저…… 나봄 씨."

봄비가 내리는 오후 잠시 사무실을 나갔던 석호는 돌아오자마자 조심스럽게 나봄을 불렀다.

"네. 뭐 시키실 일 있으세요?"

보던 서류를 접어놓으며 맑게 웃는 나봄에게 석호는 한참을 망설이다 입을 열었다.

"미안한데, 서울호텔 커피숍 알죠? 거기 좀 갔다 와줄래요? 받아올 서류가 좀 있는데 내가 지금 급하게 결재 올릴 게 있어서."

평소와는 달리 두서없이 말을 늘어놓는 석호가 이상했지만 나봄은 아무렇지 않게 고개를 끄덕였다.

"그럴게요. 근데 제가 가도 되나요? 누구신지도 모르는데."

"가면 그냥, 아니, 그러니까 가보면 그냥 알 거예요. 부탁할게요. 미안합니다."

뭐가 불안한 건지 석호는 눈도 제대로 맞추지 못하고 있었다. 찜찜한 기분이 들긴 했지만 나봄은 별다른 생각 없이 자리에서 일어났다.

"이사님은 기획부 부장님이랑 회의 중이세요. 그럼 저 다녀올게요."

"저기, 나봄 씨."

석호는 다급하게 불렀지만 이내 아무것도 아니라며 고개를 저었다.

"민 실장님, 오늘 여러 가지로 싱거우시네요. 다녀올게요. 이사님이 찾으시면 말씀해 주세요."

밝게 웃으며 나봄은 사무실을 나왔다. 오늘따라 유난한 모습의 석호가 자꾸 웃음을 만들고 있었다. 회사에서 오 분 정도 떨어진 서울호텔로 들어선 나봄은 커피숍을 두리번거렸다.
"자세히 물어보고 올 걸 그랬나? 대책없다, 정말."
석호에게 전화를 걸기 위해 몸을 돌리자 반갑지 않은 사람이 그녀를 향해 걸어오고 있었다.
"오랜만이네요, 윤나봄 씨."
여전히 카랑카랑한 목소리에 요란하다 싶을 정도로 튀는 옷을 입은 소라가 차가운 미소로 인사를 건네고 있었다.
"누구…… 아, 소라 씨…… 였던가요?"
잘 기억하고 있는 이름을 잊은 척하자 소라의 얼굴이 눈에 띄게 불쾌해졌지만 나봄은 개의치 않고 미소를 지었다.
"죄송한데 제가 지금 일이 있어서요."
정중하게 예의를 갖춘 나봄은 서둘러 커피숍을 빠져나오려 했다. 민석호가 보낸 곳에 있는 최소라라니. 감이 안 좋았다.
"내가 석호 오빠한테 부탁했어요, 윤나봄 씨 좀 만나겠다고."
마치 승자라도 된 듯 당당한 얼굴로 소라는 나봄을 내려다보았다. 나봄은 불안한 마음을 진정시키며 과장된 웃음으로 소라를 마주했다. 이 어린 여우가 무슨 생각인지를 짐작하자면 시간이 필요할 것 같았지만 피하는 건 나봄의 성격에 맞는 일이 아니었다.
"그럼 볼일 보세요."
예의상 웃는 얼굴을 하고 있는 나봄을 보자 소라는 약이 바짝바짝 올랐다.
'두고 보자, 어디 네가 오 분 후에도 그 얼굴일 수 있는지.'
로비에서 유난히 눈에 잘 띄는 자리를 차지하고 앉은 소라는 불안하게 시계와 로비를 번갈아 쳐다보았다.
"최소라 씨, 별거 아닌 것 같은데 그만 일어날게요. 그리고 다음부턴 할 말 있으면 찾아와서 당당히 말해요. 웬만하면 다시 안 봤으면 좋겠지만."
 차가운 나봄의 눈빛을 보자 소라는 흠칫했지만 여기서 물러날 수는 없었다. 어떻게 만든 기회인데. 조금만 더 버티면 그녀가 바라는 대로 모든 일이 진행될 것이다. 그럼 한 달 넘게 속앓이 했던 문제가 금세 해결될 것이다.
 "기다려요! 아직 얘기 안 했잖아요. 잠깐만 있으면. 어! 어머니."
 다급하게 나봄을 붙잡으려던 소라의 얼굴이 환해지기 시작했다. 나봄은 그제야 이 어설픈 여우가 일을 단단히 벌여놨다는 걸 깨달았다.
 "내가 좀 늦었지? 우리 소라, 며칠 사이에 더 예뻐졌네. 잘 지냈니?"
 익숙한 목소리. 그리고 익숙한 모습. 소라를 다정스럽게 챙겨 안는 여자를 보던 나봄의 눈빛이 심하게 떨려왔다.
 "이제 얘기할 거예요. 그러니까 앉아요."
 아주 유쾌하고 만족스럽게, 그리고 비열하게 느껴지는 소라의 미소를 보며 나봄은 석호에게 갖고 있던 호의적인 감정이 순식간에 사라지고 있었다.
 "오랜만이네, 나봄 씨. 레슨 그만두고 처음인가?"
 엄마가 사고로 돌아가신 후 사정 설명할 시간도 없이 레슨 선생을 바꿨다는 통보를 한 것은 영란이었다. 그러니 엄연히 따지자면 나봄이 레슨을 그만둔 것은 아니었다. 자리에 앉아서야 나봄에게 인사 같지 않은 인사를 건네는 영란은 몇 개월 전보다 좋아 보이는 얼굴로 웃고 있었다.

"안녕하셨어요, 사모님."

미세하게 떨려오는 목소리를 가다듬으며 나봄은 영란을 똑바로 바라보았다. 돌아가는 상황을 이해해야 했다. 그래야 예상치 못했던 이 망할 상황에서 벗어날 수 있다. 나봄은 차분히 생각을 정리해 보기 시작했다. 하지만 다른 쪽으로 생각해 보려 열심히 노력을 해도 머리에서는 이미 유쾌하지 않은 결론이 지어져 가고 있었다.

"난 윤나봄 씨를 다신 볼 일 없을 줄 알았는데. 어떻게 이렇게 만나네."

"레슨은 죄송했습니다. 집안에 일이 생겨서……."

"어머니 일 들었어. 진작 얘기하지 그랬어. 그랬으면 레슨 그만두지 않아도 됐을 텐데."

단 한 마디 설명할 시간도 주지 않고 문전박대하던 것은 영란이었다. 돈 한 푼이 아쉬워 어떻게든 이어가려던 레슨 자리를 그래서 포기했는데 이제 와 이런 말을 늘어놓는 영란을 이해할 수가 없었다.

"레슨 수업을 끝까지 책임지지 못해 죄송합니다."

굽혀지지 않는 고개를 굽히는 나봄은 혹시나 하는 영란과 문진의 관계에 대비해 최대한 예의를 갖추고 있었다.

"나봄 씨가 그만둔 덕분에 더 좋은 선생을 구했어. 그건 됐고, 오늘 내가 이렇게 만나자고 한건 우리 아들 때문이야."

"아들이라면……."

머리로는 알고 있지만 아니길 바라는 마음으로 나봄은 조심스럽게 물었다. KG그룹의 안주인이 어머니라면 강문진이란 남자는 생각할 수도 없을 만큼 많은 것을 가진, 나봄과는 다른 세상에 살고 있는 사람이었다.

"요즘 윤나봄 씨가 만나고 있는 강문진 이사. 설마 모른다고 하지는 않겠지?"

나봄은 가슴이 심장과 함께 땅바닥으로 곤두박질치는 느낌이었다. 순간 예전에 들었던 문진의 말들이 떠올랐다. 마음에 들진 않지만 경제적으로 어려운 적은 없었다는, 단 한 번도 바닥에서 잠들어본 적이 없었다는 그의 삶은 KG그룹의 외아들이라면 당연한 일이었다. 단지 경제적으로 편안한 것만이 아닌 상상할 수 없는 부유함을 갖고 있었다는 것. 하지만 그것은 강문진이라는 남자가 가진 엄청난 것들 중 한 가지에 불과한 것이었다. 이제야 모든 것이 이해가 됐다. 젊은 나이에 높은 직책에 앉을 수 있었던 이유, 좋아하지도 않는 여자와 약혼을 해야 하는 이유, 그리고 나봄에게 끌린 이유까지. 이젠 모든 것이 이해가 될 것 같았다.

"다른 건 몰라도 윤나봄 씨의 솔직한 성격은 마음에 들었는데. 이제 와서 몰랐다거나 그런 소리 하는 건 아니겠지?"

영란의 눈이 날카롭게 나봄을 향했다.

"몰랐습니다. 정말…… 몰랐습니다."

믿어주지 않더라도 말해야 했다. 정말 몰랐으니까. 정말 강문진이란 남자에 대해 아무것도 몰랐으니까. 길진 않았지만 그를 사랑한다고까지 말할 수 있는 지금까지 아무것도 알지 못했다. 그냥 강문진이란 사람 자체가 어떤 사람인지 알아가기에도 바빠서 그가 가진 것들이 얼마나 대단한 것인지는 크게 관심을 두지 못했다. 가진 것이 많을 거라고는 생각했지만 이렇게 많은 사람일 줄은 몰랐다. 그리고 그렇게 커다란 회사를 지켜야 하는 사람인지도 몰랐다. 충격에 손이 떨려왔고 순식간에 머릿속이 혼란스러워져 나봄을 불안하게 만들었다.

"순순히 인정하면 좋게 말하려고 했는데. 이렇게 잡아떼면 몰랐구나 하고 내가 넘어갈 거라고 생각해?"

영란은 나봄이 같잖다는 듯 비웃음을 흘렸다.

"역시 살아온 환경은 무시 못한다더니, 밑바닥에서 그따위로 살면 그렇게 뻔뻔해지나 보지?"

'어떻게 살아야 제대로 살았다고 말할 수 있는 건지 저 사람은 아는 걸까? 내가 살아온 환경이 저런 사람들 눈에는 천박한 밑바닥 삶으로밖에 보이지 않는 거면, 그렇다면 문진 씨 눈에도 그랬던 걸까? 그 사람도 내가 불쌍해 보였던 걸까?'

악한 생각은 악한 생각만을 낳는다. 영란의 독설을 듣고 있으면서도 나봄은 문진이 떠올랐다. 그 남자의 마음, 그 남자의 진심. 어디까지 믿어도 되는 건지 점점 아무것도 보이지 않게 되어가고 있었다.

"사모님이 말씀하시는 밑바닥이 어떤 곳인지는 모르겠지만, 사모님같이 특혜를 받은 몇몇 사람을 빼고는 다들 그렇게 살아갑니다. 밑바닥이 아니라 치열한 생활 속에서 열심히. 정작 특혜를 누려야 하는 사람들은 그런 사람들인데 되레 아무 노력도 하지 않는 사람들이 온갖 특혜를 누리면서 살아가요. 마치 자기들이 가진 것이 당연한 것처럼 말이죠."

참았던 감정이 폭발하려는 듯 나봄의 인내심이 조금씩 바닥을 보이고 있었다. 이제껏 살아오면서 착하게는 아니더라도 적어도 남에게 해를 끼치면서 뻔뻔하게 살아오진 않았다. 완벽하진 못하더라도 남에게 상처 주지 않고 되도록 좋은 기억을 주려고 노력했다. 그리고 나봄의 주위엔 많이 갖진 못했지만 작은 것에 행복하고 만족할 줄 아는 그런 사람들이 많았다.

"열심히? 윤나봄 씨가 그런 말 할 자격이 있나? 우리 문진이한테 붙어서 팔자 한번 고쳐 보려는 사람이."

조용하지만 차갑게 꽂히는 영란의 말에 나봄은 그런 게 아니라고 변명이라도 해보려 했지만 재빨리 끼어든 소라 때문에 타이밍을 놓치고 말았다.

"윤나봄 씨 어머니가 교통사고를 내고 돌아가셨다던데. 피해자가 많이 다쳤다면서요? 때문에 원래 많던 빚이 더 불어났고. 윤나봄 씨랑 결혼하게 되면 그 빚 전부 문진 오빠 몫이 될 텐데."

비열하게 꼬인 소라의 말을 들으며 나봄은 떨려오는 두 손을 꼭 붙잡았다. 이런 망할 경험을 또다시 해야 한다는 사실이 못 견디게 역겨웠지만 전에도 그랬듯 참아야 했다. 모든 게 문진에 대해 알려 하지 않은 그녀의 잘못이었다. 가진 것도 없이 주제파악 못하고 너무도 대단한 남자를 만난 그녀의 잘못.

"최소라 씨, 당신이 무슨 말 하려는지 아니까 그 입 다물어요."

나봄의 눈이 차갑게 소라를 노려보았다. 유독 나봄의 앞에서는 기를 못 펴는 소라가 흠칫하며 입을 다물자 영란이 들고 있던 컵을 세게 내려놓았다.

"지금 누구한테 큰소리를 치는 거야?! 그날 우리 집에서 문진이 본 후 계획적으로 접근한 거 모를 줄 알았나 보지?"

"그게 무슨……."

나봄은 그제야 엄마가 죽던 날이 떠올랐다. 병원에서 걸려온 전화를 받기 전까지 평화롭던 시간. 결혼은 자신이 좋은 여자와 하겠다던 영란의 아들. 난감하게 자신을 보던 남자의 시선이 희미하게 떠올랐다. 그래, 그게 문진이었다. 그래서 문진에게 그녀가 낯설지 않았던 거였다. 공연장에서가 아니라 까맣게 잊었던 그날 이미 만났었기 때문에.

"우리 집에선 이미 소라랑 문진이 약혼시키기로 결정했고, 문진이도 이제 곧 마음 정리할 거야. 그러니 우리 아들한테서 그만 떨어져."

첫 만남의 기억을 더듬어볼 틈도 없이 험한 말이 칼날이 되어 가슴에 꽂혔다. 뒤이어 영란이 올려놓은 익숙한 하얀 봉투에 나봄의 가슴에선 새빨간 피가 흐르기 시작했다.

"지난번 못 줬던 레슨비야. 나머지는 이자라고 생각해. 윤나봄 씨 머리는 좋으니까 무슨 말인지 알아들었을 거라고 생각하고 이쯤 하지. 하지만 다시 한 번 말하는데 우리 아들 옆 자리는 윤나봄 씨 게 아니야. 소라야, 먼저 일어나마."

주춤거리는 소라를 다독이며 영란은 냉기가 도는 말을 끝으로 자리를 떠났다. 소라는 비웃음과 함께 멍하니 봉투를 보고 있는 나봄을 내려다보았다.

"그러게 상대를 봐가면서 덤벼야지. 빚쟁이 주제에 어떻게 문진 오빠를…… 꺅!"

그동안 담아둔 말들을 쏟아내려는 소라를 누군가가 거칠게 밀어냈다.

"당신, 뭐야?!"

땅바닥으로 나가떨어진 소라가 찢어질 듯 소리를 질렀지만 상관도 않고 민우는 나봄에게 다가섰다.

"윤나봄, 일어나."

어디서 나타났는지 민우는 넋이 나간 듯 앉아 있는 나봄을 억지로 일으켜 세웠다. 그제야 정신이 돌아온 나봄이 멍한 눈으로 민우를 보았다.

"조…… 민우?"

"일어나. 나가서 얘기하자."

민우는 서둘러 당황한 나봄의 어깨를 감싸 안았다. 하지만 민우를 밀친 나봄은 탁자에 놓인 봉투를 챙겨 들고 커피숍을 빠져나갔다. 바닥에 주저앉은 소라는 자신의 모습은 잠시 잊은 듯 나봄의 뒤를 따라 나가는 민우를 보며 기분 좋은 미소를 흘리고 있었다.

"윤나봄!"

호텔을 벗어나는 나봄을 억지로 돌려 세운 민우는 안타까운 눈

빚을 하고 있었다.
"가라."
"봄아!"
민우의 목소리가 너무도 아팠지만 나봄은 거칠게 그의 손을 뿌리쳤다.
"조민우, 나 너 싫어. 그러니까 제발 좀 가. 제발 좀."
"가자. 일단 가서……."
부드럽게 감싸 안으려는 민우를 나봄은 이번에도 거칠게 밀어냈다.
"우습지? 너희 부모님에 이어 또 돈 봉투를 받았으니 네 눈엔 내가 얼마나 우스울까. 근데 당분간은 이걸로 충분할 것 같다. 그러니까 넌 꺼져."
두툼한 봉투를 주머니에 쑤셔 넣으며 나봄은 민우의 손을 뿌리쳤다. 몸과 마음이 모두 무너져 내린 지금 똑바로 걸을 수 있을지는 의문이었지만 민우 앞에서 무너지고 싶지는 않았다.
"네가 우리 부모님한테 무슨 일을 당했는지 얼마 전에야 알았어. 그런데 너 왜 또 이런 꼴을 당하는 거야? 대체 왜 또."
애타는 민우의 목소리에도 나봄은 더 이상 뒤돌아보지 않았다. 마치 그가 사 년 전, 그녀를 떠날 때 그랬던 것처럼. 나봄은 천천히 그의 시야에서 사라지고 있었다.
'빚쟁이? 그래, 빚쟁이지…… 그래도 돈 때문이 아니었는데…… 참 멍청하다. 그렇게 당하고서도 또 몸으로 겪어봐야 깨닫는 걸 보면 윤나봄, 너 정말 바보다.'

자꾸 시야가 흐려지자 나봄은 안경을 벗고 거칠게 눈을 문질렀다. 이런 일로 울고 싶지 않았고 울어서도 안 됐다. 계속 떠오르는 영란의 말이 이미 만신창이가 된 마음을 다시 헤집고 있었지만 나봄은 열심히 고개를 저었다.

'괜찮아. 괜찮을 거야.'

자신을 다독이며 나봄은 빠르게 걸음을 옮겼다. 유일하게 마음을 물을 수 있는 문진이 몹시도 보고 싶었다.

"쟤야? 진짜 별로네. 플루트인지 피리인지 그거 하나 불면 강 이사 넘어오는 거였어? 나도 진작 그거나 할 걸 그랬다. 남자 잘 만나 팔자 제대로 고치겠네."

"그러게…… 유명한 것도 아니고 고작 애들이나 가르치는 실력이라는데."

회사 엘리베이터 안에서 나봄을 향한 여직원들의 수군거림이 들려왔다. 평소라면 무시했겠지만 오늘만큼은 그럴 수가 없었다.

"어머 노려보면 어쩔 건데? 이사가 좋다니까 뵈는 게 없나 보지."

급한 걸음으로 엘리베이터에서 내린 여직원들은 톡하니 쏘아붙이고는 시야에서 사라졌다. 순간 짧은 한숨과 함께 실소가 터져 나왔다. 이곳은 그녀의 자리가 아니었다. 모두가 손가락질하고 욕하고. 그래, 이제야 이해가 됐다. 단지 잘난 남자 강문진을 가져서가 아니라 KG그룹의 외아들 강문진 이사를 가졌기 때문이었다는 걸 왜 한 번도 생각하지 못한 걸까. 나봄은 둔하고 멍청한 자신이 너무도 한심스러워졌다. 하지만 믿고 싶었다. 강문진, 그 사람이라면 아무래도 괜찮을 거라고. 나봄은 자신을 달래며 서둘러 걸음을 옮겼다. 문진이, 너무도 좋은 그 사람이 미칠 듯이 보고 싶어서 마음이 급해지고 있었다.

"남자가 와서 다정하게 안고 나갔어요. 그런 상황에서도 어머니가 주신 돈 봉투는 챙겨 갔다니까요. 오빠, 그러니까 그만 정신 차려요. 그 여자 엄마가 사고 내고 죽어서 빚도 엄청나요."
 말투는 걱정스러운 투였지만 눈빛은 기쁨과 즐거움으로 반짝이고 있던 소라는 창밖만 쳐다보고 있는 문진에게 달라붙은 채 열심히 얘기를 늘어놓고 있었다.
 "목적인 돈도 받았으니까 아마 그 여자 금방 떨어져 나갈 거예요. 그러니까 오빠······."
 "남자가 데리고 갔다고? 그 남자가 누구지? 어떻게 생겼는지 말해봐!"
 문진은 소라에게 전해 들은 이야기로 인해 머릿속이 복잡했다. 나봄의 목적은 돈이었고 계획대로 돈을 받아냈으니 이젠 그를 떠날 거라는 말도 안 되는 얘기를 들으면서도 문진의 감정은 나봄을 감싸 안았다는 남자의 존재에 먼저 반응하고 있었다.
 "그 남자가 누군지는 모르겠지만 아무튼 그 여자는 오빠한테서 어떡해서든 한 몫 챙겨보려고 접근한 거라니까요. 어머니께서 그 여자한테 플루트 레슨을 받은 적이 있으시다면서요. 그때 오빠를 보고 접근한 거래요."
 소라는 신이 난 목소리로 줄줄이 얘기를 늘어놓았다. 나봄의 아버지가 폐암으로 돌아가신 것부터 엄마의 사고, 버거운 액수의 빚, 그리고 민우에게 부축을 받아 사라졌다는 얘기로 끝을 맺었다.

"그게 나봄이었다고? 어머니의 플루트 레슨 선생이?"

레슨 선생이란 말에 대수롭지 않게 넘겼던 그날의 기억이 희미하게 떠올랐다. 시린 겨울 희미한 향기를 남겨두고 눈앞에서 다급히 사라졌던 여자가 있었다. 어머니의 레슨 선생. 짧은 시간 동안 몇 번 눈이 마주쳤던 여자. 스쳐 지나간 기억 속에서 문진은 나봄을 다시 만났다. 그래서였나 보다, 나봄을 처음 봤을 때 낯이 익었던 것은.

"어머님은 단번에 기억하시던데. 아무튼 아까 같이 나간 남자도 그 여자랑은 안 어울리던데. 조건 좋은 남자만 찾아서 만나는 선수인가 봐요."

"……조민우였나, 그 남자?"

이름을 입에 담는 것만으로 마음이 뒤엉켜 오고 있었지만 문진은 냉정해지기 위해 모든 신경을 총동원하고 있었다. 소라의 대답을 기다리는 짧은 시간 동안 문진은 나봄을 아프게 만들었던 그 남자를 떠올렸다. 바르고 따뜻해 보이던 남자. 나봄의 감정을 순식간에 뒤흔들었던 남자. 대체 조민우란 남자는 나봄에게 무엇일까. 어떻게 나봄에게 문제가 생기는 곳에 어김없이 등장해서 그에게서 나봄을 빼앗아가는 걸까. 문진은 점점 더 의심의 늪으로 빠져들어 어머니와 소라가 나봄에게 저질렀을 일을 알아채지 못했다. 그 때문에 나봄이 얼마나 아파하고 있을지 깨닫지 못한 문진의 눈앞은 의심만이 가득 찼다.
"맞아요! 아까 윤나봄이 조민우라고 했어. 오빠도 알아요?"
기다렸다는 듯이 냉큼 말을 잡아챈 소라는 다시 재잘거리며 떠들기 시작했다. 열린 문틈으로 얘기를 듣던 나봄은 들어올 때와는 다르게 천천히 사무실을 빠져나왔다. 정말 간절하게 빌었다. 그럴 사람이 아니라고. 문진의 입에서 그 한 마디만 나오게 해달라고. 그 한 마디만 나온다면 안으로 들어가서 모든 상황을 설명하려고 했었다. 뭐든 숨김없이 다 드러내고 그럴 의도가 아니었다고, 하지만 미안하다고 말하고 싶었다. 하지만 이젠 그럴 수가 없다. 강문진이란 사람 역시 예전 민우가 그랬던 것처럼 나봄이 마음을 돈에 팔아넘겼다고 믿고 있다.
"뭘 기대했던 걸까? 훗. 윤나봄, 바보 천치……."
쓴웃음과 함께 말간 눈물이 볼을 타고 흘러내렸다. 멈추지 않고 흘러내리는 눈물 때문에 나봄은 결국 길 한구석에 주저앉아 소리 내어 울기 시작했다. 처음이 아니니 조금은 덜 아플 거라고 생각했던 것이 오만이었다. 모든 일이 겪어볼수록 무감각해지는 것이 아니라는 것을 찢겨져 나간 가슴을 부여잡고서야 깨닫고 있었다.

"제발 부탁이니까…… 봄아, 전화 좀 받아."
몇십, 아니, 몇백 통은 족히 넘을 만큼 통화 버튼을 누르고 있었지만 돌아오는 말은 여전히 전화가 꺼졌다는 안내 음성뿐이었다. 문진은 나봄의 집 앞에 주저앉아 불 꺼진 집을 한탄스러운 마음으로 바라보았다. 나봄을 찾으라는 말만 되풀이하고 있는 머릿속은 뿌연 흙 연기로 가득 찬 것처럼 아무것도 떠오르지 않았다.

차가운 새벽이슬이 세상을 적시기 시작하자 피곤에 감겼던 눈꺼풀이 올라갔다. 밤새 시멘트 벽에 기대고 있었던 등이 뻐근해져 왔지만 문진은 다시 핸드폰을 꺼내 들었다.

[지금은 전화가 꺼져 있어······.]

밤새 들었던 안내 음성이 당연한 듯 들려오자 깊은 한숨이 새어 나왔다. 어제 오후부터 아침이 다 되어가는 지금까지 문진은 움직이지 않았다.

혹시 조민우랑 같이 있는 걸까? 소라의 말이 사실이면 그 남자와 나봄이 함께 사라진 것이다. 그렇다면 가능성이 없는 얘기도 아니다. 밤새 집에도 돌아오지 않았고 전화도 받지 않는다. 아니면 정말 돈이 목적이었던 것일까? 지금까지 모든 것이 계획적이었다는 것인가?

생각을 하기 시작하자 갖가지 상상들이 꼬리에 꼬리를 물고 떠올랐다. 그 상상 속에서 나봄은 조민우에게 안겨 있기도 했고 돈 봉투를 들고 문진을 비웃고 있기도 했다.

"나봄이 돈 때문에 그럴 리가 없어."

겨우 한 가지의 의심을 내려놓은 문진이 자리에서 일어났다. 하지만 머릿속에서는 아직도 조민우에게 안겨 있는 나봄의 모습이 남아 있었다. 생각을 떨쳐 내려는 듯 세차게 고개를 저은 문진은 다시 통화 버튼을 눌렀다.

"젠장!"

역시나 돌아오는 같은 목소리에 거칠게 던져진 핸드폰이 바닥에서 두 동강으로 갈라졌지만 마음은 조금도 가라앉지 않았다. 빠르게 옥탑에서 벗어난 문진은 사무실로 향했다. 그가 아는 나봄이라면 문제를 해결하기 위해서 며칠 안에는 분명히 나타날 것이다.

한적하게 펼쳐진 바다는 포근한 바람으로 나봄을 스쳐 지나갔다. 아픔으로 찢겨져 나간 가슴을 조금이라도 위로해 주는 것처럼 바람은 나봄을 달래주고 있었다.
"저 왔어요."
위로가 필요해서 찾은 바다였다. 다정하게 감싸줄 품이 필요해서 찾은 바다, 그리고 아버지와 엄마가 계신 곳이었다.
"엄마, 나 왔어. 오랜만에 왔는데 반겨주지도 않고. 하나밖에 없는 딸한테 너무한다. 아버지, 저 왔다니까요. 아버지의 예쁜 딸 봄이가 왔어요."
웃어보려고 입꼬리를 올려보는 나봄의 눈엔 어느새 눈물이 고이고 있었다. 회사에서 빠져나와 이곳까지 오는 동안 꾹꾹 눌러 참았던 아픔이 펑하고 터져 버린 것처럼 나봄은 모래바닥에 주저앉아 펑펑 울기 시작했다.
"나도 데려가지. 혼자 가지 말고 나도 데려가지! 왜 나만, 왜 나만 두고 갔어. 왜!"
단 한 번도 입 밖에 내보이지 않았던 마음이 뱉어지고 있었다. 어디라도 좋으니 아픔을 나누고 원망할 곳이 필요해서 나봄은 대답없는 부모님을 향해 소리치고 있었다.
"나 어떡해, 엄마. 아픈데, 이렇게 아픈데도 그 사람이 보고 싶어. 너무…… 보고 싶어."
 문진의 웃는 얼굴이, 따뜻한 품이 그리워서 나봄은 무릎 사이에 고개를 파묻었다. 사랑이란 것에 늘 상처만 받는 자신이 불쌍했다. 그리고 그녀에게 속았다는 배신감으로 아파하고 있을 문진이 가엾었다. 바람에 식은 몸이 차갑게 느껴졌지만 지금은 안아줄 사람이 없다. 그리고 상처 입은 마음 역시 치료해 줄 사람이 없었다. 그녀의 아픔을 자신이 더 아파하던 문진이 몹시도 그리웠지만 이젠 그에게 돌아가 안길 수 없었다. 오랜 시간 그래 왔던 것처럼 이제 다시 혼자 삭히고 다독여 줘야 한다.
 밤새 그렇게 앉아 있던 나봄은 새벽안개가 찾아오자 천천히 자리에서 일어났다.
 "갈게요. 또 올게."
 격렬했던 슬픔이 파도에 쓸려 사라진 듯 마음은 고요함으로 가득 찼다. 하지만 눈물로 얼룩진 얼굴에는 여전히 아픔이 담겨 있었다.
 '아프지 마라, 슬프지도 말고. 우리 봄이답게 그렇게 웃어야지. 다 괜찮아질 거야.'
 뒤돌아서는 나봄의 귓가로 바람과 함께 부모님의 목소리가 들리는 것 같았다. 밤새 한 마디도 없이 파도 소리로 슬픔을 묻어주던 바다는 아픔을 조금이라도 덜어주려는 부모님의 마음을 전해주고 있었다.
 점심이 되어서야 도착한 집 앞에는 처참하게 부서진 핸드폰이 나뒹굴고 있었다. 두 동강이 되어버린 핸드폰을 주워 든 나봄은 혹시 문진이 있을까 싶은 마음이 들어서 급하게 주변을 두리번거렸다.
'내 얘길 들어보려고 기다려 준 건 아닐까? 문진 씨라면 그럴지도 모르는데. 날 믿어줄지도 모르는데.'
부서진 휴대폰을 탁자에 올려놓고 한참을 생각하던 나봄은 고개를 저었다. 믿어줄지도 모른다는 작은 희망은 그렇지 않았을 때에 더 큰 상처를 남긴다.
탁자에 머리를 쿵 하고 내려놓은 나봄은 부서진 핸드폰을 바라보았다. 소라의 말에 불안하게 반응하던 문진의 목소리가 떠올랐다.
"그래도 믿어주면 이렇게 아프게 끝나진 않을 텐데. 나중에라도 편안한 얼굴로 볼 수 있을……."
아니다. 절대 그와는 편안하게 보지 못할 것이다. 그러기에는 문진에 대한 마음이 너무 커져 있다. 시간이 지난다고 해도 쉽게 줄어들지 않을 것이다. 오히려 애틋한 감정이 그리움으로 더 크게 변질되어 내내 마음속에 남아 있을 것이다.
말끝을 맺지 못한 나봄의 얼굴에 쓸쓸함이 번졌다. 어느새 문진을 깊이 사랑하게 돼버렸다. 천천히 가겠다던 마음에 가속도가 붙어 그를 사랑하고 원한다. 하지만 더 이상 아프지 않기 위해선 마음을 접어야 한다. 문진이 믿어주든 그렇지 않든 그녀 자신이 살아가려면 그렇게 해야 했다. 단지 바라는 것이 있다면 그녀가 돈에 마음을 팔지 않았다는 것을 믿어주는 것. 그렇게만 해준다면 조금은 덜 아프게 살아갈 수 있을 것 같았다. 다시 보진 못하더라도 문진을 아픔으로만 기억하진 않을 것 같았다.

'그게 다 무슨 소용이겠어. 기대하지 말자. 그래 봤자 더 아플 거야.'

주머니에서 돈 봉투를 꺼내 든 나봄은 깊은 한숨을 내쉬었다. 돈에 마음을 팔지 않았다. 하지만 그걸 누가 믿어주겠는가. 이 돈을 들고 나왔을 땐 영란에게 돈을 돌려주며 절대 돈 때문에 문진을 만난 게 아니라고 말하려 했었다. 하지만 당사자인 문진조차 믿어주지 않는 진실을 그 누가 믿어주겠는가. 두 동강이 난 핸드폰을 흩뜨려 놓은 나봄이 자리에서 일어났다. 결론이 어떻게 나든 문진과 그녀 사이를 정리해야 했다.

13 ; 차가운 봄의 소나기

"나봄 씨!"

퇴근 시간이 가까워진 늦은 오후 무렵, 나봄이 사무실에 모습을 드러내자 석호는 반사적으로 자리에서 일어났다. 반가운 기색이 역력한 석호와는 반대로 나봄의 얼굴은 얼음장같이 굳어져 있었다.

"저기, 나봄 씨……."

"강 이사님 안에 계시면 잠깐 들어가 보겠습니다."

석호가 처음 들어보는 차가운 목소리였다. 투덜거릴 때도, 꼬박꼬박 따질 때도 나봄의 목소리는 단 한 번도 저렇지 않았다.

"선배가 밤새 기다렸습니다. 들어가 보세요."

어쩌면 이 상황은 석호 때문에 벌어진 상황이었다. 이유야 소라에게 있을지라도 그 자리를 완성시킨 것은 석호였다. 무슨 일이 벌어질지 대충 예상이라도 했다면 소라가 아무리 매달려도 나봄을 내보내지 않았을 것이다. 하지만 돌이키기에는 너무 많은 일들이 벌어졌다. 조용히 직무실로 들어가는 나봄을 보며 석호는 깊은 한숨을 내쉬었다. 바로잡기에는 너무 틀어져 버린 두 사람일지도 모른다는 생각 때문에 죄스러움이 밀려오고 있었다.

직무실로 들어선 나봄은 뚫어지게 노려보고 있는 문진을 무시하고 책상 위에 사직서를 올려놓았다.

"뭐 하자는 거지?"

가늘게 떠지는 문진의 눈을 똑바로 마주하며 나봄은 입을 열었다.

"청구하시면 위약금 보내 드리겠습니다."

문진을 마주하자마자 안기고 싶은 마음이 간절했지만 나봄은 애써 평정을 유지하고 있었다. 안색이 나쁘긴 했지만 멀쩡한 얼굴로 나타난 나봄이 다시 문진을 혼란스럽게 하고 있었다. 정말 조민우에게 위로받았던 걸까, 아니면 밤새 어디로 사라졌던 걸까? 그 남자와는 대체 무슨 관계일까? 수많은 질문들이 문진의 머릿속에서 뒤엉키고 불안함으로 가득했던 마음 역시 흔들리고 있었다.

"윤나봄."

"더 이상 이 회사에서 일하고 싶지 않아요. 계약서 때문에 참고 있었지만 이젠 그러고 싶지가 않네요."

차갑고 무감각한 나봄의 목소리가 소름 끼치게 느껴지는 만큼 문진의 눈빛은 무섭게 타올랐다.

"계약을 파기하겠다고? 어디서 위약금 물 돈이라도 생긴 건가? 그래?"

문진의 이성은 차분하게 나봄을 다독이고 오해를 풀어야 한다고 말하고 있었지만 조민우와 윤나봄의 관계에 대한 의심이 긴 시간 공들여 붙잡은 그의 인내심을 순식간에 밟아버리고 있었다.

"어제 받은 돈이 두둑하긴 했던가 보지? 당당히 나타나서 계약을 파기한다고 하는 걸 보면."

문진의 비꼬인 말이 또다시 칼날이 되어 박혔다. 평소처럼 먼저 그녀의 아픔을 알아채고 안아주길. 그녀가 아팠을 만큼은 아니더라도 조금은 그녀의 아픔을 이해해 주길. 기대하지 말자 했지만 그래도 마음 한구석을 차지한 일말의 기대감이 와르르 무너졌다. 무얼 기대했던 걸까? 강문진 역시 다를 바 없는 남자였다. 그렇게 사랑을 말했으면서도 그녀를 믿지 못한 어리석은 남자. 그런 어리석은 남자를 사랑했다는 사실이 더 서럽고 아팠다. 그는 민우와는 다를 거라고, 누구보다 윤나봄을 믿을 거라고 기대했던 자신이 한심스러워 가슴이 저려왔다. 서러움이 올라왔다.

"이건 사모님께 전해주세요. 전 연주 기술을 팔아먹고 살긴 하지만 마음을 판 적은 없다구요."

나봄은 조용히 또 하나의 봉투를 책상 위에 올려놓았다. 이걸로 끝이었다. 더 이상 서로에게 상처 내지 않기를 나봄은 간절히 바라고 있었다.

"어제 어디 있었어? 전화는 왜 안 받았고?"

흥분에 떨려오는 문진의 목소리를 느꼈지만 나봄은 그에게 등을 돌렸다.

"사표 처리해 주세요. 위약금은 청구하면……."

"그딴 돈 상관없어. 내가 지금 돈 때문에 이런다고 생각하는 거야?"

봉투를 바닥으로 내던지는 문진의 눈은 사납게 빛났다. 이러고 싶지 않았는데 나봄은 항상 그가 바라는 대로 움직여 주지 않는다. 단지 조민우란 남자에 대해 솔직하게 듣고 싶었는데. 예상도 못한 사직서라니.

바닥으로 내던져진 봉투를 내려다보던 나봄이 매섭게 문진을 노려보았다. 그에게는 하찮은 것이지만 그 돈이 없어 그녀는 소중한 사람을 잃어야 했다.

"정말 조민우란 놈이랑 사라졌던 거야? 그래?"

문진의 말에 잠시 멍하던 나봄은 기가 막혀 실소가 터져 나왔다. 이 남자는 배신감을 느끼기도 전에 나봄이 밤새 다른 남자와 함께일지도 모른다는 생각으로 괴로워했던 거였다. 지난 저녁 그녀를 기다리며 얼마나 힘이 들었을지. 온갖 상상으로 스스로를 상처 입힌 문진의 감정이 나봄에게 전해져 오는 것 같았다.

"대체 조민우랑 무슨 사이였던 거지? 왜 그 자리에 조민우가 나타난 거야?"

밤새 떠올렸던 상상들이 다시 머릿속을 헤집자 문진은 조급해지기 시작했다.

'조금만…… 아주 조금만 보듬어준 후에 민우에 대해 물어보지 그랬어요. 그랬다면 이렇게 아프지는 않았을 텐데. 내가 바란 건

그거였는데…….'

나봄은 가슴이 아팠다. 정작 상처 입은 사람은 나봄 자신이었는데도 문진의 아픔이 고스란히 느껴져 가슴이 아팠다. 하지만 나봄은 애써 아픔을 감추었다.

"그건 강문진 씨가 알 필요 없는 것 같네요. 이만 갈게요."

나봄은 다시 등을 돌렸다.

"알 필요가 없다니? 윤나봄, 그거 무슨 뜻이야!"

다급하게 나봄의 팔을 낚아챈 문진의 손에 힘이 들어갔다.

"그만 하자는 뜻이에요. 나, 이제 강문진 씨랑 그만 하고 싶다구요."

여기서 끝나길. 그렇지 않다면 서로에게 또다시 상처를 입히게 될 것 같았다.

"그만 해? 누구 마음대로? 윤나봄, 나 봐! 나 똑바로 보라고!"

문진은 나봄의 어깨를 잡고 거칠게 시선을 마주하려고 애썼다. 하지만 그럴수록 나봄의 눈빛은 차갑게 식어갈 뿐이었다.

"너 이러는 거, 조민우 그 자식 때문인 거야? 그래?"

갑작스럽게 변한 나봄이 낯설어 문진은 냉정해질 수가 없었다. 아주 조금만 이성을 찾고 평소대로 생각했다면 나봄을 이해할 수 있었을 텐데. 문진은 또다시 자신의 감정이 앞서서 나봄의 아픔을 알아채지 못하고 있었다.

"민우는…… 아무 관련 없어요. 그러니까 제발 그만 해요."

나봄은 민우 때문에 문진이 더 이상 상처받지 않기를 원했다. 하지만 문진은 나봄의 입에서 처음으로 나온 민우라는 이름 때문에 점점 질투라는 늪으로 빠져들었다.

"윤나봄이 아무렇지 않게 이름을 부를 만큼 그 자식이랑 그렇게 친밀한 관계였던 건가? 그래? 정말 그 자식이랑 짜고 돈 때문에 나 만나기라도 한 거냐고?!"

거칠게 뱉어진 문진의 말은 결국 칼날이 되어 나봄에게로 향했다. 믿어주길 바란 것은 아니지만 그렇다고 상처받아 쓰러지고 싶지도 않았다. 하지만 문진의 말은 그녀를 절망의 끝으로 몰아가고 있었다. 문진을 뿌리친 나봄은 걸음을 옮겼다. 더 이상 문진을 마주하고 있어봤자 아무것도 나아질 것이 없었다. 이젠 정말 끝내야 했다.

"윤나봄! 거기 서!"

거친 문진의 목소리가 들렸지만 나봄은 걸음을 멈추지 않았다.

태어날 때부터 다른 세상의 사람. 얽히지 않는 것이 서로에게 좋을 사람들.

땅에서 태어난 흙은 바람에 날려 잠시 하늘을 느낄 수는 있지만 영원히 살 수는 없다. 운 좋게 바람에 실려 구름을 타고 하늘로 다 가섰지만 빗방울이 된 구름을 따라 원래 살던 땅으로 돌아가는 존재. 그렇지 않으면 거친 바람과 기압에 잘게 부서져 영원히 사라지게 되는. 문진이 하늘이라면 나봄은 약한 흙 알갱이였다.

사랑을 갈구하던 남자를 당연한 순서처럼 사랑하게 된 것뿐인데 그 대가로 평생을 함께해야 할 그녀의 음악이 상처받고 소중한 부모님을 욕보였다. 그리고 나봄 자신이 너무나 많이 다쳐 버렸다. 그리고 모든 걸 받아줄지도 모른다 기대했던 하늘이 와르르 무너지듯 문진은 나봄에게 또 다른 상처를 주었다. 너무 커다란 하늘을 원해서 부서져 버린 흙 알갱이처럼 나봄의 몸과 마음은 산산이 부서지고 있었다.

천천히 시야에서 사라진 나봄의 뒷모습을 보던 문진은 한참이 지나서야 제정신이 돌아왔다.

순서가 틀렸다. 그의 감정이 먼저가 아니라 나봄의 아픔이 먼저였어야 했다. 그로 인해 받았을 상처를 먼저 보듬어줬어야 했다. 하지만 마음 졸였던 많은 시간들이 이기적으로 변질되어 나봄에게 또다시 상처를 주었다. 고작 질투라는 유치하고 치졸한 감정 때문에 그는 나봄의 마음에 또 다른 칼을 꽂았다. 자신에 대한 화를 참지 못한 문진은 얇은 유리로 이루어진 탁자를 주먹으로 내려쳤고 유리가 깨어지면서 손등엔 붉은 피가 흐르기 시작했다.

"젠장, 젠장!"

아려오는 손은 느껴지지도 않는지 문진은 자신의 한심함에 올라오는 욕지거리를 뱉어냈다. 질투라는 추한 감정이 그렇게 거슬렸었다면 솔직히 물었어야 했다. 조민우가 누군지, 나봄에게 어떤 존재인지.

낯설고 차가운 나봄의 얼굴이 떠올라 문진은 두 손으로 얼굴을 감싸 쥐었다. 그의 사랑인 봄을 그가 상처 입혀 내몰았다. 마지막 희망을 걸고 찾아왔을 나봄을 추하고 나약한 감정에 휘둘려 안아주지도 못하고 내쳤다. 아픔으로 얼룩진 나봄의 마지막 말이 먹먹하게 가슴에 남은 문진은 괴로움에 몸부림쳤다.

사무실에서 나온 나봄은 미친 듯이 뛰었다. 강문진이란 사람과 연관된 모든 것에서 벗어나고 싶었다. 더 이상 기댈 곳이 없어지자 문진 때문에 겪어야 했던 아픔이 빠른 속도로 그녀를 덮쳐 왔다. 모든 고통을 다 쏟아놓을 것처럼 가슴이 찢어지게 아파왔다. 어제부터 그렇게 울었는데도 눈물은 마르지 않는지 또다시 시야를 가로막고 있었다.

"나봄아!"

외근을 나갔다 들어오던 재민이 로비에서 무섭게 달려나오는 나봄을 발견했다. 하지만 나봄은 아무것도 들리지 않는 듯 무작정 뛰기만 했다.

"윤나봄, 앞에!"

재민의 목소리가 로비를 울렸지만 나봄은 이미 누군가를 강하게 들이받은 후였다.

"무슨 짓입니까!"

"됐네, 김 비서."

거친 남자의 목소리를 가로막은 다정한 목소리에 바닥에 주저앉은 나봄이 천천히 고개를 들었다.

"죄송합니다. 이 녀석이 정신이 없어서……."

서둘러 달려온 재민이 나봄을 부축해 일으키며 진철에게 과장되게 예의를 표했다.

"자네, 괜찮은 건가? 어디 다친 건 아니고?"

재민을 떼어놓으며 진철은 걱정스럽게 나봄을 보았다. 하지만 문진과 참으로 많이 닮은 진철을 보는 것과 동시에 눈물이 왈칵

차가운 봄의 소나기 353

쏟아질 것 같아서 나봄은 한 걸음 뒤로 물러났다.
"죄송…… 합니다. 지난번도, 그리고 오늘도 정말 죄송…… 합니다."
이틀 동안 대체 몇 번이나 사과를 하고 있는 걸까. 짧은 시간 문진과 함께한 대가는 나봄을 점점 더 서럽게 만들고 있었다.
공손히 인사를 하고 사라지는 나봄의 뒷모습을 보는 진철의 얼굴이 눈에 띄게 굳어졌다.

"강문진이 안에 있나?"
멍하니 나봄의 자리를 보던 석호는 갑작스러운 진철의 방문에 놀라 자리에서 일어났다.
"회장님, 여긴 무슨 일로……."
앞에 서 있는 석호는 신경도 안 쓴 채 진철이 매섭게 직무실 문을 열었다. 순간 난장판이 되어 있는 실내에 눈살이 찌푸려졌지만 서둘러 감정을 걷어내고 바닥에 멍하니 앉아 있는 문진에게로 걸음을 옮겼다.
"김 비서, 의사 불러라!"
피가 흘러 바닥에 떨어지고 있었지만 문진은 아무런 반응도 없이 그대로 앉아 있기만 했다.
"강문진이, 정신 안 차리냐!"
진철의 목소리가 무섭게 높아지자 문진이 천천히 자리에서 일어났다.
"문진 오빠 있지?"

환한 얼굴로 기분 좋게 사무실에 들어오던 소라를 석호가 급하게 붙잡았다.

"오늘은 돌아가."

거칠게 소라의 팔을 잡은 석호는 진철의 눈에 띄기 전에 소라를 사무실에서 내보내려고 했다.

"싫어, 오늘은 꼭 문진 오빠랑 저녁 먹을 거야. 이거 놔."

석호를 밀어낸 소라는 직무실로 들어서자마자 문진에게 달려왔다. 하지만 환하던 소라의 얼굴은 문진의 손을 보는 순간 금세 어두워졌다.

"손 왜 이랬어요? 흑, 이거 어떡해. 병원, 병원 가요."

순식간에 아픈 눈으로 변하는 소라를 문진은 거칠게 밀어냈다. 초점도 없이 빛을 잃었던 그의 눈이 순식간에 사나움으로 바뀌어 있었다.

"오빠……."

하루 종일 공들여 꾸민 보람도 없이 바닥으로 나가떨어진 소라는 날벼락 같은 문진의 반응에 그대로 주저앉아 버렸다.

"가. 제발 부탁이니까 내 앞에서 꺼져!"

울분을 토하듯 문진의 아픈 목소리가 실내를 가득 채우자 진철은 상황이 심각하게 돌아간다는 걸 깨달았다. 그리고 아파하던 나봄의 눈빛이 자꾸 아른거렸다. 무슨 일이 벌어져도 크게 벌어졌다. 그것도 진철이 모르는 뒤편에서.

"아가씨는 그만 돌아가 봐."

"아버님."

문진이 밀어낸 충격에 진철의 차가운 말이 더해져 소라의 얼굴은 서러움으로 변해갔다.

"아버님?"

진철은 가늘게 떠진 눈으로 소라를 훑어 내렸다.

"이제 보니 최 회장 여식이구먼. 근데 여긴 왜 온 거지?"

"아버님, 그게요."

다시 울음을 터뜨리는 소라를 보며 석호는 난감한 상황에 이러지도 저러지도 못하고 있었다.

"내 집 식구도 아닌데 아버님은 무슨. 그만 돌아가게. 사무실은 자네 놀라고 만들어놓은 곳이 아니야."

고작 두세 번밖에 보지 않은 그에게 쉽게도 아버님이란 호칭을 내뱉는 소라를 보니 진철의 마음은 단단히 굳어졌다.

"민 실장, 데리고 나가."

더 이상의 말을 듣지 않겠다고 경고하듯 진철의 말은 단호했다.

"오빠, 문진 오빠!"

겨우 원하는 대로 됐나 싶었는데. 소라는 예상치 못한 상황에 서럽게 울며 석호에 의해 사무실에서 끌려 나갔다.

"무슨 일이 있었던 거냐."

치료가 끝나고서야 마주 앉은 진철은 부드럽게 문진을 바라봤다.

"나봄이랑 관련된 거냐?"

나봄이라는 이름에 잠깐이지만 문진의 눈엔 아픔이 스쳐 갔고 진철은 그걸 놓치지 않았다.

"대체 무슨 일이냐? 한 녀석은 죽을 것처럼 아픈 눈으로 달려나가고, 한 녀석은 멀쩡한 제 손을 그 모양으로 만들고."

"나봄이…… 보셨습니까?"

나봄이란 이름을 겨우 뱉는 문진의 눈은 숨길 것도 없이 아픔으로 가득 찼다. 이름을 내뱉는 것만으로도 자꾸 가슴 한구석이 아려왔다.

"네 녀석보다 열 배는 아픈 눈으로 날 보더구나. 무슨 일인 게야? 나봄이라면 죽고 못살듯이 그러더니."

"어머니, 아니, 제가…… 제가 봄이에게 못할 짓을 했습니다. 지켜준다고 아프지 않게 하겠다고 했던 제가……."

문진은 끝내 말을 잇지 못하고 고개를 떨구었다. 아파한단다. 그에게 받은 아픔이 너무도 커서 그녀가 아버지에게 아픔을 보였단다.

진철은 완전히 무너진 아들을 참담한 심정으로 바라보았다. 난장판이 된 실내처럼 아들의 마음도 엉망진창으로 망가져 가고 있었다.

"네 어머니가 관련되어 있는 거냐, 아니면 아까 그 소란지 뭔지 하는 그 애가 관련되어 있는 거냐?"

누구에게도 흐트러진 모습을 보이지 않던 문진이 온전히 분노를 드러냈던 소라와 아주 조금의 책임이라도 떠넘겨 보고자 하는 어머니라는 단어. 진철은 아픔밖에 남지 않은 아들의 얼굴이 너무도 안타까웠다.

그렇게도 소중했던 걸까? 잃었다는 것만으로 한순간에 무너질 만큼? 그의 아들에게 윤나봄이란 여자는 대체 어느 정도까지의 소중함인 걸까.

"알아볼 테니 너는 가서 나봄이 만나봐라."

참참한 심정으로 자리에서 일어난 진철은 문 옆에 떨어져 있는 피 묻은 돈 봉투를 발견했다. 조용히 봉투를 집어 든 마음은 말 못할 참혹함으로 무너져 내렸다.

"윤나봄!"

겨우 나봄의 잡아 세운 재민이 거친 숨을 몰아쉬었다.

"야, 너 무슨 달리기 경주라도 하냐? 왜 그렇게…… 나봄아."

겨우 숨을 가다듬던 재민은 아무런 표정도 없는 나봄을 바라봤다. 눈물을 흘리던 그녀의 눈이 이제 빛을 잃고 탁하게 변해 있었다.

"나봄아, 너 괜찮아?"

"은영이…… 은영이한테 데려다 줘."

나봄은 겨우 말을 뱉고는 그대로 땅에 주저앉아 버렸다. 산산이 부서져 내린 마음이 처절하게 흘러내리는 핏방울처럼 나봄을 무너뜨리고 있었다.

전화를 받자마자 뛰어나온 은영은 나봄이 무너져 내린 이유를 묻지 않아도 알 수 있을 것 같았다. 은영의 집에 도착해 침대에 누울 때까지 나봄은 아무런 말도, 반응도 보이지 않았다. 단지 마지 못해 숨을 쉬는 것처럼. 편안하지 못한 숨소리가 은영에게 전해져 올 뿐이었다.

"재민아, 너 조민우 연락처 알지?"
방문을 닫고 나온 은영의 눈이 사납게 바뀌고 있었다.

조용한 클래식이 흐르는 커피숍에 앉은 은영은 무서운 눈으로 마주 앉은 민우를 노려보고 있었다.
"아직도 봄이가 편히 쉴 곳은 결국 너구나."
복잡한 감정이 민우의 얼굴에 드러났지만 은영은 그럴수록 차가워질 뿐이었다.
"또 네 짓이야? 아니면 네 부모님 짓이니? 사 년 전에 그렇게 갔으면 그만이지 왜 또 나타난 건데? 왜 잘살고 있는……."
"차라리 내가 나타나서 그런 거라면…… 그래, 차라리 나 때문이라면 마음이라도 편할 것 같다."
은영의 말을 가로막은 민우의 눈은 짙은 아픔이 묻어났다. 이젠 슬픔이라는 희미한 존재가 돼버린 그 때문이 아니라 다른 남자에게 상처받고 무너지는 나봄의 뒷모습이 얼마나 고통스러웠는지. 그래서 차라리 자신 때문에 아픈 거라면 그도 이렇게 아프진 않을 것 같았다. 하지만 민우는 비척이며 걷던 나봄의 뒷모습이 떠올라 아직도 가슴이 아려왔다.
"무슨…… 소리야? 너 봄이 만났잖아. 그래서 봄이가……."
"오은영, 그거 너랑 나의 착각이었다. 윤나봄한테 나 이제 그런 존재가 아니더라. 나봄이한테 난 네가 걱정하는 아픔도 아니었고, 내가 걱정하는 원망도 아니었어. 나봄인…… 그냥 아픔이라는 기억으로 날 잊었더라. 그래, 잊었어. 나 이제 나봄이를 그렇게 만들만큼 큰 존재가 아니야."
 민우가 아니라면 나봄이 왜 저렇게 망가진 걸까. 민우가 아니라면…… 순간 은영의 머리에 한 사람이 떠올랐다.
 "설마, 강문진 씬…… 아니지? 그렇지?"
 민우의 대답을 기다리는 그 짧은 순간 동안 그 사람만은 제발 아니길. 은영은 간절한 마음으로 빌고 또 빌었다. 하지만 민우의 입에서 나오는 이야기는 그 간절함을 철저히 밟아버리고 있었다.
 약속으로 찾았던 호텔 커피숍에서 나봄을 발견한 건 정말 우연이었다. 잠시라도 좋으니 얘기를 할 수 있을까라는 마음에 나봄에게 다가간 민우는 사 년 전 그의 어머니가 나봄에게 했던 짓, 얘기로만 전해 들었던 그 상황을 온전히 다시 겪고 있는 나봄을 보았다. 차라리 화라도 내며 자리를 박차고 나갔다면 민우의 마음이 그렇게 아프진 않았을 것이다. 하지만 나봄은 모든 것을 받아내고 있었다.
 사 년 전에도 그랬겠지……. 그의 부모님에게서 쏟아지는 독설과 날카로운 칼날을 온전히 받아내고 나봄은 그렇게 그를 떠나보냈을 것이다.
 처음 동아리방에서 만났을 때부터 당당하고 밝은 나봄이 좋았었다. 당당하지만 자만하지 않은 털털한 그녀를 민우는 사랑했었다. 친구의 관계로 시작해 연인이 되기까지 그가 들인 노력과 시간은 박수를 받을 만큼 대단했지만 그가 나봄에게 등을 돌리기까지의 시간은 너무도 짧았다. 어렸다는 핑계로 무마되기에는 너무도 어리석었던 믿음없는 사랑은 민우나 나봄 두 사람 모두에게 깊은 상처를 남겼다. 단지 남들보다 집안이 아주 조금 잘사는 것뿐인 그는 돈으로 나봄을 상처 입혔고 믿음없던 사랑으로 나봄을 쓰러뜨렸다. 하지만 부모의 말에 현혹돼서 일말의 믿을 가치도 없다고 말한 그에게 나봄은 고마웠다며 따뜻하게 미소를 지어줬다. 그 웃는 얼굴이 내내 아픔으로 남아 민우를 괴롭혔었다. 그리고 어머니를 닦달해 사실을 알아낸 게 얼마 전이었다. 그래서 돌이킬 수 없다면 사과라도 하고 싶어 나봄을 찾은 것인데…….
"자세히는 모르겠지만 약혼할 여자가 함께 있더라."
민우는 자신이 본 그대로 모든 얘기를 꺼내놓았다.
"정말…… 이야? 네가 본 게 다 사실이냐고!"
고개를 끄덕이는 민우의 모습에 은영은 손끝이 차갑게 식어왔다.
"하필이면 왜 만나도 그런 사람들을 만난 거야. 대체 왜…….."
"너도 그중 하나야. 그러니까 그 입 다물어. 그리고 마지막으로 경고하는데 봄이 앞에 다신 나타나지 마."
어느새 차가움으로 변한 은영은 잡을 틈도 없이 자리를 박차고 나가 버렸다. 민우의 눈에선 뜨거운 눈물이 볼을 타고 흘러내렸다. 그래, 그도 그런 놈들 중 하나였다. 나봄에게 나타나지 말았어야 할…… 그런 놈들 중 하나.

"은영 씨, 이러시면 안 됩니다."
소란스러운 소리에 시선을 돌린 문진은 석호가 힘겹게 막고 있는 은영을 발견했다.
"민 실장, 놔드려."

석호가 마지못해 잡고 있던 손을 풀어주자 은영은 매서운 눈으로 문진에게 다가섰다.
"문진 씨, 우리 봄이, 우리 봄이가요."
"미안합니다. 정말 미안합니다."
아직은 아무것도 모를 거라 생각하고 찾았던 그에게서 미안하다는 말이 나오자 은영은 눈앞이 캄캄해지기 시작했다. 믿었다. 아니, 믿고 싶었다. 나봄이 다시 마음의 문을 연 이 남자는 상처받고 쓰러진 봄이를 구해줄 거라고. 그렇게 믿으며 은영은 문진에게 달려왔다. 하지만 그가 미안하단다. 아무것도 말하지 않았는데 그냥 미안하단다. 은영은 무너지는 남자를 앞에 두고 조용히 감정을 다스렸다.
"뭐가 미안한데요? 강문진 씨, 저한테 뭐가 미안하다는 건데요?"
"미안합니다, 은영 씨. 제가…… 저 때문에 봄이가……."
"강문진 씬 아니잖아요. 당신이 아니라 당신 어머니가 그런 거잖아요. 강문진 씬 그럴 사람 아니잖아요. 문진 씬 우리 봄이 사랑하잖아요!"
은영은 문진의 어깨를 거칠게 흔들었다. 이건 아니었다. 두 사람이 함께 있는 걸 잠시만 바라봐도 알 만큼 강문진이란 남자는 나봄을 온몸으로 사랑하고 있었다.
"봄이를, 믿지…… 못했습니다."
차마 고개도 들지 못하고 그대로 무릎을 꿇는 문진을 보는 은영은 온몸이 산산이 부서져 내리는 느낌이었다. 이젠 알 것 같았다.

나봄이 그렇게 무너진 이유가 다시 겪어야 했던 그 더러운 상황보다 강문진의 믿음없던 사랑 때문이란 걸. 사 년 전 민우가 등 돌렸을 때와 마찬가지로 나봄은 또다시 없는 것이 죄가 되어 사랑을 잃어버린 것이다.
"당신도 별반 다르지 않은 사람이었네요. 그래도 이번엔 다를 거라고 생각했는데. 그래서 말리지 않았던 건데……. 앞으로 봄이 앞에 나타나지 마세요. 당신이랑 봄이 이젠 아무 사이도 아니니까."
너무 깊은 슬픔을 들킬까 봐 등을 돌리면서도 매몰차게 경고하는 은영의 뒷모습을 보던 문진은 그 자리에 맥없이 주저앉았다. 이제 그와 봄은 아무런 관계도 없다는 은영의 말이 가슴에 날카롭게 꽂히고 있었다.

"당신, 무슨 짓을 한 거야?"
집으로 들어오자마자 무섭게 몰아치는 진철을 보며 영란은 당황한 빛이 역력했다.
"내, 내가 뭘요? 웬일로 일찍 들어왔나 했더니 무슨 소리를 하는 거예요?"
"이걸 보고도 모른 척할 건가? 대체 이 돈으로 무슨 짓을 한 거야!"
피로 얼룩진 봉투가 탁자에 놓여지자 영란은 어쩔 줄 몰라 하며 진철의 시선을 피했다.
"은진이 때도 그러더니 이젠 문진이까지! 대체 돈으로 사람한테 얼마나 상처를 줘야 속이 후련하겠어!"

"난 우리 아들 지키기 위해선 그보다 더한 짓도 해요. 내 레슨 선생이었던 그 여자가 문진과 우연히 마주친 후 일부러 접근했어요. 당신이 몰라서 그렇지, 그 여자 빚도 많고……."

설마 싶었던 일을 벌인 모양이었다. 몇 년 전 사위에게 했던 짓을 이번엔 나봄에게 저질렀다. 억울하다는 듯 목소리를 높이는 영란을 보며 씁쓸한 마음에 진철은 혀를 찼다.

"사고 때문에 어쩔 수 없이 떠안은 빚이야. 그걸 혼자 갚으면서 살고 있는 아이라고. 그리고 싫다는 나봄이한테 매달린 건 문진이야. 계획? 어디서 그런 시답잖은 소리를 주워들은 게야?"

"매달려요? 그 녀석이? 대체 어떻게 꼬셨길래 그 목석 같은 녀석이 매달려요?"

믿을 수 없다는 투로 영란은 불만스럽게 중얼거렸다. 생전 여자에게는 관심도 없던 아들이었다. 그런데 먼저 매달리다니.

"김영란, 말 똑바로 못 듣나! 싫다고 도망치는 여자를 계약서까지 써서 붙들어놓은 건 문진이 그놈이라고. 겨우 일이 풀리나 싶었는데. 그 두 녀석이 당신 때문에 지금 어떤지 알기나 해?"

"나는 소라가……."

영란은 책임을 회피해 보려는 듯 말끝을 흐렸다.

"그 최 회장네 여식? 당신, 그 애 말만 믿고 일을 벌인 거야? 나한테 한마디 상의도 없이 내가 벌어오는 돈으로?"

진철의 목소리가 높아지자 영란 역시 지지 않고 소리를 질렀다.

"어느 어미가 아들한테 돈 뜯어내려는 여자가 꼬인다는데 가만히 있어요! 거기다 질도 안 좋은 여자라는데. 그래, 당신이 벌어온 돈으로 그랬어요. 그게 뭐!"
 잘못했다는 소리는 않고 되레 큰 소리를 치는 영란을 보자 진철은 기가 막혀 말문이 막혔다.
 "그리고 꼬신 건지, 아닌지 어떻게 알아? 결국은 문진이가 넘어가긴 한 거잖아! 당신은 왜 윤나봄 편을 드는 건데? 뭘 안다고!"
 "내가 그렇게 우둔한 사람으로 보이나? 아들 놈이 좋아하는 여자가 생겼다는데 손 놓고 있었을 것 같냐고? 당신, 이번엔 큰 실수한 거야. 평생 아들 녀석한테 원망 들을 각오 하라고."
 깊은 한숨을 뱉는 진철을 보며 영란은 훌쩍거리며 방으로 들어가 버렸다. 하지만 이제 와 영란을 다그쳐 봐야 달라질 건 없었다. 일을 벌인 건 영란이었지만 나봄을 보듬어주지 못한 문진의 잘못도 컸다. 자신의 아픔은 보이지도 않을 만큼 사랑하는 여자를 무엇 때문에 아프게 만들었는지 진철은 나봄과 문진을 떠올리자 한숨이 새어나왔다. 뜻하지 않은 황사가 찾아온 것처럼. 문진의 봄은 뿌연 황색 연기에 가려진 채로 한 치 앞도 보이지 않고 있었다.

 겨우 잠이 들었나 싶었던 나봄의 입에서 약한 신음 소리가 새어나오자 자리에 누웠던 은영이 급하게 몸을 일으켰다.
 "봄아! 봄아, 왜 그래?"
 "배가…… 은영아, 배가 아파……."
 힘겹게 말을 하던 나봄은 결국 정신을 놓아버렸다. 또다시 마음의 아픔은 몸까지 상하게 만들고 있었다. 병원으로 옮겨지는 구급차 안에서 은영은 너무 억울하고 마음이 아파서 자꾸 눈물이 고였다. 항상 이런 식이다. 작은 것 하나도 욕심내지 않던 이 착한 친구가 어렵게 갖고 싶다는 마음을 먹은 것은 이렇게 아픔과 고통만을 남기고 사라졌다. 은영은 핏기없이 누워 있는 나봄의 얼굴을 보며 숨죽여 울고 있었다.

"선배, 이거."

이틀이 다 되도록 꼼짝도 안 하는 문진에게 석호는 작은 메모지를 내밀었다. 잠시 눈길이 스쳐 가나 싶었지만 문진은 여전히 움직임이 없었다.

"윤나봄 씨가 입원했어."

무슨 말을 해도 반응이 없던 문진이 급하게 메모지를 낚아챘다.

"김재민한테 들은 얘기야. 이틀째 못 깨어나고 있대."

석호의 말이 끝나기도 전에 문진은 밖으로 뛰어나갔다. 다시는 몸도, 마음도 아프지 않기로 약속했는데 나봄이 다시 병원에 누워 있다. 이번엔 다른 남자가 아닌 강문진 그 때문에.

"내가 할게."

제정신이 아닌 상태에서 운전을 하려는 문진을 따라 나온 석호가 문진을 조수석으로 밀어 넣고 빠르게 병원으로 향했다.

"강문진 씨가 여길 어떻게⋯⋯ 나가세요!"

노크도 없이 들어선 문진을 발견한 은영은 매섭게 문진을 막아섰다. 더 이상 다치게 할 순 없다. 이제 세상에서 나봄을 지킬 수 있는 사람은 은영 그녀밖에 없었다.

"어디가 얼마나 아픈 겁니까? 은영 씨, 봄이 괜찮은 겁니까?"

막아서는 은영 때문에 다가서지 못한 문진은 애타는 눈으로 잠들어 있는 나봄을 보았다.

"이제 봄이 일에 관여할 권리가 없다고 말했잖아요. 그만 나가 주세요."

"봄이 이틀째 못 깨어나고 있다면서요. 검사는, 검사는 다 한 겁니까? 의사는 뭐라고······."

허둥대며 나봄의 상태를 묻는 문진을 보자 은영은 참았던 화가 폭발해 오르기 시작했다.

"누구 때문에 이렇게 됐는데. 당신 눈엔 저렇게 누워 있는 애가 괜찮아 보여? 싫다는 애한테 먼저 다가온 거 당신이잖아. 근데 왜 우리 봄이가 아파야 하는데? 왜 하필 우리 봄이냐고?!"

은영은 악을 쓰며 문진을 밀어냈다.

"제발 부탁이니까 봄이 내버려 둬요. 당신 아니어도 봄이 충분히 아프고 힘들어. 그러니까 제발······."

먼저 다가간 것도 문진이었고 사랑한다고 제발 사랑해 달라고 나봄을 몰아붙인 것도 그였다. 그리고 그에게 마음을 주던 그녀에게 상처 준 것도 그였다. 은영의 말은 하나도 틀리지 않았다. 나봄은 잘못한 게 없었다. 모든 게 추한 감정에서 빚어나온 문진의 잘못이었다.

"은영아······."

꺼질 듯한 나봄의 목소리가 흘러나오자 은영은 급하게 침대로 다가갔다.

"봄아! 봄아, 나 보여? 괜찮은 거야?"

목소리가 들리는지 나봄은 힘겹게 눈꺼풀을 들어올렸지만 다시 눈을 감아버렸다. 그리고 천천히 고개를 끄덕였다.
 "나…… 괜찮아. 은댕아, 나 조금만 있다가 일어날게."
 나봄은 다시 깊은 잠 속으로 빠져들었다. 이틀 전 눈을 감았을 때처럼 그렇게…….
 "신경성 위경련으로 잠깐 호흡곤란이 왔지만 그 외에는 그렇게 큰 이상은 없습니다. 간혹 특별한 사유 없이 일주일이든 열흘이든 잠들었다 깨어나시는 분들도 계십니다. 그러니까 일단 환자 분이 안정하고 편안하게 쉴 수 있게 해주세요. 아무래도 스트레스가 원인인 것 같으니 며칠 안에 깨어나실 겁니다."
 병실에서 나가는 의사에게 공손히 인사를 한 은영은 잠이 든 나봄과 그 옆에서 떨어지지 않는 문진을 참담한 심정으로 바라봤다. 안정이라…… 사 년 전 민우를 보내고 아픈 마음을 이기지 못해 입원했을 때에도 나봄은 똑같은 소리를 들었다. 그때는 나봄의 어머니가 나봄의 옆을 지키고 있었다. 입으로는 못난 년이라고 욕설을 뱉으면서도 아픈 눈으로 딸을 바라보던 어머니의 눈빛을 은영은 잊을 수가 없었다. 하지만 문진이 잠들어 있는 나봄보다 훨씬 아프고 고통스러워 보여서 은영은 문진을 나봄에게서 떼어낼 수가 없었다.
 "은영 씨, 잠깐이라도 좋으니까 자리 좀 비켜주시죠. 부탁드립니다."
 아무 말 없이 두 사람을 지켜보던 석호는 조용히 은영의 팔을 끌어당겼다. 석호가 문진을 위해 해줄 수 있는 일은 이제 이것밖에 없었다.

"봄아."

눈꺼풀 하나 들어올릴 힘도 없는 나봄은 어렴풋이 들려오는 문진의 목소리에 몸이 먼저 반응하듯 흠칫거렸다. 쓰러지는 순간까지 얼마나 원망했던지…… 그러면서도 얼마나 보고 싶었는지…… 그 큰 그리움을 결국 몸이 감당해 내지 못했다. 아픈 상처와 원망보다 늘 따뜻하게 그녀를 보던 문진이 몹시도 그리웠다.

"봄아."

다시 낮게 울리는 목소리에 나봄이 힘겹게 눈꺼풀을 들어올렸다. 순간 눈앞에서 보이는 문진의 모습에 나봄의 눈에선 눈물이 고여 흐르기 시작했다. 꿈이라고 생각하는지 조금씩 웃어 보이기까지 하는 나봄은 쉼없이 흐르는 눈물로 가려지는 문진의 얼굴이 아쉬워 손을 뻗어 그의 얼굴을 매만졌다.

"미안. 미안하다, 봄아."

유치한 감정에 사로잡혀 나봄이 아픈 걸 알아채지 못했다. 아프지 말자고 약속해 놓고 정작 아프게 만든 건 그였다. 나봄의 몸과 마음을 문진은 전부 아프게 만들었다.

나봄의 볼을 타고 흐르는 눈물을 따라 단단히 굳어 있던 문진의 얼굴도 슬픔으로 가득 차 올랐고 힘겨운 숨을 뱉으면서도 애써 웃는 나봄을 조심히 쓰다듬었다. 얼마나 아팠던 걸까. 이 작은 여자를 얼마나 아프게 한 걸까…….

한참을 울던 나봄의 눈이 다시 스르르 감겼다. 시야에서 사라지는 문진이 아쉬운지 그의 따뜻한 손을 꼭 쥔 손은 서늘하게 식어 버린 마음만큼 차갑게 식어 있었다. 아마도 꿈이라 생각했겠지…… 현실이었다면 나봄은 그를 무참히 밀어냈을 것이다. 이렇게 아프면서도 아무렇지 않은 척, 정말 괜찮은 척 그렇게.

아려오는 뱃속 때문에 눈을 뜨자마자 인상이 찌푸려졌지만 몸은 정신을 잃었을 때보다 한결 편안했다. 하지만 무너져 내린 마음은 아직 추슬러들지 않았는지 눈을 뜨자마자 꿈결에 보았던 문진의 얼굴이 떠올라 눈물이 쏟아지기 시작했다.

"봄아."

하염없이 쏟아지는 눈물이 익숙하고 그리운 목소리에 순식간에 멈춰 버렸고 나봄은 반사적으로 침대에서 몸을 일으켰다. 아직도 볼을 타고 흐르는 눈물을 거칠게 닦아내고 나서야 안타까운 눈으로 그녀를 바라보고 있는 문진을 발견했다. 꿈이 아니었나 보다. 꿈결에서 그를 보고 힘겹게 웃던 자신까지 전부 꿈이 아닌 현실이었나 보다. 꿈이길 바랐건만, 그냥 깨어나면 사라질 꿈이길 얼마나 바랐는데. 나봄의 눈은 혼란과 고통, 그리고 아픔으로 변해가고 있었다.

"돌아가세요."

낮게 가라앉은 목소리에 문진의 눈에 아픔이 묻어났지만 나봄은 그에게 꼭 잡혀 있는 손을 빼내었다. 따뜻했던 그의 손을 벗어나자 서늘한 공기가 와 닿았지만 이게 본래 그녀의 손이었다. 따뜻함을 느낄 수 없는 서늘한.

"봄아, 너 며칠 동안 잠만 잤어. 괜찮아?"

아무런 대답도 돌아오지 않자 문진은 고개를 떨구었다.

무슨 말을 할 수가 있을까. 그녀가 겪어야 했을 험한 일이 문진이 저지른 일은 아니었지만 그 때문에 겪어야 했던 일이다. 그리고 마지막 희망을 걸고 다시 찾아왔을 그녀를 문진은 믿지 못했다. 아니, 유치한 감정이 앞서 의심으로 눈앞을 가리고 그녀를 보았다. 그래서 얼마나 아프고 힘들었을지 알면서도 따뜻하게 안아주지 못했다.
"정말 미안하다."
"아직 나한테 받을 게 남았나요? 돈 봉투 말고 당신한테 돌려줄 건 없는 것 같은데."
차가운 시선이라도 마주쳐 주면 좋으련만 나봄은 문진을 쳐다보지 않았다. 말은 그에게 하고 있지만 이미 강문진이란 존재가 그녀에겐 없는 것처럼 나봄의 식어버린 마음이 그대로 전해져 오고 있었다.
"윤나봄은 돈에 마음을 팔아넘길 여자가 아니야. 미안하다 알면서도 유치한 질투 때문에 너한테 못할 짓 했어. 나봄아, 정말 미안해."
조금만 먼저였더라면. 민우에 대한 물음보다 아주 조금만 이 말이 먼저였더라면. 안타까운 이기심이 다시 발동했지만 나봄은 고개를 저었다.
'이거면 됐어. 늦었지만 그래도 이거면 충분해.'
나봄이 적어도 돈 때문에 그를 팔아넘길 여자가 아니라는 걸 믿는단다. 문진이 아무런 말도 하지 않은 그녀 자체를 믿는단다. 전부는 믿지 못했지만 그래도 그것이면 충분했다. 하지만 그를 다시 받아들이기엔 그녀의 마음이 너무 다쳐 버렸다. 그로 인해 만나야 했던 사람들을 통해, 그리고 그 순간 그녀를 밀어내야 했던 문진의 작은 감정을 통해 너무도 많이 다치고 무너져 그를 받아낼 자신이 없었다.
"미안하다, 너무 못나게 굴어서……. 너 아픈 것보다 유치한 내 감정이 앞서서. 봄아, 그러니까 이러지 마. 모르는 사람처럼 이렇게……."
사랑하기 때문이라는 변명 아래 발동한 유치하고 치졸했던 질투가 그에게서 나봄을 빼앗아가고 있다.
"애초부터 우리 모르는 사람이었어요. 그리고 당신이 아는 난 일면에 불과했고 나 역시도 당신의 일면밖에 몰라요. 그럼 된 것 아닌가요? 강문진 씨한테도, 나한테도 밑지는 일은 아니었던 것 같은데."
"봄아."
이미 닫혀 버린 걸까. 애쓰고 공들여 힘겹게 열어놓은 나봄의 마음은 이미 그를 향해 문을 닫아버리고 예전보다 더 커다란 자물쇠를 걸어놓은 것 같았다.
"더 할 말이 남았나요?"
치고 올라오려는 무수한 감정들을 굳게 외면하며 나봄은 그에게로 향했던 고개를 돌려 버렸다. 조용히 돌아가 주길. 더 이상의 말을 해야 한다면 자제력이 버텨주지 않을 것 같았다. 언제부턴지 모르겠지만 문진의 앞에선 아프지도, 힘들지도 않은 척 버티는 게 너무 힘이 들었다. 아려오는 속만큼, 그리고 찢겨져 나간 마음만큼 그의 앞이 너무 힘겨워지고 있었다.

"봄아."
"다신 이렇게 마주하는 일이 없었으면 좋겠어요. 안녕히 가세요."

다시 침대에 누워 이불을 머리끝까지 덮은 나봄은 터져 나오는 눈물을 눌러 참고 있었다. 문진은 그 후 한참 동안이나 자리를 지키다 천천히 병실을 나갔다.

"흑. 흐흑."

철컥 하고 문이 닫히는 순간 숨죽여 울던 나봄의 입에선 힘겨웠던 울음이 터져 나왔다. 자신의 몫이 아니었던 것을 욕심낸 벌을 받는 거라고 애써 마음을 다스리면서도 아픔은 이기지 못하고 서럽게 울음이 터져 나오고 있었다.

5월의 한낮. 탐스럽게 꽃망울을 터뜨린 꽃들이 삭막한 도시의 거리 한 편을 환하게 빛내고 있었다. 병실 창밖을 바라보는 나봄의 눈빛은 한없이 쓸쓸했다. 문진은 하루도 거르지 않고 매일 찾아왔지만 나봄은 끝내 그를 만나지 않았다. 아니, 만날 수가 없었다. 다시 문진을 만나면 이젠 괜찮은 척할 자신도, 힘도 남아 있질 않았다. 처음이 아니기에 조금은 쉬울 거라 생각했던 마음은 오히려 사 년 전보다 더 나봄을 괴롭게 하고 있었다.

"내일쯤이면 퇴원해도 괜찮을 것 같데. 다행이지?"

의사를 만나고 돌아온 은영의 얼굴이 한결 밝아져 있었다. 몇 날 며칠 동안 나봄의 옆을 지킨 은영은 조금 지쳐 보였지만 나봄에겐 밝은 미소를 지어 보였다.

"퇴원하면 아무 생각 하지 말고 좀 쉬어. 이번엔 말 안 들으면 정말 화낼 거야, 알았지?"

아무런 대답도 돌아오지 않자 은영은 창밖을 내다보는 나봄을 보았다. 아침에 일어나면 괜찮다가도 문진이 다녀갈 오후쯤이 되면 나봄은 항상 창밖을 슬픈 듯 내다본다. 병실에 들이지도 않고 내보낸 그가 떠나갈 때까지 하염없이.

"실례…… 합니다."

조심스러운 목소리에 창문에서 시선을 떼던 나봄은 반갑지 않은 손님을 보고 인상을 찌푸렸다.

"봄아, 아는 분이야?"

은영이 의아하게 소라와 나봄을 번갈아 봤지만 아무런 대답도 돌아오지 않았다. 대신 급하게 나봄의 앞에 꿇어앉은 소라가 서럽게 울기 시작했다.

"잘못했어요. 그날 일은 정말 미안해요. 근데요, 나 문진 오빠 아니면 안 돼요. 그래서 그랬어요. 정말 미안해요."

나봄의 눈빛은 점점 차가워졌지만 소라는 나봄의 손을 붙잡으며 사정을 하기 시작했다.

"문진 오빠가 만나주질 않아요. 어머님도 미국 가시고……. 어떡해요, 나 이제 어떡해. 흑, 나봄 씨가 문진 오빠한테 말 좀 해주세요. 내가 그런 거 아니라고, 난 그냥 어머님이 시키셔서 그런 거라고. 제발 부탁이에요. 나봄 씨가 말하면 문진 오빠도 들어줄 거예요. 그러니까 제발……."

유일하게 편을 들어주던 영란도 갑자기 미국으로 떠나 버리자 소라는 더 이상 도움받을 곳이 없었다.

"너니? 너였어?"

상황을 지켜보던 은영은 소라에게 무섭게 다가와 뺨을 날렸다.

"은영아!"

"놔. 놔봐, 봄아. 얘잖아. 얘가 그 약혼녀지 뭔지 하는 그 여자잖아! 여기가 어디라고! 여기가 어디라고 와서!"

다시 소라에게 달려들려는 은영을 나봄이 힘겹게 붙들었다.

"그만 해, 은영아. 네 손 이런 일로 더럽히지 마. 나 그거 싫어."

조용히 달래는 목소리에 은영이 겨우 진정을 했지만 노려보는 눈빛은 거두지 않았다.

"소라야!"

무슨 꿍꿍이냐고 물어볼 생각에 나봄이 자리에서 일어나자마자 병실로 석호와 문진이 들어왔다. 소라는 두 남자를 보자마자 서럽게 울기 시작했다.

"여기 왜 온 거야? 왜 이러고 있어!"

석호의 부축을 받아 일어나면서 소라는 뺨을 부여잡았다. 은영의 손이 얼얼할 정도니 소라의 뺨 역시 금세 부어올라 있었다.

"나는 나봄 씨 아프다고 해서, 그래서 왔는데……."

말끝을 흐리는 소라는 애처롭게 문진을 쳐다보았지만 문진의 시선은 나봄에게 향해 있었다. 그럴수록 소라는 애간장이 타 들어갔다.

"최소라 씨, 당신 뜻대로 다 된 것 같은데 그만 나가요."

은영을 붙들었던 손을 풀며 나봄은 조용히 소라에게 경고의 눈빛을 보냈다. 이젠 더 이상 어린 여우에게 놀아나고 싶지도 않았고, 이런 우스운 상황에 맞서고 싶지도 않았다.
"나봄 씨, 정말 미안해요. 그날 일이 정말 그렇게 될 줄 몰랐어요. 어머님이 그러실 거라곤 생각도 못해서…… 그럴 줄 알았으면 그런 자리 만들지도 않았을 거예요."
속으로 쾌재를 부르지만 소라의 얼굴에는 완벽한 애처로움이 묻어나고 있었다.
"당신이 원하는 대로 강문진하고 나 끝났으니까 나한테 와서 이러지 말고 둘이서 해결해. 제발! 제발, 나 좀 내버려 두라고!"
나봄의 불안정했던 감정이 결국 또다시 터져 나왔다. 소라는 예상치 못했던 반응에 놀란 주춤거리기 시작했다.
"최소라, 네가 무슨 짓을 했는지 다 알고 있으니까 그만 하고 나가라."
문진의 차가운 목소리가 요란스럽던 실내를 순식간에 침묵으로 만들었다.
"오빠, 아니에요. 제가 그런 게 아니에요. 전 그냥 오빠가 나봄 씨랑 만난다고 그 말만 한 건데. 다 어머님이 그러신 거예요."
소라는 꾸며진 설움이 아닌 진심 어린 서러움으로 문진에게 매달렸다. 하지만 그럴수록 문진은 차갑고 냉정했다.
"내가 널 가만히 두는 건 네가 석호 동생이기 때문이야. 더 이상 내 앞에 나타나지 마라. 그땐 아무리 석호 동생이라도 용서 안 할 테니까."
사형 선고라도 받은 듯 무너지는 소라는 석호에게 매달리기 시작했다.

"석호 오빠, 오빠가 문진 오빠한테 말 좀 해줘. 내가 그런 거 아니라고. 응? 다들 왜 나한테만 이러는 거야."

"소라야, 그만 하고 돌아가. 이 이상은 나도 너 못 봐준다."

한숨 섞인 석호의 말에 소라는 바닥에 엎어져 서럽게 울기 시작했다. 그나마 혈육이기에 받아주던 석호마저 외면해 버린 지금, 병실 안에서 더 이상 소라의 편은 없었다.

"미안합니다, 은영 씨. 미안하다, 나봄아."

깊이 고개를 숙이는 문진을 보며 나봄은 관자놀이를 꾹 눌렀다. 한동안 괜찮았던 두통이 또다시 시작되는 것 같았다.

"미안하면 더 이상 찾아오지 마세요. 강문진 씨 때문에 이런 일 당하는 거 이젠 지겨워."

침대에 겨우 기대앉은 나봄은 가슴이 답답해지는 것 같아 깊이 숨을 몰아쉬었다.

"미안합니다. 너무 늦었지만 미안해요. 그러니까 제발 선배한테 이러지 마요. 윤나봄 당신 때문에 문진 선배 제대로 숨도 못 쉬고 있어요. 당신만 아픈 게 아니라구요!"

"민석호!"

화를 내는 건지 사과를 하는 건지 애타는 눈빛만이 전해지는 석호를 문진이 가로막았다. 그가 이렇게 아픈 건 나봄의 탓이 아니다. 나봄을 그렇게 만든 자신의 탓이라고 석호를 가로막은 문진의 눈이 말하고 있었다.

"내가 그랬어. 내가, 나봄 씨를 그 자리에 내보냈다고. 일이 생길지 모른다고 생각하면서도 소라 부탁 거절 못하고 내가 그랬어. 그러니까 차라리 날 원망해. 자책하지 말고 날 원망하라고."
 문진의 앞에 무릎을 꿇은 석호는 애타게 말하고 있었다. 나봄이 입원한 며칠 동안 문진은 아무것도 입에 대지 못하고 내내 병원 주변만을 맴돌았다. 그러다 겨우 용기를 내서 병실에 올라오지만 나봄은 얼굴도 보여주지 않았다. 그럴수록 문진은 다 자기 잘못이라고 자책하고 스스로를 상처 입혔다.
 "봄아! 봄아, 왜 이래!"
 나봄이 침대에 힘없이 쓰러지자 당황한 은영이 호출 버튼을 눌러댔다. 의사들이 달려오고 다시 호흡기를 입에 건 나봄이 보이자 문진은 병실 밖 의자에 주저앉았다. 또다시 그 때문이다. 나봄이 또다시 그 때문에 쓰러져 아파한다. 문진은 자신에게 상처를 입히고 있었다.
 오피스텔로 돌아온 석호는 아무 말 없는 문진의 앞에 다시 무릎을 꿇었다.
 "미안해, 선배……."
 "당분간 내 앞에 나타나지 마라. 회사든 어디든 내 눈에 띄지 마."
 문진은 그대로 소파에 누워 눈을 감았다. 창밖으로는 푸근했던 봄 날씨를 꺾어내리려는 차가운 봄비가 쏟아져 내리기 시작했다.

 뜻하지 않은 소동으로 입원이 길어진 덕분에 나봄은 이 주일 만에 은영의 집으로 돌아올 수 있었다.
 "날이 더워지려나 보다."

창문을 열어놓으며 은영은 짙은 햇살에 눈살을 찌푸렸다.
"봄이 끝나나 봐. 그러고 보니 봄이 끝날 때가 되면 늘 끝이 나는 것 같네. 지난번에도, 이번에도."
멍한 눈으로 창밖을 내다보는 나봄은 희미한 미소를 걸고 있었다. 민우를 보냈던 것도 봄이 끝나는 무렵이었고, 문진과 헤어진 지금도 봄이 끝나가고 있다. 나봄의 희미한 미소가 아파 보여 은영의 눈에 금세 눈물이 고여들자 나봄은 은영의 머리를 쓱쓱 쓰다듬었다.
"그 사람 보낸 거 내가 덜 아프려고 그런 거야. 너무 좋은 사람이라 나한테는 과분한 거 알면서도 실은 그 사람 보면 자꾸 아프고 아무것도 없는 내가 초라해져서 그랬어. 나 진짜 못됐지?"
은영은 우느라 대답은 못하고 아니라며 고개를 열심히 저었다.
"민우는 안 그랬는데 그 사람은 자꾸 보고 싶어. 밉다가 보고 싶어지고, 보고 싶어져서 마음 아프고, 마음 아파져서 또 미워지고 또 보고 싶어지고. 웃긴다. 그치?"
애써 웃어보려던 나봄은 차마 미소를 짓지 못하고 무릎에 고개를 파묻고 흐느끼기 시작했다. 잊으려 할수록 문진이 보고 싶어진다. 보고 싶어져서 잊을 수가 없다. 은영은 서럽게 우는 나봄을 꼭 껴안아주었다. 함께 있고 싶지만 함께이면 아픔이 먼저 떠오르기에 함께할 수 없는 사람. 나봄은 커다란 아픔을 가슴에 묻기 위해 그리움을 택했다. 함께하며 상처를 치유해 나가는 것이 아닌 오랜 시간이 지나면 자연히 잊혀질 그리움.

14 ; 봄이 끝나다

"**봄**아, 전화."

플루트를 정리하는 나봄의 앞에 은영은 망설이듯 핸드폰을 내밀었다. 퇴원 후 자신의 집에 꽁꽁 가둬두던 은영이 자진해서 전화기를 들이밀자 나봄의 눈이 의아함으로 바뀌었다.

"네. 여보세요."

[나봄이 자넨가? 나 강진철이네.]

마지못해 건네받은 전화기로 그리 반갑지 않은 목소리가 흘러나왔다.

[듣고 있나?]

한참 말이 없자 진철의 목소리가 조금의 다급함을 나타냈다.

"네, 듣고 있습니다."

[그래…… 저기 말일세. 잠깐이라도 좋으니까 얘기를 하고 싶은데.]
"저…… 죄송합니다만 강문진 씨 얘기라면 이미 저와는……."
[아니, 그 못난 놈 얘기가 아니라 자네 얘기를 듣고 싶네. 안 되겠나?]
바로 거절의 말을 뱉지 못한 나봄이 잠시 망설이자 진철은 그 틈에 얼른 약속을 정해 버렸다.
[그럼 난 그렇게 알고 기다리겠네. 이따 보세.]
"아니, 저기, 회장님."
이미 끊어진 전화를 붙들고 다급히 대답을 하려던 나봄은 어이없는 얼굴로 웃음을 터뜨렸다. 이렇게 막무가내인 걸 보면 정말 부전자전이란 말이 맞는 모양이다. 내내 머릿속에 남아 있는 문진이 다시 떠올랐지만 나봄은 고개를 설레설레 저었다. 무슨 일이 일어날지는 모르겠지만 왠지 진철을 만남으로 문진에 대한 미련과 아픔을 접을 수 있을 것 같았다.
깨끗한 한정식집. 문진과 갔던 수많은 허름한 식당과 비교도 되지 않을 고급스럽고 화려한 식당에 들어서며 나봄은 긴장되는 마음을 애써 추스르고 있었다.
"어, 왔구먼. 앉게나."
작은 룸 안으로 들어서자 진철은 지난번과는 다른 편안하고 다정한 얼굴로 나봄을 맞이했다. 나봄이 공손히 인사를 하고 자리에 앉자 곧 두 사람의 앞으로 따뜻한 차가 놓여졌다.
"몸은 좀 괜찮나? 병원에 있었다던데."

"예. 괜찮습니다, 회장님."

딱딱하고 업무적인 나봄의 말투가 거슬렸지만 진철의 얼굴엔 편안한 웃음이 걸려 있었다.

"지난번엔 그렇게 안 부르더니 오늘은 꼬박꼬박 회장님이구먼. 난 그 이름 별로 안 좋아하네. 나한테는 이놈저놈이 다 회장님이라고 하거든. 하나 있는 아들 녀석까지."

영 못마땅한지 진철의 얼굴에 장난스러운 불만스러움이 묻어났다. 문진이 나봄에게 이사라는 호칭을 금지시켰을 때처럼. 심술궂었던 그의 얼굴이 떠오르자 나봄의 얼굴은 자신도 모르게 잔잔한 미소와 아픔이 묻어나고 있었다.

"안사람이 자네한테 못할 짓을 했더구먼. 그리고 자세히는 모르지만 못난 아들놈까지 거기에 한몫했을 테고. 정말 미안하네. 집안사람들 관리를 못한 내 탓이니까 조금만 너그럽게 봐주게."

나봄의 미소를 안타깝게 보던 진철은 깊이 고개를 숙였다. 이미 상식이란 걸 잃은 영란이 도망치듯 미국에 있는 딸에게 가버리자 진철은 영란의 일은 조금 미뤄두고 있었다. 그리고 문진을 두고 보자 했던 게 벌써 일주일. 하지만 멀쩡하던 아들 놈은 점점 정상을 벗어나고 있었다.

"아닙니다."

혹 같은 일을 다시 당하는 건 아닐까. 그렇게 되면 만신창이가 된 마음을 안아야 하겠지만 더 쉽게 문진을 놓을 수 있을 것 같다는 생각을 하던 나봄은 갑작스러운 진철의 사과에 당혹감을 보였다.

"제가 아무것도 몰라서 벌어진 일입니다. 강문진 이사님에 대해서 아무것도 몰라서 그래서 일이 이렇게 된 겁니다. 죄송합니다, 괜히 저 때문에 댁이 시끄러워져서."

"나봄이 자네, 이사를 뗀 강문진이에 대해선 얼마나 알지? 아니, 그놈이 어떤 녀석인지 정말 모르나? 그럼 그동안 그 녀석에 뭘 본 건가?"

답답하다는 눈으로 진철은 고개를 숙인 나봄을 봤다.

"그건……."

유일하게 그녀 앞에서만 순수하게 웃던 남자. 그리고 그녀의 아픔을 자기 아픔처럼 아파하던 남자. 그녀에게 차고 넘치도록 좋은 감정과 사랑을 쏟아 붓던, 한없이 좋기만 한 남자. 문진은 나봄에게 늘 좋은 감정이었다. 조금 제멋대로에 심술도 곧잘 부리긴 하지만 유일하게 나봄에게만 그런 사람.

"문진 씬 좋은 사람입니다. 아주 좋은 사람이에요."

한참 만에야 고른 단어가 고작 좋은 사람이었다. 하지만 그 말 말고는 문진을 나타낼 수 있는 말이 딱히 떠오르지 않았다.

"그놈이 좋은 녀석이라고? 일 말고 할 줄 아는 거라곤 웃으면서 싫은 소리 하는 것밖에 없는 놈인데. 어딜 봐서 그놈이 좋은 놈인가?"

말도 안 된다며 진철은 고개를 설레설레 저었다.

"그나마 할 줄 알던 일도 요즘은 손도 안 대고 있으니 이젠 아주 쓸모가 없어졌어. 대체 어디다 써먹어야 되는지. 아무래도 내다 버려야겠지? 어디 한구석 쓸 데가 없잖아."

느긋하게 차를 마시며 반응을 살피던 진철은 걱정으로 변해가는 나봄의 얼굴을 즐겁게 보고 있었다.
"제 녀석 주먹이 무슨 무쇠라고 유리를 깨질 않나. 일 잘하는 비서를 자르더니 요즘엔 사무실에도 안 나온다더군."
"민 실장님이 회사를 그만두셨나요?"
나봄은 놀라움에 당황스러움, 거기다 걱정까지 온전히 얼굴에 드러내고 있었다.
"나가라고 했는데도 석호 그놈이 꿋꿋이 회사에 나오니까 강문진이가 안 나오더구먼. 에이. 근성이라고는 눈 씻고 찾아봐도 없는 놈 같으니라고. 그런 놈이 무슨 좋은 녀석인가. 안 그래?"
여전히 대답이 없긴 했지만 나봄은 걱정이 가득한 얼굴이었다.
"그러니 없으면 죽고 못산다는 여자를 지가 스스로 내친 거겠지. 알고 있나? 그 녀석이 자네 없으면 죽고 못산다고 난리를 쳤는데."
"그건……."
나봄이 점점 당황하자 진철은 망설이지 않고 계속 나봄을 몰아갔다.
"아무래도 결혼을 너무 닦달했지 싶네. 사실은 약혼도 겁만 주려고 억지로 밀어붙인 건데 이게 어째 일이 꼬여서 말야. 에이, 다 내 잘못이지. 나봄이 자네한텐 내가 할 말이 없네. 못난 자식에 못난 안사람까지."
"아닙니다, 어르신."
"아니긴. 다 내가 잘못 가르쳐서 그 모양인걸. 괜스레 남의 집

귀한 자식한테 험한 일만 당하게 만들고. 내 정말 자네 볼 면목이 없어. 근본적 문제인 강문진이가 정상이 아니니 그 녀석을 세상에 내놓은 내가 사과를 해야지 않겠나? 정말 미안하네."

진철이 다시 고개를 숙이려 하자 나봄은 황급히 진철을 말렸다.

"아닙니다, 어르신. 그건 제가 몰라서, 모르고 그냥 문진 씨 좋아해서⋯⋯."

"좋아했나, 우리 문진이?"

점점 웃음으로 변해가는 진철의 얼굴을 보자 나봄은 순간 아차 싶은 생각이 들었다. 그러나 좋아한 건 사실이다. 이제 와서 그 마음까지 부정하고 싶은 생각은 없었다.

"예, 어르신. 좋아했습니다."

"많이?"

"예. 많이 좋아지려고 했습니다."

순순히 감정을 인정하는 나봄을 보며 진철은 허허거리며 웃음을 터뜨렸다.

"솔직해서 좋구먼. 그럼 된 거 아닌가? 두 사람 다 좋아한다는데 뭐가 문젠가?"

"아니, 어르신."

나봄이 당혹스러운 얼굴로 진철을 봤지만 그는 만족스러운 얼굴로 웃고 있었다.

"들었을지 모르겠지만 나랑 안사람은 느지막이 중매로 만난 사이네. 물론 좋아서 한 결혼이고 지금도 후회는 없네만 자식 녀석들은 스스로 사랑하는 사람을 만났으면 했어. 그게 너무 빨랐던 작은 녀석이 속을 좀 썩이긴 했지만 문진이 놈은 너무 늦었지. 그래서 현실감을 좀 심어준다는 게 그 녀석을 조인 모양이야. 그래도 덕분에 자넬 만났으니. 그 녀석이 드러내 놓고 연애라는 걸 한 건 자네가 처음이었어. 그래서 난 자네가 좋았네. 그리고 만나보고서 더 좋아졌고. 자넨 사람을 사람으로만 볼 줄 알거든."

"아니요. 저는 그런 사람이 아닙니다, 어르신."

기분 좋게 웃는 진철과는 반대로 나봄의 목소리는 조금씩 가라앉았다.

"전 사람을 사람만으로 볼 줄 모릅니다. 다른 사람들이 그런 것처럼 저도 사람에겐 다 맞는 환경이 있다고 생각합니다. 단지 좋고 싫음의 감정이 끝이 아니라 살아가면서 맞출 수 있는 환경이 얼마나 중요한 건지. 그게 맞지 않으면 아무리 좋은 감정이라도 아무런 소용이 없다는 거. 저 역시도 다른 사람들과 다르지 않습니다."

진철의 얼굴에서 웃음이 사라지는 게 보였지만 나봄은 말을 멈추지 않았다.

"문진 씬 좋은 사람이지만, 제 몫의 사람은 아닙니다. 문진 씨가 어떤 사람인지 알았다면 처음부터 이런 식으로 얽히지도 않았을 겁니다. 그러니까……."

"자네한테 문진이 좋은 사람이라면서. 그것 말고도 강문진이가 어떤 사람인지가 남은 건가?"

담담히 말하는 나봄을 보는 진철의 눈이 날카로워졌다.

"KG그룹의 강문진 이사님을 감당할 자신이 없습니다."

"아니, 그게 왜 문제가 되는 건가? 다른 여자들은 그 녀석 배경이 탐나서 난리인데 자네는 그게 싫다고?"
 답답함에 울컥 높아진 목소리가 민망해진 진철은 목소리를 가다듬었다.
 "잘 생각해 보게. 그건 나쁜 게 아냐. 다른 사람들보다 조금 경제적으로 넉넉한 것뿐이지. 우리라고 뭐 다른 줄 아나? 여유라는 건 나쁜 게 아니네. 그리고 정당히 일해서 벌어들이는 돈이지 않은가. 아니, 그것보다도."
 왜 이런 것까지 설명하고 이해를 시켜야 하는 건지. 평범하다고는 생각지 않았지만 나봄은 진철의 생각보다 더 특별하고 특이했다. 문진이 녀석이 왜 그렇게도 이 여자가 아니면 안 된다고 한 건지. 전보다 더 이해가 되어가고 있는 중이었다.
 "저 어르신, 말씀 중에 죄송하지만 제 자격지심일지도 모르겠으나 전 그렇게 대단한 사람을 옆에 두고 싶지 않습니다. 어르신 말씀대로 여유가 좋다는 것과 어르신이 일구신 회사가 훌륭하다는 건 잘 알고 있습니다. 하지만 저에겐 그것 자체가 부담입니다. 그리고 그런 것보다도 전 이제 강문진이란 사람을 있는 그대로 받아들일 수가 없습니다. 그러기엔……."
 상처를 드러내야 하는 걸까. 문진에게도 굳이 말하지 않은 가슴의 상처를 드러내야만 진철이 물러날까. 나봄은 아직도 아픔에 대한 내성이 생기지 않은 가슴을 힘겹게 쓸어내리며 천천히 자신의 아픔을 꺼내놓았다.
 "전에도 같은 일을 겪었습니다. 저에겐 소중한 사람이었지만 그 사람의 부모님에게 전 앞길을 막는 존재였습니다. 그때 알았습니다. 살아온 환경과 부류가 얼마나 중요한지. 단지 감정만으로 모든 일이 해결될 수 없다는 걸. 어르신, 문진 씬 저에게 소중한 존재가 되어가고 있었습니다. 이 사람이라면 어떤 일이라도 다 감당할 수 있을 만큼……."

조금은 힘겹게 얘기를 늘어놓던 나봄은 새삼 민우로 인했던 아픔이 그다지 힘겹지 않다는 걸 깨달았다. 이젠 조민우라는 이름이 나봄 자신도 모르는 새에 추억으로 잊혀지고 있는 모양이었다.

"하지만 지금 제게 문진 씬 떠올리는 것만으로도 아픔인, 고통 그 자체가 되어버렸습니다. 그래서 그 사람을 받아들일 수가 없습니다. 아직도 좋아하고 어쩌면 앞으로도 내내 좋아하겠지만 그런 감정으로 남겨두고 싶습니다. 죄송합니다, 어르신."

깊이 고개를 숙이는 나봄에게 진철은 더 이상 아무 말도 건네지 못했다. 단지 환경이니 부류니 그런 걸로는 이해되지 않던 나봄의 감정이 이젠 완전히 받아들여져 안타까움이 전해져 왔다. 살아가면서 겪지 않아도 될 일을 그것도 두 번이나 겪어야 했던 저 작은 여자에게 아들을 위하자고 더 이상 그의 뜻을 강요할 수는 없었다. 그러기에는 진철에게 나봄이란 아이가 너무도 살갑고 아프게 비춰지고 있었다.

"미안하네. 아무것도 모른 채 너무 내 생각만 했구먼. 내 집안사람들이 못할 짓을 하고 결국은 나 역시도 그랬구먼. 정말 미안하네."

안쓰러움으로 가득 찬 진철에게 나봄은 맑은 미소를 지어주었다.

"오늘 해주신 말씀과 베풀어주신 호의 너무 감사했습니다. 사실 저 여기 나오면서 또 같은 일을 당할지 몰라서 단단히 마음먹고 왔는데, 어르신 덕분에 마음이 한결 가벼워졌습니다."

식당을 나선 두 사람은 더 이상 아무 말이 없었다.

"앞으론 어떻게 지낼 건가. 회사는?"

"당분간은 좀 쉴 생각입니다. 어르신 말씀대로 여유라는 걸 좀 즐겨보려구요. 경제적으로 여유롭진 않지만 형편에 맞게요."

"혹시라도 내가 도울 일이 망설이지 말고 찾아오게. 문진이 그 녀석은 신경 쓰지 말고."

나봄은 대답없이 환하게 미소를 지었다.

"문진 씨가 아버님을 많이 닮은 것 같아요."

나봄의 입에서 나오는 아버님이란 소리가 왜 그리도 아쉬운지 진철은 대답없이 고개만 끄덕였다.

"아까운 사람을 놓쳤어."

"회장님, 무슨."

차에 올라 혼자 중얼거리는 진철을 향해 비서가 물어왔다.

"아니네. 가지."

멀어지는 차를 보며 숙였던 고개를 든 나봄의 마음은 한결 가벼워져 있었다. 진철에게 속내를 털어놓고 나니 오히려 쉽게 정리가 된 것 같았다. 낮고 깊은 한숨을 뱉은 나봄의 얼굴에 희미한 미소가 흘러나왔다. 이제 문진이 그녀를 정리하도록 도와주어야 했다. 아픔이 아닌 추억으로 기억될 수 있도록.

잘 마시지도 않던 술병들이 바닥을 뒹굴고 고등학교 이후론 손도 대지 않았던 담배까지. 희미하게 들어오는 봄 햇살이 고통인마냥 문진의 집 안은 어둠으로 가득했다.

"콜록. 선배, 정신 좀 차려봐."

집 안의 탁한 공기 때문에 연신 기침을 내뱉던 석호는 환기를 위해 집 안 블라인드를 걷어 올렸다. 순식간에 햇빛이 집 안 가득 들어오자 문진의 인상이 거칠게 찌푸려졌다.

"언제까지 이럴 건데. 벌써 이 주일째야."

"가라."

며칠 동안 같은 반응인 문진을 보며 석호는 안타까움보다 화가 치밀어 올랐다.

"대체 어쩌려고 이러는 건데! 선배, 이대로 다 놓을 거야? 대체 윤나봄이 뭐라고 이렇게……."

쨍그랑!

화를 내는 석호의 얼굴 옆을 아슬하게 빗겨간 유리잔이 벽에 부딪혀 산산이 깨어졌다.

"그 이름 함부로 부르지 말랬지."

깨어진 유리잔에 놀라고 무서운 문진의 반응에 한 번 더 놀란 석호는 아무 말도 못하고 그 자리에 서 있었다.

딩동.

조용히 집 안을 정리하던 석호가 초인종 소리에 고개를 들었다. 찾아올 사람이 없는데…… 의아해하는 눈빛으로 문을 연 석호의 얼굴이 놀라움으로 변해갔다.

"안녕하세요, 민 실장님."
"나, 나봄 씨."
"저 좀 들어가도 될까요? 강문진 씨 좀 만나러 왔는데요."
석호는 서둘러 몸을 비켜주었다. 매캐한 공기와 담배 냄새로 가득 찬 실내로 들어선 나봄은 소파 한쪽을 차지하고 누운 문진을 발견했다.
"저기, 선배."
"민 실장님, 죄송한데 자리 좀 비켜주세요. 오래는 안 걸릴 거예요."
편안한 미소의 나봄을 보는 석호의 눈에 혼란스러움이 가득 찼지만 그는 서둘러 자리를 피해주었다.
"문진 씨."
한쪽 소파에 앉은 나봄이 조용히 문진을 불렀다. 잠이라도 든 건지 문진은 아무런 움직임이 없었지만 나봄은 차분히 기다릴 생각이었다.
얼마의 시간이 지난 걸까. 얼굴을 가리고 있던 팔이 스르르 바닥으로 떨어지고 핼쑥해진 얼굴에 거칠게 자라난 수염이 드러났다.
"시위라도 하나 보네요. 술로도 모자라 담배까지."
쓰러져 있는 술병들을 세우며 나봄은 힐끗 문진을 보았다. 그의 눈은 여전히 굳게 닫혀져 있었다.
"또 꿈인가? 그런 거면 그냥 가라."
갈라지고 가라앉은 목소리가 힘겹게 흘러나왔다. 단단히 마음

먹고 왔지만 막상 이런 모습을 보니 나봄의 마음 역시 무너지긴 마찬가지였다. 차라리 잘 먹고 잘 지내고 있으면 마음이라도 편하련만.

"꿈 아니니까 잠든 거 아니면 나 좀 봐요. 할 말 있어서 왔어요."

나봄의 목소리가 또렷하게 들리자 문진은 급하게 몸을 일으켰다. 그리고 거칠게 눈을 문질렀다.

"정말 맞구나. 봄아, 너 맞지?"

확인이라도 하려는지 뻗어오는 문진의 손을 나봄은 조용히 잡아서 내려놓았다. 서늘한 나봄이 손이 닿자 그제야 그녀의 존재를 믿는지 문진의 얼굴에 안도감이 서렸다.

"술에 담배에…… 담배 안 피운다더니 그것도 거짓말인가 보네."

"얼마 전에 다시 피운 거야. 고등학교 이후론 피운 적 없어."

다급히 변명을 하는 문진을 보니 나봄은 피식 웃음이 새어나왔다.

"변명 안 해도 돼요."

"봄아."

"윤나봄 씨요. 그 이름 당신 입에서 나오는 거 이젠 별로예요."

애절한 문진이 우스워질 만큼 나봄은 차분하고 편안해 보였다.

"나봄아, 이러지 마."

사무치게 그리웠던 나봄이 눈앞에 있는데도 가깝게 느껴지지가 않는다. 꿈이 아닌 걸 알면서도 그동안 몇백 번을 반복해 꾸었던 꿈처럼 손을 뻗으면 만질 수도 있는데 만지고 나면 나봄이 사라질까 봐 문진은 차마 손을 뻗지 못했다. 나봄이 아팠을 만큼, 아니, 그보다 몇 배는 더하게 스스로를 상처 입혀온 문진은 만신창이가 되어 있었다. 그럼에도 매일 눈을 감으면 나봄이 떠오른다. 대체 얼마나 사랑하는 걸까. 허무하게 꿈속에서 사라져 버린 나봄을 되뇌며 문진은 자신에게 물었다. 그리고 그렇게 사랑하는 여자를 아프게 만들었다는 것으로 스스로를 상처 입혔다. 그래서 문진은 나봄에게 손을 뻗지 못했다. 그로 인해 또다시 나봄이 아플까 봐.
콕 집어서까지 말하는데 너무도 당연하게 나봄이란 이름을 말하는 문진을 보며 그녀는 어쩔 수 없다는 듯 한숨을 뱉었다. 어차피 그의 입에서 나오는 저 이름은 오늘이 마지막일 것이다.
"문진 씨 이러고 있는 거 나 때문이에요, 아니면 나한테 상처를 줬다는 당신 자책감 때문이에요?"
사람의 눈이 어떻게 하면 저렇게 고통으로 일그러질 수 있을까. 단지 사랑이라는 감정을 가진 것만으로 이런 심각한 고통을 알아야 했다면 문진은 아마 자신을 사랑하지 않았을 거라는 생각에 나봄은 자꾸 마음이 아려왔다.
"혹시라도 말이에요. 당신 이러고 있는 게 나 때문이라면 그거 그만두라고 말하려고 왔어요. 나 이렇게 멀쩡해요. 당신 통해 겪었던 일들 좋았던 것도, 아팠던 것도 나 이젠 아무렇지도 않아요. 그러니까 당신도 이제 그만 하고 정신 차려요. 하찮은 여자 하나 때문에 이러지 말고."
"전부야. 넌 나한테 하찮은 여자가 아니라 내 전부라고. 나봄,

넌 날 잃는 게 정말 아무렇지 않아? 난 널 잃는다는 것만으로 이렇게 미칠 것 같은데. 넌, 넌 정말 아무렇지 않아?"

어떻게 그렇게 아무렇지 않냐고 원망으로 얼룩져지는 문진의 마음이 나봄에게 전해져 왔다.

"내가 아팠으면 좋겠어요? 문진 씨, 그걸 바라요?"

고요한 나봄의 물음에 문진은 망설임없이 세차게 고개를 저었다. 누구라도 그의 나봄을 아프게 하는 건 싫었다. 설령 그게 자신에겐 고통일지라도 나봄이 아픈 건 싫었다.

"나도 그래요. 문진 씨 아픈 게 나 때문인 거 바라지 않아요. 난 이미 정리되어 가는데 당신은 아직도 날 붙잡고 있으면 불공평하잖아요. 우리 연애, 깨끗이 끝내고 싶어요."

얼마나 많이 연습을 했던 말인지. 내뱉으려면 어려울 것 같던 말이 막상 쉽게 뱉어지자 나봄은 씁쓸한 마음이 올라왔다. 고작 이 정도였던 걸까, 문진에 대한 마음은? 아니면 이런 모습을 보기 싫은 이기적인 그녀의 마음인 걸까. 짧은 순간 그리 반갑지 않은 생각들이 나봄의 머릿속을 헤집기 시작했다.

"잘못했어. 정말 미안해. 나 평생 갚을게. 나 때문에 아파야 했던 네 마음, 나 그거 평생 갚을게. 그러니까 나봄아, 제발, 제발······."

나봄의 앞에 다급하게 꿇어앉은 문진은 애타게 그녀의 손을 움켜쥐었다. 이대로 놓을 수는 없었다. 어떻게 찾아낸 사랑인데. 아프게만 하고 이렇게 놓을 수는 없었다.

"문진 씨는 나한테 갚을 것도, 받아야 할 것도 없어요. 그러니까 이러지 마요."

"제발 이러지 마. 사랑해. 이렇게 사랑하는데 어떻게 놓으라는 거야. 너 없으면 안 돼. 이제 나 너 없으면……."

애절히 매달리는 문진의 목소리가 심하게 흔들려 오자 나봄은 약해지는 마음을 힘겹게 붙잡았다.

"당신 통해서 겪은 일, 이번이 처음이 아니에요."

민우의 얘기를 꺼내놓으려는 나봄은 최대한 담담해지려고 노력하고 있었다. 아파해서도 안 되고 슬퍼해서는 더 더욱 안 된다. 조금이라도 그런 감정을 보인다면 절망적으로 주저앉은 문진이 더욱 고통스러워할 것이다.

"사 년 전에도 같았어요. 민우 어머니가 나오시고 두툼한 봉투 하나가 앞에 놓여졌죠. 그리고 같았어요. 없는 것이 죄가 되었죠."

상처를 드러내는 나봄의 모습에 문진의 눈은 점점 빛을 잃어갔다.

"민우는…… 여러 가지로 처음인 사람이었어요. 내 첫사랑이었고, 내 첫 아픔이었고, 내 첫 상실감이었으니까."

나봄은 마치 남의 일을 말하는 것처럼 무던하고 담담했다.

"미안하다. 정말 미안해."

무너지며 고개를 떨구는 문진의 모습은 슬픔으로 가득했지만 나봄은 멈추지 않고 말을 이어갔다.

"그때 난 민우를 낳고 지금도 후회 안 해요. 그래서 나한텐 문진 씨도 후회는 아닐 거예요. 내가 놓은 거니까, 당신에 대해 몰랐을 땐 몰라도 알고서는 내가 놓는 거니까."

'가증스럽다, 윤나봄.'

문진의 눈빛은 나봄의 상처가 마치 자신의 아픔인 양 고통과 아픔으로 깊어져 갔지만 나봄은 담담하다 못해 평온해 보였다. 보내야 했다. 그녀의 몫이 아닌 이 남자를 이젠 확실히 보내줘야 했다.

"우리 사이는 이미 변했어요. 문진 씨도 그거 알죠? 당신이랑 내 관계 이미 오래전에 변했다는 거. 아직 기억하죠? 우리 시작할 때 내가 말했던 부탁. 나 부탁할게요. 잘…… 예전처럼 그렇게 잘 살아줘요. 그래야 나도 당신 놓고 마음 편히 살 수 있어요."

그의 두 손에 꼭 잡힌 손을 빼내면서 나봄은 자리에서 일어났다. 이 부탁으로 그가 조금은 편해지길 바랐다. 그가 편해지면 나봄 자신도 편해질 것 같았다.

"싫어. 아니, 못해! 예전? 너 없던 예전이 어땠는지 나 기억도 안 나. 그런데 어떻게 예전으로 돌아가라는 거야! 어떻게 그렇게 쉽게, 너한텐 내가 그렇게 쉽게 지워질 정도의 사람이야? 아프게 한 거 살면서 다 갚을게. 네 가슴에 상처 낸 거, 살아오면서 네가 받았을 상처, 그거 다 내가 감당하게 해달라고 하잖아. 이러지 마, 제발!"

애절한 문진의 목소리에 나봄은 질끈 눈을 감아버렸다. 이렇게까지 했는데도 잘려 나가지 않는다면 도려내기라도 해야 한다. 굳게 마음을 먹은 나봄의 입에서 짧은 한숨이 새어나왔다. 아무래도 그를 도려내야 할 것 같았다. 그를 위해서도, 그리고 나봄 자신을 위해서도.

"난 이미 당신 놨어요. 그래서 당신 마음이 어떻든 이젠 상관없어."
 속으로는 자신에 대한 욕이 미칠 듯이 올라왔지만 나봄의 겉모습은 담담함과 침착함이었다. 그녀의 상처가 마치 자신의 상처인 듯 문진의 눈빛은 고통과 아픔으로 일그러져 갔지만 나봄은 담담하다 못해 평온해 보였다. 보내야 했다. 사 년 전 등을 돌리고 돌아섰던 민우를 마음에서 보냈던 것처럼 그녀의 몫이 아닌 이 좋은 남자를 보내야 했다. 문진은 그녀에게 너무 차고 넘치는, 부담스러운 존재였다.
 "누구 마음대로. 난 못 놔, 못 놓는다고 말했잖아! 너 아프게 한 거 평생 갚을게. 우리 어머니가 마음에 상처 낸 것, 그거 내가 다 갚을게. 그러니까."
 절망으로 변한 문진을 보며 나봄은 힘겹게 입꼬리를 올렸다. 얼굴이 제발 자연스럽게 웃어주길 바라면서.
 "두 번째라 그런지 힘들지 않았아요. 처음보다 무난하게 넘어갔다구요. 그러니까 제발 나 잊고 잘살아요. 그게 안 되면 겉으로라도 그렇게 살아요. 그럼 적어도 난 편안하게 살 수 있을 테니까. 그렇게 시간이 지나면 당신도 잊을 수 있을 거예요."
 그에게 또 다른 짐을 남겨주고 싶지 않았지만 나봄은 어쩔 수 없이 그의 자책감에 더 무거운 죄를 올려 버렸다. 그녀가 아는 문진이라면 오랫동안 나봄의 상처를 안고 살아갈 것이다. 나봄이 문진을 잊고 한참이 지난 후에도, 그리고 더 한참이 지난 후에도. 문진에게 나봄은 자신으로 인해 아파야 했던 사람으로 내내 남아 있을 것이다. 붙잡지도 못하는 문진에게서 걸어나오는 나봄의 눈에선 한줄기 눈물이 흘렀고, 문진의 눈에서도 식어버린 눈물이 흘러내렸다.

　아직 제대로 피워보지도 못한 채 막 터뜨리려던 봄의 꽃봉우리는 닫힌 문 안에 갇혀 시들기 시작했다. 끝도 없이 흐르는 눈물을 따라 문진과 나봄의 봄도 끝이 나고 있었다. 아픔과 고통, 그리고 추억을 남긴 채로.

15 ; 봄을 곁에 두는 방법

"샘, 샘!"

한참 넋을 놓고 창밖을 보던 나봄은 한 톤 높아진 유나의 목소리를 듣고서야 정신을 차렸다.

"어, 미안. 연습 다 됐으면 한번 보자."

"샘, 이상해요, 정말."

서둘러 자리로 돌아오는 나봄을 보는 유나는 잔뜩 심통이 난 목소리였다.

"뭐가?"

"레슨도 갑자기 그만두시구. 오늘이 마지막인데 저 봐주지도 않으시잖아요. 진짜 이상해."

뾰로통해진 얼굴로 투덜거리는 유나를 보던 나봄은 미안한 마음에 작게 미소를 지었다. 유나의 레슨은 오늘이 마지막이었다. 유나뿐 아니라 교회 반주며 연주회 보조까지 서울의 나봄의 일자리는 오늘로서 깨끗이 정리가 된다.

"우리 유나가 너무 훌륭해서 이제 샘은 유나를 가르칠 능력이 안 돼요. 그래서 더 좋은 선생님 소개시켜 주잖아. 그러니까……."

"거짓말! 샘보다 더 좋은 선생님이 어딨어요? 샘, 그냥 계속하시면 안 돼요? 저 샘 아니면 싫단 말이에요. 흑."

유나는 결국 울음을 터뜨렸다. 유나의 작은 어깨를 안은 나봄은 부드럽게 등을 쓸어주었다. 자신보다 나은, 자신보다 훌륭한 연주자가 될 이 작은 아이의 눈물이 건조하던 나봄의 마음을 촉촉하게 적셔주고 있었다.

"나중에 서울 오시면 꼭 연락하셔야 돼요."

"그래. 우리 유나, 꼭 예쁜 대학생 돼서 보자. 자, 약속."

손가락을 걸기에는 많이 자란 아이였지만 유나는 훌쩍이면서도 새끼손가락을 마주 걸었다. 그제야 마주 웃는 아이의 웃음을 보며 나봄은 오랜만에 따뜻하고 편안하게 미소를 지었다.

유나를 뒤로하고 은영과 저녁 약속을 한 식당으로 향하며 나봄은 버스 창가로 지나가는 풍경들을 조용히 바라보았다. 저녁이지만 아직도 후끈한 기운이 남은 거리는 포근하고 따뜻했던 봄기운을 벗어버리고 어느새 짙푸른 여름으로 바뀌어 있었다. 긴 한강 다리 위를 지나며 높게 들어선 빌딩 숲을 바라보던 나봄의 눈에 KG라는 로고가 희미하게 들어왔다.

'잘 지내겠지? 그 사람이라면 잘 지낼 거야.'

사람의 마음이 얼마나 더 이기적일 수 있을까. 나봄은 그날 이후 문진을 잊기보단 그냥 잘 지낼 거라고, 그녀가 옆에 있을 때보다 오히려 더 잘 지낼 거라고, 그렇게 되뇌며 지내고 있었다. 그렇게 하면 다른 사람은 몰라도 나봄 자신은 아픔을 견딜 수 있었다. 아직도 강문진이란 이름, 그리고 그를 떠오르게 하는 모든 것들이 가슴 시리게 아프고 가끔씩은 그가 못 견디게 그리워 주책맞은 눈물이 나오기도 했지만 그래도 처음보다는 편안해지고 있었다.

"봄아, 여기."

레스토랑으로 들어서자 은영이 반갑게 손을 흔들었다. 매일 보는데도 뭐가 그리도 좋은지 환하게 웃는 은영을 보는 나봄의 얼굴엔 미소가 번져 갔다.

"그냥 집에서 먹자니까."

"생일 때도 제대로 못 먹은 데다 내일이면 너 가잖아. 그러니까 오늘은 군소리 마. 재민이도 온다구 했는데. 왔다, 재민아."

생글생글 웃으면서 손을 번쩍 들던 은영의 얼굴이 순식간에 무섭게 굳어지자 나봄은 뒤를 돌아보았다. 재민의 뒤로 반갑지 않은 민우의 얼굴이 보이고 있었다.

"미안하다. 반갑지 않을 거 알면서도 내가 우겨서 왔어."

"반갑지 않은 거 알면 가. 괜스레 좋은 자리 망치지 말고."

망설이듯 나오는 민우의 말을 단번에 자른 은영은 아직도 민우를 노려보고 있었다.

"됐어, 은영아. 그냥 밥이나 먹자."

의외로 나봄은 담담한 말투였다. 그래도 못마땅한지 은영인 뭘

가 더 말하려 했지만 테이블 밑으로 잡은 나봄의 손에 힘이 들어갔다. 은영을 마주 본 나봄의 눈은 이제 싸움이든 다툼이든 그런 건 그만 하고 싶다고 말하고 있었다. 그 후론 은영도 더 이상 사나운 말을 뱉지 않았고 식사는 지나치게 조용한 분위기로 진행되었다.

"먼저들 가. 나 얘기 좀 하고 갈게."

식사를 마치고 레스토랑을 나오던 나봄은 재민과 은영을 먼저 보내기 위해 은영의 손을 놓았다.

"봄아."

걱정으로 변하는 은영의 눈을 보자 나봄은 빙그레 미소를 지었다. 이젠 민우를 봐도 아무렇지 않으니 괜찮다는 말을 나봄은 웃음으로 대신하고 있었다.

"고맙다. 난 봄이 네가……."
"그렇게 부르지 마."

마주 앉은 나봄은 미소가 보일 정도로 편안한 모습이었다.

"그럼 강문진 씨, 그 사람은."

유치한 감정은 어디까지가 끝인 걸까. 지금 눈앞에 앉은 이 남자도, 그리고 이 남자의 이름 하나 때문에 그녀를 잃어야 했던 문진도. 두 남자는 서로가 서로를 원망하고 있을 것이다.

"그 사람도…… 이제는 아냐."

그래 이제는 아니다. 지금까지는 그랬을지라도 적어도 이제부터는. 이제부터는 그도 아니어야 한다.

"또 보낸 거야? 나한테 그랬던 것처럼?"

민우는 애절한 눈으로 나봄을 보았다. 나봄을 믿지 못하고 뒤돌아섰을 땐 몰랐겠지만 한참이나 시간이 흐른 지금이라면 그때 그녀가 자신을 놓았었다는 걸. 저 멍청한 남자는 이제야 그걸 알았나 보다.

"너한테 그랬던 거라…… 그땐 네가 나한테 등 돌렸던 것 같은데. 내 기억이 잘못됐었나?"

나봄의 입에서 작은 미소가 터져 나왔다. 비웃음도, 그렇다고 미움이나 원망이 묻어난 웃음도 아닌 자연스럽게 터져 나오는 미소.

"미안하다…… 정말 몰랐어."

고개 숙이는 민우를 보고 있자니 갑자기 문진이 미치게 보고 싶어졌다. 바보 같은 그 남자가 자꾸 눈에 아른거린다.

"알았어도 같았을 거야. 그러니까 미안해할 거 없어. 난 너 추억으로 묻은 지 오래야. 그러니까 너도 괜히 자책감 같은 걸로 괴로워 말고 잘살아. 뭐, 지금까지도 잘살아왔겠지만."

"미안하다."

괴로움으로 얼룩진 민우의 목소리는 나봄에게 아무런 감정도 느끼게 하지 않았다. 그건 아마도 그녀가 오래전에 받았던 상처에 대한 대가일 것이다. 조민우란 사람에 대한 원망과 그리움이 사라지면서 남기고 간 대가.

"미안해할 거 없어. 네가 그렇게 떠나줘서 나 그 사람 만날 수 있었거든. 오히려 고마워. 네 덕에 그 사람 만난 거니까."

웃고 있는 나봄을 급히 올려다본 민우는 충격에 얼이 빠진 얼굴을 했다. 그렇게 못 당할 일을 당하고 버림받았을 텐데, 그 사람을 만나게 해줘서 고맙다? 이건 아니었다. 민우는 혼란스러움과 충격으로 멍하게 나봄을 보았다.
"헤어졌다며. 그래서 너 떠나는 거잖아. 아니었어?"
"맞아, 헤어졌어. 그래서 떠나는 것도 맞고. 그 사람이 있는 여기가 좀 힘들어져서. 근데 나 그 사람 좋아했던 거 후회 안 해. 앞으로도 그럴 거고."
예전 진철을 만났을 때 그랬던 것처럼 마음을 직접 말로 하고 나자 나봄은 한결 더 편안해졌다.
"그런 일을 당하고서도, 그런 일 당하게 만든 사람을 어떻게……"
"그 사람이니까. 강문진, 그 남자니까. 근데 그건 아무것도 손에 쥔 게 없는 내 탓이야. 그리고 그 사람은 날 믿었어. 돈 때문에 자기를 팔아넘길 여자가 아니라고. 그 사람은 날 믿더라."
"그럼 왜 헤어진 건데? 내가 듣기론 그 사람도 나와 별반 다르지 않다 하던데."
억울하기라도 한 것처럼 민우의 목소리는 흥분으로 가빠지고 있었다.
"조민우, 너 뭔가 착각하나 본데 문진 씬 나한테 등 돌리진 않았어. 이제 와서 이런 소리 하는 나도 우습지만 같은 일을 당하게 만들었는데도 그 사람은 생각하는 것만으로 가슴이 아파. 널 보냈을 때처럼 원망하는 게 아니라 그냥 마음이 아파. 그 사람은 나한테 그런 사람이야. 너무 좋아서 놔줘야 하는 사람."
　알기 쉬운 남자. 마치 투명한 유리처럼 훤히 들여다보이던 나봄의 첫사랑. 그의 마음이 슬픔으로 물들고 있는 게 보였다. 하지만 이렇게 하는 게 민우를 위해서도, 나봄 자신을 위해서도 현명한 일이었다. 그리고 입에서 나온 모든 말은 사실이었다. 이제야 든 생각이었지만 민우는 풋사랑의 옅은 감정으로도 충분했던 사람이었다.
　"사랑했니, ……그 사람?"
　사랑이라, 무수히 많은 사랑을 속삭여 주던 문진에게 단 한 번도 말해주지 못했던 사랑이란 말. 그 사실을 깨닫자 나봄은 마음이 싸하게 아파왔다. 이렇게 될 줄 알았다면 사랑한다고 한 번이라도 말해줄 것을 감정에 왜 그리도 야박했는지. 너무도 늦은 후회감이 밀려들자 오히려 허망한 웃음이 터져 나왔다.
　"사랑했어. 지금도 그렇고, 앞으로도 그 사람 사랑할 거야."
　이 말을 문진이 들었더라면 그는 아마도 나봄의 손을 놓지 않았을 것이다. 아무리 밀어내고 아프다고 소리쳐도 문진은 그녀의 모든 것을 품에 안았을 것이다. 그는 그런 남자니까.
　"사실은 나 너한테 다시 시작하게 해달라고 말하려 했었어. 예전처럼, 아니, 예전보다 더 매달리고 부탁하면 네 마음 조금은 가질 수 있지 않을까 했었는데. 근데 안 되는구나. 그거 안 되는 거였네."
　조금 놀라긴 했지만 나봄은 그제야 편안히 민우를 마주 보았다. 어쩌면 시간이 조금 더 흐른다면 민우와도 친구로 돌아갈 수 있을 것 같았다. 오래전 젊음으로 넘쳐 나던 캠퍼스에서 연인이기 전 마음 잘 맞았던 친구로.

버스정류장을 향해 천천히 걸음을 옮기던 민우가 장난기 어린 웃음을 지으며 말했다.

"윤나봄, 너 그거 모르지? 난 하루에 한 번씩 꼬박꼬박 사랑한다고 말했었는데 너 그때마다 알아, 아니면 나도 좋아해. 그 말만 했던 거. 근데 네 입에서 그렇게 쉽게 사랑한다는 말이 나오니까 좀 열받는다."

"그래? 내가 그랬었나?"

"그래, 네가 그랬어. 야박한 놈. 내가 그 말 얼마나 듣고 싶었는데……."

민우의 투덜거림에 나봄이 작게 미소를 지었다.

"아파서 놓은 거라면. 그래서 도망치려고 그 사람 놓은 거라면 그러지 마라. 그거 두 사람한테 더 아픈 일이야. 그 사람 얘기할 때 네 얼굴, 너무 아파서 보는 사람까지도 아프게 하더라. 그러다 또 혼자 실실 웃어서 보는 사람도 웃게 만들고. 그런 사람 왜 잃어. 바보처럼. 괜히 나처럼 완전히 잃고 후회하지 말고 다시 생각해 봐."

"후회했어?"

"그래, 것도 무지. 아마 앞으로도 내내 후회할 거다. 그러니까 넌 나처럼 바보 같은 짓 하지 마. 갈게."

따뜻한 손으로 나봄의 머리를 헝클어뜨린 민우는 천천히 걸음을 옮겼다. 등을 돌리자마자 그의 눈에선 후끈한 눈물이 떨어졌다.

"민우야, 담에는 술 한잔하자! 예전처럼 재민이랑 은영이랑."

등 뒤로 나봄의 목소리가 들렸다. 민우는 고개를 돌리지도 못하고 머리 위로 손을 흔들었다. 아프고 힘겹게 기억되던 첫사랑이 이제야 매듭지어졌다. 그리고 시간이 지나면 서로의 바람대로 편안한 친구로 돌아갈 수 있을 것이다. 오래전 그때처럼.

문진과 헤어진 후 나봄은 곳곳에 묻어 있는 그를 지워내기가 힘들었다. 함께 시간을 보내던 집은 그렇다 쳐도 서울 곳곳에 있는 식당, 그리 기억에 남지 않았던 도시 곳곳이 문진과 헤어진 후로는 온통 추억으로 가득 차서 나봄을 힘들게 하고 있었다.

어디든 먼 곳으로 떠나려고 마음을 먹은 그때 잡지사에서 일하는 선배에게 연락이 왔다. 여행을 간다는 소식을 들었다는 선배는 세계의 음악학교 취재와 여행하며 느끼는 점들을 칼럼으로 써달라고 하면서 넉넉한 지원금을 함께 내놓았다. 뜻하지 않은 기회는 떠나고자 했던 나봄의 마음을 더욱 가볍게 만들었다.

"같이 가면 좋잖아."

그리 사람이 많진 않지만 번잡한 분위기의 공항에 들어선 나봄은 어제부터 내내 못마땅하게 투덜거리던 은영의 손을 꼭 잡았다.

"넌 공부해야지. 그리고 이건 일이잖아. 은댕, 너 자꾸 그러면 나 맘 편히 못 가. 웃어야지. 자, 스마일."

"못됐어, 진짜. 아프지 말고, 돈 아낀다고 굶지 말고, 연락 자주 해야 돼."

새침하게 나봄을 흘겨보던 은영은 다시 안타까운 눈으로 손을 꼭 잡았다. 나봄은 문진과 헤어진 후 며칠 밤을 잠 못 이루고 뒤척이거나 혼자 숨죽여 울곤 했다. 그래서 은영은 떠난다는 나봄을 잡을 수가 없었다.

"나봄 씨!"

막 수속을 마치고 비행기로 오르려던 나봄을 급하게 뛰어온 석호가 붙들었다.

"선배가 부탁했습니다. 직접 전해주면 안 받을 거라고 하면서……."

말끝을 흐리는 석호는 나봄에게 깊이 고개를 숙였다.

"미안해요. 정말 미안합니다, 나봄 씨."

갑작스런 사과를 하는 석호를 은영이 인상을 쓰며 노려보았지만 나봄은 조용히 미소를 지었다.

"잘, 지내나요?"

조심스러운 나봄의 질문에 석호는 고개를 저었다.

"잘 부탁드려요. 이런 말 안 해도 잘 챙기시겠지만 문진 씨 잘 지내도록 도와주세요."

붙잡고 매달려서라도 나봄을 잡으려 했던 석호는 아무런 대답도 못하고 고개만 끄덕였다. 그동안은 서로가 원하면서도 마주할 수 없는 두 사람이 이해되지 않았었는데 떠나는 나봄의 눈빛을 본 순간에서야 석호는 아주 조금은 이 이별을 이해할 것 같았다. 아픔이 깊어지지 않도록, 서로에게 더 깊은 상처가 되지 않도록 긴, 혹은 짧은 이별의 시간을 갖는 것. 아주 끝일지도 모르지만 혹시라도 시간이 흐른 후 다시 만나게 될 때를 위한 이별.

"그만 들어가야겠다. 가서 전화할게. 은댕, 공부 열심히 하구. 알았지?"

"봄아, 아프지 말고. 잘 지내야 돼. 알았지?"

끝내 울음을 참지 못한 은영은 흐르는 눈물을 훔치며 나봄에게 손을 흔들었다. 석호에게 옅은 고갯짓으로 인사를 대신한 나봄의 몸이 입국장 문을 통과했다. 먼발치에서 나봄의 뒷모습을 보던 문진은 고이는 눈물을 막아보기 위해 고개를 하늘로 젖혔다. 단 한 번 붙잡지도 못한 문진의 마음은 한없이 아픔으로 물들어가고 있었다.

비행기에 앉은 나봄은 석호에게 넘겨받은 쇼핑백을 열었다. 그 안에는 카드와 함께 작은 반지 상자가 들어 있었다. 상자 안에는 붉은 루비가 박힌 반지가 자리하고 있었다.

〈사랑할 수 있는 봄이어서 행복했습니다. 그 사랑스러운 봄을 아프게 해서 괴롭습니다. 하지만 봄을 위해 잘 지내려 합니다. 봄은 끝나지만 다시 만나게 될 때까지 마음속에 봄을 안고 있겠습니다. 부디 건강하게 잘 지내길…….〉

글자마다 깊은 망설임과 슬픔과 안타까움이 묻어나 나봄은 몇 번이고 문진의 카드를 읽고 또 읽었다.

'사랑할 수 있는 봄이어서 나도 행복했어요. 고마워요, 문진 씨.'

행복하고 즐거웠던, 그리고 아프고 괴로웠던 서울을 내려다보는 나봄의 손가락엔 붉은 루비가 반짝였다.

"이사님, 이사님! 휴, 선배!"
또 다른 생각을 하는지 몇 번을 불러도 시선을 돌리지 않는 문진을 보며 석호는 답답한 한숨을 뱉었다.
"또 무슨 생각을 그렇게 해. 여기 개관식 일정표."
"어, 고마워."
요즘 문진은 예전과 별반 다르지 않았지만 자주 멍하니 정신을 놓고 있었다. 나봄이 떠난 후로 문진은 이상하리만큼 정상적인 생활로 돌아왔고 그게 더 불안해서 내내 문진의 곁을 떠나지 못하고 있는 석호는 늘 긴장 상태였다.
"괜찮은 거야?"
차에 오르자마자 피곤한 듯 눈을 감아버린 문진은 짧게 고개만 끄덕일 뿐 대답이 없었다. 다른 사람들의 눈에는 문진이 평소와 다를 바 없었지만 석호에겐 달라도 너무 달라진 그가 느껴졌다. 대체 윤나봄 그 여자가 무슨 짓을 하고 간 걸까. 늘 답이 없는 질문을 속으로 되뇌는 석호의 입에서 짧은 한숨이 새어나왔다.
"내 앞에서 한숨 쉬지 마."
"아, 미안."
나봄이 눈앞에서 사라진 후 무언으로 새겨졌던 금지 항목들. 그 중 하나가 한숨이었다. 왜인지는 모르지만 문진은 그의 앞에서 뱉어지는 한숨들에 급격한 감정 변화를 나타냈다. 아마도 윤나봄과 관련된 것들이겠지. 석호는 다시 나오려는 한숨을 억지로 삼켰다.

나봄의 뒷모습을 마지막으로 본 그날 이후로 만 하루가 지나고 난 뒤 문진은 자리에서 일어났다. 그리고 마치 기계처럼 집 안을 청소하고 밀렸던 일들을 처리하기 시작했다. 늘 일어나던 시간에 눈을 뜨고 회사에 나가 정신없이 일을 하다 집으로 돌아와 다시 잠이 들고……. 사람들을 대할 때면 평소처럼 웃고 있지만 혼자가 되었을 때 그는 언제나 무표정이었다. 가슴 안에서는 무수한 감정들이 뒤섞여 그를 엉망으로 만들려고 했지만 그럴 때마다 그를 붙잡는 건 나봄의 마지막 말이었다.

잘. 그게 안 되면 겉으로만이라도 잘. 문진은 잘 지내야 했다. 그래서 그렇게 보이도록. 적어도 사람들 눈에는 평소처럼 잘 지내는 것처럼 보이도록 문진은 죽을힘을 다하고 있었다.

"강문진 씨."

많은 사람들로 가득 찬 공연장 안에서 잠시 숨을 돌리기 위해 한적한 곳을 찾던 문진을 누군가 불러 세웠다.

"안녕하세요. 오랜만에 뵙네요."

연주를 막 마치고 내려왔는지 깔끔한 턱시도를 차려입은 민우가 환하게 웃는 얼굴로 문진을 보고 있었다.

"연주 감사합니다. 그럼."

평정심을 무너뜨리는 민우의 존재에 문진은 애써 감정을 감추고 몸을 돌렸다.

"괜찮으시면 잠깐 얘기를 좀 하고 싶은데."

머뭇거리며 자신을 붙잡는 민우의 모습에 문진은 등 돌린 모습 그대로 아무런 말도 하지 않았다.
"나봄이한테 제 얘길 들으셨는지 모르겠지만."
"그 이름, 조민우 씨나 저나 함부로 불러도 되는 이름 아닙니다."
단호한 문진의 말에 민우는 피식 웃음이 터져 나왔다. 그러면서도 한편으론 문진을 안타깝게 바라보았다.
"아직 나봄, 아니, 윤나봄 씨 못 만나셨군요. 그 녀석도 그렇게 말했는데."
급하게 몸을 돌린 문진의 얼굴이 차갑게 굳어 있었다.
"아실지 모르겠지만 윤나봄 씬 제 첫사랑입니다. 물론 저 역시도 윤나봄 씨한테 첫사랑이구요."
"압니다."
문진의 얼굴은 무섭게 변해갔지만 민우는 개의치 않고 미소를 지었다.
"뭐, 그럼 그 뒷얘기도 다 아시겠군요. 강문진 씨랑 헤어졌다는 얘기 듣고 윤나봄 씨랑 만났습니다, 다시 시작하려고."
민우의 말이 끝나기도 전에 문진이 사납게 그의 멱살을 잡아 올렸다. 감히, 어떻게 감히. 너무도 아파해서 보내준 나봄인데, 그래서 차마 붙잡지 못하고 있는 그인데 감히 나봄에게 아픔만을 남긴 놈이 어떻게.
무섭게 노려보는 문진에게서 민우는 섬뜩한 살기를 느꼈지만 미소를 잃지는 않았다. 그의 살기 어린 눈에는 미처 감추지 못한 감정들이 혼란스럽게 맴돌고 있었다.

"나봄이도 당신과 같은 눈으로 날 보더군요. 아니, 당신 얘기를 할 때는 조금 편안해 보이긴 했지만."

문진의 손이 헐거워지자 민우는 캑캑거리며 숨을 몰아쉬었다. 한마디만 잘못했으면 저 남자는 아마 자신의 목을 졸라 버렸을지도 모르겠다는 생각에 조였던 목을 쓰다듬으며 마저 말을 이어갔다.

"나한테 나봄인 첫사랑이었지만 나봄이한테 난 그냥 처음으로 좋아한 사람, 그 이상도 이하도 아니었습니다. 난 수도 없이 사랑을 표현하고 말했지만 나봄인 단 한 번도 사랑이란 감정을 보이지 않았거든요."

"그건 나한테도 마찬가지입니다. 그런 쓸데없는 얘기라면 그만두죠. 당신하고 더 이상…… 그 사람 얘긴 하고 싶지 않습니다."

아직도 나봄이란 이름을 뱉기가 힘들었다. 그렇다고 나봄이 말했던 것처럼 그녀를 부르고 싶지는 않았다. 문진에게 나봄은 그냥 그의 봄으로 남아 있길 바랐다.

"내가 말하는 사랑은 말로 하는 사랑이 아닙니다. 윤나봄을 잘 안다면 그 녀석의 사랑이 뭔지 잘 아실 거라고 생각했는데. 제가 강문진 씨를 너무 과대평가한 모양이군요. 시간 뺏어서 죄송합니다. 그럼."

갖지 못한 것을 가진 자에게 부리는 마지막 심술인 양 민우는 핵심이 될 말은 삼킨 채 문진의 시야에서 벗어나기 시작했다. 이젠 둘의 몫이었다. 평생을 서로가 그리워하든 다시 만나 사랑을 하든. 아직도 욱신거리는 목을 쓰다듬는 민우의 얼굴엔 씁쓸한 가습과는 반대로 훈훈한 미소가 번져 갔다.

11월에 접어든 서울은 거리마다 붉고 노란 알록달록한 가을의 끝을 붙잡기라도 하는 듯 낙엽들을 떨어뜨려 놓고 있었다. 집무실 창을 통해 밖을 내다보던 문진은 먹기 좋게 식은 커피를 한 모금 넘겼다. 따뜻하고 행복했던 짧은 봄을 보낸 후 지독히도 힘겨웠던 여름과 가을이 지나가고 있었다. 그날, 민우가 무언가 언질을 주듯 찜찜한 말을 꺼내놓고 간 후로 문진은 나봄을 생각하면 아픔보다는 그리움이 피어올랐다. 나봄을 놓고 난 후 몇 주간은 아픔과 고통만으로 밤새 앓아야 했지만 민우를 만난 후로는 아픔이 아닌 그리운 기다림이 그를 지탱하기 시작했다.

짧은 봄이란 계절 동안 그 둘이 나눴던 사랑은 서로에게 깊은 사랑을 남겼다. 아파서, 지겨워서 문진이 싫다던 그녀를 문진은 이제 완전히 이해할 것 같았다. 말하진 않았지만 그가 나봄을 사랑했던 만큼 나봄도 그를 사랑했기에. 그렇게 많이 사랑해서 그녀 자신의 아픔도, 그리고 그의 아픔도 모두 견디기 힘들었다는 것을. 문진은 가을을 보내는 방법을 이제야 완전히 이해하고 있었다.

"이번 달은 샌프란시스코네. 우리 봄이 진짜 잘 다닌다."

한 달에 한 번 발간되는 음악 잡지를 펼쳐 든 은영은 기분 좋은 미소를 지었다. 벌써 나봄이 한국을 떠난 지 육 개월이 지나고 있었고 그간 여섯 번의 칼럼과 기사가 잡지를 통해 세상으로 전해졌다. 애초에 삼 개월짜리 기획 기사였던 학교 취재는 끝이 났지만 생각지도 않았던 여행칼럼이 입소문을 타면서 나봄은 잡지사의 두둑한 후원하에 여행을 계속하고 있었다.

"나봄이도 참 대단하다, 여자 혼자서 겁도 없이. 연락은 자주 와?"

재민은 잡지에 실린 나봄의 사진들을 훑어보고 있었다.

"응, 자주 와. 다음 주에 잠깐 들어온대. 여행은 조금 더 할 생각인가 봐."

칼럼을 묶어 출간하자는 출판사가 있어 잠시 한국에 들른다는 나봄의 전화를 떠올린 은영은 벌써부터 기분이 좋았다. 근 육 개월을 못 만났으니 그녀를 안 후로 이렇게 오랫동안 나봄을 못 만난 것은 처음 있는 일이었다.

"그렇게 좋냐? 하여튼 너희 둘 사이가 너무 좋아서 탈이야."

"회사는 어때?"

커피 잔을 들어올린 은영은 묻고 싶은 말을 감추며 조금은 무심하게 물었다.

"강 이사님이 그만두는 바람에 요즘 비상이야. 갑자기 왜 이러는지 모르겠다."

생각만으로 골치가 아픈지 재민은 고개를 설레설레 저었다.

"회사를 그만둬? 왜?"

무심한 척하던 은영은 급하게 커피 잔을 내려놨다.

"모르지 뭐. 그 사람들 속을 내가 어떻게 알겠어. 갑자기 사표 쓰고 사라졌대. 딱 붙어다니던 민 실장도 떨구고 가서 지금 민 실

봄을 곁에 두는 방법 415

장 혼자 죽을 맛일 거야."

푸념 섞인 재민의 말을 대충 넘긴 은영은 가끔 스쳐 가듯 문진의 소식을 묻는 나봄에게 이번엔 어떻게 전해줘야 할지 벌써부터 걱정되기 시작했다.

오랜만에 한국 공기를 마주한 나봄은 깊이 숨을 들이마셨다. 서울 특유의 매캐한 공기가 가슴에 가득 차자 피식 웃음이 새어나왔다. 생각지도 않게 시작된 여행은 아픔에 젖어 있던 나봄에겐 좋은 일들을 가득 안겨주었다. 그리고 아픔을 그리움으로 변질시켰고, 그리움은 가끔씩 발작적으로 그녀를 흔들었다. 하지만 잊기 위해 노력하진 않았다. 잊으려 해도 잊혀지지 않는 것은 그대로 가슴에 묻어두는 게 낫다는 것을 나봄은 여행을 통해 배워 나가고 있었다.

"앞으로 얼마나 더 여행 다닐 계획이세요?"

출간 계획서를 읽어 내려가는 나봄에게 편집자가 물었다.

"특별히 기간을 정한 건 아니구요. 그냥 됐다 싶을 때 멈추겠죠."

맑게 웃는 나봄을 보며 편집자도 마주 웃었다. 이제까지 쓴 칼럼은 보기 좋게 편집되어서 출간될 예정이고, 덕분에 또 다른 여행 자금을 마련할 수 있다. 플루트를 들고 여행을 하는 덕분에 연주도 하고 그것을 계기로 문화 교류도 하는 나봄의 여행 이야기는 재미와 함께 풋풋한 감동도 전해주곤 했다. 그래서 언제까지일지 정하진 않았지만 아직은 여행을 멈추고 싶지 않았다. 서울에 도착하니 같은 하늘 아래 있다는 생각에 문진이 그리웠다. 의지와는 상관없이 문진이 있을 회사 근처를 서성거릴 만큼. 많이 그리운 만큼 아직은 그가 남은 서울이 힘들었다.

"봄아!"
은영은 나봄을 보자마자 힘껏 달려와 안겼다.
"말랐네. 너 밥 잘 안 먹고 다녔지?"
"잘 먹었어. 많이 걸어다녀서 저절로 살이 빠진 거야. 그래도 얼마나 건강해졌는데. 나 팔에 근육도 생겼어."
전과 같이, 아니, 전보다 더 밝아진 나봄을 보니 은영은 그제야 마음이 놓였다.
"하루만 자고 가지. 온 지 얼마나 됐다고 또 떠나."
공항에서 만남과 헤어짐을 동시에 해야 하는 게 못마땅한 은영은 나봄을 흘겨보았다. 하룻밤이라도 머물다 가면 좋을 텐데 나봄은 저녁 비행기로 다시 한국을 떠나려 하고 있었다.
"아직도 힘든 거야?"
혹여라도 아직 아플까 싶어 조심히 묻는 은영에게 나봄은 고개를 저었다.
"많이 괜찮아졌어. 근데 서울 오니까 이상하게 설레고 마음이 따뜻해지는 게 그 사람이 더 보고 싶어져서. 아픈 건 잊혀지는데 그리운 건 자꾸 커지기만 하는 것 같아."
"저기 봄아, 그 사람…… 강문진 씨 말인데……."
문진과 헤어진 후로 은영의 입에서 처음으로 문진의 이름이 나오자 나봄의 눈빛이 놀라움으로 바뀌었다.
"그 사람, 회사 그만뒀대."
잘 다니던 회사를 왜 갑자기 그만뒀는지, 그럼 무엇을 하며 살고 있는지 만나서 물을 수도 없음에도 나봄의 머릿속은 갖가지 질문들로 가득 차기 시작했다.
"다른 일이 있어서겠지. 그 사람 일없으면 못사는 사람이거든. 회사 일 말고 다른 일 하려고 그런 걸 거야."
은영에게, 그리고 자신에게 나봄은 말하고 있었다. 부디 잘 지내길. 아픔으로 얼룩진 삶을 살고 있지는 않기를…… 나봄은 다시 떠나는 서울 하늘을 내려다보며 진심으로 기도했다.

관광객으로 가득한 파리의 거리에서 공연을 하는 외국인을 바라보는 문진의 얼굴엔 편안한 미소가 흘렀다. 회사를 그만두고 공연 기획자로 나선 지 벌써 두 달이 흐르고 있었다. 잘 다니던 회사를 때려치운 것 때문에 석호와 진철에게 싫은 소리를 들어야 했지만 문진은 한국을 떠나 여러 사람을 만나고 새로운 공연을 만드는 일이 마음에 들었다. 그리고 그렇게 시간을 보내다 보면 깊은 그리움으로 변한 나봄을 떠올리는 시간이 즐겁게 느껴졌다.
커피를 사기 위해 카페거리에 들른 문진은 광장 한쪽에서 특별한 공연을 발견했다. 흥겨운 힙합 리듬과 함께 플루트, 바이올린이 섞인 음악이 거리에 퍼져 나가자 사람들은 저절로 걸음을 멈추고 있었다. 문진 역시 음악이 가장 잘 들릴 만한 위치에서 공연을 관람했다.

"클래식이랑 힙합. 잘만 조합하면 괜찮을 것 같은데."

퓨전 클래식과 어울릴 만한 음악을 찾던 문진에겐 특별한 공연이 반가웠다. 문진은 급하게 녹음기를 꺼내 들었다. 즉흥 연주에 가까운 공연이라 완성도는 떨어졌지만 사람들의 이목을 끌어들이기에는 충분했다. 거기다 전통 클래식파인 플루트의 소리는 산뜻하게 힙합 박자에 어우러지고 있었다.

"플루트는 당장 무대에 세워도 되겠어. 저 정도 실력이면 길거리에서 남긴 아까운데……."

당장 무대에 세우진 못하더라도 실력있는 연주자는 많이 알아둘수록 재산이 된다.

공연이 끝나고 사람들이 흩어지자 문진은 빠르게 공연팀에게 다가갔다.

"je peux vous demander quelque chose(실례합니다. 말씀 좀 물어봐도 되겠습니까)?"

"le coreen(한국인이에요)?"

갑작스러운 질문에 문진은 일단 고개를 끄덕였다. 그러자 공연팀 사람들은 환하게 웃으면서 뒤편에서 악기를 정리하는 여자를 불렀다.

"봄! le coreen. le coreen."

나봄을 만난 후론 동양인만 보면 한국 사람이냐고 묻는 공연팀 덕분에 나봄은 어제부터 꽤 많은 한국인을 만날 수 있었다. 서둘러 플루트를 정리해 넣던 나봄이 환하게 웃으며 고개를 들었다. 순간 나봄의 얼굴에는 미소가 사라졌고, 문진 역시 아무 말도 못하고 나봄을 뚫어지게 바라만 보았다.
"오랜…… 만이네요."
그리 어울리지 않는 인사말을 먼저 뱉은 나봄은 예상치 못한 상황에 당황함이 앞섰다.
"오랜만…… 입니다."
낯선 듯 익숙한 문진의 말에 나봄은 그제야 진짜 강문진과 마주하고 있다는 실감이 났다.

자리를 옮겨 카페에 마주 앉은 둘은 한참을 아무 말도 하지 않았다. 오히려 어색한 말보다 침묵이 편안하게 느껴져 누가 먼저랄 것도 없이 입을 다물어 버렸다.
창밖을 보는 나봄을 문진은 찬찬히 살펴보았다. 통통해 보이던 얼굴 살이 다 빠져 마르게 보일 정도로 여윈 얼굴에 안쓰러움이 밀려왔다. 하지만 눈앞에 걸쳐진 뿔테 안경을 끌어 올리는 모습을 보자 오랜만에 마음이 훈훈해져 왔다. 창가에서 시선을 거둬들인 나봄이 문진을 향해 싱긋 미소를 지어 보였다.
"그렇게 봐도 나 안 뚫어지니까 그만 봐요. 좀 변했을까 싶었는데 강문진 씨는 여전하네요."
나봄은 새침하게 웃으며 먹기 좋게 식은 커피를 한 모금 마셨다. 진한 커피가 쓴지 그녀의 이마에 작게 주름이 졌다.
"윤나봄 씨도 여전하네. 이마에 주름, 그리고 뿔테."
문진의 얼굴에도 미소가 번져 나갔다.
"이름은 제대로 부르면서 말은 왜 잘라먹어요? 이왕이면 말도 끝까지 해주세요. 요 자 제대로 붙여서."
 픽 하고 문진의 웃음이 터지자 나봄도 마주 웃었다.
 "잘 지냈어? 지난달엔 샌프란시스코에 있다고 하더니 이번 달엔 파리로 온 거야?"
 "그건 어떻게 알았어요?"
 "몰랐나 보네. 내가 윤나봄한테 유능한 스토커 하나 붙여놨거든. 멀리 도망가나 안 가나 잘 살피라고."
 마치 아무 일도 없었던 것처럼 나봄의 미소가 편안해지자 문진은 예전 따뜻했던 눈으로 나봄을 보았다.
 "여행 다니기 안 힘들어?"
 "좋아요. 사람들도 많이 만나고, 오늘처럼 공연도 가끔 하고. 당신은 어땠어요?"
 "난…… 봄 가니까 여름이 더워서 힘들었고 가을 와서는 쓸쓸해서 힘들었고 겨울 오니까 너무 추워서 힘들더라. 난 별로였지?"
 잔잔한 미소로 나봄은 고개를 끄덕였다. 오랜만에 만나는 문진은 예전처럼 따뜻하고 편안했다. 생각보다 더 잘 지내고 있는 그의 모습을 보자 괜한 걱정을 했구나 싶어 바보같이 웃음이 흘러나왔다.
 나봄이 처음 만났을 때처럼 그를 향해 웃어주자 문진의 얼굴에도 몇 개월 만에 억지로 꾸미지 않은 미소가 지어졌다. 혹시나 내내 아파할까, 아니면 그가 모르는 곳을 숨어버릴까 싶어 틈틈이 소식을 알아봤던 자신이 한심해질 만큼 그녀는 여전히 아름답고 맑은 모습 그대로 그를 향해 웃고 있었다.

"오늘 공연은."

"그냥 즉흥이에요. 며칠 전에 파리에 오자마자 만난 팀인데 재미있을 것 같아서요. 괜찮았어요?"

"좋았어, 신선하고. 근데 플루트는 연주자 실력이 아까웠어."

"안부 수준이 날로 늘어가네요."

오랜만에 맑게 웃는 나봄을 보는 문진은 가슴 한켠이 짠하게 시려왔지만 애써 미소를 잃지 않았다.

"여기서 무슨 일 해요?"

"그냥. 의뢰 들어오는 공연 기획하고 공부도 하고 그렇게 지내."

나눈 말도 별로 없는데 카페를 나와 광장에 다다른 둘은 서로를 마주 보았다.

"잘 지내는 것 같아 다행이에요."

미소 짓는 나봄의 팔을 잡은 문진은 조심히 그녀를 품에 안았다. 나봄의 향기가 온전히 전해져 오자 문진은 다시 그녀를 놓고 싶지가 않았다. 차갑게 식은 나봄을 내내 자신의 품에서 이렇게 품고 싶었다.

"이 버릇도 여전하네요. 좀 나아졌을까 싶었는데."

밀어낼 줄 알았던 나봄이 여전히 문진에게 안긴 채로 작게 키득거리자 문진은 좀 더 세게 나봄을 안았다.

"나봄 보니까 나도 모르게 그러네. 아마 평생 그럴 것 같아."

"엉큼한 변태늑대. 당신, 하나도 안 변했어요."

문진의 품에서 억지로 빠져나오며 나봄은 흘러내린 안경을 끌어 올렸다.
"잘 지내요. 나 때문에 억지로가 아니라 정말로 잘."
문진에게서 한 걸음 물러선 나봄은 악수를 청하듯 손을 내밀었다. 지금까지도 잘 지내긴 했겠지만 이젠 그에게 올려진 아픔의 짐들을 내려주고 싶었다.
"봄아."
그새 그의 마음을 알아챈 나봄은 문진에게서 아픔의 기미가 올라오려 하자 서둘러 손을 더 깊이 뻗었다.
"그만 가봐야 돼요. 얼른요."
휘휘 흔드는 손을 조심히 잡은 문진에게 서늘한 기운이 전해져 왔다. 아직도 아닌 걸까. 그렇게 오랜 시간을 그리워했는데.
꼭 잡은 문진의 손에서 애타는 그리움이 묻어났지만 나봄은 애써 그의 손을 떼어냈다.
"그거……."
빠져나간 손이 아쉬워 바라보던 문진의 눈에 나봄의 손가락에 끼워진 반지가 들어왔다. 작긴 했지만 붉은빛이 반짝이는 그가 마지막으로 나봄에게 보낸 선물이었다.
"어떤 바보 같은 남자가 헤어지면서 주더라구요. 행복하게 해줘서 고맙다면서. 웃기죠? 헤어지는 마당에 그런 게 다 무슨 소용이라구."
반지가 끼워진 손가락을 만지작거리는 나봄이 어색하게 미소를 지었다.
"그 사람 만나는 동안 나도 행복했는데 그럼 둘 다 쌤쌤 뭐, 그런 거 아닌가? 세상에 참 바보 같은……."

말이 끝나기도 전에 문진은 다시 나봄을 품에 안았다.

"봄아, 나는……."

아직 그녀가 아플까 봐, 상처가 아물지 않았을까 봐 차마 붙잡지도 못하는 안타까움이 아픔이 되어 나봄에게 전해져 왔다.

"문진 씨, 만나서 정말 행복했어요. 짧은 봄이었지만 그 봄이 너무 행복해서 다른 계절들이 힘든 만큼 나 행복했어요. 미안해요. 좀 더 일찍 말해줬더라면 당신 덜 아팠을 텐데."

문진은 아니라며 고개를 저었다. 아팠지만, 그리웠지만 나봄의 마음은 오래전에 그에게 전해졌다.

"그동안은 문진 씨 생각하면 아팠던 일이 먼저 떠올랐는데 이젠 그러지 않을 것 같아요."

'앞으로는 당신 웃는 얼굴, 행복했던 시간들만 기억할 테니까. 이젠 그럴 수 있을 것 같아요.'

품에서 떨어지려는 나봄을 문진은 더욱 힘주어 안았다. 하고 싶은 말들이 무수히 떠올랐지만 단 한 마디도 제대로 할 수 없었다. 가지 말라고, 이대로 그냥 함께 있자고 혀 끝까지 올라온 말을 삼킨 문진은 한참이 지나서야 아쉬운 마음으로 나봄을 품에서 놓았다.

"어디로 가는 거야?"

"오래전에요, 내가 태어나고 우리 아버지가 하나님하고 약속을 하셨대요. 봄이 찾아오면 내가 행복하게 해달라고. 근데 그 약속이 좀 어설프게 됐는지 내 행복은 항상 봄에 시작되어서 봄이 가고 나면 끝이 나요. 그래서 나 어떻게 해야 오래오래 봄일 수 있는지 그 방법을 찾아보고 있어요."

엉뚱한 말을 늘어놓은 나봄은 자신도 황당해서 피식 웃고 말았다. 하지만 정말 그러고 싶었다. 지금은 아니더라도 나중에 언젠가 다시 만난다면 그땐 오래도록 따뜻한 봄날이기를.

마지못해 잡은 손을 놓아주며 문진은 그녀를 다시 품에 안았다. 알 것 같았다. 왜 이렇게 말도 안 되는 얘기를 늘어놓는지, 이렇게 해서라도 오늘은 그에게서 벗어나려 하는지. 아쉬움으로 서로를 보내고 문진이 한없이 그녀를 그리워할 만큼. 나봄도 다시 자신의 마음을 한없이 확인하고 돌아볼 것이다.

멀어지는 나봄을 보는 문진의 마음은 오랜만에 따뜻하고 편안했다. 아무런 확신도 없었지만 곧 그에게 추운 겨울이 끝나고 이른 봄이 찾아올 것 같았다.

16 ; 봄 향기의 노래

아직도 냉기가 느껴지는 서울 하늘 아래서 나봄은 깊이 숨을 들이마셨다. 매캐한 공기에 숨이 턱하고 막혀왔지만 기분이 나쁘진 않았다.

3월. 끈질긴 겨울의 잔재가 곳곳에 남아 있었지만 이미 봄이 되어버린 사람들의 옷차림과 이르게 솟아난 새싹들로 인해 마음만은 따뜻한 봄이 되어가고 있었다. 문진을 만난 파리를 떠나 몇 개의 나라를 거쳐 한국으로 들어온 지 일주일이 지나고 있었다. 서울은 변함없이 바쁘게 돌아가고 있었고 책으로 나온 여행 이야기 덕분에 세상에 알려진 나봄은 방송에도 몇 차례 출연하고 생애 첫 번째 독주회도 준비하고 있었다.

"무대와 공연 기획은 저희 쪽에서 준비할 테니까 나봄 씨는 연습만 열심히 하세요. 이번 공연은 관객 기대도가 굉장히 높아요."

"잘 부탁드려요."

나봄은 연주될 곡들과 짜놓은 기획을 넘겨주었다. 전적인 지원을 아끼지 않겠다는 방송국에 제안으로 독주회를 계약하긴 했지만 너무 잘 풀리는 일 때문에 마음 한구석엔 불안함이 자리했다.

"봄이니까. 그래, 이제 봄이니까 다 잘될 거야."

정말 봄이 찾아오고 있었다. 문진의 말처럼 더워서 힘들었던 여름이 가고 쓸쓸해서 힘들던 가을도 가고 지독히도 추워서 힘들었던 겨울도 지나갔다. 그렇게 아직 이르긴 하지만 문진과 만나 사랑을 하고 이별을 했던 따뜻한 봄이 다시 찾아오고 있었다. 긴 계절이 지나는 동안 깊었던 그리움은 이젠 따뜻한 사랑이 되고 기다림이 되었다. 그리고 그 기다림은 다시 찾아올 완연한 봄날을 기다리고 있었다.

"여기서 하나요?"

방송국에서 기획하는 공연이 왜 KG그룹의 공연장에서 기획되는지. 작은 콘서트홀쯤을 생각하던 나봄은 의아심이 들었다.

"KG그룹 회장님이 직접 공연장을 써줬으면 한다고 연락을 해오셨어요. 잘됐죠?"

혹시나 싶었는데 진철의 얘기가 나오자 나봄은 푸근한 웃음이 새어나왔다.

"전 일이 있어서 방송국 들어가 봐야 되거든요. 조금 있으면 KG에서 담당자 분이 오실 거예요. 무대는 다 완성됐으니까 천천히 둘러보세요."

아직 일주일은 남은 공연인데 벌써 무대를 완성했다니. 진철의 과도한 도움에 나봄은 고마우면서도 미안한 마음이 들었다.

"그래도 이왕 준비해 주신 거 열심히 해야지."

방송국 직원을 배웅한 나봄은 문진을 처음, 아니, 두 번째로 만났던 공연장을 천천히 둘러보기 시작했다. 한적한 로비를 지나 천천히 걸음을 옮겨 지하로 향했다. 예전엔 침침한 불빛에 마음까지 서늘해졌던 곳이 지금은 따뜻한 분위기만큼 훈훈한 조명이 실내를 가득 채우고 있었다.

"일 하난 정말 잘하네."

잘하는 게 일밖에 없다고 소리치던 진철의 말이 떠올라 피식 웃음을 터뜨리며 문진과 처음 만났던 연습실 안을 들여다보았다. 이곳 역시 인테리어가 바뀌어서 생소한 모습이었지만 따뜻한 분위기가 마음에 들었다. 대뜸 짐을 들어주겠다며 나서던 문진의 모습이 떠올라 미소 짓던 나봄은 다시 걸음을 옮겼다. 어쩐지 공연장 곳곳에서 문진이 느껴지는 것 같아 그가 몹시 그립게 느껴졌다. 파리에 있을 그 남자, 강문진. 아프지 않기 위해 헤어졌지만 그리움으로 남아버린 사람. 그를 만나 사랑했던 봄이 다시 찾아온다. 지하를 벗어나 넓은 창으로 바깥을 내다보는 나봄의 얼굴에 미소가 피어났다.

"나봄아!"

로비로 들어서던 은영이 반가운 얼굴로 나봄에게 다가왔다. 무대를 보고 싶다고 보채더니 연락을 받자마자 바로 출발한 모양이었다.

"은댕, 진짜 빨리 왔네. 나도 아직 무대 못 봤는데."

장난스럽게 웃는 나봄은 어쩐지 평소보다 훨씬 편안해 보이는 얼굴이었다.

"근데 하필이면 왜 이 공연장이야? 다른 좋은 데도 많은데."

"저희 공연장만큼 괜찮은 데 찾아보기 힘들 텐데요."

익숙한 목소리에 고개를 돌린 나봄과 은영은 석호를 발견했다.

"잘 지내셨어요?"

석호의 다정한 인사에 나봄은 그제야 얼굴에 미소를 지었다.

"잘 지냈어요. 담당자가 민 실장님이었구나. 아직도 KG그룹에서 건재하신가 봐요."

"그럼요. 저처럼 능력있는 직원을 회사에서 놔주겠습니까?"

시간이 약이라고 했던가. 처음엔 상처 입힌 것 때문에 마주 보기도 힘들던 나봄을 석호는 오늘에서야 편안한 마음으로 바라볼 수 있었다. 당연한 듯 나봄의 옆 자리를 지키고 있는 은영 역시 반갑게 느껴질 만큼 그들에겐 길게만 느껴졌던 일 년이었다. 반갑게 인사를 나누는 나봄과는 달리 은영은 불만스럽게 석호를 보고 있었다. 나봄을 아프게 하는 데 한몫했던 남자. 항상 나봄을 괴롭혔던 남자. 은영의 기억에 남아 있던 석호의 이미지는 아직도 변함이 없었다. 불편하고 나쁜 남자, 민석호.

반갑게 인사하는 석호를 대충 무시한 은영은 나봄의 팔짱을 꼈다. 저 남자가 있으면 왠지 나봄에게 나쁜 일이 생길 것 같았다.

"여기가 나봄 씨가 공연할 곳이에요. 우리 공연장에서 제일 작긴 하지만 마음에 들 겁니다. 공연 기획부터 무대 디자인까지 나봄 씨를 제일 잘 아는 사람이 담당했거든요. 저기 은영 씨, 저 좀 잠깐 보죠. 나봄 씬 들어가 보세요."

거절할 틈도 없이 은영의 팔을 잡은 석호는 빠르게 사라졌고 멀뚱히 공연장 앞에 혼자 남은 나봄은 천천히 공연장 문을 열었다. 대공연장이 아닌 소공연장이기에 어느 정도의 아기자기함이면 만족하겠다 싶었는데, 공연장 문을 연 나봄은 놀라움에 입을 다물지 못했다.

푸른 나무와 고운 꽃들이 보기 좋게 가득 찬 실내는 마치 작은 실내 정원에 들어온 것 같은 느낌을 주었다. 석호가 말하던 윤나봄을 제일 잘 아는 사람. 하지만 그 사람은 파리에서 일하고 공부하며 새로운 세상에서 살고 있을 것이다. 하지만 나봄을 위해 공연장을 이 정도로 꾸밀 수 있는 사람은 그 사람밖에 없었다.

나봄은 급하게 주위를 두리번거리기 시작했다. 하지만 기대했던 문진의 모습은 보이지 않았다. 하지만 알 것 같았다. 이곳은 문진이 나봄을 위해 만들어놓은 공간이었다. 비록 모습은 보이지 않지만 지독히도 힘들었던 시간을 보낸 대가로 다른 사람들보다 이른 봄을 느끼게 해주려는 것처럼 문진의 마음이 훈훈한 공기 속에 묻어나고 있었다. 오로지 나봄만을 위한 공연장. 온통 그의 손길이 느껴지는 것 같아 그곳으로 들어서던 나봄은 울컥 눈물이 솟아올랐다. 그리고 문진이 몹시도 그리워졌다.

"아가씨, 무거워 보이시는데 좀 들어드릴까요?"

말갛게 고이는 눈물을 닦아내려던 나봄은 뒤편에서 들리는 익숙하고 그리운 목소리에 급히 몸을 돌렸다. 그리고 결국 한 방울의 눈물이 그녀의 볼을 타고 흘러내렸다.
 따뜻한 미소를 지은 문진이 손가락으로 무대를 가리키자 환하던 실내에 어둠이 찾아오고 나봄의 사진이 스크린을 통해 쏟아졌다.
 "나봄, 이런 무대에 꼭 세워보고 싶었어. 마음에 들어?"
 문진에게로 달려가 안긴 나봄은 열심히 고개를 끄덕였다.
 "이제 평생 이렇게 안아도 되는 거지? 다신 안 떠날 거지?"
 나봄을 품에서 떼어난 문진은 조마조마한 심정으로 그녀를 보았다. 자꾸 나오는 눈물이 귀찮은지 손등으로 눈물을 닦아낸 나봄은 그를 향해 환하게 미소를 지었다.
 "지겹다고 도망이나 가지 마요. 이제 당신한텐 평생 봄밖에 없을 테니까."
 문진은 다시 나봄을 품에 안았다. 때 이른 봄을 맞은 두 사람은 오랫동안 느끼지 못한 서로의 온기를 느끼며 한참 동안 서로를 안고 있었다. 이제 곧 완연한 봄날이 그들에게 찾아올 것 같았다. 길고 긴, 끝이 보이지 않는 화창한 봄날이.
 사진을 쏟아내던 스크린에는 마지막으로 나봄이 환하게 웃고 있는 사진 위로 귀여운 글씨가 떠올랐다.

 〈윤나봄 첫 번째 독주회 sing a spring(봄의 노래)
 기획. 강문진〉

 "이거 놔요!"

아무리 몸부림을 쳐도 놔줄 생각이 없던 석호는 복잡한 기계들이 놓여진 곳에 도착해서야 은영의 팔을 놔주었다.

"대체 나한테 왜 이래요? 민석호 씨, 제정신……."

"쉿."

조용히 손가락을 자신의 입술에 가져다 댄 석호는 정신없이 놓인 기계들을 서둘러 만지기 시작했다.

"앞에 창문 보이죠? 내려다봐요."

짜증스러운 한숨을 뱉은 은영은 마지못해 석호가 가리키는 창문을 내려다보았다. 그곳엔 서로를 몹시도 그리워하던 나봄과 문진이 마주 서 있는 모습이 보였다. 곧 문진이 손가락으로 무대를 가리키자 석호는 재빠르게 영상을 내보냈다.

"세상에……."

흐르는 영상 속에 문진에게 안기는 나봄을 보며 은영은 왈칵 눈물이 쏟아졌다.

"으, 은영 씨."

여자의 눈물이 익숙지 않은 석호는 갑작스런 은영의 눈물에 당황해서 안절부절못하고 있었다.

"잘됐다. 진짜 잘됐어. 고마워요, 고마워요."

나봄이 문진을 얼마나 그리워하고 아파했는지 알기에 은영은 이렇게 문진과 나봄이 다시 만날 수 있다는 것에 너무 감사했다. 손등으로 눈물을 닦아내던 은영은 석호를 보며 밝게 미소를 지었다. 순간 덜컹하고 석호의 심장이 내려앉았다. 이 여자가 이렇게 예뻤던가. 연주를 할 때를 빼고는 그다지 눈에 띄지도 않는 여자였는데. 석호는 자신도 모르게 손을 뻗어 은영의 눈물을 닦아주었다. 순간 은영의 얼굴이 발갛게 달아올랐지만 그래도 좋은지 여전히 미소를 짓고 있었다.
"나봄 씨 일인데 왜 그렇게 좋아합니까?"
"봄이의 일이니까요."
이상한 여자. 윤나봄이라면 뭐든 좋다는 여자. 그런데도 예전처럼 얄밉지도, 답답하지도 않았다. 아무래도 시간이 흐르는 동안 석호의 마음은 은영에 대한 기억을 변화시킨 모양이었다.

벚꽃이 눈송이처럼 흐트러지는 봄날, 나봄의 공연은 특별하고 따뜻한 공연으로 끝을 맺었다.
"축하해, 봄아."
손에 든 꽃만큼이나 활짝 피어난 은영의 미소에 나봄 역시 환한 미소를 지었다.
"축하한다, 윤나봄."
은영과 함께 온 재민에게 고맙다는 인사를 건네던 나봄은 막 대기실로 들어서는 문진과 석호를 발견하고 빛나는 미소를 지었다.
"공연 너무 좋았습니다. 수고했어요, 나봄 씨."
석호는 꽃다발을 건네주며 나봄의 뒤편에 서 있는 은영을 발견했다. 나봄과 문진이 다시 만난 그날 이후 은영은 석호에게 가졌던 적대적인 감정을 많이 거둬들이긴 했지만 불편해하는 건 여전했다.
"그럼 다같이 저녁 할까?"
어느새 나봄의 어깨를 감싸 안은 문진은 행복한 얼굴이었다.

"아니에요. 나봄아, 피곤할 텐데 문진 씨한테 맛있는 거 사달라고 그래. 난 재민이랑 가면 되니까. 문진 씨, 먼저 가볼게요."

재민과 함께 서둘러 사라지는 은영을 보면서 나봄은 어쩔 수 없다며 고개를 저었다. 언제나 나봄에 대한 배려가 먼저인 좋은 친구.

"석호 넌 어떡할래?"

"대충 때우지 뭐. 근데 나봄 씨, 저 두 사람 원래 저렇게 친합니까?"

못마땅한 석호의 물음에 나봄은 어깨를 으쓱했다.

"그럴걸요. 김재민은 은영이가 유일하게 옆 자리를 허락한 남자니까."

"오은영 씨가 무슨 귀족이라도 된답니까? 허락은 무슨. 선배, 나간다."

기분이 상했는지 불만스럽게 말하고 사라지는 석호를 보며 문진은 즐거운 미소를 지었다.

"민석호, 고생 좀 하겠구만."

막 소주 한 잔을 입에 털어 넣은 나봄은 알코올 내음에 인상을 찡그리며 물었다.

"뭐가요?"

"은영 씨. 아무래도 다시 만나니까 또 다른 모양이야. 요즘 자주 얘기하거든."

회사에 복직한 문진은 시간이 날 때마다 은영의 얘기를 꺼내는 석호의 모습을 떠올렸다. 대부분이 불만이긴 했지만 가끔 예고없이 튀어나오는 감정들을 제어하지 못해 당황하는 석호를 볼 때면 웃음이 터져 나왔다.
"그래요? 우리 은영이 안 될 텐데. 석호 씨 고생 좀 하겠네요. 그리고 요즘 김재민이도 낌새가 이상한 것이 슬슬 은영이한테 작업을 할 모양이던데."
"김재민이 은영 씨한테 마음 있어?"
나봄이 먹기 좋은 크기로 삼겹살을 잘라주던 문진은 놀라서 가위질을 멈추었다.
"몰랐어요? 나 문진 씨 회사에 면접 보라고 한 것도 은영이가 부탁해서 그런 거예요. 재민이가 은영이라면 껌벅 죽어요. 그러고 보니 대학 졸업하고부터 계속 그런 것 같네."
눈동자를 위로 올리고 시간을 따져 보던 나봄은 그런 것 같다며 고개를 끄덕였다.
"은영 씬? 은영 씨도 김재민한테 마음 있는 거야?"
석호가 걱정되어서 다급해진 문진과는 반대로 나봄은 여유로운 모습이었다.
"은영인 그런 거 생각도 못해요. 그쪽으론 워낙 둔하니까. 암튼 석호 씨 고생 좀 하겠다."
생각만으로도 즐거운지 나봄의 얼굴엔 미소가 피어올랐다.
"그래도 방해는 안 하네. 예전엔 석호는 절대 안 된다고 그렇게 반대하더니."
"반대 안 해도 쉽지 않을걸요. 우리 은영이가 어떤 앤데. 반대하지는 않겠지만 도와주지도 않을 거예요."

새침하게 말하는 나봄을 보며 문진은 피식 웃음을 터뜨렸다. 시간이 지나 잊혀지긴 했지만 잘못한 게 있으니 혼나야 한다는 윤나봄식 생각은 여전히 변함없는 모양이었다.
"오늘은 좀 멋진 곳으로 가려고 했는데. 삼겹살을 고르냐."
몸에 배인 고기 냄새가 거슬리는지 문진은 차에 오르자마자 불만스럽게 말했다. 오늘 같은 날은 고급 레스토랑에서 와인 정도는 마시게 하려고 했는데 나봄은 굳이 삼겹살에 소주를 고집했다.
"체력 보강엔 삼겹살이 최고예요. 그리고 문진 씨랑 소주 마셔 본 적 없으니까. 그때 말했죠, 난 편하고 좋은 사람이랑만 술 마신다고?"
"아직도 난 은영 씨 다음이지? 뭐, 김재민보다는 위겠지만."
나봄의 안전벨트를 채워주는 문진의 말투엔 웃음이 담겨 있었다.
"왜 이렇게 너그러워졌어요, 질투의 화신이었던 사람이?"
"나 원래 너그러운 사람이었어. 윤나봄한테만 그런 거야."
다정히 웃던 문진은 마주 웃고 있는 나봄의 입술에 살며시 입을 맞추었다. 희미한 알코올 내음이 풍겼지만 나봄의 입술은 언제나 기분이 좋았다.
"문진 씨, 사랑해요. 앞으로 천만 번쯤 봄이 지날 때까지."
"사랑한다, 나봄. 앞으로 일억 번쯤 봄이 지날 때까지."
선선한 봄바람에 벚꽃 잎들이 휘날렸다. 봄이 깊어지고 곧 여름이 찾아오겠지만 두 사람이 함께인 이상은 언제나 사랑하기 좋은 봄날이 될 것 같았다.

• 작 가 후 기 •

— 나봄, 그리고 문진을 보내며

늦은 가을 시작되어 봄이 다 지나갈 무렵에야 끝이 난 나봄의 이야기는 제가 두 번째로 끝을 맺은 이야기가 되었습니다. 단지 쓰는 게 좋아서 시작했던 첫 번째 아이들의 이야기가 끝났을 무렵, 나봄은 예고도 없이 저에게 찾아왔습니다. 가진 것도, 내놓을 만한 것도 없지만 스스로에게 부끄럽지 않아 누구의 앞에서도 당당할 수 있는 아이. 처음 머릿속에 나타난 나봄은 그런 아이였습니다. 하지만 당당하고 강하게 보이는 것은 자신을 보호하려는 의지가 강하기 때문이었고, 그렇게 되기까지 많은 상처를 입은 나봄을 보면서 저는 그 아이의 상처를 보듬어줄 사람을 만들어주고 싶었습니다. 그렇게 시작된 것이 나봄이와 문진이의 이야기입니다. 두 아이의 이야기를 시작한 지 벌써 두 계절이 지나고 이젠 세 번째 계절이 성큼 다가와 있습니다. 이렇게 오랫동안 이 아이들을 붙들고 있을 거라는 예상은 못했는데, 이제야 이 아이들을 편한 마음으로 보낼 수 있을 것 같습니다.

지금보다 더 어렸을 무렵, 저에게 글이란 것은 단지 잊혀질 감정들을 기록할 수 있는 그런 존재였습니다. 하지만 지금 저에게 글은 새로운 꿈을 꿀 수 있는 존재가 되어줍니다. 어렵고 힘든 길이겠지만 많이 배우고 더 많이 노력하면 지금보다는 더 나은 글을 쓸 수도 있겠다는, 그런 믿음과 함께 저는 글을 통해 꿈을 꾸고 있습니다.

―나의 고마우신 분들

제일 먼저 늘 아쉬울 때만 찾는데도 항상 두 팔로 날 안아주시는 하나님께 감사드립니다.

그리고 끝까지 『나봄』을 읽어주신 모든 분들 정말 감사합니다. 『나봄』이 연재되는 동안 잊지 않고 두 녀석의 이야기에 응원을 아끼지 않으셨던 로망의 가족 분들과 특히 노벨카페 다락방 식구들. 너무 감사한 분들이 많아 나열하진 못하지만 여러분들 덕분에 힘내서 여기까지 온 것 같아요. 다시 한 번 고개 숙여 감사드립니다. 그리고 늘 제자리 못 찾는 제게 격려 아끼지 않아주시는 땡 언니와 멀리 대전에서 조언과 격려해 주시는 일기 언니께도 감사드려요.

그리고 너무나 좋으신 우리 엄마, 투덜거림이 끊이지 않는 막내딸 늘 받아주셔서 고마워요. 앞으로는 조금은 기대하실 수 있도록 더 열심히 할게요. 울 올방, 지난 몇 년 동안 집 떠나 있느라고 고생했어. 오빠랑 함께인 한국이어서 너무 좋다. 지금 배우는 거 열심히 해서 꼭 멋진 연기 보여줘. 기대할게. 파이팅! 너무나 좋은 우리 가족 사랑해요. 우리 정은 언니, 늘 말하지만 언니를 만나서 정말 다행이야. 늘 투정 부리고 약한 소리 하고 그런데도 항상 옆에서 함께 해줘서 너무 고마워. 우리 앞으로도 함께 공유할 메모리를 늘려가자구. ^^ 사랑해! 작지만 나에겐 커다란 존재인 은영아, 나와 나봄에게 좋은 친구가 되어줘서 너무 고맙다. 지금까지도 그랬지만 앞으로도 서로의 옆 자리에서 함께하자. 넌 멋진 놈이야. 사랑한다, 마눌! 울 향숙, 가끔 널 보면서 난 내 자신을 보게 된다. 오랜 시간 알았는데도 이제야 서로에 대해 확실히 알아가는 모양이야. 앞으론 더 잘 알게 되겠지. 늘 열심히인 네가 자랑스럽다. 사랑한다. 영태 오빠, 표현은 못했지만 여러 가지 항상 고마워. 앞으론 모든 일이 잘되길 기도할게.

늘 커다란 가르침과 삶의 지혜를 주셨던 혜주 언니, 요즘은 언니가 자주 보고 싶어져요. 자주 연락은 못 드리지만 늘 건강하시길. 빠른 시일 내에 꼭 다시 뵈러 갈게요. 승환 오빠도 건강하시고 학원도 더 잘되시길 열심히 기도하겠습니다. 저에게 또 다른 가족이 되어주신 준호 목사님, 정연 사모님, 여러 가지로 힘들게만 해드리고 옆에 있는 동안 더 많이 마음을 보여 드리지 못해서 늘 죄송하고 그러면서도 자주 보고 싶어집니다. 지금은 멀리 떨어져 계시지만 진심으로 가족이 되어주셔서 너무 감사해요. 되도록 빨리 뵈러 갈게요. 그때까지 하시는 일 모두 잘되시도록 저도 열심히 기도하겠습니다. 건강하세요.

마치 오랜 세월을 알고 지낸 것 같은 우리 성호 학생! 왠지 오빠의 호칭보단 저게 더 익숙하다. 항상 힘이 되어줘서 고마워. 그곳에서의 삶이 오빠 덕분에 덜 외로웠어. 그리고 오빤 좋은 사람이니까 꼭 좋은 여자 만날 거야. 날 믿어. 여러 가지 정말 고마웠어. 올 여름에 보자고! 늘 다정한 종선 오빠, 자주는 만나지 못했지만 만날 때마다 벌어지는 오빠의 사고에 늘 즐거웠어요. 요즘도 종종 그리워질 만큼. 오랜 시간은 아니었지만 힘들었던 시기에 힘이 되어주셔서 고마워요. 열심히 공부하는 오빠의 모습 정말 멋진 거 아시죠? 더 힘내셔서 멋진 모습으로 다시 만나길 기대할게요. 보고 싶어요. 늘 예의 바르신 제희 오라보님, 비록 떠나올 무렵이 돼서야 자주 만났지만 덕분에 덜 외로웠던 시간이었어요. 처음 만났을 때 오빠가 해주셨던 말이 너무 인상 깊어서 아직도 기억한답니다. 진심으로 걱정해 주고 격려해 줘서 너무 고마워요. 오빠도 열심히 해서 멋진 모습으로 꼭 다시 만나길 기다릴게요. 파이팅이에요! 건강 조심하구요.

부족하고 모자란 글인데도 컨택하고 좋은 말씀 해주신 청어람 규진 대리님, 정말 감사드립니다. 편집하는 기간 동안 밝은 목소리로 기운 주신 종민 씨. 가끔 종민 씨 밝은 목소리가 그리워질 것 같네요. 너무 감사드립니다.

처음이라 두려움이 앞섰던 출간이었습니다. 하지만 많은 분들의 격려와 응원으로 기운을 얻고 저는 또 다른 이야기를 써 내려갑니다. 앞으로 어떤 글을 쓸지 아직은 모르지만 늘 기도해 주시고 응원해 주시는 나의 고마운 이들에게 다시 한 번 깊이 감사드립니다.

_보경 드림.